本书系国家社科基金重大课题
"中国上古知识、观念与文献体系的生成与发展研究"
（11&ZD103）成果

国家出版基金项目
NATIONAL PUBLICATION FOUNDATION

"十四五"
国家重点出版物
出版规划项目

03

战国卷

刘全志 著

过常宝 主编

早期中国知识观念与文献的生成

北京师范大学出版集团
BEIJING NORMAL UNIVERSITY PUBLISHING GROUP
北京师范大学出版社

总 序

过常宝

从西周初期的"制礼作乐"到西汉中期的"独尊儒术"，中国传统文化的基本形态得以建立，文献在这其中起着关键性的作用，意识形态话语体系主要基于文献得以建立。战国以前，文献形成于特定的职事，话语也主要是职事行为；春秋时期，职事文献被经典化，成为一个可以依据的传统，为社会性话语提供合法性，话语则面向当下的文化建设，使得经典具有合理性。职事以及与职事关联的某种方式是制度性因素，它们与文献、话语方式一起大体能勾勒出中国早期文化构成方式和发展路径。就历史文化而言，最为突出的还是知识形态和思想观念体系。知识观念是时代理性和精神的显现，受多方面因素的影响，在中国上古时期，它与文献活动的关系更为紧密。所以，在制度、文献、话语基础上将研究扩展到知识观念的维度，也就是从结构分析、功能分析扩展到内容和意义分析，可以使上古文献文化研究的内涵更加丰富。基于以上构想，笔者于2011年申请了国家社科基金重大项目"中国上古知识、观念与文献体系的生成与发展研究"，并组织了学术团队，在诸多师友的鼓励和学生们的努力下顺利结项。本书即是在项目成果的基础上修改、补充完成的，下面简单介绍本书的研究思路和大致内容。

一

先秦文献和文化关系研究的制度之维，是说春秋之前的文献文体的形成并不是文学史意义上的"继承和创新"，而取决于文献背后的职事制度、职事权利和职事行为方式。战国诸子文献虽然不是职事文献，但起始于对职事文化传统的认同和对职事文献的模拟，并以此获得话语权，形成特定的价值导向和形式特征。也就是说，在上古时代，以职事传承为基础的包括价值、权利、表达方式等在内的文化传统，是影响文献"意义和方式"的制度性因素。

比如《春秋》这种"断烂朝报"式的叙事体例，刘知几认为是出于对文章风格的追求，所谓"叙事之工者，以简要为主"（《史通·叙事》），但这显然不能服人。从职事文献这一理念出发，《左传·隐公十一年》所谓"凡诸侯有命，告则书，不然则否"这一记载有着特别重要的意义。所谓"告"就是西周到春秋时期普遍行之的告庙仪式。诸侯国何事需要告庙？为何要到鲁国告庙？来告的诸侯国史官和鲁国史官在告庙中的权利和义务是什么？这一仪式的著录规则是怎样的？这些问题，对告庙文献的形成、形态和意义都有着重要的影响。鲁国宗庙周期性的集中呈告制度，导致了这些告庙文献的季节性排序。这就是《春秋》的原始状态，但事情并不如此简单，春秋时期的礼崩乐坏同样也会影响告庙制度。史官们借告庙载录宣示自己对一些人物或事件的价值判断，这就形成了独特的"春秋笔法"。"春秋笔法"借助巫史传统和仪式所赋予的神圣权利表达符合时代发展的思想，从而使得《春秋》成为一部过渡性的文献，其神圣性保证了它的合法有效，因此它才能成为意识形态的经典。史书的这种神圣性质和书法原则的制度基础，正是史职的宗教性质、史家传承方式和告庙载录制度。

再比如《老子》，被认为是一部个人创作的哲理类文献。通过对《老子》各章结构的大致分析可以看出，《老子》在"章"的结构上是由三个层次的文本构成的：格言类的"语"文本、阐释性文本、指导"圣人"（或"侯王"）的应用型文本。因此，可以判断《老子》是一种职事文献，或由职事文献演化而来。能够训诫、指导"侯王"的职事，在春秋之前应该是太祝。现存《逸周书·周祝解》在文本结构和训诫功能上与《老子》相同，则《老子》是祝官文献。从禽簋铭文可推知，周代最早的太祝应该是周公。周公摄政称王，对成王和所分封诸侯都有训诫之辞，见诸《尚书》诸诰。《大戴礼记·公符》记载了周公命祝雍祝王，祝雍之辞为"使王近于民，远于佞，啬于时，惠于财，亲贤使能"，这是一则典型的训诚之辞。成王在周公死后一再申述"周公之训，惟民其乂"，并要求能"弘周公丕训"（《尚书·君陈》），即认同训诫制度是一种值得继承的职事权利。《周礼·大祝》记大祝掌"事鬼神示，祈福祥，求永贞"的"六祝之辞"，此为祭祀鬼神所用；又掌"通上下亲疏远近"的"六辞"，其中的"命""诰""会"等则是"以生人通辞为文"（孙诒让《周礼正义》），实际上是在宗教背景下的训诫之辞。春秋时期，祝史地位下降，加上"立言不朽"文化的浸染，祝官采用汇集"语"的形式延续自己的训诫使命，这才有了《周祝解》《老子》这样的文献。

战国诸子文献虽然是个人或集体的创作，但其合法性和文本形式在相当程度上仍然依赖过去的职事文献或者受其影响。如《孟子》主要为问对体，其内容和体制都与上古咨议—谏诫的政治传统相关。《尚书·虞夏书》中的《尧典》《皋陶谟》等，都有君臣问对的记载，以大臣为主体，往往有对君王的训诫之辞。周代的此类文献，则见于《逸周书》中的《酆保解》《大开武解》《小开武解》《寤儆解》《大聚解》《大戒解》《本典解》《官人解》《祭公解》等，除了最后一篇为祭公对周穆王之问外，其余皆为周公对周文王、周武王、周成王之问，也都包含有训诫意味。以上文献不尽是实录，可能出自后人的整理、增饰，但关于周公训政的史实应该有其根据，对于孟子来说则是一个切实可据的传统。孟子也正是依据这个传统，以周公为榜样开展自己的游说—劝诫活动，并形成了包括"问、答、谢"三个部分的问对体文本。

可以说，中国最初的文献是职事的产物，文献的内容、风格、形态受到职事方式的制约，紧接着职事文献之后出现了模拟职事文献。因此，对职事制度的研究是我们理解中国早期文献生成及其形态的关键所在。

二

先秦文献和文化关系研究的话语之维，是我们理解文献文化功能、文化价值的关键所在。职事文献所体现的是该种职事的性质和功能，而我们更关心的是它谋划或反映现实的权利和方法。《春秋》是春秋史官的告祭载录，但却能体现春秋史官以其职事为依据裁决社会的权利和方法。也就是说，职事文献往往包含着纯粹的职事行为，以及以此为根据的溢出职事之外的社会话语权。这种现象普遍存在于各种专业性职事之中，甚至工匠、优人也有权利以自己的方式发表政见。由宗教向世俗化发展的过程中，士大夫必将取代神职人群的文化地位，但新的话语权必须假借早先的职事传统才能被社会接受。首先是对观念和内容的假借，这当然是有选择的，或者是经过了重新阐释的；其次是对文献形态或话语形式的假借，包括征引、模仿等，这就形成了不同的话语方式，形成了多种形态的文本。

宗教时代的话语权来自神灵信仰。商王盘庚可能是因为自然灾害而计划迁殷，但遭到普遍的反对。于是他召集臣民，云："兹予大享于先王，尔祖其从与享之。作福作灾，予亦不敢动用非德。"又云："古我先后，既劳乃祖乃父，汝共作我畜民。汝有戕，则在乃心。我先后绥乃祖乃父，乃祖乃父乃断弃汝，不救乃死。"（《尚书·盘庚》）从这段话中可以看出，盘庚作为王并不能直接惩罚臣民，但他却可以在祭祀自己的祖先时同时祭祀臣民们的祖先，并在祭祀过程中汇报他们的子孙的作为，从而通过他们的祖先对他们施加严厉的惩罚。宗教盛行的殷商时代，最为直接的关系是天人关系，君臣之间的政治关系是以神灵为中介的。彼时，诸侯或归附方国将自己祖先的祭祀权交给商王，陪祀商人先祖，而商王亦凭此祭祀权来控制诸侯或方国，由此标志着现实政治关系的成立。所以，作为商王的盘庚对臣民的惩罚也是假借祖先神灵来实现的。祭祀权意味着话语权，假借神灵则是宗教文化最为典型的话语方式。

这一话语方式在西周礼乐文化中得到延续和变革。周初，周公在改革殷商宗教礼仪、创建周代礼乐制度的同时提出了一系列新的宗教思想、政治思想，使得中华文明走出蒙昧，理性内涵大大增强。周公的思想观点主要见于《尚书》诸诰。"诰"由"告"衍变而来。"告"即告祭或告庙礼，它是一种单独的仪式，但也存在于各种祭祀仪式之中，从殷商一直延续到周朝。周公之"诰"乃是假借神的权威来训诫君臣子弟。诰辞的一个标志性的用语是"王若曰"，白川静认为甲骨文"若"像一个长发者仰天而跪，双手举起作舞蹈状，那么"诰"就是在仪式状态中假借神灵的名义进行的，它是周公制礼作乐而形成的新的礼仪或仪节。所以，周公的话语权仍来自仪式，是一种职事行为。到了春秋时期，巫史祝官地位下降，也就丧失了诰教王臣的权利，转而采取"微言大义"的方式，在职事载录规范下隐晦地表达自己的观点，这就是《春秋》。在周公礼乐思想的影响下，周代形成的多种宗教或仪式文献，《诗》《书》《易》以及礼乐文献等都具有相当程度的理性精神，这为理性文化和世俗话语的发展奠定了基础。

春秋时期礼崩乐坏，宗教职事及人员的话语能力大多丧失，世俗士大夫成为文化主角，他们对话语权有着迫切的需求，于是提出了"三不朽"的理论，其目的在于为"立言"张本。那么，世俗阶层如何取得话语权呢？春秋士大夫提出了"信而有征"的话语方式，也就是通过征引《诗》《书》《易》以及礼乐将自己的言论与传统职事关联在一起，从而获得话语的合法性，取信于社会。这在春秋战国时期是一种通用的方式，它也解决了意识形态话语权由神圣职事向世俗士大夫过渡的问题。春秋时期的"立言"主要见于《左传》《国语》以及出土文献《春秋事语》等，"立言"风气导致了记言文体的繁荣，"信而有征"的话语方式将神圣职事文献转变为世俗经典文献，于是另外一种话语方式——经典阐释也就应运而生。《史记·孔子世家》说孔子晚年"序彖、系、象、说卦、文言"，此外，孔子的教学活动还涉及《诗经》《春秋》《尚书》等，都会形成一些阐释性文献。"征引"和"传释"实际都是将自己的话语权追溯到职事文献。"征引"是"立言"者自立己意，"传释"则强调一切思想来自经典，虽各有偏重，但都有着意识形态创新功能，因此成为中国传统文化中两种重要的话语方式。

从"立言不朽"到"百家争鸣"，世俗理性全面取代了宗教信仰，士人成为话语的主体。孔子立于这一文化转折的关键点上，他所开创的课徒、游说君王、著述等方式成为战国诸子的新职事。诸子为了适应和缔造新的政治关系和文化形态，创建了不同的思想体系，历史进入到一个新的"立言"时代。但诸子仍必须要解决话语权和话语方式问题，按照中国上古文化思维的逻辑，它们的合法性和权威性仍然需要从传统中获取。儒家和墨家是最早出现的两个学派，都受宗教祭祀传统的影响。儒家着眼于宗庙祭祀，从这一职事中汲取了"亲亲""里仁""孝""崇礼"等明显具有宗法特征的价值观念；而墨家则着眼于郊祀仪式，讲"天鬼""大同""朴素"等。儒家和墨家因踵武两种不同类型的祭礼，而形成了两套差异极大的价值观和思想体系。《庄子》一直被认为是个性化的思想创造，但《逍遥游》开宗明义地列举《齐谐》和其中的鲲鹏故事，又在《寓言》中说"卮言日出，和以天倪，因以曼衍，所以穷年。不言则齐，齐与言不齐，言与齐不齐也，故曰无言。言无言，终身言，未尝言；终身不言，未尝不言"，则《庄子》依古优传统立言，所谓"卮言"(酒边之语)即优语。《庄子》文章排列汗漫无稽之故事，立论常在有无虚实之间，重启发而非说服，由此形成了独特的话语方式，皆与优语传统有关。诸子文献显示了逐渐远离传统而自铸伟辞的发展过程，后期的《荀子》《韩非子》等可能较多地依赖学术或著述传统，而非职事传统。

早期职事文献的合法性及其文化功能，都源于宗教和礼仪；诸子及其他世俗文献以职事文献为经典，通过征引、模仿、阐释等方式间接获得合法性。不同职事的文献形态实际上也就是其话语方式的体现，文献的合法性、结构性特征也就是话语权和话语方式。

三

以上研究方法，形成一个"职事—话语—文献"的研究模式。在我们过去的研究中，曾以这一模式对先秦各种文献形态诸如彝器铭文、诅盟辞及《周易》《尚书》《春秋》《左传》《国语》《老子》《论语》《墨子》《庄子》《荀子》《战国策》《山海经》《史记》等作出了新的阐释，揭示了这些文献赖以形成的文化动力、传统以及文体形态、文化功能等，并重新阐释了与职事、话语、文献相关的一些历史或文献现象诸如周公称王、经典化、乐教与诗教、实录与虚饰、春秋赋诗等。由于比较关注文献在意识形态建设中的功用，所以也涉及一些学术史、思想史等问题。如春秋中晚期，以贵族大夫为主体的"君子"成为文化舞台的主角，他们以"信而有征"的话语方式借原史经典为现世立法;孔子承前启后,通过删述《春秋》假借史官的话语权来评判历史、垂法后世,以师道、学统的构建替代了史官的职事传统。这种自觉的传道意识,在孟子那里发展出"五百年必有王者兴"的道统谱系,并在后世引发了司马迁"本诗书礼乐之际"而当仁不让的著述姿态。显然,道统观念以及上古各流派思想都与某种文献、话语方式、文化实践有关。所以,深入探讨上古知识体系和思想观念的形成也是丰富"职事—话语—文献"模式的题中应有之义。

比起当代从学科范畴着眼的研究,从"职事—话语—文献"模式出发的观念研究更贴近历史事实。比如,"诗言志"一向被认为是古人对诗歌本质或功能的表述,但这个观念在其早期只是一个话语命题。由"诗言志"衍变而成的"赋诗言志""信而有征""诗亡隐志""以意逆志""知人论世""在心为志,发言为诗"等系列观念,是早期儒家话语体系建构的产物。"诗言志"的原初含义就是在宗教仪式中通过"诗"沟通天人,传达特定的宗教意愿,并由此形成了一个独特而有魅力的表意传统,启发了春秋时期的"赋诗言志"和"引诗言志",使得"诗"由礼乐文献变成世俗话语的经典,士大夫借"诗"以言己"志"。在以上观念中,"诗"和"志"不具有直接对应关系。《孔子诗论》所谓"诗亡隐志,乐亡隐情,文亡隐言"立足于教诗实践,将"诗"从礼仪乐舞中独立出来,将"志"从情志合一的宗教意愿中分离出来,并将"志"完全赋予"诗"。"诗亡隐志"确定了教"诗"、论"诗"的合法性和可行性,使得"诗"阐释成为意识形态建设的重要方式。孟子认为,完全依靠"诗"来构建整套价值观念体系有其自身的局限性。所谓"不以文害辞,不以辞害志",就是希望破除对"诗"文本的迷信,更好地发挥"说诗者"的主观能动性。"以意逆志"即"意"在"志"先,以"意"会"志"。"以意逆志"表明"说诗者"之"意"与古诗人之"志"地位相当,因此此处的"说诗者"只能是今之圣人。孟子自认为是仅次于"王者"的"名世者"(《孟子·公孙丑下》),所以他说"圣人先得我心之所同然耳"(《孟子·告子上》)。孟子的"诗言志",就是先圣后圣凭借"诗"而相互印证。"以意逆志"赋予"说诗者"更大的话语权。汉代《毛诗序》借鉴了荀子的"乐教"理论,认为"诗"发自古圣人的情志，能向下感染民众的情志，这就是教化；诗人的情志亦可能由现实触动，"伤人伦之废，哀刑政之苛"，由此而形成了向上的感染，这就是谏戒。由于《毛诗序》从创作论角度论述"诗言志"，认可以诗抒情作为一种政治方式，因此也就鼓舞了后人"作诗言志"，开启了中国政治抒情诗的门径。以上系列观念都源自"诗言志"，它们是大夫君子意识形态创新和话语自觉的体现。

如福柯所言，知识、观念是由话语所构建的（《知识考古学》）。所以，在"职事—话语—文献"模式中加入"知识观念"这一环节有其逻辑的必然。不过，要在理论层面明确"知识观念"所扮演的角色，还需要对其总量、类型、功能等有更全面的分析，然后才能搭建一个"知识观念—制度—文献"的三维文化模型。在这个文化模型中，"知识观念"是"文献"生成和发展的基础，"文献"产生于"知识观念"生成、发展、传播的过程之中。随着"文献"的阐释和经典化，它又为新兴"知识观念"的发展提供了资源和合法性依据。当然，"知识观念"并不直接凝结为"文献"，知识主体在相应"制度"（包括宗教信仰、职事传统、接受传统等）规约下发出的寄寓其理想要求的"话语"是将两者绾合起来的关键因素。

四

基于以上的设想，本书由三个层次构成：一是对特定时代知识、观念和文献三方面整体状况的描述；二是在制度性背景下对特定时代知识、观念和文献之间的影响关系进行研究，从而探讨上古文献生成、内外结构形态及文化功能，并进而构建出"知识观念—制度—文献"三维结构的文化模型；三是描述这一文化形态从商周到西汉时期的历史演变过程。本书分四个历史阶段对以上内容进行了论述。

殷商行巫政，关于宗教和祭祀的知识观念是这一文化的主要内容，甲骨卜辞则是这一文化的典型文献。对甲骨上的"记事刻辞"以及卜辞各部分的行款、性质、功能和互文关系作出更加深入的探讨，揭示了中古早期文献在其形成阶段的意义和方式。西周建立后，周公制礼作乐，开展了一场文化革新运动，引导宗教文化向理性文化转变。"神道设教"是其最重要的话语方式，新的知识和观念体系由此得以建立，知识类型和观念形态也都发生了变化。具体来说，彝器铭文因器物、宗庙和宗法的制度性变革而有所创新；天学知识、星占和物候占知识被赋予新的内涵，其中的时序意识对史官文献和阴阳家月令文献有着重要的影响；礼教文献开始出现，通过对"命""诰"以及《颂》《雅》中的知识观念和文本形态进行分析，可以考求"书"和"诗"的仪式性来源，探索它们"神道设教"的具体模式和独特的话语功能，并对它们的演变机制作出细致的描述；两周之际占卜礼俗和观念的改易，使得筮法文献、"梦书"以及祝告辞等都有了新的形态和意义，它们与诗、书、铭文等有了更多的互动。可以说，西周文化在革新殷商文化的基础上开启了中国文献文化的新传统，"神道设教"作为一种新型的话语方式，为这一新文化的知识类型、观念体系和文献形态奠定了基础。

春秋时期，天学知识的发展导致"天命"观念发生变化，地球"暖期"的到来和生产工具的进步使得关于土地的知识和意义更加丰富，咨询制度、讽谏制度、议政制度离仪式越来越远。《春秋》和《左传》是史职的两种形态：前者保持了仪式用辞的规范，却发展出微言大义的讽谏方式；后者以因果关系构建政治伦理，却离不开对礼仪背后的宗教精神的依赖。春秋史官将载录由宗教行为改造为见证和褒贬现实社会的方式，使文献成为引导社会、介入政治的一种有效手段。"君子"开始从巫史手里接过话语权，但话语资源仍然来自前代文献，这就是"君子立言"中的"信而有征"。他们从古事、古训、古制和古礼中寻求话语资源，通过歌唱、赋诵、解说、征引等方式将《诗》《书》等经典化。"君子"的"立言"兴趣使得"语"作为一种文献样式在春秋晚期得到较快的发展，产生了如《老子》《国语》等经典文献。此外，兵法和法典类实用性文体的出现显示春秋时期经验性知识开始独自发展。春秋是史官和君子的时代，也是传统巫史文献第一次经典化的时代。

战国时期，礼乐文化在社会制度层面彻底崩坏，缺乏主流意识形态和制度制约的各类知识和观念系统都失去了确定性。宗教、礼乐、历史知识仍然是思想的起点，但经过儒、墨、道等不同学派的解释，被改造成新的不同的知识类型。在此基础上又创建了形态各异的观念体系，新的文献大量产生，文献传播空前活跃。《左传》《国语》《系年》《春秋事语》等文献的书写或编订，显示了史官文献已经在社会上广泛传播，并出现了私家著述，历史叙事由此走向新变。在礼乐秩序的重建中，早期儒家学者通过阐释既有宗庙祭祀制度凝练"仁"的价值。与热心于礼乐价值的儒家相比，道家学者更强调对超越之"道"的追寻。他们致力于将自然与社会融为一体，把"道"提升为宇宙的本体。阴阳五行的知识体系逐渐由封闭走向开放，被不断引申、阐释、丰富，形成了新的知识体系，并对其他学派产生或多或少的影响。战国时期的"百家之学"在文化的不同方面或不同层次上有所分工，形成事实上的协作关系，并构成文献体系。战国时期出现了跨学派、跨体系的知识、观念反思和总结性著述，如《庄子·天下》《荀子·非十二子》《韩非子·显学》等。反思和总结再次促使着具有近似知识形态和趋同价值观念的文献的汇集、整合，以至形成其后秦汉社会认同的文献体系分类。战国诸子在话语方式上作出了多种尝试，大大开拓了文化发展的路径和方式。

秦汉时期，大一统政治引导着文化建构的方向。秦汉士人一方面延续了战国士人的文化理想，另一方面又积极整理、融汇着各种知识观念，使得知识观念和文献再经典化，形成大一统的知识和观念模式。这一特点体现在《吕氏春秋》《淮南子》中。汉初士人以"过秦论"为中介，开展了道术与帝制的初步互动，最终使得儒家经学成为国家话语形态；董仲舒的《春秋》阐释学以"大一统"为旨归，通过"辞指论"等特殊方法形成了新的知识和观念体系；"春秋决狱"这一个案突出地显示了公羊学家的理想和局限，也充分展示了儒家经学阐释学的方法和特征；谶纬是公羊学发展的另一个极端，它以天人相感为逻辑始点，通过灾异和祥瑞彰显天人相感的各种具象以及阴阳五行观念的转接和深化，五德终始与帝王谱系的构拟和神性化共同构成了一个神秘主义知识体系。司马迁以一己之力熔铸史官传统和诸子传统，并以世系、谱系、统系的建构回应了"五百年必有王者兴"的道统和"大一统"政治的诉求，唤醒了一个遥远而有力的话语传统。对画像石的研究提示了与文字文献相并的另一个表意传统，在汉代，它更能体现民间社会文化的内涵和形态。大一统的政治背景、先秦文献的经典化，使汉儒有条件创造出新的意识形态和知识类型，体系更为精密、宏大，充满了理想色彩。

五

清理各历史阶段知识观念和文献状况，在此基础上进一步研究上古时代的知识结构、思维方式、文献经典化、表述方式、影响和接受等，并通过类型和个案研究方法分析知识观念、制度、文献三者的影响关系，构建出不同时代的"知识观念—制度—文献"三维结构的文化模型，揭示出不同文化因素在一个相对完整的文化结构中的作用，以及它们发生作用的条件和方式，这是一种新型的文献研究方法。虽然本书并不着重讨论话语，但话语一直是一种结构性的力量，也只有付诸话语，才能理解知识观念、文献的生成机制和文化功能。

在这个文化模型中，文献的经典性有着举足轻重的作用，文献经典化有赖于其所蕴含的知识和观念的原创性、有效性、开放性。殷商到西汉中期是中国文化由宗教文化向理性文化转型的时期，新的知识和观念不断涌现。但大多数新知识、新观念都是对传统的继承和改造，体现出延续性特征。西周初期，在"神道设教"的口号下，前代宗教信仰和祭祀、占卜仪式等都得到一定程度的传承，但其内容和功用却发生了重大的变化。战国诸子也都有前代的知识和观念的依据，即使是标榜自然的道家和实用主义的法家也不例外。西汉公羊学也是利用前代知识、观念和文献完成了新的政治和伦理体系的构建，此即儒家强调"君子立言"需"信而有征"的意义。文献的传承性特征除了表现在知识和观念上，也表现在话语方式、文体、风格等方面。这些文献特征不能仅仅被解释为创作论意义上的影响，它体现了话语的内在合法性的要求，是一种文化建构意义上的特质。

以往的文化研究往往以"事实—思想—价值（规律）"的模式来进行，虽然能够指出传统文化的价值内涵，但在文化功能、成长模式及合理性方面则有所不足。"知识观念—制度—文献"这一理论方式包括了自直观反映到理论反思、自社会大众到文化精英、自职事行为到学术方式、自历史存在到合法性存在等多个层面，能够典型地体现上古文化的发展，尤其是意识形态的建构过程。这一模型是一个动态的结构，它既有共时性关系的描述，也有历时性发展的展示。本书关注这一模型中各文化因素的独特功能，意在揭示上古文化的成长机制和调整机制。文化现象是复杂的，有相当一部分文化因素如民间习俗、审美观念、物质发明与形态、政治体制等，由于研究者的学识、研究框架不够完备、著述体例等制约，都还难以完全纳入这个体系中。此外，本书所涉及的文献文化现象众多，又是假众手完成的，在具体个案方面的研究用心较多，而在体系化、整体结构等方面还不够均衡、严整，有时甚至显得有些琐碎，颇有不足之处。要更加全面而生动地展示中国传统文化的早期形态，还需要在今后的研究中不断深化和修正，使其逐渐完善。

　　本课题从立项至今，已经超过十个年头，学术界关于上古文献文化的研究已经有了很大的改观，学者们的理论视角远较过去开阔，尤其是一些借助各类出土文献的研究，使得先秦文化、文献研究呈现出更加丰富、更加细致、更加凿实的面貌，这是值得我们学习和借鉴的。但由于本书完成较早，而没能下决心作较大的增改，甚至未能包含作者们自己的最新成果。这是一大缺憾，也只能寄希望于将来了。

目　录

绪　言

　　战国时期是社会结构的转型阶段，也是各种知识观念与文献实现"哲学突破"的关键时期。① 这一时期的知识观念与文献走向衍生、勃发、丰富、繁盛乃至体系化的路途，也生成与建构着"中国古典传统"的新变。面对社会形势的急剧变化，原本占据主流地位的意识形态和社会制度、文化风尚都受到了不同程度的挑战②，各类知识观念与文献随着战国士阶层的崛起也获得了空前的自由和活跃。战国知识界在传承各种知识观念与文献的同时，又创造出新的、不同类型的知识观念，以至新的文献不断形成并得到系统化建构。

　　面对战国时期留存的知识观念与形态，当代学者多有概括性的分类，如李零认为班固所说的诸子出于王官之学可大致分为两类："一类是以天文、历算和各种占卜为中心的数术之学，以医药养生为中心的方技之学，还有工艺学和农艺学的知识，主要与现在所说的科学技术和宗教迷信有关；另一类是以礼制法度和各种簿籍档案为中心的政治、经济和军事知识。"③至于战国诸子"从知识背景上讲也可分为两大类，一类是以诗书礼乐等贵族教育为背景或围绕这一背景而争论的儒、墨两家，另一类是以数术方技等实用技术为背景的阴阳、道两家以及从道家派生的法、名两家"④。"先秦六家传于后世，第一类墨亡而儒存，是赖六艺之学而传；第二类阴阳、法、名亡而道存，是赖数术方技而

---

① 余英时：《士与中国文化》，19～24页，上海，上海人民出版社，2003。
② 有关战国与春秋时期知识体系的危机、新变，详见刘全志：《先秦诸子文献的形成》，27～32页，北京，中华书局，2016。
③ 李零：《中国方术考》，14页，北京，东方出版社，2001。
④ 李零：《中国方术考》，14页。

传，都是附丽于原有的知识背景。"①以历史的眼光来看，战国诸子在
后世的存亡，应是知识观念传承与流变的自然状态，而且集中于魏晋
隋唐两宋时期的散佚，如有关《墨子》的佚文见于唐宋典籍，而这些内
容又于信阳长台关楚简、安大简现世。② 以司马谈《论六家要旨》、班
固《汉书·艺文志》所论战国诸子而言，终西汉之世乃至东汉早期，不
但"六家"之学为世人所习见，而且农、杂、纵横、小说家也广布于世。
传世文献的这一信息，也可以从出土文献中得到证明：定州汉简、银
雀山汉简、阜阳汉简等先秦诸子各家文献并出，足以说明战国诸子之
学于汉世并非存亡的问题，这也是司马迁、桓宽、刘向、刘歆、班固
乃至王充等人得以引用、整理、立论的前提和基础。

因此，汉人与当代学者的关注点一样，都在于战国诸子的知识分
类，而非诸子之学的存亡。在李零看来，战国时期的知识类别可分为
两种：一种是政治、经济、军事类知识，另一种是数术、方技类实用
知识。而朱渊青又将战国诸子所面对的知识划分为三类：制度知识、
实用知识和历史知识。③ 葛兆光根据大传统与小传统的概念，认为战
国时代的知识观念可分为"一般知识与思想"和"精英与经典思想"，并
指出天、地、人、鬼的普遍知识构成了"一般知识与思想"的文化骨骼，
又是使"一般知识与思想"与"精英与经典思想"相互沟通的脉络。④ 当
代学者的这些分析，反映出我们面对各种战国知识观念的视野和方法；
同时，多样而难以穷尽的分类又折射出战国社会留给我们的困惑与
无助。

以传世文献反映的信息而言，战国诸子知识观念的分类不仅使汉
人及后世纠结、着迷，而且早已被战国诸子自身所关注，孟子对墨子、

① 李零：《说黄老》，见陈鼓应主编：《道家文化研究》第五辑，146 页，上海，上海古
籍出版社，1994。

② 可参见（清）孙诒让撰：《墨子间诂》，427～428 页，北京，中华书局，2001；何琳
仪：《信阳竹书与〈墨子〉佚文》，载《安徽大学学报》，2001（1）；黄德宽：《安徽大学藏战国竹
简概述》，载《文物》，2017（9）。

③ 朱渊青：《汉晋知识研究——关于中国古代知识分类之演变的考察》，7 页，华东师
范大学博士学位论文，2001。

④ 葛兆光：《中国思想史》第一卷，128～157 页，上海，复旦大学出版社，2004。

杨朱、农家以及齐东野语的批评,《庄子》后学对天下道术的描摹,荀子激烈满怀地指责天下"十二子",韩非直斥其他知识观念为"五蠹",李斯更谏言"以吏为师"等①,这些可以看作战国诸子十分自觉的知识观念分类。由此再追溯至《国语·楚语上》申叔时所论教育太子的知识类别②、《仪礼》所记"礼乐射御书数"之"六艺",及《尚书·洪范》"九畴"的天文、地理、农事、国政、人伦日用等。战国诸子知识观念的分类历史可谓源远流长,而"道术将为天下裂"的时代虽然让人存在些许感伤,但战国士人的主体精神却超越了之前的任何一个时代:随着士人思想和精神的自由,曾经被工具化了的知识和修养,真正回到了思想和学说本身,进而成为战国士人安身立命的精神创造和价值追求。③战国时期的知识观念与文献体系的衍生和发展,也正是在这一广阔而深远的社会形势和文化传统下得以展开和发展的。

战国社会在延续春秋变革的同时更有惊人的突破。与此相应,作为春秋君子之后的文化承担者,战国士人在言说君子人格的同时,也在建构着战国社会独特的文化风尚和知识新变。他们一方面继承着春秋士大夫阶层"立言不朽"的价值追求④,另一方面也展现新时代的独特气象。与春秋君子往往具有官职的背景不同,战国士人尽管也在不断求仕任职,甚至一再强调出仕之于士人的重要性⑤,但他们与官职系统的关联更为自由和灵活,诸如墨子、庄子、孟子、荀子、韩非子

---

① 战国知识界的相互指责乃是常态,而从这一相互指责之中亦可看出战国诸子力求区别于其他各家的自觉意识和精神追求。诸子各家的互攻,详见饶龙隼:《上古文学制度述考》,273~277 页,北京,中华书局,2009。

② 申叔时说:"教之《春秋》,而为之耸善而抑恶焉,以戒劝其心;教之《世》,而为之昭明德而废幽昏焉,以休惧其动;教之《诗》,而为之道广显德,以耀明其志;教之《礼》,使知上下之则;教之《乐》,以疏其秽而镇其浮;教之《令》,使访物官;教之《语》,使明其德,而知先王之务,用明德于民也;教之《故志》,使知废兴者而戒惧焉;教之《训典》,使知族类,行比义焉。"

③ 王长华:《春秋战国士人与政治》,7 页,上海,上海人民出版社,1997。

④ 过常宝、高建文:《"立言不朽"和春秋大夫阶层的文化自觉》,载《北京师范大学学报(社会科学版)》,2014(4)。

⑤ 如《孟子·滕文公下》记载孟子曰:"仕。传曰:'孔子三月无君,则皇皇如也,出疆必载质。'公明仪曰:'古之人三月无君则吊。'"

以及稷下学宫中的士人等，很难说他们因为就任于某一官职或某一国而成就了名声、促成了文献的形成，他们的仕途、官职有些尽管有迹可循，但也往往缺乏准确、清晰的线索。他们在社会交往活动中所承担的角色，也大多与官任、国别无关。这一现象至少说明，战国士人的著述活动与某一官职、某一地域联系不大，而与知识观念的传承、播撒以及整个社会的文化趋势密切相关。

总的来说，战国时期，富有古典性的礼乐文化在社会制度层面彻底坍塌，文献和职事之间的联系也随之中断①，缺乏主流意识形态和制度制约的各类知识和观念系统都失去了必然性和确定性。战国士人中的学士群体成为这一时期的文化中坚，他们的社会理想、知识结构和话语方式，对战国社会的文化风尚和发展趋势有着决定性的影响。在各种文化活动中，著书立说往往是学士群体最终选择的展现方式，这一行为所承载的文化权力也最能体现学士自身乃至自家学派的价值追求。而著述的合法性、权威性以及言说方式，仍然需从既有的话语传统中获得。宗教、礼乐、历史知识作为学士思想出发的起点，经过儒、墨、道等不同学派的解释，被改造成新的、独特的知识类型，并由此创建了形态各异的观念体系。由此旧的文献得以衍生，而新的文献也大量形成，文献著述与传播空前活跃。新的知识观念、文献实际上于文化层面尝试了"中国古典传统"发展和衍生的各种可能性，进而大大开拓了文化发展的路径和方式，新的知识观念、文献的有效性也得到了不同程度的检验。战国时期的知识观念增殖迅速，体系性加强，中国传统社会主流话语方式逐渐固定成型：老经典文献进一步积淀，新经典文献也开始出现。新旧经典文献的勃发确证着战国时期是"中国古典传统"的新变期。

---

① 可参见过常宝：《先秦文体与话语方式研究》，212～225 页，北京，中华书局，2016。

第一章　战国"百家之学"的
生成与著述

　　元人吴师道为衢州郡长薛昂夫所作《书垒记》中说："道裂而分，诸子竞起，百家争鸣。"①其后，使用"百家争鸣"来称谓战国学术蜂起之情形广播于世。在吴师道之前，《汉书·艺文志》云"凡诸子百八十九家……蜂出并作，各引一端，崇其所善，以此驰说，取合诸侯"，"百家争鸣"一词虽不见于其中，但其义已显而易见。吴师道、班固等人的概括，又可追溯于战国末年，如荀子著文"百家之说""百家异说"屡见于笔下，其中《解蔽》更直言"今诸侯异政，百家异说，则必或是或非，或治或乱。乱国之君，乱家之人，此其诚心，莫不求正而以自为也"，并称其他学问为"异术""一曲"。荀子的这一论调颇与《庄子·天下》中的观点一致，虽两者立场有别，但又都蕴含愤激、哀伤之慨，即所谓"悲夫，百家往而不反，必不合矣！后世之学者，不幸不见天地之纯，古人之大体，道术将为天下裂"（《庄子·天下》）；"德道之人，乱国之君非之上，乱家之人非之下，岂不哀哉"（《荀子·解蔽》）。

　　战国学人的这一情绪，历经千年而不衰，以至吴师道在言说"百家争鸣"之后又言："其羽翼夫道者，固不可废，而偏诐倾邪淫诬荒幻之说，亦且托于其间，是果足以为道乎哉？"不过，无论古代学者对"道术将为天下裂"怀有多么深沉的惋惜和慨叹，由"百家争鸣"造就的"百家之学"无疑代表着那个时代思想的广度和智慧的高度。

---

① 　《礼部集》卷十二《书垒记》，清文渊阁四库全书本。

第一节 "私学"与"王官之学"

《庄子·养生主》云:"吾生也有涯,而知也无涯。以有涯随无涯,殆已!已而为知者,殆而已矣!为善无近名,为恶无近刑,缘督以为经,可以保身,可以全生,可以养亲,可以尽年。"这是从个体生命的快意来言说人生的价值追求,同时庄子也告诉我们一个事实,即知识的广度和深度都是无限的。面对这一事实,庄子开出的方子是"缘督以为经",目标指向保身、全生、养亲、尽年,这看似放弃了认知世界的努力,但是如何"缘督以为经"本身就是一个认知的问题。因此,客观而言,庄子只是放弃了对一部分知识领域的认知,或者说他只是放弃了对整体知识领域的把握,而更在意凸显全生、尽年等知识的价值。庄子这一选择倾向说明,相对于整体知识的无限性让人无奈而言,某一部分知识或知识的某一领域更能激发战国士人的热情和努力。战国士人的这一倾向也就是《庄子·天下》中所说的"天下多得一察焉以自好""天下之人各为其所欲焉以自为方",无论《庄子·天下》的作者对于这一情形多么不满和悲伤,多么期望再次得见"天地之纯""古人之大体",但是事实证明,随着知识的增殖、文献的衍生,战国时代已进入知识爆炸的时期,任何一人一家一派都很难掌握全部的知识。也因为这一缺憾,任何一家也很难掌控全部的话语权和主导地位,因此"百家争鸣"的情形必然出现。

谈及战国诸子的著述活动,学界往往关注"私家著作""私家著述",甚至称之为"私人著述"①。其实,使用"私"来称谓诸子著述,本身就有误解的成分,至少这里的"私"与我们所使用含义并不相同。使用"私家""私人"称谓战国诸子著述,应来源于"私学"。私学最早出现于《韩非子》,如《诡使》往往将"无二心私学""有二心无私学"对举,并言"私学成群,谓之'师徒'"。"私学"与"听吏从教""从法令"相对立,这显然

---

① 宁镇疆:《先秦学术史上的"私家著作"问题》,载《光明日报》,2021-02-22。

不是一般意义上私人之学或私人教育。按《史记·李斯列传》李斯上书所言"即各以其私学议之"，其对"私学"的态度与情感色彩如同韩非。可见，在韩非、李斯等法家学者眼中，"私学"是"特指战国时期法家以外的各种学说及其流派"①。当然，这一定义还只是凸显韩非、李斯所言"私学"的客观所指，如果关联至两人使用的语境及价值评判，那么"私学"在他们心中就是与国家正道、社会法教乃至公平正义相对立的"心非腹议"（《史记·秦始皇本纪》），可视为"造谤""惑乱""异趣"之学。显然这要比《庄子·天下》《战国策·赵策二》所称谓的"不该不遍，一曲之士""穷乡多异，曲学多辨"性质严重得多。特别是《韩非子·心度》所言"私学"更直接与国事对立："国不事力而恃私学者，其爵贱，爵贱则上卑，上卑者必削。"显然，在法家学派那里，私学可视为专事"非上"、不利于国家治理的"邪说曲学"。在战国诸子间，褒扬自家学说正统而攻击其他学说为"邪说曲学"者司空见惯，如孟子视墨家、杨朱为"邪说"，而荀子"非十二子"连同孟轲、子思一起被视为"邪说""奸言"。此外，庄子后学视天下其他学说为"一曲"。但这些在韩非、李斯看来又都属于"私学"的领域，显然与其他称谓相比，"私学"的贬低性、批判力更为强悍：它以国家正统价值的导向直接取缔了其他学说存在的合理性和公正性。从韩非到李斯，也从学术讨论走向了国家治理，同时，"私学"的判定和处理，也最终走向了国家的强权。所以，在韩非、李斯那里，"私学"是带有负面价值判断的贬低性称谓。

"私学"这一含义绵延流长，后世学者也时不时地加以使用，如北宋刘敞《春秋权衡序》云"故利臆说者害公议，便私学者妨大道，此儒者之大禁也"②，司马光指责王安石的科举改革及教育内容云"不当以一家私学，令天下学官讲解"③，马端临、马廷鸾评价汉灵帝所设鸿都门学说："太学，公学也。鸿都学，私学也。学乃天下公，而以为人主

---

① 罗竹风主编：《汉语大词典》第八卷，26 页，上海，上海辞书出版社，1991。
② （宋）刘敞撰：《公是集》卷 155，景印文渊阁四库全书本 1095 册，2420 页，台北，台湾商务印书馆，1986。
③ （元）脱脱等撰：《宋史》，3620 页，北京，中华书局，1977。

私，可乎！"①张鸿结合"私学"一词的使用，指出指称私人学校的"私学"是晚近才出现的，而在古代大部分时期"私学"是指"私人学识及私人教育"。②结合韩非、李斯、司马光、马端临等人的言辞，"私学"指称一般性的私人学识及私人教育，固然存在，但显然时间靠后，至少使用"私学"称谓先秦诸子的学说，是不恰当的。

在许多学者眼中，"私学"是与"官学"相对的一种概念，而"官学"如同《汉书·艺文志》所说的"王官之学"，并且"私学"与"官学"的分界线在于孔子。③而有学者认为"除官府设置的学校及其教育活动外，一切学识、教育、学校，包括官宦之学亦即官宦贵族的家教、家学、家塾都属于私学范畴"④。因此，"私学与人类社会相始终、早期文明都有私学与官学并存的现象、官学没有能力垄断学识和教育、官学的形成与发展有赖于私学；春秋以前具备推动私学发展的历史条件，即王权衰微及诸侯异政、王室典籍扩散、士庶阶层扩充、民间著述传播"⑤，由此当然也会产生诸多的"私家著作"甚至"私人著述"⑥。其实，将春秋之前的"家教、家学、家塾"视为"私学"，已呈现出"私学""官学"区分的悖论：当两种教育形态所指称领域重合、重叠、杂糅之时，说明这一分类标准本身就存在问题。

在一般的印象中，"官学"也许比"私学"出现得更早。章学诚结合"父子畴官，世世相传"（《史记·龟策列传》），认为古代圣王推行"立官分守"并"同文为治"，故"官守其书"且"官守业业"，皆出于一。⑦章太炎也认为："古者世禄，子就父学，为畴官。……宦于大夫，谓之'宦

---

① （元）马端临撰：《文献通考》卷四十，1193页，北京，中华书局，2011。

② 张鸿、王贞：《"私学产生于春秋时期"属于重大学术误判》，载《江海学刊》，2015(6)。

③ 匡亚明：《论孔子的"三十而立"和开创私学》，载《文史哲》，1984(6)。

④ 张鸿：《"私学"的词义与私学研究的论域》，载《天津师范大学学报（社会科学版）》，2018(4)。

⑤ 张鸿、王贞：《"私学产生于春秋时期"属于重大学术误判》。

⑥ 宁镇疆：《先秦学术史上的"私家著作"问题》。

⑦ （清）章学诚：《校雠通义》，1页，北京，北京古籍出版社，1956。

御事师'。言仕者又与学同。明不仕则无所受书。"①他们的观点，可追溯至《左传·昭公十七年》所记载的孔子之言："吾闻之，天子失官，学在四夷，犹信。"据何焯《义门读书记》、梁履绳《左通补释》所言唐石经作"天子失官，官学在四夷"，《孔子家语》王肃注云："孔子称官学在四夷，疾时之废学也。"②日本金泽文库本《左传》也重"官"字，于此"官学"应出于孔子之口。其实，无论《左传》原文是否重"官"字，孔子所说的"官学"都不是后世所言的官方学说、官方学校，更不是与"私学"相对的概念。结合《左传》可知，孔子的感叹来源于向郯子求教之后，其中的"官"明确从属于天子，于此也是因为站在天子的立场上，作为一国之君的郯子也是处于"夷"的地位。如果孔子在这里言说的是"官学"与"私学"，郯子作为一国之君拥有的学问难道可判定为"私学"？因此，孔子在这里感叹的是学问的流变，而非官学、私学的区分：对于孔子来说，郯子所言的古史应该被属于天子的王官加以收录，但现实是天子衰微、王官失守，以至像郯子所掌握的古史只能流散在四方。也许正是有感于王官失守的社会现实，孔子才身肩道义、立志传承古之道学。而从《论语》可知，无论如何，孔子都不认为自己传承的学问是"私学"，反而他一再强调自己的学问来自文武周公乃至夏商尧舜。至于当时的诸侯国君、执政卿相，也并非以"私学"来看待孔子的行教乃至学问。诸侯国君的这一态度，一直延续至战国末年，如孟子、荀子、邹衍以及墨家门徒都曾游走于诸侯国君之间，未闻有哪一国君视他们为"私学"。所以，这一战国社会的普遍做法足以说明，使用"官""私"来区分评判战国诸子和春秋之学，是极不恰当的。

如同孔子、孟子、荀子的自我体认一样，战国诸子各家虽然学派主张各异，但他们无一例外地都宣称自家的学问来源正统、符合正道，因此《汉书·艺文志》言说他们的学问出自"王官之学"，一定也是他们所认可的，而韩非、李斯所说的"心非腹议"之"私学"又显然是他们所

---

① 章炳麟：《检论·订孔上》，见《章太炎全集》（三），423页，上海，上海人民出版社，1984。

② （清）何焯：《义门读书记》上册，174页，北京，中华书局，1987；王国轩、王秀梅译注：《孔子家语》，211页，北京，中华书局，2011。

不能接受的。章学诚指出《汉书·艺文志》所注重的诸子出于王官应该得于《庄子·天下》①，葛志毅认为"两者都是从社会政教的实践入手寻绎学术的渊源"②。

无疑，与孟子荀子的"邪说"、韩非李斯的"私学"不同，《庄子·天下》《汉书·艺文志》的评判显得更为客观。显然，诸子之学与"王官之学"的区别根本不在于"官""私"，在诸子自身以及具有理性精神的秦汉士人看来，它们是一体顺承的。因此看待两者的区别，不能从"官""私"来着眼，而是文化活动的主体（王官、诸子）是否具有官职之守。也就是说，就学问来源而言，王官之学是诸子的渊源，而两者的区别则在于是否具有官职所守。显然，诸如孟子、荀子以及墨家士人尽管汲汲于仕途，但他们的著述往往没有现实政治体系内的职官作依托，反而种种信息透露他们的著述行为往往发生在仕途结束之后（《史记·孟子荀卿列传》）。因仕途终结而著述，这样的说法广见于战国之世，除了孟子、荀子这样比较切实的证据外，诸如老子、鬼谷子于归隐之际或归隐之后进行著述的传说，也很能展现诸子著述与官职所守之间的关联：诸子著述需要更多的是知识的积累和观念的提升，而非官职的依托；同时，诸子著述所依靠的知识观念有很大一部分来源于前代文献③，即前代文献所蕴含的知识观念是战国诸子进一步提升和创新的基础。也许正是因为"我无官守，我无言责也，则吾进退，岂不绰绰然有余裕哉"（《孟子·公孙丑下》），激发了战国士人的主体精神，进而演绎出鲜活、多样的知识创新。

第二节　学派划分与"百家"的生成

对于战国诸子之学的分类，一直以来都是学术讨论的焦点话题。

① （清）章学诚撰：《章学诚遗书》，99 页，北京，文物出版社，1985。
② 葛志毅：《谭史斋论稿六编》，364 页，哈尔滨，黑龙江人民出版社，2016。
③ 详见过常宝：《先秦文体与话语方式研究》，212～217 页。

在汉代"六家"（司马谈）、"十家"（刘向、刘歆、班固）的基础上，现当代学者又进一步追溯战国诸子的学术派别，如胡适、任继愈等学者否认先秦"六家"的存在，主张使用诸如"法治的学说""老子学派""庄子学派"加以指称。① 李零认为道家作为一个思想流派，是对儒、墨对立的超越，它大行于战国中后期和汉初，可视为"先秦诸子之终结"和"时尚潮流的开路先锋"，并且和名、法、阴阳都有很大关系。② 从这一角度来看，冯友兰的论述更值得重视：

> 在先秦事实上是有这些派别……第一，在先秦的学术界和知识分子中，本来有各种的人，他们自称，或者被称为某种人，或者某种专家。第二，这些某种人或某种专家，在他的思想中间，确有一些自己的中心问题，对于这些问题的回答和解决，有一个共同的倾向，因此他们成为哲学上一个流派。每一个流派，都围绕着自己的中心思想，同别的流派进行斗争……在先秦的典籍里，我们常看见有"儒"或"儒者"、"墨者"、"隐者"、"辩者"、"法术之士"、"轻物重生之士"等名称。这些名称都专指一种人……这些不同的人，都有不同的思想。他们的思想发展成为体系，就成为各种学术流派。这些流派是本来有的，司马谈和刘歆在记录中把他们明确起来，给以相当的名字，其中有些名字，是沿用原来有的名称，例如儒家和墨家，有些是他们给的新名称，例如名家、法家、阴阳家、道家。③

以战国社会的实情来看，冯友兰的分析无疑是可信的。结合这些讨论，李锐认为司马谈"六家"是指学术宗旨的相同或相近，而刘向、刘歆"九流十家"是指图书分类意义上的"种"，这两者都突出的是思想宗旨的接

---

① 胡适：《中国古代哲学史大纲台北版自序》，见《胡适学术文集·中国哲学史》上册，5～6 页，北京，中华书局，1991；任继愈：《先秦哲学无"六家"——读司马谈〈论六家要旨〉》，载《文汇报》，1963-05-21。
② 李零：《简帛古书与学术源流》，292～293 页，北京，生活·读书·新知三联书店，2004。
③ 冯友兰：《论"六家"》，见《中国哲学史论文二集》，86～87 页，上海，上海人民出版社，1962。

近，而非存在师承关系；与此相比，"百家"则"泛指当时的诸多学派，每一个自成一家之言的学者都可以成为一家"。① "六家"、"十家"及"百家"的辩证，无疑使我们逐渐接近于战国学术派别的实情。与此同时，也更能使我们认清当时社会知识观念的类别和划分标准，无论是"百家""六家""九家"，还是有无师承渊源；也无论是后世给出的新名称，还是当时的临时称谓，其归类和指称的背后显然都隐藏着知识观念的不同。因此，无论是以子为家点数诸子（《荀子》之《天论》《解蔽》《非相》《非十二子》），还是因学派宗旨趋同而归类称谓（《庄子·天道》《尹文子·大道上》《论六家要旨》）②，均能折射出战国诸子知识观念衍生与创新的路途。

与韩非、李斯眼中的"私学"相比，在一般时人看来，诸子所坚守的学问可以称之为"方"。《战国策·韩策二》记载"史疾为韩使楚"一事：

> 史疾为韩使楚，楚王问曰："客何方所循？"曰："治列子圉寇之言。"曰："何贵？"曰："贵正。"王曰："正亦可为国乎？"曰："可。"王曰："楚国多盗，正可以圉盗乎？"曰："可。"曰："以正圉盗，奈何？"顷间，有鹊止于屋上者。曰："请问楚人谓此鸟何？"王曰："谓之鹊。"曰："谓之乌，可乎？"曰："不可。"曰："今王之国，有柱国、令尹、司马、典令，其任官置吏，必曰廉洁胜任。今盗贼公行，而弗能禁也，此乌不为乌鹊不为鹊也。"③

韩国人史疾来到楚国，楚王问其所学"何方所循"，史疾回答"治"列子之言；随着楚王又问"何贵"，史疾回答"贵正"。使用"方"称谓诸子之学还见于《庄子·天下》"天下之人各为其所欲焉以自为方"；使用"贵"来展现学术宗旨，也见于《吕氏春秋·不二》"老聃贵柔，孔子贵仁，墨翟贵廉，关尹贵清，子列子贵虚，陈骈贵齐，阳生贵己，孙膑贵势，王廖贵先，兒良贵后"。因此，楚王与史疾的问对在展现史疾学问来

---

① 李锐：《"六家"、"九流十家"与"百家"》，载《中国哲学史》，2005(3)。
② 李锐：《"六家"、"九流十家"与"百家"》。
③ （汉）刘向集录：《战国策笺证》下册，范祥雍笺证，1574页，上海，上海古籍出版社，2006。

源、学术宗旨的同时，也反映出诸子之学流延于现实政治被关注的焦点：学术来源与学术宗旨。

如同史疾明言"列子贵正"、《不二》所说"列子贵虚"一样，儒家、墨家虽然具有共同的学术来源，但其后学术宗旨却走向多样化。"儒分为八""墨离为三"，也许在《韩非子·显学》《庄子·天下》都是以一种嘲讽的姿态进行叙述的，但是这种看似"分崩离析"的现象尽管可以视为另一种形式的"道术将为天下裂"甚至"倍谲不同"，同时它也一定是知识观念的又一次增殖和新变。

相对于由"王官政教之学"衍生出后世所认为的"六家""十家"而言，"六家""十家"之内或拥有共同宗师的再一次分化，显然也是战国时期知识裂变的常态，因为如果说孟子与荀子之间的衍生还属"儒分为八"的话，那么从曾子到吴起、从荀子到韩非、从老子到黄老刑名之学，甚至从孔子到墨子等"跨界"现象的衍生，早已超出了学派既定学术宗旨的界限，进而使看似条分缕析的派别显得模糊不清。所以，"儒分为八""墨离为三"的现象还不足以描述战国知识观念衍生的状态，至少这一过程是长时段、多层次交互进行的。于此，经过这样多轮次的衍生，诸子之学早已不能用"儒者""墨者"来称谓，而只能使用"百家之学"，如《荀子·儒效》《庄子·天下》说明战国知识界已经习惯使用"百家之说""百家众技""百家之学"来描述天下学术状况了。

从文献类别来看，也正是因为像"儒分为八""墨离为三"现象的出现，才出了诸子著述"经传"组合的文本形态。① 也就是说，随着"百家之学"的产生，不但产生了标志着学术来源的"经"，还形成了代表新一代学术宗旨的"传"。章学诚说："当时诸子著书，往往自分经传，如撰辑《管子》者之分别经言，《墨子》亦有《经》篇，《韩非》则有《储说》经传，盖亦因时立义，自以其说相经纬尔，非有所拟而僭其名也。"章太炎也

---

① 文本与文献的区别也许存在多种，在本书中，文本偏向指称可编辑、可组合、处于变动状态的文字性观念系统，文献偏向于指称相对稳固或被普遍接受的文字性知识体系：前者强调文字性系统的当代立场，后者突出文字性系统的后世立场；与前者的鲜活、灵动相比，后者展现出知识资源、话语资源以及资料凭依的功能；与后者的稳定、公认性相比，前者具有突破、创新的特征。

说"经"有多种，"诸教令符号谓之经""经之名广""非徒方书称经"，如《管子》《墨子》之《经》，《韩非子》的《内储》《外储》，《诗经》，《荀子》所引《道经》均可视为"经"等。① 两位学者的讨论角度有别，但无疑都涉及诸子著述所采用的"经传"组合方式，而这一著述方式的形成显然又是"百家之学"再次衍生和新变的必然结果。

第三节　语言表达与文字书写

　　许慎《说文解字叙》云战国之世"衣冠异制，言语异声，文字异形"，这一描述大致勾勒出战国时期语言文字出现的大变革。造成这样的局面，固然可以追溯至"此时期社会生产力发展的结果"，具体又可归结于"各国经济的发展和改革促使维系周代体制的井田制与宗法制遭到破坏"②。但是，从社会制度到语言文字变革之间，还存在着诸多的环节和因素，社会结构的变迁、古典知识的危机、新知识体系的建构等应该是其中比较重要的因素。由语言文字变革所形成的新"雅言"，笔者已经进行了相关分析③。其中需要注意的是，诸如《汉书·艺文志》所说的"昔仲尼没而微言绝，七十子丧而大义乖"之"微言大义"的话语方式，也逐渐融入新"雅言"体系之中。一个比较明晰的例证便是流行于齐楚之地的"隐语"（《战国策·齐策一》）、"优语"频繁出现于诸子著述④，而"隐语""优语"又可称之为"微言"。《史记·田敬仲完世家》云：

　　　　淳于髡说毕，趋出，至门，而面其仆曰："是人者，吾语之微

---

　　① （清）章学诚：《文史通义校注》，94、103 页，北京，中华书局，1994；章太炎：《原经》，见《国故论衡》，56～57 页，上海，上海古籍出版社，2003。

　　② 孙立涛：《春秋战国时期社会语言与社会观念渐变探析》，载《福建师范大学学报（哲学社会科学版）》，2014(4)。

　　③ 刘全志：《先秦诸子文献的形成》，32～36 页。

　　④ 如"优语"与《庄子》的关联，详见过常宝、侯文华：《论〈庄子〉"卮言"即"优语"》，载《北京师范大学学报（社会科学版）》，2007(4)。

言五，其应我若响之应声，是人必封不久矣。"①

淳于髡见邹忌五次提问所使用的隐晦之语，暗含着事君、"谨事左右"、"自附于万民"、任贤良去小人、"修法律而督奸吏"五个方面的从政要点。对此，邹忌不但一一点明而且态度谦虚诚恳，淳于髡也不得不被其折服。淳于髡所说"吾语之微言五"，虽然其内容与《春秋》《诗经》之微言大义（《孟子·离娄下》云"诗亡然后春秋作"）不同，但所采用的话语方式显然又是相同的：都是通过隐微不显的言辞来表达真实的意义，而且均指向社会政教、国家治理。这一现象说明，虽然战国时代的语言变得通俗流畅，但它仍然以一种新的形式吸纳了春秋时代的表达方式。于此，新"雅言"的体系也变得更加具有包容性和生命力。

除了言语表达，用于书写的文字也必然是"百家之学"表达思想观念所使用的重要工具。

一般认为战国文字可区分为六国文字和秦系文字，何琳仪指出："战国文字简化现象，不但在各系文字中普遍存在，而且简化方式比殷周文字尤为复杂。简化方式往往由约定俗成的习惯支配。"②也就是说，"简化"是六国文字与秦系文字演变的共性，而与秦系文字相比，六国文字尽管不是汉隶的直承对象，但其简化程度更高。③ 结合出土字形，裘锡圭认为："六国文字俗体的字形跟传统的正体的差别往往很大。秦国的俗体侧重于用方折、平直的笔法改造正体，其字形一般跟正体有明显的联系。而且秦国文字的正体虽然并不是一点没有受到俗体的影响，但是没有像六国文字的正体那样被俗体冲击得溃不成军。"④

相对于秦系文字，六国文字变化的巨大，其中原因可归结于社会、

---

① （汉）司马迁：《史记》，1890 页，北京，中华书局，1959。
② 何琳仪：《战国文字通论（订补）》，202 页，南京，江苏教育出版社，2003。
③ 马超、胡长春：《六国文字与隶变关系的再思考——黄惇先生〈战国竹简墨迹的笔法问题〉一文阐微》，载《南京艺术学院学报（美术与设计）》，2017(1)。
④ 裘锡圭：《汉字的起源和演变》，见《裘锡圭学术文集·语言文字与古文献卷》，136 页，上海，复旦大学出版社，2012。

历史乃至书写工具、地域风格等①。但其中最为重要的因素应该包括"百家之学"的著述活动，从出土文献及传世文献来看，富有思想性的文本往往集中著述于东方六国，如目前发现的郭店简、上博简、清华简、安大简都是使用楚国文字写成，其文本内容也多属于儒家、道家、墨家、阴阳家或杂家的作品，这一状况至少说明"百家之学"的著述活动的重心在于东方六国。换言之，东方六国文化活动的丰富性和活跃度要远高于秦国，因此东方六国毫无疑问应是战国诸子著述的发生地。

这一事实也可以从秦地发现的魂魄故事加以说明，放马滩秦简《丹》篇、北大秦牍《泰原有死者》都讲述了一个死后复生的故事，同时包含丧葬祭祀宜忌。② 学者多认为其如同后世的"志怪小说"③，李零指出其中的重点在于丧葬习俗④。无论如何，这些秦简所载录的内容在思维的深度和广度方面显然无法与郭店简、上博简等流行于东方六国的竹书相媲美。这一现象反映于传世文献，则如渑池之会能够代表秦国音乐的"击缶"(《史记·廉颇蔺相如列传》)，同时，秦国也被战国士人视为"虎狼之国"(《战国策》)。这种状况延续至秦始皇时代，李斯于《谏逐客书》中对秦王所言内容仍有十分形象而震撼的描述："夫击瓮叩缶弹筝搏髀，而歌呼呜呜快耳者，真秦之声也；郑、卫、桑间、昭、虞、武、象者，异国之乐也。今弃击瓮叩缶而就郑卫，退弹筝而取昭虞，若是者何也？快意当前，适观而已矣。"(《史记·李斯列传》)显然，这些事实说明东方六国的著述活动无论深度还是广度，都远高于秦国。于此，在战国末年才有一批追求富贵与功名的士人(《史记·李斯列传》《史记·吕不韦列传》《史记·范雎蔡泽列传》等)带着东方的文本进入秦国，形成了一股"东学西渐"的潮流。由这些现象可知，六国既然是诸子教育、讲学、论辩乃至书写的中心之地，那么作为思想表达的工

---

① 关于六国异体字产生的原因，可参考刘云：《战国文字异体字研究》，78～87页，北京大学 2012 年博士学位论文。

② 陈侃理：《秦简牍复生故事与移风易俗》，见武汉大学简帛研究中心主办：《简帛》第八辑，69～82页，上海，上海古籍出版社，2013。

③ 李学勤：《放马滩简中的志怪故事》，载《文物》，1990(4)。

④ 李零：《北大秦牍〈泰原有死者〉简介》，载《文物》，2012(6)。

具——文字必然像"百家之学"一样突破春秋时代的束缚，而走向活泼、自由、多样的新变。

当然，文字的新变如同新"雅言"的形成，它并未因为出现新的范式而阻碍了思想的交流、文本的传播。东方六国之间的流动、传承固不待言，大量的楚文字书写着"百家之学"的内容，就像楚才晋用、晋人入楚一样折射出知识观念的交流与播散，如清华简《行称》、安大简《诗经》都反映出三晋文化特征却使用楚文字书写①。同时，文字的新变也并未阻止秦与东方六国的思想交流，墨家巨子入秦（《吕氏春秋·去私》），商鞅、尸佼（《汉书·艺文志》）等人的文本可以证明。更为典型的证据，便是荀子、韩非师徒的文章被秦国君臣所阅读（《史记·老子韩非列传》《史记·吕不韦列传》），乃至篡集《吕氏春秋》。由秦王、相邦、门客、学士所构成的秦国文化阶层所展现出的行为，足以说明由六国文字写就的文本在秦国并没有出现"水土不服"、传播不畅，反而由此激发秦国进行着新一轮的知识观念的衍生和创新。

从由文本走向文献的过程来看②，诸子文本在六国之间的流布，连同在秦国上下的追慕和模仿，一起见证着它们成为文献乃至"经典文献"的过程。特别是《吕氏春秋》知识观念综合化的倾向，"集合折衷"的做法，足以呈现出诸子文本在"东学西渐"中已承担起文献甚至"经典文献"的价值和意义。也就是说，《吕氏春秋》篡集的过程和完工使得诸子文本可正式被称为"诸子文献"。也许正是因为诸子文献所展现的强劲功能和增殖力量，使得秦始皇君臣极度畏惧，以至禁毁"百家语"。然而，代表着诸子文献的"百家语"与《诗》《书》等经典一起成为劫后余生的"黄金"，它们就像涅槃重生的凤凰一样从此翱翔于中国文化的云端，以至成为被后世不断仰望、追慕、模仿、汲取的对象。

---

① 贾连翔：《略论清华简〈行称〉的几个问题》，载《文物》，2020(9)；马银琴：《安大简〈诗经〉文本性质蠡测》，载《中国文化研究》，2020(3)。
② 文本与文献的区别，可参见上一节的相关注释。

第二章　历史知识与史书文献
体系的建构

司马迁在撰写《六国年表》时满怀悲伤地说："秦既得意，烧天下诗书，诸侯史记尤甚，为其有所刺讥也。"①也许正是由于秦朝的"焚书"，使后人难以得见顾炎武所描述之"周末风俗"转变的具体过程。不过，无论司马迁的惋惜，还是顾炎武的惊诧，他们都在哀叹战国史书的不足和缺失。从传世文献、出土文献来看，这种不足和缺失存在很多原因，但其中一定不包括战国史书本身的不足和缺乏。因为从《竹书纪年》到睡虎地秦简《编年记》、从马王堆帛书《春秋事语》到清华简《系年》，大量的信息足可证明战国时期的史书著述非常活跃，由此而形成的史书文本也多种多样，它的书写主体及知识影响更超出了春秋史官的职守而辐射至整个战国知识界。

第一节　战国时期历史知识的特征

一些论者已经注意到："战国时期史学著述的繁荣、史书体裁的多样和多种初始史书作为素材广泛运用于史书著述，构成《系年》编纂成书的重要史学背景。"②然而，战国史书著述繁荣的知识背景又是什么呢？

谈到战国史书的著述特征，许多学者指出与春秋史官的职业书写

---

① （汉）司马迁：《史记》，686页。

② 杨博：《裁繁御简：〈系年〉所见战国史书的编纂》，载《历史研究》，2017(3)。

不同，战国进入了私家著述的阶段。① 如果单以诸子文献引用、言说甚至演绎相关的历史知识来看，这一判断没有问题。但是，尽管诸子文献具有史料的价值，而与专门的史书相比显然又相去甚远。除了诸子文献，最能支撑战国史书进入私家著述的判断，也许就是孔子"作《春秋》"了。无论从国家认定还是社会评判，特别是与韩宣子观书的太史氏相比（《左传》昭公二年），孔子显然并非史官，他"作《春秋》"也并不是"帮助"史官完成既定的工作。《孟子·滕文公下》记载孟子认为世道衰微："孔子惧，作《春秋》。《春秋》，天子之事也；是故孔子曰：'知我者其惟《春秋》乎！罪我者其惟《春秋》乎！'"知我罪我之说，蕴含着孔子的责任感与道义精神，同时也呈现孔子与同时代一般史官的重大区别：与一般史官书写历史的职守相比，孔子"作《春秋》"不但承载着道义伦理的功能，更突破着"官修"史书的书写制度。从这一层面说，史书至孔子时代的确进入了"私家著述"的行列。然而，从孔子的使命感与书写的规范来看，孔子的"作《春秋》"又是对诸如董狐等严肃正派史官传统的继承和延续，所以称之为"天子之事"。也就是说，至少在孟子等儒家学者看来，孔子的"作《春秋》"与一般史官的书写相比更加正统而公道，如此孔子的"私家著述"比国家授权的史官书写更为正宗。孟子的这一观点，在《孟子·离娄下》表达得更为明晰：

> 孟子曰："王者之迹熄而《诗》亡，《诗》亡然后《春秋》作。晋之《乘》，楚之《梼杌》，鲁之《春秋》，一也；其事则齐桓、晋文，其文则史。孔子曰：'其义则丘窃取之矣。'"②

与晋国、楚国甚至鲁国的史书相比，孔子的《春秋》更在于"义"，即"其义则定天下之邪正，为百王之大法"③，这一点显然区别于仅仅书写齐桓晋文之事的一般史书。也许正是因为这一点，如果我们仍然以普通史书来看待孔子所作的《春秋》，不但会忽略其后形成的众多衍生文本，

---

① 参见白寿彝主编：《中国史学史》（上海，上海人民出版社，2006）第一卷第二、第三章相关论述。

② （清）阮元校刻：《十三经注疏》，2727～2728 页，北京，中华书局，1980。

③ （宋）朱熹撰：《四书章句集注》，295 页，北京，中华书局，1983。

更会无视儒家视《春秋》为经典的事实。客观地来看，《春秋》因为包括诸多的微言大义、春秋笔法，它已不是一部史书，而是一部承载着道义精神和伦理价值的学派作品。所以，以孔子作《春秋》为标志进而判断史书书写进入"私家著述"的时代，还为时过早。

退一步说，即使认可因为孔子作《春秋》而开创了史书"私家著述"的范式，也并不能否定战国时期"官修"史书的存在。统观整个战国时期，与"私家著述"的史书相比，"官修"史书不但没有式微，反而表现得十分活跃而强劲，由此而形成的文本也更为可靠，如司马迁之所以感叹"诸侯史记"丧失殆尽，原因在于"独藏周室"，而不像《诗》《书》"多藏人家"。① 也就是说，正是由于"官修"史书收藏于各诸侯国的官方，而很难见于民间家藏，所以它的生命力也更为脆弱：一旦被破坏，便难以复见。至于秦简《编年记》虽然含有秦国历史的成分，也具有很高的历史价值，但显然不能称之为私家著述的历史文本，墓主人喜的身份以及其书写的主观目的、内容形态能够充分说明它仅仅是墓主人平时阅读的历史读物②，或者说是对国家新闻与自己生活对照的一种记忆方式③。

结合战国时期各国的官制设置，古今学者早已指出即使在战乱之世，各国的史官仍然没有废阙。如刘勰在《文心雕龙·史传》中说"纵横之世，史职犹存"，刘知幾在《史通·史官建置》中也指出"降及战国，史氏无废"。林晓平指出在春秋战国时期，诸如"晋、卫、虢、邾、鲁、齐、楚、秦、赵、宋、韩、燕、魏等许多诸侯国均设有史官，且与史相关的史官职名多种多样，有史、太史、内史、左史、外史、御史、侍史、筮史、祝史、守藏室史等等"，并认为这一时期的史官的职责范围包括：记载史事，编修史册；掌管文献；"宣达王命"，提供咨询；

---

① （汉）司马迁：《史记》，686 页。

② 曹旅宁：《睡虎地秦简〈编年记〉性质探测》，载《史学月刊》，2010(2)。

③ 日本学者藤田胜久认为《编年记》的性质"属于在秦国公式纪年上加入墓主私事的个人年表"，这一分析也确证了《编年记》的私人性质。参见［日］藤田胜久：《〈史记〉战国史料研究》，94～102 页，上海，上海古籍出版社，2008。

祭祀，卜筮。① 林晓平讨论的是整个春秋战国时期，而如果将这两个时代分开来看，战国时期的史官类别与职责也具有明显的特征。单就林晓平所列"春秋战国史官职名及活动一览表"②来看，战国史官职名除了内史、太史等延续着春秋时期的名称，又增加了御史、守藏室史、侍史等。以职责而论，除了宋国的史官还卜筮占梦之外，其他国家的史官很少再见这一职责。林晓平认为："春秋战国时期，史巫趋异的态势已经颇为彰明，已不再是所谓'巫史合一'了。"③这一趋势延伸至战国，更加突出：战国史官的职责往往倾向于记录史事与保存文献。换言之，在战国时期，史官与卜筮之官的分化越来越明晰，这一点从文献所记战国的职官设置可以看出，据左言东的《先秦职官表》所列，赵国与史相关的官名有内史、尹史、太卜、筮史、博闻师、御史等。其中内史"掌财政"④，排除于史官之外，其他应均为史职，但文献记载的信息却明确反映他们存在着具体的职责划分：尹史"掌天文"、太卜"掌占卜"、筮史"掌筮"、博闻师"掌通古今备顾问"、御史"掌文书、记事"。⑤ 可见，天文、卜筮、备问已有专人职守，"御史"的职责只需记录史事、掌管文献。显然，相对于春秋时期，战国的史官职责更加明确，职守集中于记录史事、掌管文献。同时，赵国史官分职的现象也反映出史官群体早已走向分化，而且也不仅仅局限于史官群体内部。丁波在谈及春秋战国之际的史官群体时说："部分行政官僚由史官群体中分化出来"，"部分学者从史官队伍独立出来"。⑥ 丁波的分析也许还可以更加细致、严密，但史官群体至战国时期走向多样化，已是历史事实。总的来说，史官在战国的分化的趋势可以概括为三个方面：一、战国时期的史官职守更加细化，集中于记录史事、掌管文献，如秦、

---

① 林晓平：《春秋战国时期史官职责与史学传统》，载《史学理论研究》，2003(1)。
② 林晓平：《先秦诸子与史学》，236～237页，北京，中国社会科学出版社，2009。
③ 林晓平：《春秋战国时期史官职责与史学传统》。
④ 左言东编著：《先秦职官表》，371页，北京，商务印书馆，1994。
⑤ 左言东编著：《先秦职官表》，372～373页。
⑥ 丁波：《试析春秋战国之际史官群体的演变分化》，载《中国社会科学院研究生院学报》，2002(6)。

赵、齐三国的御史；二、春秋时期的史官后人在战国时期已不再担任史职，而成为行政官员，如晋国的董氏、籍氏、司马氏，其中董安于、籍谈、司马错就是代表；三、春秋史官的后人或弟子衍生为战国诸子，如墨家、纵横家。当然，史官群体的分化也不是单向的，这一群体也在不断吸收诸子或其他士人加入和充实。不过，在这一群体中，影响或决定战国史书书写的主要有专业的史官和战国诸子群体，即官修史书和"私家著述"并存。

以战国史书的书写形态来看，王晖认为："春秋战国史书的编纂形式大致可分为四类：春秋类、世系类、古史志类、记言体史记类。"①这四种编纂形式只是概括而言，其中的每一类都蕴含着比较复杂的细小类别，如"春秋"既包括孔子据鲁史修订而成的《春秋》，又包括《公羊传》等，还包括墨子所说的"百国春秋"甚至"虞氏春秋""晏子春秋""吕氏春秋"等，至于"记言体史记"包含的类别更为复杂，如《左传》在战国秦汉间往往被称为"春秋"，但从这一角度来看《左传》又是记言和记事的交会，属于"记言体史记类"。② 显然，这一归类存在众多难以周延之处。因此，以编纂形式来看战国时期的史书，不但模糊其类别的划分，更不利于展现其形成的过程。考察战国史书话语方式的特征及成因，进而勾勒其文本体系的形成，必须关注史书背后的编纂主体。

由前述可知，至少按照司马谈③、司马迁④父子的说法，战国史书按照编纂的主体可分为官修史书和"私家著述"两种，而这一点其实也是孟子在强调孔子"作《春秋》"的与众不同时所表达的意思，即孔子的《春秋》在于"义"，而与只关注"事"的楚之《梼杌》、晋之《乘》存在根本的区别。楚国、晋国甚至鲁国的"春秋"，均是官修史书，出自职业的史官之手，而孔子相对于官职系统中的史官，显然是私家书写。战国史官书写的文本，在司马迁看来是"诸侯史记"，在孟子看来是《乘》、《梼杌》、鲁之《春秋》。除了孔子依据鲁"春秋"编纂的《春秋》之外，其

---

① 王晖：《春秋战国时期历史经验总结的思潮与史书》，载《史学史研究》，1998(4)。
② 王晖：《春秋战国时期历史经验总结的思潮与史书》。
③ 司马谈说"诸侯相兼，史记放绝"，见《史记·太史公自序》。
④ 司马迁说"秦既得意，烧天下诗书，诸侯史记尤甚"，见《史记·六国年表》。

他文本难以再现。那么"诸侯史记"的文本到底是一种怎样的形态呢？这一点在《史记·廉颇蔺相如列传》所记的"渑池之会"有较简略的呈现：

> 秦王饮酒酣，曰："寡人窃闻赵王好音，请奏瑟。"赵王鼓瑟。秦御史前书曰"某年月日，秦王与赵王会饮，令赵王鼓瑟"。蔺相如前曰："赵王窃闻秦王善为秦声，请奏盆缻秦王，以相娱乐。"秦王怒，不许。于是相如前进缻，因跪请秦王。秦王不肯击缻。相如曰："五步之内，相如请得以颈血溅大王矣！"左右欲刃相如，相如张目叱之，左右皆靡。于是秦王不怿，为一击缻。相如顾召赵御史书曰"某年月日，秦王为赵王击缻"。①

司马迁记录这一事情重在表现蔺相如的智慧与勇气，但同时也折射出秦赵两国史官的书写内容：秦国御史书写为"某年月日，秦王与赵王会饮，令赵王鼓瑟"，赵国御史书写为"某年月日，秦王为赵王击缻"。两国御史书写的内容只包括日期和历史事件，而历史事件也仅仅是围绕两国君王而记事，并不涉及蔺相如或秦国大臣，也不涉及两国君王的言辞对答。显然，秦赵御史的书写内容无法与司马迁的叙述相比，而两国御史的书写的确是战国史官记录事件的常规做法。如同秦赵两国御史书写的文本是《竹书纪年》，这一文本出土于西晋时期，司马迁父子无缘得见，但它的书法范式显然如同秦赵两国御史笔下的"渑池之会"。因为《竹书纪年》只存辑本，而古书引用多为摘引，所以现存的《竹书纪年》条目多缺乏时间，但尽管如此，我们仍能找到史官书写范式的典型例证，这便是梁惠王迁都一事。郦道元、裴骃及唐人在引用此条时存在年数、文辞的差异，但时间、主要事件都是齐全的，如《水经注》所引"梁惠成王六年四月甲寅，徙邦于大梁"、裴骃《史记集解》所引"梁惠王九年四月甲寅，徙都大梁也"。② 当代学者结合相关出土文物认为，郦道元的记载更为可信。③ 无论如何，两书对迁都一事的引

---

① （汉）司马迁：《史记》，2442 页。

② 方诗铭、王修龄撰：《古本竹书纪年辑证》（修订本），118 页，上海，上海古籍出版社，2005。

③ 陈昌远：《魏国徙都大梁时间及其经济发展》，载《中国历史地理论丛》，1997(4)。

用，颇能说明《竹书纪年》的书法规则，即书法范式包括时间和主要事件，如同秦赵两国御史所书。《竹书纪年》出自魏安釐王或魏襄王墓，文本的书写出自魏国史官应属无争议。魏国史官的书写范式，如同秦赵两国的御史，这一现象说明司马迁父子所说的"诸侯史记"虽分属于各国，但书写范式却基本相同，即包括时间和主要事件。与鲁国的《春秋》一样，魏国的官修史书《竹书纪年》也是编年体，只不过孔子依据鲁国《春秋》所"作《春秋》"止于鲁哀公十四年，而作为官修史书的《竹书纪年》一直书写至"今王"之时。① 显然，孔子书写的《春秋》不能当作鲁国的官修史书，准确地说，在孔子修《春秋》之外，鲁国的史官还会继续书写鲁之《春秋》，一直延续至鲁国灭亡。因此，魏国的《竹书纪年》，如同孟子所说的晋之《乘》、楚之《梼杌》、鲁之《春秋》，均为战国时期的官修史书。这些书也即是司马迁所说的"诸侯史记"。

相对于官修史书，以孔子为代表的"私家著述"显然流传更广，以至在秦朝大力焚毁"诸侯史记"之时竟然让这些"私家著述"得以幸存，进而传至后世。这些"私家著述"包括的文本众多，如孔子所作《春秋》以及《左传》《公羊传》《穀梁传》《铎氏微》《国语》《战国策》等。这些文本有的散佚，有的历经种种阻碍传至汉代，在后世成为蔚为壮观的大江大河。毋庸置疑，"私家著述"的史书与官修史书相比，文本内容显然更为多样，笔法也更为丰富。客观来看，无论是在战国时期，还是在后世，官修史书的波及面和生命力都难以与"私家著述"相抗衡。且不说《春秋》《左传》《国语》《战国策》等文本经过乱世的种种考验得以传至汉代，只论《竹书纪年》出土后与这些史书并存流传的情形就可以证明：作为官修史书的《竹书纪年》在西晋出土后便加以整理，然而在随后的流传过程中，世人显然更倾向于传承《左传》《国语》乃至《战国策》一类的史书，以至《竹书纪年》的传承和接受面越来越窄，最终散佚不传。这一情形足以说明，在自然选择的状态下，世人倾向于选择战国时期的"私家著述"，而忽略那一时期的官修史书。这一点想必是司马迁父子没有预料到的，因为他们还在为不得见"诸侯史记"而哀叹，但西晋

---

① 方诗铭、王修龄撰：《古本竹书纪年辑证》(修订本)，165 页。

之后的世人在传承《竹书纪年》时显然没有了司马迁的那种热情和珍视。

战国时期的官修史书与"私家著述"的最大区别也许正在于文本书写主体的精神旨向。处于官僚系统的史官，一般只需记录国家大事即可，如魏国迁都一事，而不需要记录迁都前后的种种讨论、准备、过程等。这一记录旨向显然无法与《左传》《国语》那样的文本相比。另外，作为官员的史官因为受到种种限制，他们的书写往往受到干扰，如"渑池之会"的秦赵御史，我们很难说他们的书写是"秉笔直书"。更为重要的是，官修史书的主人公一般是君王，即围绕君王而记事，如"渑池之会"，尽管蔺相如有十分精彩的表现，但赵国的御史显然仅仅书写赵王，甚至不及蔺相如的名字。而司马迁所记"渑池之会"的情形，更有可能来自战国史官或家臣门客的私下"传闻"。①

如果我们将赵国御史的书写与司马迁的书写加以对比会发现，"渑池之会"的主角表面上是秦赵两国君王，而实际却是蔺相如。在《史记·赵世家》中，"渑池之会"仅仅是十分简略的一条记录"王与秦昭王遇西河外"②，这与蔺相如本传记载的内容不但详略差别甚巨，而且也没有呈现此次相会之于赵国国内政治权力的影响。而司马迁之所以把这次会晤的详情置于《廉颇蔺相如列传》本身就说明"渑池之会"的真正主角是蔺相如，而另一潜在的主角是廉颇，至于秦赵两国君王完全是配角的位置。司马迁的这一处理方式，也可以显示出两种书写的不同来源：《赵世家》的书写内容，虽然没有与蔺相如所要求的相一致，但显然出自赵国史官之手，而《廉颇蔺相如列传》中的"渑池之会"最初可能源于参与会议的赵御史的"传闻"，但最终被司马迁书写，中间应该还存在诸多的环节。也就是说，从赵御史的传闻至司马迁的文本，其间还存在诸多的言说甚至书写主体，而在这些言说主体之中，蔺相如的门客、家史是关键力量。这就如同《史记·孟尝君列传》所记的情形：

　　孟尝君待客坐语，而屏风后常有侍史，主记君所与客语，问

----

① 过常宝：《〈左传〉源于史官"传闻"制度考》，载《北京师范大学学报（社会科学版）》，2004(4)。

② （汉）司马迁：《史记》，1820 页。

亲戚居处。①

其中所谓"侍史"，学界多有关注，但缺乏对其书写文本的分析。当然，孟尝君之侍史书写的文本，无从查考，但他书写的内容是"君所与客语"，即孟尝君与门客对话的内容。显然，这一书写旨向不同于官修史官的书法范式。以此来看蔺相如，司马迁所记"渑池之会"的精彩场面无疑也来自蔺相如之家"侍史"的载录。大夫之家蓄养史官，是春秋社会遗留的传统，这一点从赵简子、赵襄子等人的事例可以看出，只不过随着赵简子的后人成为国君，家史也升为国史，并开始慢慢按照官修史书的范式加以书写了。

蒙文通结合相关事例认为"到了春秋晚期，继各国国史发展之后，大夫家史又发展起来……家史之兴，应当是和'礼乐征伐自大夫出'的政治形势的发展分不开的"，在此基础上他进一步指出"左丘明所汇集的《国语》所记春秋后期的历史情况，齐是以晏婴作为中心，郑是以子产作为中心，而晋是以叔向作为中心，都是详于大夫活动而疏于国家活动了。这一情况正是家史兴而国史衰的客观反映。当是左丘明在纂集《国语》的时候，由于后期国史的缺略，于是采集了晏婴、子产、叔向等大夫家史来作补充"。② 蒙文通讨论的主要是春秋史事的编纂和整理，但以孟尝君、蔺相如为例，战国时期也是如此，所以家史的兴盛并不能折射出国史的衰落，只能说明两种书写范式存在根本的不同：国史是官修史书，所以书写范式如同秦赵御史，由此产生的文本如同《竹书纪年》《赵世家》的一条记录等；相对于国史，家史书写的内容较为随意、丰富、活泼，特别是围绕着重要人物，相关的言辞书写详细、表达充分。所以，不要说《国语》之中有关子产、晏子、叔向的内容出自家史，就是《晏子春秋》以及《管子》的相关内容，无疑也出自家史，至于清华简中有关管仲、子产的篇章，也往往是这种家史的书写成果。

当然，我们称孟尝君的"侍史"为家史，只是一种书写职责的强调，

① （汉）司马迁：《史记》，2354 页。

② 蒙文通：《古学甄微》，12 页，成都，巴蜀书社，1987。

并非指他们的实际身份。其实，不论春秋时期的家史与家主之间存在怎样的一种归属性质，在战国时期这些被我们称为"家史"的人实际上是各国大夫、贵戚或名人所招揽的门客。而门客是战国士阶层的一部分，也许与那些知名的战国诸子相比，他们的精神追求与人格风范都次一等，甚至不入流，但这一批人数量众多、队伍庞大、活动频繁，他们之于战国文本的影响绝对不可小觑，这一点从《战国策》的文本内容足可证明。无论如何，与那些知名的战国诸子相比，这些门客借用知识、技能活跃于各诸侯国之间，他们的活动构成了战国诸子文化活动的底色。

　　限定于史书文本的书写，这些家臣的活动更具有实质的意义。夏德靠通过考察先秦时期"春秋"之名的使用认为"'春秋'是先秦史书的泛称……《春秋》《左氏春秋》《晏子春秋》《吕氏春秋》等相关文献文体初步勾勒出先秦时期'春秋'类文体演变之轨迹，即由单纯记录历史事件的结果发展到记载历史事件过程，重视历史因果关系的探寻；从记载诸国军政大事到专门记录个人言行事迹；由重视史事的载录发展到对形而上理论的追求"①。从"春秋"之名与文本内容的衍变可以看出，夏德靠的这一论断无疑是成立的。当然，考虑到诸如《竹书纪年》等文本的存在，夏德靠的梳理主要集中于私家著述。如果不限制于"春秋"之名，或从《吕氏春秋》《晏子春秋》来看，这些文本的编撰主体往往是围绕家主活动的门客。除了吕不韦，战国四公子招揽门客的情形，更为人津津乐道，这些门客除了帮助家主处理政务及琐事，还会产生文献编撰活动，最为典型的便是《魏公子兵法》的创制。与魏公子相似，赵国名将赵奢也聚集一批人，编辑、书写赵奢的言辞和兵法，以致赵括才能"纸上谈兵"。《史记·廉颇蔺相如列传》记载在赵王任命赵括之前，处在弥留之际的蔺相如告诫赵王说"括徒能读其父书传"，显然赵括所读之书正来源于其父门客之手，如同孟尝君之"侍史"。

　　总的来说，这些门客聚集于各国大夫、名人之家，由此而形成的

———————————

　　① 夏德靠：《先秦"春秋"类文献的编纂及其文体的演进》，载《中央民族大学学报（哲学社会科学版）》，2010(2)。

文献活动主要分为两方面：一是编辑、书写相关理论文本，如《吕氏春秋》等；一是言说、书写家主的言辞文本，如《晏子春秋》等。

当然，如果我们再放宽视野，围绕家主活动的士人书写的内容并非仅仅限于家主，对于这一批知识分子来说，他们书写的内容只要有益家主行动、模仿、借鉴即可。所以，《晏子春秋》的最终书写并不一定局限于晏婴家族，同样，有关子产、叔向、管子、司马穰苴的故事，也不一定非得出自各自的家族。事实上，诸如《晏子春秋》《管子》《司马法》等文本的产生与稷下学宫的书写行为密切相关。这一现象说明战国时期掌握书写之笔的士人，他们除了书写像《吕氏春秋》《虞氏春秋》这样的理论著作，还会书写像清华简《子产》《管仲》那样的文本。所以，战国时期的"私家著述"文本可以分为三种形态：一是诸子理论著作，一是家主言辞文本，另一是历史人物言辞文本。以战国史书形态来看，除了第一种属于诸子著作之外，其他两种应属于史书文本，但即使这两种也有不同的层次：家主言辞文本属于当代史的写作，它又往往处于诸子著作与史书文本之间，既可归入诸子文本，又可归入史书文本，如《战国策》归属的争议即可说明问题。与家主言辞相比，历史人物的言辞往往被归于史书文本，如《国语》早在《汉书·艺文志》已被列入"春秋类"，而《晏子春秋》则被分入了"诸子略"。按照蒙文通的分析，《国语》的编纂材料至少有一部分来源于《晏子春秋》。以此来看，作为"春秋类"的史书与诸子著作存在千丝万缕的联系。而这一方面也许正是诸子著作与史书加以沟通、互证的主要途径，即史书文本与诸子文本加以关联、接通的契机所在。

与"诸侯史记"相比，出自私家著述的史书文本是以大夫、贤人、名人为主角的，这是不同于官修史书的关键之处。官修史书突出的是君王，后世传说的左史、右史也围绕着君王活动，如宁登国结合《汉书·艺文志》《礼记》等文献的记载认为所谓"左史记言、右史记事"之说，并非周代实有建置，"乃是一种对史官监察天子言行的修辞性说法"。① 毋庸置疑，左史、右史尽管是一种虚拟的设置，但在后人特别

① 宁登国：《"左史记言，右史记事"考辨》，载《古籍整理研究学刊》，2011(5)。

是儒家学者看来是对天子、君王的记录或约束。也就是说，无论左史、右史是否真的存在，战国士人对它的解读本身就意味着这些史官的书写是一种官方行为，书写的风格也较为严肃庄重。而私家著述的史书，其主人公已不再是君王，或者准确地说，君王在其中只是配角，文本的核心在于贤人、名人乃至大夫、谋士的言辞。这一类文本的典型体现是战国时期的问对体文献。在大量的问对文本中，发问的一方往往是君王，处于低姿态的请教、受教的地位；对答的一方则是名人、大夫、谋略之士。这一类文本众多，包含诸如《国语》《战国策》以及上博简、清华简中的史书类文本，也包括孔子与鲁哀公的问对、孟子与梁惠王齐宣王的问对、苏秦与赵王燕王齐王的问对。单就我们通常认为是史书文本的《国语》《战国策》①而言，它们不是以君王为主角，其中的君王往往处于被批评、被指责、受教的地位，文本整体的排列也并非强调时间的连续性。这些文本特征说明，《国语》《战国策》显然不是官修史书的书写范式，而是出自私家著述之手。

葛志毅认为：先秦时期"史官的职责本身在其早期的发展中也曾经历过一个变化，即由最初的记言之职又发展出记事之职，并由此又先后完成《尚书》与《国语》的编纂"②。这一发展变化过程，如果放在春秋以前也许是合理的，但如果考虑战国时期的情形则是值得商榷的：与《尚书》以君王为中心相比，《国语》显然是以贤人、大夫为中心，所以考察战国时期的史官书写，必须关注官修史书与私家著述之间的区别。与《国语》相比，《左传》虽以记事为中心，文本的主角也时常是君主，但其中最为活跃、沁人心田的人物和言辞也往往是贤人、大夫，这一点无疑又标志着《左传》也有私家书写的参与。钱穆通过比较清人的观点与汉代史书的使用状况，认为"史有事有义，《左氏》详事，《公羊》重义，谓各传《春秋》之一偏可也"③。白寿彝也指出，《左传》与《国语》同列，是"《春秋经》以后的关于春秋史的重要的私人撰述"④。

---

① 《汉书·艺文志》将之归入"春秋类"史书。

② 葛志毅：《谭史斋论稿续编》，102 页，哈尔滨，黑龙江人民出版社，2004。

③ 钱穆：《先秦诸子系年》，526 页，北京，商务印书馆，2005。

④ 白寿彝主编：《中国史学史》第一卷，149 页，上海，上海人民出版社，2006。

统观战国时期的史书，按照书写主体可分为官修史书和"私家著述"，按照书写的内容，又可分为当代史、近古史和远古史。当然，就官修史书《竹书纪年》而论，"诸侯史记"也许倾向于书写"通史"，即从黄帝时代一直书写至史官生活的时代。《竹书纪年》的这一做法，无疑被司马迁父子所采用，进而形成了《史记》。同时，《史记》的通史性质也说明，尽管司马迁父子口口声声说撰写史书是继承孔子的"作《春秋》"，但在具体做法上显然早已突破了《春秋》所包含的时段和内容。无论如何，以《竹书纪年》的通史书写来看，战国时期的晋之《乘》、楚之《梼杌》、鲁之《春秋》等也应是编年体通史，这一点也许是官修史书不同于"私家著述"的另一个文本表现。

由于官修史书的现存文本有限，所以讨论战国史书文本的形成无疑应该以"私家著述"的史书为主。因此，当代史、近古史、远古史的区分也正是以"私家著述"的断代史为依据的。

第二节　战国士人近代史书写的文本资源

相对于司马迁父子所惋惜的"诸侯史记"，现存的《左传》《国语》显然是出于战国时期的"私家著述"，这一点许多学者多有论述。如蒙文通认为《国语》《左传》的史料多来源于"家史"①。而白寿彝则直接指出《左传》与《国语》同列，是"《春秋经》以后的关于春秋史的重要的私人撰述"②。对于"私家史书"的书写主体战国士人而言，最先吸引他们目光的不是当代史、远古史，而是近代史，即有关春秋时期的历史。

《汉书·艺文志》"春秋类"著录的史书不但首先开列的是《春秋》类书籍，而且其后的大部分文本都是春秋时期的史事，如《左氏传》《公羊传》《穀梁传》《邹氏传》《夹氏传》无疑是围绕孔子所修《春秋》而成文。除了与《春秋》相关的史书，战国时期的史书只有《世本》和《战国策》，其

---

① 蒙文通所言《国语》即涵盖《左传》，参见蒙文通：《古学甄微》，12页。
② 白寿彝主编：《中国史学史》第一卷，149页。

中《世本》是谱牒类史书，按班固的说法是"古史官记黄帝以来讫春秋时诸侯大夫"①，如此《世本》的下限是春秋时期，而非战国末期。② 那么在《汉书·艺文志》中有关战国的史书只有《战国策》一种。

班固的图书著录情况，也得到地下出土文献的验证，上博简、清华简本是战国之世书写的文字，但出土了许多有关春秋时期的史书文本，而有关战国时期的史书文本却很少。即使是现在可见有限的史书也多产生于秦汉之际，如《战国策》中的部分篇章、马王堆帛书《战国纵横家书》、睡虎地秦简《编年记》、阜阳汉简《年表》等，它们成为司马迁书写《史记》的文本来源，但在其身后却逐渐散佚，以至班固著录时只存《战国策》。

所以，汉人的著录以及战国出土文献的信息表明，战国士人在史书书写方面热衷的还是春秋时期的史书：春秋乐言诗，战国喜论史，所言不虚，这至少为孟子所说的"诗亡然后春秋作"（《孟子·离娄下》）提供了社会现实的写照。

以现存《左传》《国语》来看，战国士人书写春秋史事的形式主要分为两种：一是编年体如《左传》，与孔子所修《春秋》相伴③；另一是国别体如《国语》，强调历史人物的"嘉言善语"，是一种言辞文本。从当今出土的战国文献来看，无论是《左传》还是《国语》，都非战国士人书写的原本状态。或者准确地说，现在《左传》以编年体、《国语》以国别体的面目示人，均经过战国晚期乃至秦汉之际的加工、选择和修饰的过程。这一点，《左传》《国语》的文本形态以及战国诸子对它们的引用足以证明。

结合《左传》文本内容，王和指出《左传》在先秦时期经过两次编纂："（一）战国前期鲁人左氏所作纪事本末体史事汇编，这是《左传》的原貌。（二）由后代经师改编为编年体，用它来解释《春秋》。这一过程大

---

①　（汉）班固：《汉书》，1714 页，北京，中华书局，1962。

②　陈梦家：《西周年代考·六国纪年》，196 页，北京，中华书局，2005。

③　学界对于《左传》与《春秋》关系的讨论还在继续，但《左传》记载的史事与《春秋》存在大量一致的地方，却毫无疑问。这一点至少说明，在孔子之后，战国士人开始以《春秋》为本，编纂、整理、书写与之相关的春秋史料了。

约是在战国中后期进行的，至迟在战国末叶之前必已完成。"①也就是说，我们现在所看到的编年体史书，最初是纪事本末体，因为经师们"用它来解释《春秋》中的史事，犹如今日之'辅导材料'"②，后来以此慢慢增加了解经的文字，以至最终成为编年体的解经之传。相对于其他论断，王和所论不仅能够解释《左传》的文本形态，也注意到了《左传》文本的变动情况，因此这一论断富有启发意义。

有论者指出《孟子》《荀子》《吕氏春秋》《韩非子》等文本对《左传》记载的事例多有引用，如《孟子·告子下》齐桓公葵丘会盟、《孟子·公孙丑下》齐桓公与管仲、《孟子·离娄下》"庾公之斯去矢金射子濯孺子"、《孟子·万章上》"宫之奇谏假道"等，分别见于《左传》襄公十四年、僖公十三年、僖公九年等③，但诸子所引的内容多与《左传》不合，即常常出现"张冠李戴"的现象，对此论者从叙述效果、叙述模式加以解释。④ 其实，诸子所引事例除了"张冠李戴"，还存在文本内容上的显著差异，如孟子所说"葵丘之盟"的内容，即"五禁"，从"初命"到"五命"以至总则，内容齐全、前后连贯，而《左传》不及其中的一命，只有一条总则即"凡我同盟之人，既盟之后，言归于好"（《左传·僖公九年》）。显然，孟子引用的内容，远远超过今本《左传》所记的内容。这一点至少说明，孟子引用的文本不出于今本《左传》。

按照王和的说法，《左传》最初的文本是纪事本末体，那么孟子所引"葵丘之盟"的内容是否存于最初的《左传》文本？以儒家经师常以纪事本末之"左传"来解《春秋》而言，在"纪事本末体"转变成"编年体"的过程中，那些看重史书记载的经师也不会随意删除相关内容的，特别是葵丘之盟的内容，被孟子所推崇，又与儒家的学派理念相一致，无论如何不应成为删节的对象。王和在解释战国经师对"左传"原本改编

① 王和：《〈左传〉的成书年代与编纂过程》，载《中国史研究》，2003(4)。
② 王和：《〈左传〉的成书年代与编纂过程》。
③ 赵奉蓉：《战国诸子对〈左传〉传播的效应》，载《船山学刊》，2010(2)。
④ 赵奉蓉：《战国诸子对〈左传〉的传播》，载《兰州学刊》，2008(2)。

时，也强调经师及后人对"左传"内容的增加，而非删减。① 所以，更为妥善的解释是，孟子所说的葵丘之盟的"五禁"并不出自《左传》，而是来源于那些原本就没有入选纪事本末体"左传"的春秋史书。谈到《左传》史料的来源时，王和认为主要有两种史料："一是取自春秋时期各国史官的私人记事笔记"，另一是"取自流行于战国前期的、关于春秋史事的各种传闻传说"。② 与之相比，孟子的"五禁"似乎应来源于第一种，但葵丘之盟的内容显然又非史官私下的交流、"传闻"，参与会盟的各国史官都应该光明正大地加以书写。因此，孟子的"五禁"来源应该更为广泛，至少应该涵盖那些诸侯史官的官方书写。

结合孟子乃至战国其他诸子引用历史的事例，他们所面对的史书应该是多样的，而非单一的，不但现存《左传》的文本难以涵盖，即使王和所说的春秋史官的私人笔记、战国前期的种种传说也难以统揽。因此，战国士人所面对的史料文本是极为丰富、多样的，包括春秋史官的私人笔记、战国早期的传说，还包括春秋史官的职责书写、各种星卜占象等。它们共同构成了战国诸子所资利用的春秋史事。

相对于这些多样的史事书写，《左传》《国语》乃至《春秋事语》、秦简《编年记》等只是截取了书写主体自己想要的内容，以及书写文本适宜承载的内容。这一点不但可以从孟子所引的"五禁"得到证明，自古以来特别是当代社会不断出土的各种史书文本更能够加以支持，汲冢竹书之《国语》、马王堆帛书之《春秋事语》、上博简、清华简、慈利简等相关内容，足以说明问题。

因此，以文本形态来看，战国士人所面对的春秋史书文本主要有三种：一、以《春秋》《竹书纪年》为代表的编年体史书，主要书写及传承于官职系统之史官；二、以原本"左传"为代表的纪事本末体史书，其中的史事也许最初源于史官的私人传闻和书写，但至战国时期已是史官、战国诸子共同面对的史书，而且很可能经过战国士人的选择、

---

① 王和：《〈左传〉中后人附益的各种成分》，载《北京师范大学学报（社会科学版）》，2011(4)。

② 王和：《〈左传〉的成书年代与编纂过程》。

加工、编联而成体系；三、以原本"国语"为代表的言辞类史书，其史事来源及编联过程如同第二类，但形成的文本数量以及被使用的频次在战国时期要远远高于前两种。

第一种史书的编纂主体如前所述，是诸如秦赵御史之类的史官，其书写范式从春秋时期一直延续至战国，编年记事的范围有长有短，通史、断代史并存。这一类史书应藏于诸侯或周王室，极易毁坏，是司马迁父子所哀叹、惋惜的"诸侯史记"，也是战国时期官修史书的典型代表。

第二种史书以记事为本，注重事件的起因、发展、变化及结果，关注事件的完整性，以原本"左传"为代表，当今可见的文本形式如清华简《系年》。① 谈到《左传》在战国时期的传播时，学界常引《史记·十二诸侯年表》加以说明：

> 鲁君子左丘明惧弟子人人异端，各安其意，失其真，故因孔子史记具论其语，成《左氏春秋》。铎椒为楚威王傅，为王不能尽观春秋，采取成败，卒四十章，为《铎氏微》。赵孝成王时，其相虞卿上采春秋，下观近势，亦著八篇，为《虞氏春秋》。吕不韦者，秦庄襄王相，亦上观尚古，删拾《春秋》，集六国时事，以为八览、六论、十二纪，为《吕氏春秋》。及如荀卿、孟子、公孙固、韩非之徒，各往往捃摭《春秋》之文以著书，不可胜纪。汉相张苍历谱五德，上大夫董仲舒推《春秋》义，颇著文焉。②

这里的"春秋"一般理解为孔子所修之《春秋》③，而其他文本则是由孔子所修《春秋》衍生而出的文本，即其中无论是诸子理论文本、言辞文本，还是战国史书文本，都是因孔子之《春秋》而成文。司马迁如此叙述一方面在强调孔子所作《春秋》的统领、涵盖地位，另一方面也重在说明春秋史事对战国之世的影响和激荡。

---

① 李学勤：《清华简〈系年〉及有关古史问题》，载《文物》，2011(3)；李守奎：《清华简〈系年〉与吴人入郢新探》，载《中国社会科学报》，2011-11-24。
② (汉)司马迁：《史记》，509~510 页。
③ 可参见本章第三节的相关内容。

　　从战国之世喜论史的社会风气来看①，把孟子、荀子、韩非子等人的著作看成《春秋》的衍生品，显然是有道理的。这一点也是"诸子出于史官""五经皆史""经史为一"等观念的最初表达，以至班固《汉书·艺文志》将史书系于"六艺略"，汉人的这些分属、归类，代表着华夏民族推经重史的传统观念在图书分类上加以固化和定型。

　　从王和对《左传》文本的衍变过程的推论可以看出，尽管"左传"最初不以解经为目的，但《左传》记事的时间段与《春秋》大致相同，特别是开端都以隐公元年为始，而且事件发生的时间点多数也是极为清晰且与《春秋》一致的，如此儒家的"经师"才有可能进行随后的编年活动。《左传》这一记事时段的选择、记事时间点的明确具体，也许正说明名为"左氏"的史官在书写纪事本末体之"左传"时，也有意与《春秋》相联属，因此司马迁说左氏"因孔子史记具论其语"是可信的。总之，这些信息说明，与言辞类史书不同，纪事本末体之"左传"与孔子所作《春秋》的关系更为密切，而这一点也影响了它在战国之世的传播和接受情况。

　　《史记》所述在左氏之后，《左传》的传承线索比较概括、模糊，孔颖达在给杜预《春秋左氏传序》所作的注疏中引用刘向《别录》云：

　　　　左丘明授曾申，申授吴起，起授其子期，期授楚人铎椒。铎椒作《抄撮》八卷，授虞卿；虞卿作《抄撮》九卷，授荀卿；荀卿授张苍。②

这一传承线索明晰得让人怀疑，当代学界有人认同，也有人反对，但以战国诸子著作来看，荀子的文章直接引用了《左传》，典型的例证便是《致士》的段落：

　　　　赏不欲僭，刑不欲滥，赏僭则利及小人，刑滥则害及君子。

---

　　① "春秋时人好言诗，而战国时人则好论史"，见王和：《〈左传〉的成书年代与编纂过程》。

　　② （清）阮元校刻：《十三经注疏》，1703 页。

　　若不幸而过，宁僭无滥；与其害善，不若利淫。①

这段话显然是《左传》襄公二十六年声子归生之言："善为国者，赏不僭而刑不滥。赏僭，则惧及淫人；刑滥，则惧及善人。若不幸而过，宁僭无滥。与其失善，宁其利淫。"文字略有差异，而意义完全相同，荀子的改编痕迹极为明显，所以卢文弨直言荀子是"传《左氏》者之祖师也"②。在此基础上，刘师培更认为："夫左氏、毛诗均传自荀子，古文家言荀为鼻祖，惟取毛左之说与荀书互证，然后荀书之义明。"③即荀子文章多采《左传》《毛诗》之义而成文，荀子是否传毛诗也许还可讨论，但他传《左传》应无异议。

　　在荀子之前的虞卿、铎椒、吴期、吴起、曾申等因为没有文本传世，很难坐实他们与《左传》的关系，他们分属鲁、卫、赵、楚等国，传承地域忽东忽西、忽南忽北，《左传》即使传之于他们之手，也并非单线的承继与递受。但是，其中的曾申、虞卿都是儒家学者，吴起原本求学于曾子，铎椒为楚王之师似乎也意味着出身与儒家的紧密关联，所以刘向《别录》的这一传承线索说明，《左传》在战国的传承虽然不是单线的，却应该是传承于儒家学者之手。这一点也正与王和所说的儒家"经师"将纪事本末之"左传"改编成编年体之《左传》相契合。总的来看，司马迁、刘向的言说尽管存在着一些漏洞，但他们的表述无疑又都蕴含着一个历史事实，即《左传》在战国时期传承于儒家内部，与《公羊传》《穀梁传》的传承范围相似。

　　《左传》依附于《春秋》、传承于儒家内部的证据，还可以从对晋楚"邲之战"的记载加以证明。关于晋楚"邲之战"的过程，在"春秋三传"中《左传》记述最详，而战争的发生地《春秋》及"三传"无异辞，均在"邲"。但"邲之战"的名号并不流行于战国，此时大家习用的是"两棠之战"，如《吕氏春秋·至忠》"荆兴师，战于两棠，大胜晋"、贾谊《新书·先醒》"乃与晋人战于两棠，大克晋人"。唐人刘知幾已注意到"三

① （清）王先谦撰：《荀子集解》，264 页，北京，中华书局，1988。
② （清）王先谦撰：《荀子集解》，264 页。
③ 刘师培：《刘申叔遗书·荀子补释》，942 页，南京，江苏古籍出版社，1997。

传"特别是《左传》与《吕氏春秋》《新书》的不同，其云："当秦汉之世，《左氏》未行，遂使《五经》、杂史、百家诸子，其言河汉，无所遵凭。故其记事也……楚、晋相遇，唯在邲役，而云二国交战，置师于两棠。"清人浦起龙解释刘知幾的意思说"此就邲战一事而言，见书地多讹也"，又云"地或有两名者"。① 正如浦起龙所说，一地多名现象不可避免，但如刘知幾所说，战国诸子以及贾谊称"两棠"而不称"邲"，实为"《左氏》未行"之时。当然，这里的"未行"主要是指《左传》在战国时期并未广泛传播于世，以致诸子"书地多讹"。

其实，无论说诸子"无所遵凭"，还是"书地多讹"都是以《左传》或"三传"或《春秋》为本，即站在《左传》《春秋》所记准确无误的立场上去评点战国诸子的书写。客观地来看，贾谊、《吕氏春秋》称谓"邲之战"为"两棠之战"不但不误，也不是"无所遵凭"，更非地有两名而随便称一，而是"两棠之战"为战国社会所通称，即战国诸子统一称谓"邲之战"而为"两棠之战"。可资证明的文本除了《吕氏春秋》，还有上博简《郑子家丧》甲乙、《陈公治兵》三篇文章，他们从不同言说角度记为"与之战于两棠，大败晋师焉""又与晋人战于两棠，师不绝"。②

上博简三篇是用楚文字写成的，书写立场也以楚国为中心，而它们均称"邲之战"为"两棠之战"，足以证明这是战国社会的通称。刘向《别录》以及当代学者均认为，在《左传》的传承序列中贾谊占有重要的一环③，但其所作《先醒》显然没有采用《左传》之说，这并非证明贾谊不传《左传》，而是折射出"两棠之战"的称谓使用极为广泛，以至连传承《左传》的贾谊在撰文时也不免自觉或不自觉地使用了"两棠"，而没有使用"邲"。

从贾谊《先醒》的全篇来看，他讲述的历史故事多不见于《左传》，

---

① （唐）刘知幾撰，（清）浦起龙释：《史通通释》（下），421～422、426页，上海，上海古籍出版社，1978。

② 马承源主编：《上海博物馆藏战国楚竹书》（七），178页，上海，上海古籍出版社，2008；马承源主编：《上海博物馆藏战国楚竹书》（九），173页，上海，上海古籍出版社，2012。

③ 黄觉弘：《论贾谊与〈左传〉之关系》，载《船山学刊》，2006(1)。

这一点章太炎有较为详细的描述：

> 《先醒篇》楚庄王伐郑事，亦与传合，其称郏为两棠，则地有
> 异名，非不合也。其下述申胥事，又足补《传》阙者也。宋昭公一
> 事，此昭公见《宋世家》，即哀二十六年《传》公孙周之子得，与为
> 王姬所弑者异。《传》终哀二十七年，昭公此事当在《传》后矣。虢
> 君一事，与《左传》陈辕颇事同，下言"枕块"又与《国语》楚灵王事
> 同，自古人异事同者，传记所载，何止一端？非必彼此有误，自
> 其情事同耳。①

章太炎所述首先反驳了刘知幾的地名"不合"之说，承继了浦起龙的"地
有两名"而提出"地有异名"；其次又云《先醒》所记为《左传》所无，"足
补《传》阙者也"；至于宋昭公、虢君两事，一在《左传》之后，另一为
"自古人异事同者"。显然，章太炎虽然与刘知幾、浦起龙观点有别，
但其立场仍然以《左传》为视角。而如果我们退出这一立场，客观地来
看《先醒》与《左传》所记的内容，我们无疑会发现《先醒》所依据的史事
文本一定不是《左传》，而是战国时期的其他史书文本。

单就《先醒》所记虢君一事来看，《左传》中对虢国末世之君的描述
主要出自"宫之奇谏假道"，其他地方没有，这正是章太炎在谈及此事
时引用陈辕颇、楚灵王之事对照的原因。以贾谊所述，虢君一事应该
是独立的文本，至少在贾谊之前就在社会上流传，所以贾谊才得以借
之说理。更为重要的是，虢君枕块一事，《左传》并没有记楚灵王有此
事，《左传·昭公十三年》仅言芋尹申亥"乃求王，遇诸棘闱以归。夏五
月癸亥，王缢于芋尹申亥氏。申亥以其二女殉而葬之"。记载楚灵王枕
块一事，出自《国语·吴语》伍子胥之口，他对吴王夫差说："畴趋而
进，王枕其股以寝于地。王寐，畴枕王以墣而去之。王觉而无见也，
乃匍匐将入于棘闱，棘闱不纳，乃入芋尹申亥氏焉。王缢，申亥负王
以归，而土埋之其室。此志也，岂遽忘于诸侯之耳乎？"

---

① 章炳麟：《春秋左传读叙录》，见《章太炎全集》（二），843 页，上海，上海人民出版
社，1982。

　　伍子胥原是楚人，离楚灵王之世又很近，其言说的内容本已让人相信，而他又强调"此志也，岂遽忘于诸侯之耳乎"，可见在伍子胥看来，这件事为天下人所熟知。虢君之事与此相似，也许正是战国士人根据楚灵王事迹的演绎、比附，也许正如章太炎所说是"自古人异事同者"。但无论是楚灵王之事，还是虢君之事，均不见于《左传》，这说明《先醒》所记有关虢君的文本来自诸如《国语》这样的言辞史书。

　　传承《左传》的贾谊在言说自己观点时，撇开了《左传》而引用类似"国语"的言辞文本，足以证明《左传》传播的有限而"国语"传播的广泛。

　　根据出土文献与传世文献的信息，如果以开阔的视野来看，无论是"两棠之战"的称谓，还是虢君一事的演绎、传播，均是类似"国语"文本的扩散，而非"左传"的传播。换言之，无论是纪事本末体之"左传"，还是编年体之《左传》，它主要传承于儒家内部，而在整个战国知识界广泛流传的是类似"国语"类文本。对此，李零也有比较明确的说明："过去我们的印象，古代史书，'春秋'最重要，但从出土发现看，'语'的重要性更大。因为这种史书，它的'故事性'胜于'记录性'，是一种'再回忆'和'再创造'。它和它所记的'事'和'语'都已拉开一定距离，思想最活跃，内容最丰富，出土发现也非常多，如《左传》一类古书恐怕就是用这类材料编成，现在的《国语》、《国策》也是此类古书的孑遗。早期史书，是以'春秋'、'世'为筋脉骨骼，'语'、'故志'、'训典'为躯干血肉，这对后世有很大影响。"①

　　李零的推测，随着上博简、清华简的进一步公布得到了更多切实的文本证据。当今有关春秋史事的"国语"类文本众多，如马王堆帛书《春秋事语》，上博简《昭王毁室》、《昭王与龚之脽》、《柬大王泊旱》、《姑成家父》、《鲍叔牙与隰朋之谏》、《景公虐》、《庄王既成》、《申公臣灵王》、《平王问郑寿》、《平王与王子木》、《郑子家丧》甲乙、《成王既邦》、《成王为城濮之行》、《灵王遂申》、《陈公治兵》等，清华简《子犯子余》、《晋文公入于晋》、《赵简子》、《越公其事》、《郑武夫人规孺子》、《郑文公问太伯》甲乙、《子产》、《管仲》、《子仪》等，慈利石板村

_____

① 李零：《简帛古书和学术源流》，202 页。

"吴语"等，再加上西晋时期出土的汲冢竹书之《国语》，可见战国时期的"国语"类文本蔚为壮观。至少与纪事本末体相比，"国语"类文本的书写和流传在战国时期均占主流态势。

以出土文献的文本形态来看，这些"国语"类文本是分散的，多数没有篇题，有时还是重复的，需要今人使用甲乙本加以区分。这种文本形式，代表着今本《国语》未纂集之前的状态，也应是"国语"类文本在战国时期的本然状态，即是分散的、重出的，多数文本也缺乏国别的标识。以此反观西晋学者整理的汲冢竹书之《国语》，学者虽然名篇为"国语"，显然文本自身标明国别的可能性不大，因为整理者自注云"言楚晋事"①。这一点表明文本虽然被命名为"国语"，但篇章也是分散的，之所以被命名为"国语"，主要是因为所记的史事集中于楚、晋两国，又强调言辞。上博简、清华简出土的墓地不明，但汲冢竹书出于魏王大墓，而慈利竹简出土在"属于下大夫一级墓葬"②，从国君到下级大夫，均拥有此类文本足以说明"国语"类文本在战国时期的流行。

在谈到《左传》记言内容的来源时，王和认为此类文本主要来源于战国前期的传闻，"一般来讲，《左传》里凡是长篇大论的对话，多属于取自战国传说（但并非全部）。这一部分文字的史料价值不高，有些事情虽有一点史影，但已大大失真；还有一些则面目全非，根本不可凭信"③。单就这类文本的可靠性而言，应该赶不上春秋史官的"私人笔记"，但这些言语类文本也并非晚出，因为魏王墓、大夫墓均有此类内容，足以说明这些言语类史书文本，至少不同于战国诸子著作所引用的历史故事，即诸如今本《国语》的史事也往往书写于春秋史官之手，以至传承至战国，成为上至君王下至士人的史书读物。

这些多样、繁复而分散的史书文本，因为流传之广、抄写频繁，再加上诸子的主观阐释，又衍生出更多的春秋史事传闻，以至被诸如《吕氏春秋》、《韩非子》、贾谊《新书》、《淮南子》、刘向《说苑》与《新

① （唐）房玄龄等撰：《晋书》卷51《束晳传》，1433页，北京，中华书局，1974。
② 高中晓、柴焕波：《湖南慈利县石板村战国墓》，载《考古学报》，1995(2)。
③ 王和：《〈左传〉的成书年代与编纂过程》。

序》所引用、载录乃至改编、修饰，前述"两棠之战"的使用、贾谊《先醒》就是鲜明的证据。另外，墨子所说的"百国春秋"，按其内容来看，显然也是此类史书的演绎性文本。当然，这类史书也会被结集成册，可能正因为诸子各派演绎过甚，以致有识之士像"左丘明"一样担心诸子百家"人人异端，各安其意，失其真"，所以选择那些比较严肃而又"明德"的文本加以纂集，以至成为今本《国语》。而编纂者为了强调文本的可靠性、严肃性和权威性，将之托名于受世人尊敬的春秋史官"左丘明"，于此这类《国语》文本又与"左丘明"联系在了一起。①

　　以楚国贤大夫申叔时所言《语》能够"使明其德，而知先王之务，用明德于民也"，其中"先王之务"以及"明德"，必须通过严谨的史事或言辞加以解说，如此《左传》《国语》有共同的编纂动机和用途，这也难怪时人将这两部史书都系属于"左丘明"的名下。自马王堆帛书《春秋事语》出土以来，学界将今本《国语》定义为"治国之善语"的结集②，而以战国时期史书文本的实际情形来看，今本《国语》只是大量"治国之善语"史书文本中的一种。

　　以现存文献来看，"国语"一名最早见于《孔丛子·问答》"陈王涉读《国语》，言申生事"。陈胜、孔鲋生活于秦汉之际，《国语》的编纂应该在战国晚期③，《韩非子·说疑》"其在《记》曰：尧有丹朱，而舜有商均，启有五观，商有太甲，武王有管、蔡"，此处所引内容见于《国语·楚语上》"故尧有丹朱，舜有商均，启有五观，汤有太甲，文王有管、蔡"，其"《记》"应是《国语》；《礼记·大学》所引"《楚书》曰'楚国无以为宝，惟善以为宝'"，这一内容见于《国语·楚语下》，但此处称之为《楚书》。这些本出于今本《国语》的内容，却称之为"记""楚书"，可见在《大学》《韩非子》的时代，"国语"类文本虽有一定的结集，但还没

---

　　①　左丘明与今本《国语》《左传》的关系，古今学者多有争议，从"语书"文本的形成来看，如此解释"左丘明"的署名与诸多文本记载相契合。相关争议参见程水金：《中国早期文化意识的嬗变》，299～302、336～338 页，武汉，武汉大学出版社，2003。

　　②　杨博：《裁繁御简：〈系年〉所见战国史书的编纂》。

　　③　黄怀信：《〈孔丛子〉的时代与作者》，载《西北大学学报（哲学社会科学版）》，1987(1)。

有完成最终的纂集，至少"国语"的名称还未被统一使用。以《大学》所使用"楚书"来看，按国别分类的史书文本应该出现很早，这一点也是传统史书文本的归类方式，如《左传》襄公三十年有"《郑书》有之曰：'安定国家，必大焉先'"、昭公二十八年有"《郑书》有之：'恶直丑正，实蕃有徒'"等。其实，《尚书》《诗经》等记言文章、诗歌作品的分类也是以国别地域为准。所以，在这些言语类春秋史事的文本之中应该有一些最初是以国别为类单行的，即各国史料单独传抄，战国后期经过儒家士人的整理，变成了传世的"国别体"史书。这一点似乎又与当今出土的"国语"类文本相矛盾，因为出土的战国竹书上都未标明各自的"国别"。

其实，出现这种情况，可能是由于出土文献为抄本、节选本的缘故，清华简、上博简包括的内容很多，有关春秋史事的文本极有可能是墓主人按照自己的所需摘抄、节选而来的。尽管如此，从出土的"国语"类文本中仍能看出原本它们具有"国别"的性质，如上博简的史书文本集中于楚国、清华简的史书文本多是晋国、郑国、齐国的内容，而慈利简直接和"吴语"相关①；远至西晋时期出土的《国语》又以晋国、楚国为主。这些信息说明，在今本《国语》纂集之前，许多言辞类史书文本已拥有"国别"的标签，它们成为今本《国语》编纂的文本资料。

结合前述"国语"类史书文本在战国时期的流传情况可知，言辞类史书文本不但是今本《国语》的编纂源泉，而且也是纪事本末体的史料来源。古今学者在讨论《左传》与《国语》时往往将之对立起来，刘知幾在《史通·六家》将《国语》独列，称之为"国语家"，清人浦起龙进一步说"《国语》，国别家也"②，现当代学者多称《国语》为国别体史书，以与《左传》相区别。清人崔述更直言："《国语》之作主于敷言，与《左传》主于纪事者不同，故以语名其书，犹孔门有《论语》《家语》也。"③

① 张春龙：《慈利楚简概述》，见艾兰、邢文编：《新出简帛研究》，5页，北京，文物出版社，2004。
② （唐）刘知幾撰，（清）浦起龙释：《史通通释》，1页。
③ （清）崔述撰：《崔东壁遗书·丰镐考信录》卷六，231页，上海，上海古籍出版社，1988。

其实，《国语》与《左传》也存在着千丝万缕的联系，这不单单是指两国记录的史事时间大体一致，即集中于春秋时期，更指两者在文本内容上的直接相关。如前引《左传》论事多用"郑书"，说明编纂者对相关国别史书极为熟悉。更为重要的是，《左传》文本具有言、事合一的特征，即在纪事的总体框架之下以言辞来充实。这一点刘知幾早有关注，他在《史通·载言》中说："古者言为《尚书》，事为《春秋》，左右二史，分尸其职。……此则言、事有别，断可知矣。逮左氏为书，不遵古法，言之与事，同在传中。"左右二史之分，是否属实或可再斟酌，但刘知幾所云《左传》言事不别"同在传中"却是实情。《左传》言事合一的书写，也许说明它所依据的"春秋史官的私人笔记"其中一部分就是言辞类史书文本。也就是说，有关春秋史事的言辞类文本，在战国时期不但是今本《国语》的直接来源，同时也为《左传》《系年》等纪事本末体史书提供了重要资源。现存《左传》文本开端于隐公元年，而今本《国语》记事开始于西周末年，这些时间信息说明尽管两者所依据的史书文本大致相同，但由于编纂的参照物、强调的着眼点不同，所以撷取史事的时间点也有别。

因为《左传》依附于《春秋》传承，所以即使是纪事本末体"左传"也有时间开端的限制，这不利于我们探讨它与言辞类史书文本之间的密切关系。而同样为纪事本末体的清华简《系年》，为我们弥补了这一缺憾。据学界讨论的成果，清华简《系年》成书的时间与《左传》大体相当①，这一点至少说明《系年》不是《左传》的衍生文本，也与铎椒所编的《铎氏微》无关。

《系年》以纪事为主，所记史事上至武王伐纣下至楚悼王时期，当然以书写主体的主观意图来看，所记主要史事开端于乱世之际的西周晚期，并着重突出籍田之礼的丧失和败坏之于西周王朝没落的影响。这一点显然与《国语》的记事开端相似：《国语》记事以周穆王为始，重点突出周穆王的"暴兵露师，伤威毁信"以启周之无德之世。《系年》《国语》这一共同点折射出两者编纂的目的都在于"求多闻善败，以监戒也"

---

① 杨博：《裁繁御简：〈系年〉所见战国史书的编纂》。

（《国语·楚语下》）。

当然，与《国语》突出德行的重要性相比，《系年》在叙事时突出的是力量的展示，这一点论者已有敏锐的把握。如李明丽、杨博等结合《左传》《系年》《史记·管蔡世家》所记息妫一事的不同言说角度，认为《系年》在叙事结构上不同于《左传》的"以礼统力"，而是强调"以力系事"。① 显然，《系年》与《国语》叙事旨向的区别也同于《左传》：不务德而突出力。《系年》的这一叙事方式说明，与《左传》《国语》编撰于儒家学者之手不同，《系年》成篇于非儒家士人的书写，至少它的道德教化色彩比较淡薄。

诸多传世文献与出土文献的文本信息说明，《左传》《国语》《系年》文本的区别与相似说明战国士人在面对共同的春秋史料时，总是以自己的主观立场为中心去选择、加工、修饰史书文本。

从所记史事的开端来看，在《国语》《左传》《系年》之间，《系年》虽然与《左传》同为纪事本末体，但它的文本内容更接近于《国语》：《系年》23 章中有多章是言事合一的，如第 5、6、14、15 章等；《系年》的多章虽以楚国为中心，但所记史事涉及中原各国，如涉及晋国的史事与楚国出场的频次相同；以章数而论，述晋国事的有 17 章，述楚国事的有 15 章；23 章之中有 12 章带有明显的纪年，其中 5 章以晋公纪年、6 章以楚王纪年、1 章共用两国君主纪年。② 这些文本特征一再说明，笔者推测《系年》如同汲冢竹书之《国语》三篇③，是有道理的。

所以，与《左传》或《竹书纪年》相比，清华简《系年》与《国语》更为接近。这说明战国士人编写《系年》的最初史料来源于"言辞类"史书，即它与今本《国语》存在共同的史事文本材料。

有关春秋史事的文本构成了战国士人书写春秋史事的共同资源，而构成这一文本资源的主要史书文本便是言辞类史书文本，我们现在看到的《国语》是这一言辞类文本的直接选取和修饰，《左传》《系年》则

---

① 李明丽：《以力统礼——试论清华简〈系年〉的深层叙事结构》，载《古籍整理研究学刊》，2016(2)。

② 杨博：《裁繁御简：〈系年〉所见战国史书的编纂》。

③ 刘全志：《论清华简〈系年〉的性质》，载《中原文物》，2013(6)。

是对言辞类文本的加工改编进而修饰的结果。显然，无论《左传》《国语》，还是《系年》《春秋事语》，在战国之世均属于战国士人的私家著述，与官修史书在文本形态、内容及价值观念上均存在着显著的区别：《竹书纪年》、秦赵御史的书写范式足以说明问题。

　　简言之，在战国之世，《左传》仅流传于儒家内部，被诸如传承《公羊传》的儒家经师所使用，孟子、荀子以及其他战国诸子的相关使用可资证明。战国社会大量流传的是言辞类史书文本，它们成为战国士人节选、纂集史书文本乃至著述立说的文本资源：这些文本中的一部分被儒家士人编成了《国语》《左传》《公羊传》等传之后世；另一部分则被编成马王堆帛书之《春秋事语》、阜阳汉简之《春秋事语》、清华简之《系年》、汲冢竹书之《国语》、北大汉简之《周驯》以及上博简、清华简等史书文本；还有一部分被战国秦汉诸子著作所吸纳，以多样形态保存于诸如《吕氏春秋》《晏子春秋》《孟子》《管子》《韩非子》《新书》《淮南子》《新序》《说苑》等。由于传承的主体、线索、社会环境等原因，它们的命运也不相同：有的经过辗转传承、历代累积，一直延续至现在，成为传世文献中的经典；而有的远在战国秦汉时期就已被埋入地下，其后于不同的时期、不同的机缘又得以面世，成为出土文献；更有的在战国秦汉及其后世逐渐散佚不闻，消失不见，遂成绝响。

第三节　战国士人对近代史的改编

　　言辞类史书文本只是提供了一种资源，为战国士人的史书编纂贡献了诸多文本资源和可资参照的范式。而它们的结集、编纂过程，无疑更能体现战国士人的创新和话语方式。这就涉及《国语》《左传》乃至《系年》的形成过程，考虑到战国社会的复杂形势，由春秋史事文本到这些书籍的结集，中间一定存在着许多复杂的环节，如纪事本末体"左传"是由哪些人群传承，并在战国后期改编成编年体的；《国语》虽然直接承自言辞类史书文本，但它又与那些言辞类文本存在明显的区别；《系年》的纪事从春秋一直延续至战国，这种书写方式显然不同于《左传》《国语》。这些问题无疑都涉及战国士人编纂史书、撷取史事的具体过程和话语方式。

首先来看《左传》，如前所述《左传》在战国时期存在着文本形式的重大变动，即由纪事本末体之"左传"改编成编年体之《左传》。那么改编《左传》的儒家经师是哪些人呢？西晋时期出土的汲冢竹书有一种名为《师春》的书，整理者认为是"书《左传》诸卜筮，'师春'似是造书者姓名也"①。陈梦家将之归入"卜筮类"，并依据唐宋之书的引用认为此书至唐代犹存，宋代已大异。② 以此来看，刘知幾《史通》所云"《师春》多载春秋时筮者繇辞，将左氏相较，遂无一字差舛"，是可信的。当然无论刘知幾还是陈梦家都是站在《师春》摘抄《左传》的立场上加以分析的，刘子立认为事实的情况可能正好相反，《左传》的编纂摘抄了《师春》的内容。③ 如此看来，至少编年体《左传》成书于汲冢竹书《师春》之后。

这一时间也与《孟子》《荀子》等对春秋史事的引用情况相一致：孟子引用春秋史事虽也记载于《左传》，但多有不合，如孟子所云齐景公"招虞人以旌"而《左传》却是"招虞人以弓"、孟子言宫之奇以比百里奚而《左传》记宫之奇两次谏说而不言百里奚离虞入秦，至于葵丘会盟、郑人侵卫等事更是多有差异，以致孔颖达针对庾公之斯一事云："其姓名"与《左传》襄公十四年"略同"，但"行义与此正反。不应一人之身有此二行"，并认为"孟子辩士之说，或当假为之辞"而《左传》"应是实也"。④ 如果孟子所言史事依据《左传》，他虽为"辩士之说"也不至于将卫国内乱变成郑卫之争，更不会突出尹公佗的德行。由这些信息可知，《孟子》所说的春秋史事应来源于流播广泛的言辞类文本，至少不是《左传》。

与孟子相反，荀子与《左传》的关系更为密切，如前引《致士》一文，荀子所用的言辞来源于《左传》无疑。孟子、荀子两人同为儒家，他们

---

① （唐）房玄龄等撰：《晋书》卷 51《束皙传》，1433 页。

② 陈梦家：《西周年代考·六国纪年》，186～187 页。

③ 刘子立：《〈左传〉神秘预言及其文献来源》，载《四川理工学院学报（社会科学版）》，2011(1)。

④ （清）阮元校刻：《十三经注疏》，1957 页。

与《左传》的疏离、紧密折射出，《左传》是在孟子至荀子之间的时代被儒家学者纂集的，以至被战国后期的荀子加以引用、传承。

现在看来，在儒家内部，传承"左传"原本的学者与传承《公羊传》的经师存在着交织和关联。古今学者早已注意到《左传》与《公羊传》的区别，在一定的时期内两者甚至水火不容。其实，以战国时期来看，两者的对立一定没有后世那么强烈、明显。有些内容，两者可以互证，如前述诸子文本共称"两棠之战"，而《左传》《公羊传》同称"郊之战"。更为重要的是，在描述晋军仓皇撤退的情形时，两者都用了"舟中之指可掬矣"①，这一细节不见于《国语》或其他言辞类史书文本，而为《左传》《公羊传》所共有。这种文本相通的现象，至少说明传承《左传》《公羊传》的学者或文本曾经有过交错和关联。

如果以此为着眼点，我们还会发现《公羊传》在突出强调孔子"春秋大义"之时，往往有史事的依据，比如宣公十二年的"郑伯肉袒"以谢楚庄王，态度之诚恳、言辞之谦卑如同《左传》所言郑君"能下人"；再如隐公元年所言"母欲立之""段者何？郑伯之弟也"等，公羊学者阐释、发扬"郑伯克段于鄢"一事的"春秋大义"时，必然早已了解此事的来龙去脉，而记录此事的《左传》应是这些经师阅读的文本。

这些信息说明，无论纪事本末体之"左传"，还是编年体之《左传》，都与儒家内部传授《春秋》一书的经师密切相关。在儒家内部，编年体之《左传》的形成应该在孟子之后、荀子之前，如果考虑到汲冢竹书《师春》的内容，今本编年体之《左传》的成书应在汲冢竹书之后，于此才得以吸纳《师春》文本的内容。简言之，在战国时期《左传》与《公羊传》并非水火不容，它很可能是《公羊传》等儒家解释、阐发"春秋大义"的重要史事根据。

与《左传》相比，今本《国语》是春秋言辞类史书文本的直接继承。如前所述，汲冢竹书《国语》、马王堆帛书《春秋事语》、上博简、清华简等出土文献说明，言辞类史书文本是战国士人所共用的史书资源。

———————————

① 《公羊传·宣公十二年》："晋众之走者，舟中之指可掬矣"；《左传·宣公十二年》："中军、下军争舟，舟中之指可掬也"。

它们有的来源于诸如《郑书》等具有单一国别的史书,有的则是战国早期所流传的种种传闻,这些历史传闻不一定具有国别的标签,但有关一个国家的言辞类文本往往集中出现,如慈利竹简之《吴语》、上博简有关楚史的文本等。这一现象至少说明,有关单一国家的言辞类史书文本的集中出现,为今本《国语》的编纂以及"国别体"的形成提供了前提和基础。

当然,许多信息已经表明,今本《国语》并非战国时期唯一纂集的言辞类史书文本,且不说汲冢竹书之《国语》,单以马王堆帛书《春秋事语》、阜阳汉简《春秋事语》即可证明战国之世存在着众多"国语"类文本的纂集。

马王堆帛书《春秋事语》所记史事最早是第11章的隐公被杀,最晚是第3章韩、魏、赵三家灭智氏,所记时段基本与《左传》相对应,所记之事除多第2章燕晋之战外均见于《左传》。这一信息引导学者往往思考《春秋事语》与《左传》的关系,一部分人认为《春秋事语》是摘抄《左传》而来,而另一部分人认为"《春秋事语》应是《左传》的来源"。①

其实,《春秋事语》与《左传》只是所记史事为春秋时期,所选时段大致相同而已,至于两者的关联却属于不同系统的史书②,如唐兰指出《春秋事语》"不是《左传》系统而为另一本古书是无疑的",并认为其极有可能是《汉书·艺文志》中的《公孙固》。③ 公孙固,司马迁在《史记·十二诸侯年表》"序言"提到过,与孟子、荀子、韩非子并列,同属"捃摭《春秋》之文以著书"者。以班固所云公孙固活动在齐闵王之时,并云著述"陈古今成败也",其著作形式应与《荀子》《韩非子》相同,因史事以言说其义,即属于诸子著作,并非史书文本,这一点也许正是班固将之列为"儒家"的根本原因。可见,《春秋事语》并非《公孙固》。其他学者虽不认同《春秋事语》为《公孙固》,但多肯定《春秋事语》不同

---

① 李凯:《〈春秋事语〉应为〈左传〉的来源》,载《中国社会科学报》,2018-08-23。
② 这就如同《国语》《左传》所记史事相同、近似,却并非一方节选另一方的结果。相关讨论详见[美]王靖宇:《中国早期叙事文研究》,151~179、180~188 页,上海,上海古籍出版社,2003。
③ 唐兰:《座谈长沙马王堆汉墓帛书》,载《文物》,1974(9)。

于《左传》的结论，如刘伟结合编撰主旨、撰构手法认为《左传》和《春秋事语》是两种不同系统的史书，与《左传》相比，它更接近于《国语》。①罗新慧在细致比较《左传》《春秋事语》评论史事的价值观念后指出："《春秋事语》诸章的评论，俱不见于《左传》，说明《左传》的编写旨趣与《事语》不同，其记事不以评论为目的。相比而言，《左传》侧重于记事述史，而《春秋事语》则重述史而明治术。"②这些分析无一不在说明，《春秋事语》是《左传》系统之外的史书，从文本形态上它属于"国语"一系。然而，与今本《国语》的"嘉言善语"相比，《春秋事语》的价值观念显然在于治术，即如罗新慧指出的"《春秋事语》的评论侧重于政治活动中的各种矛盾，以及如何把握双方力量，趋利避害"，这不但与《左传》的价值观念有别，也不同于今本《国语》的编纂立场。今本《国语》强调德、礼，以儒家观念为主，多有"君子曰""子夏曰"，这是此书纂集于儒家学者的标志。而《春秋事语》评论、解读史事的立场却偏向于法家，即"其考察、解释史事的观念受到法家思想的影响"，这一倾向从《春秋事语》引闵子辛对庆父之难的评论足以证明。③ 这一价值观念的不同，无疑确证着《春秋事语》虽然文本形态接近于今本《国语》，但它们却成于不同的战国士人之手，至少两者不存在相互摘引的可能。

《春秋事语》与今本《国语》在具体文本形态上的区别，也能说明这一问题。《春秋事语》与《国语》的区别首先表现在记事时段上：《春秋事语》限定于春秋时期，而《国语》上延至西周穆王时代，已超出了春秋时期；两者的时间下限大致相同。在归类层级上，《春秋事语》共 16 章，没有使用国别分类，各章开头多点明史事所发生的国别，如燕、鲁、晋、齐等，其中晋、鲁、吴等国的史事多于两章，但章序并不相连，这说明《春秋事语》不同于《国语》，没有采用"国别体"纂集史事。与《国语》叙事多标明史事的发生年相比，《春秋事语》没有纪年，它强调对史事发展过程的讲述与评论，而非史事发生的时间点；这也说明，《春秋事语》在叙述史事方面缺乏《国语》所具有的准确性和严谨度。在章序的编排上,《国语》在国别之下往往采用时间先后的顺序排列各章,但《春秋事语》不但没有国别,16 章也并不按时间排列,两者编排方法的差异呈现出无甚关联的事实。当然,除了以上这些,不同于与《左传》史事多有重合之处,《春秋事语》与《国语》在史事上几乎没有重合,如《春秋事语》所记鲁庄公有疾章,并不见于《国语》之《鲁语》。其实,即使被学者所论《春秋事语》与《左传》史事的相合,也是概略言之,具体到细节方面多有不合之处,如《春秋事语》第 5 章"晋献公欲得随会章"所云"晋献公欲得随会也,魏州馀请召之",在《左传》中随会服务的国君不但不是晋献公,而且没有秦杀绕朝一事;第 8 章"晋献公欲袭虢章"所说的晋灭虞,见于《左传》的第二次假道于虞,宫之奇的谏言在第一次假道于虞时也并未记载;第 7 章"齐桓公与蔡夫人乘舟章"所记士说之言不见于《左传》,也并未言明蔡夫人"荡舟"之于齐桓公的作用;第 15 章"鲁庄公有疾章"所记闵子辛之言不但不见于《左传》,连鲁庄公去世的时间——"五月,公薨"——也不同《左传》的"八月癸亥,公薨于路寝"。这些不合之处,说明《春秋事语》所记的史事另有文本根据,它不同于《左传》《国语》。

简言之,《春秋事语》的种种信息表明,在战国时期除了儒家士人选择言辞类文本编选了《国语》之外,其他学者也在借用言辞类史书编辑、加工修饰、书写史书文本,即战国时期有关春秋史事的纂集并不限于儒家范围,其他各家也有相关史书文本的选择、加工、纂集。

战国时期的这一社会图景,还可以从阜阳汉简的内容加以证明。阜阳汉墓出土的《春秋事语》,主要集中于木牍章题及相关竹简,其中木牍共记有 40 个章题。[1] 据论者指出,被整理者判定为不见于《说苑》《新序》而为"失传的佚文章题",实为《吕氏春秋·贵直》《韩非子·难二》的内容;与之相似,在竹简中原被判定为《国语·晋语四》的内容,实为《淮南子·道应训》所记。[2] 这些信息说明,阜阳汉墓之《春秋事

---

① 韩自强:《阜阳汉简〈周易〉研究》,185~189 页,上海,上海古籍出版社,2004。
② 白于蓝:《阜阳汉简〈春秋事语〉校读二记》,载《华夏考古》,2014(2)。

语》如同马王堆帛书之《春秋事语》，同为言辞类史书文本，而且多与今本《国语》不同。在所记史事方面，两部《春秋事语》又存在显著的区别。显然，阜阳汉墓之《春秋事语》又为战国时期的另一部言辞类史书文本：没有国别之分、时间排序等。同样值得重视的是，与马王堆帛书不同，阜阳汉墓的《春秋事语》多见于《吕氏春秋》《韩非子》《淮南子》《说苑》《新序》等。这一点说明阜阳汉简之《春秋事语》在社会上流传极为广泛，此种情形与前述诸子对"两棠之战"、虢君逃亡的演绎极为相似。无疑，阜阳汉墓之《春秋事语》再次证明言辞类春秋史文本是战国社会春秋史事流传的主流形态，其流播范围及影响深度远远大于诸如《左传》的记事类史书。

如同《贵直》所使用的"赵简子攻卫附郭"一事，《吕氏春秋》对有关春秋史事的言辞类文本多加引用以言其义，这也是《吕氏春秋》使用春秋史事的一种范式。由此而言，《吕氏春秋》所用的春秋史事，并非来源于《左传》，而是来源于诸如《春秋事语》的言辞类叙事文本。司马迁在《史记·十二诸侯年表》谈到《左氏春秋》的流传时，言及《吕氏春秋》"删拾《春秋》"以成文，其中的"春秋"是指有关春秋史事的言辞类叙事文本，而非《左传》。金德建以《吕氏春秋·去私》之"晋平公问于祁黄羊"与《左传》相应，认为司马迁所云"删拾《春秋》"之《春秋》即指《左传》。① 其实，以《左传》襄公三年所记的"祁奚请老"来看，两者没有直接承继的关联：《去私》所言晋平公，在《左传》中是晋悼公；《去私》晋君所问之事为二——一是选择"南阳令"，另一是选择国尉——而《左传》选择的是中军尉；《去私》不及羊舌赤、羊舌职，而《左传》言及，并担任中军尉之佐；《去私》未言解狐未任职而卒，而《左传》云"将立之而卒"。这些不合之处，已很难用战国士人引用文本的随意性加以解释，合理的立场便是《吕氏春秋》"删拾《春秋》"之"春秋"并非《左传》，而是指广义上的有关春秋史事的言辞类叙事文本。由此，司马迁所言的"春秋"，已不仅仅是《左传》《公羊传》之谓②，还指广泛意义上的春秋史叙

---

① 金德建：《司马迁所见书考》，107～108 页，上海，上海人民出版社，1963。
② 金德建：《司马迁所见书考》，105～112 页。

事文本。

《吕氏春秋》使用的是春秋史事的言辞类文本，还可以从《虞氏春秋》的文本内容加以证明。司马迁在言说《吕氏春秋》之前已谈到"虞氏春秋"，并云"上采《春秋》，下观近世……凡八篇"①，《汉书·艺文志》春秋类有"《虞氏微传》二篇"、儒家类有"《虞氏春秋》十五篇"。② 钱穆结合《虞卿列传》指出：

> 今《国语·晋语》九篇，最后多言赵简子事，良以虞卿居赵著书，故终晋之事而独详于赵。又今《战国策》记六国事多出秦孝公后，独《赵策》最前，详及智伯之灭，及豫让行刺，其文近儒家言，与其后策士纵横不类。又记赵武灵胡服，亦侈陈儒义，非出纵横策士之手。疑刘向集《国策》，此盖采自《虞氏春秋》十五篇中。《虞氏春秋》十五篇者，其前春秋时事，则多掎摭《左氏》，即今《晋语》九卷，故刘氏别谓之《抄撮》。（杵臼、程婴事，《左氏》所无，或可亦出《虞氏》。）而尚有及春秋后事，在《抄撮》九卷之外者，则合而为儒家《虞氏春秋》十五篇也。今《赵策》所录三晋灭智伯，豫让行刺，及赵武灵胡服，或系其书之一部，而其全不可得而考。史公谓《虞氏》八篇，有《节义》《称号》《揣摩》《政谋》以刺讥国家得失。窃疑豫让事在《节义》，赵武灵胡服事在《政谋》。推此以求或可钩沉发覆。颇得其一二。至《微传》二篇，其与《春秋》十五篇同异出入何如，更难详论。（《史记》云："《铎氏》卒四十章"，亦不可说。）惟余疑《国语》有出铎氏、虞氏之抄撮者，则殆为可有之事也。③

在钱穆看来，虞卿所著之《微传》《抄撮》实为"《国语·晋语》九篇"，而《虞氏春秋》十五篇则在九卷之外而成篇，其所著八篇内容多见于《战国策》《国语》之赵简子事。在这里，钱穆虽然仍坚持《抄撮》"多掎摭《左氏》"，但显然又注意到诸如赵氏孤儿、豫让行刺等事又不见于《左传》。

---

① （汉）司马迁：《史记》，2375 页。
② （汉）班固：《汉书》，1713、1726 页。
③ 钱穆：《先秦诸子系年》，522～523 页。

其实，钱穆所论《虞氏春秋》《抄撮》的内容早已超出了《左传》所能涵盖的范围。这说明无论是虞卿之《抄撮》，还是《虞氏春秋》，其文本根据不是《左传》，而是有关春秋史事的言辞类文本。这一点也决定了它的文本特色多与《晋语》《战国策》相近，而不同于《左传》。李零认为《史记》《汉书》所说的"微"即抄撮，是"以杂抄的故事来阐发隐微"，《虞氏春秋》"可能也是故事体"。^① 从钱穆、李零的分析来看，《虞氏微传》《虞氏春秋》所使用的史事也如同《吕氏春秋》之《贵直》、《韩非子》之《难二》、贾谊《新书》之《先醒》、《淮南子》之《道应训》等。于此，至少《虞氏春秋》之八篇使用的是春秋史事以成文，而并非采摘于《左传》。所以，司马迁说《虞氏春秋》"上采《春秋》"、《吕氏春秋》"删拾《春秋》"之"春秋"实为有关春秋史事的言辞类文本，而不限于《左传》。

以此再来看楚威王傅铎椒之《铎氏微》，以 40 章的形式纂集，也为"不能尽观春秋"而来，其内容应如同马王堆帛书、阜阳汉简之《春秋事语》，而非《左传》。其中铎椒所依据的"春秋"也是春秋史事的言辞类史书文本，如同当今出土的上博简楚史类文辞、慈利竹简之"吴语"、清华简之春秋史叙事文本一样。这一解释，至少可以回避古今学者共同质疑的《左传》传承忽东忽西、忽南忽北的情形。也就是说，与春秋史言辞类文本相比，《左传》主要传承于儒家内部，如同《公羊传》的传承一样；而有关春秋史事的言辞类文本，则是当时社会普遍阅读的主流史书文本。

从两种《春秋事语》《吕氏春秋》《虞氏春秋》以及《国语》的区别可以看出，战国时期社会上流传着众多有关春秋史事的言辞类史书文本，它们构成了战国诸子使用春秋史事的主流样态。也许正是因为这些有关春秋史事的言辞类文本的流行，经过传抄转引，纷繁错乱，以至儒家士人开始选择那些严肃、准确的春秋史文本加以纂集、加工、修饰，并形成了今本《国语》。而其他有关春秋史文本或者便选入了《左传》、《春秋事语》、战国诸子著作乃至仍然散篇流传，由于汉人及后世的种

---

① 李零：《兰台万卷》，45 页，北京，生活·读书·新知三联书店，2011。

种原因，它们的命运也各有不同：有些依附于经典，传至汉代并延续至今，如《国语》《左传》；有些在战国之世就被埋入地下，直至当今才得以面世，如上博简、清华简、慈利楚简；有些虽然也传至汉代，但最终还是埋入地下、于今又以出土文献的形式面世，如马王堆帛书、阜阳汉简之《春秋事语》；而有些则在汉代被分离，按不同的主题编选于《说苑》《新序》。当然更有大量的春秋史文本，在战国秦汉之际逐渐散佚、丧失乃至湮没无闻。

第四节　清华简《系年》通史的书写

马王堆帛书、阜阳汉简之《春秋事语》证明，在《国语》之外存在着众多其他的言辞类史书文本。同样，清华简《系年》的出土，也标志着同一时期在《左传》之外，还存在着其他纪事本末体史书文本。许多学者已经指出，《系年》与《左传》的成书时间不差上下。① 这一点至少说明，《系年》不是《左传》的摘编，也并非铎椒的《抄撮》或《铎氏微》。

如前所述，《系年》记事的时段不同于《左传》，它并不局限于春秋时期，上至西周之籍田礼，下至楚悼王之征战，均是其采择的内容。这一取材范围也不同于《春秋事语》，与今本《国语》的范围也相异：两者上限大体相同，而下限显然《系年》的时间延续更长。这一下限至少说明它与尽观"春秋"之事的"铎氏微"无甚关联。与《左传》《国语》乃至其他春秋类史书文本相比，清华简《系年》显然是包括古今史事的通史类文本。这一点折射出《系年》的书写者关注的是古今相通，而非"多闻善败以鉴戒"②。

与《左传》的叙述立场不同，《系年》叙事使用的文辞多被学者所关注，如侯文学、成富磊等以《左传》《系年》对夏姬一事的叙述，认为《左

---

① 杨博：《裁繁御简：〈系年〉所见战国史书的编纂》。
② 杨博：《裁繁御简：〈系年〉所见战国史书的编纂》。

传》的作者多拘于礼的观念，或透露出"红颜祸水、甚美必有甚恶的观念"，① 而这些在《系年》中并不存在。与《左传》《国语》强调尊德崇礼的价值观念相比，《系年》突出的是"力量"。② 这一价值观念的差异，说明《系年》一定不是纂集于儒家学者之手。

《系年》共 23 章，各章叙述一个完整的事件，当代论者能够以此很容易地概括出其中的"叙事主题"，如第 1 章是"西周治乱"、第 23 章是"楚人屡师"等，③ 尽管这一概括并非尽符文本内容，但至少可以说明《系年》叙事内容的集中与明确。如此一来，《系年》各章似乎不相联属，各自独立。其实，李学勤已经指出《系年》的前 4 章"所说的重点也是在于周王室何以衰落，若干诸侯国怎样代兴，这表明《系年》的作者志在为读者提供了解当前时事的历史背景"④。李学勤的这一分析至少说明，《系年》23 章之间存在着一定的文本层级，而且这一文本层级并非单一的总分关系，而很可能是复合多面的连环层级。再考虑到许多论者已经指出《系年》叙事采用的是"楚国中心"的立场⑤，于此，我们完全可以依据这一立场将《系年》的文本层级加以大致的勾勒，如第 1、2 章叙述西周、郑国治乱之事，可视为第 2 章"楚文王以启于汉阳"的背景；第 3、4、5 章叙述秦国"始大"、卫国屡迁、陈蔡构陷，可为第 5 章楚文王"北出方城""改旅于陈"的背景；第 6、7、8 章叙晋文公之事，为第 8 章秦晋"始执乱"、秦"与楚为好"的背景；第 9、10 章叙晋国立君之事，为第 10 章秦晋之战的背景；第 11 章叙楚宋关系；第 12、13 章叙楚郑之事，为第 13 章楚晋邲之战的背景；第 14 章叙齐晋鞌之战；第 15 章叙楚吴关系；第 16 章叙楚晋鄢之战；第 17 章叙齐晋之战；第 18 章叙晋吴伐楚、晋国失霸；第 19 章叙楚县陈蔡；第 20 章叙晋吴、

① 参见侯文学、宋美霖：《〈左传〉与清华简〈系年〉关于夏姬的不同叙述》，载《吉林师范大学学报（人文社会科学版）》，2015（4）；成富磊、李若晖：《失德而后礼——清华简〈系年〉"蔡哀侯取妻于陈"章考论》，载《复旦学报（社会科学版）》，2017（4）等文。
② 李明丽：《以力统礼——试论清华简〈系年〉的深层叙事结构》。
③ 杨博：《裁繁御简：〈系年〉所见战国史书的编纂》。
④ 李学勤：《清华简〈系年〉及有关古史问题》。
⑤ 杨博：《裁繁御简：〈系年〉所见战国史书的编纂》。

晋越关系；第 21 章叙楚晋交攻，"楚以与晋固为怨"；第 22 章叙三晋伐齐；第 23 章叙楚晋相攻，齐秦助楚。这一文本层次稍显凌乱，与今本《左传》的叙事无法比拟，但与马王堆帛书《春秋事语》相比，显然又很整齐。这说明《系年》蕴含的文本层级即使不尽如上所述，但各章之间存在着内在的关联应该确定无疑。

一些论者已经注意到《系年》关注的大国关系[1]，而其中的大国无疑是晋、楚、秦、齐四国。单以李学勤所论《系年》前 4 章的"历史背景"来看，在周王室衰落之际，晋、楚、秦、齐四国已经慢慢崛起，如第 2 章"晋人焉始启于京师""齐襄公会诸侯于首止""楚文王以启于汉阳"，第 3 章"秦仲焉东居周地，以守周之坟墓，秦以始大"，第 4 章"齐桓公会诸侯以城楚丘"，前 4 章中四个大国纷纷出场，而其后的 14 章往往围绕这四个国家展开叙事，其中又晋楚两国为主、齐秦两国为辅，涉及的史事有一国之事（第 9 章）、两国邦交（第 6 章）、三国交错（第 8、15 章）乃至四国相攻（第 23 章）。在《系年》的作者看来，这四个国家之中，晋国是敌人，而楚、秦、齐是盟国，并且秦、齐与楚国的友好一直延续至作者所处的时代。于是，《系年》的结尾即第 23 章之中楚、齐、秦三国以应对三晋的进攻，尽管最终齐师没有来得及真正参与战斗，但其与楚国同盟的关系显而易见。

另外，《系年》在叙述大国关系时，往往强调对某一状态的描述，而这一点又经常通过使用"始""焉始""至今"等词语加以呈现，如第 1 章"宣王是始弃帝籍田"，第 2 章"邦君诸侯焉始不朝于周""晋人焉始启于京师，郑武公亦正东方之诸侯""改立厉公，郑以始正"，第 3 章"周室既卑，平王东迁，止于成周，秦仲焉东居周地，以守周之坟墓，秦以始大"，第 6 章"秦晋焉始会（合）好，戮力同心"，第 8 章"秦焉始与晋执乱，与楚为好"，第 15 章"焉始通吴晋之路，教吴人反楚，以至灵王"，第 18 章"诸侯同盟于咸泉以反晋，至今齐人以不服于晋，晋公以弱"，第 20 章"焉始通吴晋之路，二邦为好，以至晋悼公""齐人焉始为长城于济，自南山属之北海""至今晋、越以为好"，第 21 章"楚以与晋

固为怨"。

这些词语的使用，不仅标识着《系年》书写者所处的时代，更折射出《系年》纂集的主观意图：与《左传》《国语》强调德礼以呈现礼崩乐坏的末世不同，《系年》的作者显然没有好古非今的意识，他想突出的不是是非善恶，也似乎不是治乱成败，而是力求准确地认识、把握"现在"，即认识和理解"当今"的天下形势是如何得以形成的，所以作者才孜孜不倦、反复言说这一现状的开端、发展与变化。"通古今之变"，也许正是《系年》书写者的主观意图，所以他在梳理历史事件、大国关系时往往指向当今，并把历史事件从武王伐纣一直叙述到战国之世。

同样值得重视的是，《系年》叙事之中多强调神意，如第 1 章商王之所以被克乃是"不恭上帝，禋祀不寅"，周朝之所以建立乃是"作帝籍，以登祀上帝天神"，而到了周宣王时期的"始弃帝籍田"，不但导致了"戎乃大败周师于千亩"，而且延续至周幽王时期便"周乃亡"。作者的这一观念也表现于对晋楚两国背盟行为的描述之中，如第 16 章晋楚率领诸侯召开第一次弭兵之会"盟于宋"，而"明岁，厉公先起兵，率师会诸侯以伐秦，至于泾。共王亦率师围郑，厉公救郑，败楚师于鄢。厉公亦见祸以死，无后"，其中的"先起兵""见祸以死，无后"直接展现出作者对晋厉公的批判与鞭挞，而晋厉公的下场在作者看来无疑是背盟行为引起的。同样，在第 18 章第二次弭兵之会后，"灵王先起兵"，结果"灵王见祸"，这与第 15 章中的"灵王即世"显然有别，而作者之所以如此叙述，无疑为了展现楚灵王因背盟而引起的恶劣下场。作者的这一叙事立场，隐约透露出他的身份是巫史之官，即特别强调背盟违约所引起的神灵愤怒，以致影响个人乃至整个王朝的命运和结局。

在战国之世，如三晋齐秦等国，巫、史逐渐分离，所以在赵国的官职设置中史官与巫官并列①。而在宋、楚两国，仍然延续春秋时期的传统做法，巫史合一。这种官职传统体现于《系年》，便突出上帝天神的意志、批评背盟毁约的行为。《系年》的这一主观意图表明，它虽然不是成书于王朝体系下的史官之手，但已自觉继承了春秋巫史合一

---

① 左言东编著：《先秦职官表》，371~373 页。

的价值理念。

与《左传》记事相比，《系年》缺乏准确性及严谨性，如第 11 章作者将楚国申公叔侯与申公无畏误为一人；① 第 12 章郑襄公误为郑成公，"晋成公会诸侯以救郑"，《左传·宣公九年》却是"讨不睦""伐陈"；② 第 15 章称夏征舒为陈公子、夏姬为"少盂"等，与《国语》《左传》所记均不同，③ 以《左传》记事严谨性来看，夏征舒应为公孙。这些现象说明，与较为专业的史官书写相比，《系年》的书写显得比较业余和随意。其中的信息也许正折射出，《系年》的作者出自战国士人，而非官职体系下的史官。

以《系年》所记来看，作者生活的时代有以下几个特征：一是第 20 章所云"至今晋、越以为好"，即越国仍然存在，并未被楚威王所灭；二是第 18 章所云"至今齐人以不服于晋，晋公以弱"，即齐晋关系紧张，晋国公室衰落，但并没有绝祀；三是郑国仍然存在，没有被韩国所灭；四是晋、楚仍为敌对，如第 21 章"楚以与晋固为怨"；五是楚悼王为离《系年》书写者最近的楚王，已有谥号，《系年》最早书写于楚悼王卒年。在这些特征中，被学者最为关注的是第三、五两条，由此推断出《系年》"作于楚肃王或更晚的楚宣王之世"④。许多论者以第 23 章的晋楚之战，认为《系年》一定成书于楚肃王时期，且与吴起之子吴期有关。⑤《系年》最后一章所记楚国大败似乎意味着吴起之于楚国复兴的重要作用，但文本显然没有吴起的内容。据学者考证，吴起入楚的时间有公元前 384 年、公元前 390 年、公元前 387—前 385 年，⑥ 而《系年》所记史事终结于公元前 391 年。无论吴起入楚的时间是上述三种的哪一年，均接近于《系年》的终结点。然而，《系年》却不记吴起的事迹，也不及楚国辉煌的时代即"南攻杨、越，北并陈、蔡，破横散

---

① 李学勤主编：《清华大学藏战国竹简》（二），161 页，上海，中西书局，2011。
② 李学勤主编：《清华大学藏战国竹简》（二），163～164 页。
③ 李学勤主编：《清华大学藏战国竹简》（二），171 页。
④ 李学勤主编：《清华大学藏战国竹简》（二），135 页。
⑤ 黄儒宣：《清华简〈系年〉成书背景及相关问题考察》，载《史学月刊》，2016(8)。
⑥ 卫云亮：《吴起离魏入楚时间考》，载《甘肃社会科学》，2014(1)。

从"①。如果《系年》作者真是吴起或吴起弟子的话，显然不会粗疏如此；如果真出于吴起后人之手，《系年》至少会书写至吴起被楚悼王重任之时。

以《系年》的最后一章来看，如陈伟所言作者对楚国以外的人名多无谥称，这说明书写的时代与这些人生活之世相近，作者还无缘听到这些人的谥号，② 因此《系年》成篇于楚肃王时代是可信的。那么它的书写者不可能是吴起后人或弟子，又是哪一部分人呢？笔者认为，由《系年》的价值理念和表述方式来看，《系年》极有可能成书于墨家士人之手，如上帝天神观念、战争守备技能等，均与墨家的知识结构密切相关。除了这些，《系年》的文本内容更能证明其与墨家的密切关系。

首先，《系年》作者将纪事终结于吴起入楚之前，不言吴起的变法，显然是吴起的对立者，至少不认同吴起在楚国的改革，所以即使他在楚肃王时期也没有书写有关吴起时代的史事。当然，对于楚国历史来说，吴起变法似乎无可避免，也许作者已意识到这一点，进而将叙事的终点卡在了吴起入楚之前。这一处理方式，至少折射出作者是在有意回避、忽略有关吴起变法的史事。

其次，《系年》的作者十分推崇申公巫臣，这在第15章中表现得极为明显：楚庄王因夏征舒一事征讨陈国，申公屈巫入秦"求师"，进而"得师以来"，以至楚庄王"入陈"，申公屈巫因此被楚庄王奖励，即"取其室以予申公"。整理者已经指出，这一记载与《左传》相异③，但在《系年》的作者看申公巫臣应是"王入陈"的最大功臣，所以才首先予以奖励。至于连尹襄老、司马子反等与申公"争"是作者鄙视的对象，由此申公"窃载少盠"以适晋也具有正义色彩，这一正义感延伸至申公巫臣"教吴人反楚"也具有合法性。《左传·成公七年》记载申公巫臣到了吴国之后"与其射御，教吴乘车，教之战陈，教之叛楚"，射御战阵等知识，延续至战国诸子主要被兵家、墨家所守。墨家由此推崇申公巫

---

① 蔡泽语，见《战国策·秦三·蔡泽见逐于赵》。
② 陈伟：《清华大学藏竹书〈系年〉的文献学考察》，载《史林》，2013(1)。
③ 李学勤主编：《清华大学藏战国竹简》(二)，171页。

臣也是对自身知识技能来源的强调和突出。

再次，《系年》第23章所提到的楚国封君，多与墨家学派活动的地域相同，如《墨子·鲁问》《墨子·耕柱》多记墨子与鲁阳文君的问对，并言"鲁阳文君将攻郑，子墨子闻而止之"，其中鲁阳文君说"郑人三世杀其父"。清人苏时学、黄式三认为鲁阳文君之言即含有郑子阳弑郑繻公，孙诒让认为鲁阳文君生活于楚惠王时期，"逮郑繻公被弑之岁……其不相及审矣"①。孙诒让判定的依据是《左传》哀公十六年、十九年的记载认为公孙宽即鲁阳文君，其说见于高士奇《左传姓名同异考》，而高士奇的根据在于《国语·楚语下》及注、《淮南子·览冥训》及注。②《国语·楚语下》记载鲁阳文子与楚惠王的问对，并"与之鲁阳"，应是历史事实。但是按照楚国封君世袭的传统惯例，鲁阳文子应该是第一代鲁阳公，这也是他不愿意接受梁地的主要原因，即"惧子孙之以梁之险，而乏臣之祀也"③。以此来看，鲁阳文子是第一代鲁阳公之谥号，而鲁阳公是历代世袭鲁阳之主的通称。再以《淮南子·览冥训》来看，"鲁阳公与韩构难，战酣日暮，援戈而挥之，日为之反三舍"的叙述④，不但带有很强的神话色彩，而且与之对抗的是韩人，这至少说明其中的鲁阳公应生活于郑韩之际，而非第一代鲁阳公。因此，苏时学、黄式三的意见是值得重视的。虽然不认同苏时学、黄式三的观点，但孙诒让在编写墨子年表时仍然将鲁阳文君与墨子的问对系于楚悼王六年、八年，⑤ 即公元前396、前394年。这种稍显矛盾的做法说明，具体到墨子人生历程时，已很难将《鲁问》中的鲁阳文君系于楚惠王时期。孙诒让的这一困境，无疑也能说明苏时学、黄式三系年得恰当、合理。简言之，《墨子·鲁问》之鲁阳文君生活于楚悼王时期，这一点至少反映出鲁阳文君与郑子阳同时。郑子阳之名，见于《庄子·让王》《韩非子·说疑》《吕氏春秋·适威》《吕氏春秋·观世》《淮南子·氾论训》等，

① （清）孙诒让撰：《墨子间诂》，688页。
② 杨伯峻编注：《春秋左传注》，1704页，北京，中华书局，2009。
③ 徐元诰撰：《国语集解》，528页，北京，中华书局，2002。
④ 刘文典撰：《淮南鸿烈集解》，193页，北京，中华书局，1989。
⑤ （清）孙诒让撰：《墨子间诂》，703页。

这一现象说明郑子阳的事迹为战国诸子所熟知，因此墨家学派言说的"郑人三世杀其父"即指郑子阳一事，应属可信。

鲁阳文君与郑子阳同时的信息，又与《系年》第 23 章相一致。其中"郑子阳用灭"，显示《系年》之鲁阳公与《墨子·鲁问》之鲁阳文君为同一人。《系年》第 23 章三言鲁阳公，即主动率师迎战、积极率师救武阳、最终战死沙场，简短的语句和事迹表现出鲁阳公的英勇与豪情，这不但与《淮南子·览冥训》中的神话形象相似，[1] 更与《墨子》中透露出的善思、正义感相一致。《系年》对鲁阳公事迹的记述，透露出作者与墨家学派的密切关联。

另外，参与晋楚武阳之战并战死的楚国封君还有多人，而"鲁阳公、平夜悼武君、阳城桓定君"三人连称，至少折射出他们三人是这次战争的中坚力量。《系年》的整理者指出，鲁阳公、平夜君还见于曾侯乙墓竹简、包山楚简，其中平夜君还见于新蔡楚简，而鲁阳公的封地在河南鲁山，平夜君的封地在河南平舆。[2] 曾侯乙的墓地在湖北随县，葛陵楚墓在河南新蔡县，它们与鲁阳公、平夜君的封地都非常接近。更为重要的是，信阳长台关楚墓出土的竹简有《墨子》佚文[3]，而长台关楚墓的主人为楚国贵族，下葬时间大致为不早于战国中期。[4] 这些现象至少说明，从现在的河南信阳到河南鲁山一线，即位于河南省偏南地区的楚国封君之地，是战国时期墨家学派活动极其活跃的范围。

除了考古文物，这一点可以从传世文献加以证明。在墨子与鲁阳文子问对之外，《墨子·耕柱》记载墨子的弟子耕柱子仕于楚，他不但能招待其他墨家弟子，而且还能为墨子提供必要的经费支持。[5] 耕柱子所任职的地域可能是楚国之都，也可能是楚国封君之地，无论哪一

---

① 《淮南子·览冥训》中的鲁阳公生活于郑韩之际，而《系年》中的鲁阳公于楚肃王时期战死沙场。以此来看，《淮南子·览冥训》的鲁阳应是《系年》之鲁阳公的后人，也许《系年》一代鲁阳公的史事，正为《淮南子·览冥训》的描述提供了原型、素材。

② 李学勤主编：《清华大学藏战国竹简》（二），198～199 页。

③ 何琳仪：《信阳竹书与〈墨子〉佚文》。

④ 可参见陈振裕：《略论九座楚墓的年代》，载《考古》，1981(4)；陈彦堂、左超、刘维：《河南信阳长台关七号楚墓发掘简报》，载《文物》，2004(3)等文。

⑤ （清）孙诒让撰：《墨子间诂》，427～428 页。

种，即可说明墨家弟子在楚地的活动与影响力。在墨子、耕柱子之后，活动于楚地的墨家也是代不乏人，如《吕氏春秋·首时》所说田鸠由秦入楚，并受到楚王重用；《庄子·天下》云"相里勤之弟子五侯之徒，南方之墨者苦获、已齿、邓陵子之属"①，以庄子所处的宋国来看，其中南方也许正是指楚地；《孟子·告子下》所言"宋牼将之楚，孟子遇于石丘"，宋牼计划"言其不利"以罢秦楚之兵，荀子《非十二子》又将墨子与宋钘放在一起批评，俞樾指出"宋钘即宋牼矣"②，以墨子"止楚攻宋"的行为来看，宋牼见楚王以罢"秦楚构兵"的行为，实为向墨子学习的结果，于此宋牼为墨家学者无疑；《孟子·滕文公上》云"有为神农之言者许行，自楚之滕"，钱穆根据许行的思想认为："并耕之说盖自兼爱说蜕变而来。则许行之为墨徒，信矣。"③另外，《吕氏春秋·上德》又有孟胜为阳城君殉难之事。于此，墨子之后活动于楚地的墨家学者有孟胜、田鸠、宋牼、许行以及苦获、已齿、邓陵子之属。

高华平结合韩非所言"墨离为三"认为，活动在楚国的墨家也可分为三代，即"三墨"，分别是"亲承墨子说教的鲁阳文君等人""为死楚国阳城君之难的墨者孟胜及其弟子""为《庄子·天下》篇所谓'相里勤之弟子五侯之徒'和'苦获、已齿、邓陵子之属'"。④ 这一看法虽然稍显固化、单线，但至少能够证明墨家学派在楚地的活跃与影响。墨家弟子的这些活动，无疑又促进了墨家文本、墨家理念在楚地的播散与衍生。

从《系年》的文本来看，《系年》虽然编纂于墨家学派之首，但不会晚至孟子时代的宋牼：因为在《系年》的作者看来，秦楚是默契配合的盟国，而非敌对之国，这与孟子时代的"秦楚构兵"显然不同。考虑到《系年》文本对于吴起变法的处理态度，《系年》的纂集应该与孟胜及其弟子关系密切。

《吕氏春秋·上德》记载墨家巨子孟胜因"善荆之阳城君"，而为之

① （清）郭庆藩撰：《庄子集释》，1079 页，北京，中华书局，2004。

② （清）俞樾：《春在堂全书·俞楼集纂》卷二十九《庄子人名考·宋荣子》，光绪九年重定本，1 页。

③ 钱穆：《先秦诸子系年》，408 页。

④ 高华平：《"三墨"学说与楚国墨学》，载《文史哲》，2013(5)。

守卫封地阳城；其后，因参与诛杀吴起的楚国之乱，阳城君被迫出逃，在楚王收回阳城之际，孟胜先传巨子于田襄子，后与徐弱及其弟子"百八十"人殉难。在听到徐弱的谏说后，孟胜直言："吾于阳城君也，非师则友也，非友则臣也。不死，自今以来，求严师必不于墨者矣，求贤友必不于墨者矣，求良臣必不于墨者矣。死之所以行墨者之义而继其业者也。"①也就是说，在孟胜看来墨者殉难于阳城君，不但不是"墨者之绝世"，而是由此塑造、确认、彰显墨家"严师""贤友""良臣"的学派形象，进而使世人"行墨者之义而继其业者也"。从其后的宋牼、田鸠以及其他墨家活动来看，孟胜及其弟子的殉难行为已取得了良好的社会效果。

阳城君视吴起为敌人，为阳城君守城而殉难的墨家弟子显然也是吴起的对立面。至少孟胜及其弟子的殉难行为，让活跃于楚地的墨家弟子增添了对吴起的憎恨和厌恶。

战国之世，有关吴起的故事很多，如《战国策》《韩非子》《吕氏春秋》等均有记载，诸家之言往往集中于吴起任西河守、吴起在楚国变法并被肢解。在这两件事之中，又以变法为主，如《战国策·秦策三》《吕氏春秋·执一》《吕氏春秋·贵卒》《淮南子·道应训》所记蔡泽与应侯之言，吴起与商文、屈宜若的对话，明显集中于变法练兵之事，而又蕴含着他被肢解的命运。但这些文本均未言明哪些楚国贵族不满吴起的变法，唐人余知古《渚宫旧事》记载"及悼王薨，鲁阳公骐期及阳城君，杀王母阙姬，而攻起"，据《四库全书总目提要》所言余知古与段成式同时，生活于唐文宗时期②，那时应该还有一些后人难以得见的楚史文本。以孟胜一事来看，余知古所记楚国贵族诛杀吴起的行动由"鲁阳公骐期及阳城君"发起，是可信的。这里的鲁阳公骐期，应是《系年》之鲁阳公的后人，而其中的"阳城君"，即孟胜所"善"之阳城君，为《系年》"阳城桓定君"的后人。

阳城君，除了见于《系年》，还见于曾侯乙墓竹简，由这些信息可

① 陈奇猷校释：《吕氏春秋新校释》，1266 页，上海，上海古籍出版社，2002。
② （清）纪昀总纂：《四库全书总目提要》，1411 页，石家庄，河北人民出版社，2000。

知"阳城君"无疑是楚国世袭的封君之号。孟胜及其弟子为阳城君守城，而且亦师亦友亦臣，阳城君起事之前也许已经咨询于孟胜。从孟胜及其弟子的殉难来看，墨家士人应是不同程度地参与了鲁阳公、阳城君对吴起的发难之事。《吕氏春秋·当染》有"禽滑厘学于墨子，许犯学于禽滑厘"，郭沫若认为："余意许犯殆即孟胜，《尔雅·释诂》'犯，胜也'，名犯字孟胜，义甚相应。"①如此一来，孟胜为禽滑厘弟子，而禽滑厘擅长攻城守备，于是"阳城君令守于国，毁璜以为符"也是知人善任之举，而孟胜及其弟子的殉难多少带有知遇报恩的侠义色彩。

所以，《系年》突出鲁阳公、阳城君血战沙场并决战而死之事，是顺理成章的。与鲁阳公不同，《系年》作者点明了平夜君、阳城君的谥号分别是"平夜悼武君""阳城桓定君"。这一现象说明《系年》作者不需区分鲁阳公的世系，而必须明确平夜君、阳城君的世系。作者的这一有意或无意的书写折射出，《系年》阅读的对象应与新一代平夜君、阳城君密切相关，所以才需要明晰、区别平夜君、阳城君的世系。结合楚肃王时期，孟胜及其弟子的活动，《系年》的书写地极有可能是阳城君的封地之阳城，而目的即为阳城君"知善恶成败之事"所作。当然，考虑到阳城君在楚肃王早期的出逃以及孟胜等人的殉难，《系年》也可能被书写于平夜君的封地，第23章两言"王命平夜武君"也许正对应于此。无论如何，《系年》成书于墨家学者之手，应属无疑。

这一点还可以从同出的《尚书》文本加以证明，清华简中存在大量战国时期流传的《尚书》文本，刘成群结合《墨子》《吕氏春秋》关于商汤、伊尹记载的相合之处，认为清华简《尹至》《尹诰》《汤处于汤丘》《殷高宗问于三寿》"大抵是楚国墨者'说书'之作的遗存"②。既然清华简《尚书》文本与墨家学者密切相关，那么也可侧面证明与之同出的纪事文本《系年》，同样成书于墨家士人之手。

简言之，《系年》23章的整体结构与编纂理念，与儒家的礼、德观

① 郭沫若著作编辑出版委员会编：《郭沫若全集·历史编》第一卷，482页，北京，人民出版社，1982。

② 刘成群：《清华简与墨学管窥》，载《清华大学学报(哲学社会科学版)》，2017(3)。

念不符；其文辞及史事缺乏应有的严肃性、准确性，又意味着它并非官修史书，至少不是出自史官。作者在开端与行文之中强调上帝天神观念的信仰，暗含着书写的主体对春秋巫史合一传统的认可，而战国时期的墨家显然更为凸显上天的意志，墨家"明鬼神，顺天志"的学派理念足以说明问题。结合《系年》对战备技巧的推崇以及第 23 章的内容，《系年》作者在有意回避吴起变法之事，并以晋楚武阳之战作为纪事的终点，其中蕴含着对吴起变法的轻蔑和鞭挞，更展现出作者对墨家"舍生取义"观念的高扬，而鲁阳公、阳城君显然就是其中的代表。这些信息作为一个整体折射出，《系年》成书于墨家士人之手，其书写时间应在墨家巨子孟胜殉难前后。

与《左传》《国语》相比，清华简《系年》除了有墨家学派理念的展现之外，还有纪事时限的突破。成书于儒家学者的史书，往往书写春秋史事，而对于当代史即战国史多有忽略，所以《左传》《国语》取材以春秋为限，即作者的眼光是着眼于前代的，怀着一种吊古伤今、世风日下的情怀，折射出作者今不如昔的价值理念。而清华简《系年》显然没有这一意识，它在今昔对比之中力求把握目前状态形成的过程和原因，所以它一直在强调"至今""焉始"等。《系年》作者的这一历史观说明，他的眼光是指向当今现实的，他的主观目的在于把握当代国家形势出现的基本过程，以期更好地应对目前所面临的种种困境。这一点展现出作者的崇实观念，即力求运用历史以认识、理解当今，此种实用观念无疑又与墨家学派的价值理想相一致。总之，《系年》打通春秋与战国的做法，不同于《左传》《国语》，它的书写也昭示着战国士人纂集史书的倾向，慢慢由前代史而迁移至当代史。

第五节　史官"书法"的新变与当代史的书写

在战国士人中，儒家学派关注的是春秋史事的纂集，而对当代史即战国史事却表现出了冷漠与不屑。这一点可以从孟子对张仪、公孙衍的评价看出来，《孟子·滕文公下》记载：

景春曰："公孙衍、张仪岂不诚大丈夫哉？一怒而诸侯惧，安居而天下熄。"孟子曰："是焉得为大丈夫乎？子未学礼乎？丈夫之冠也，父命之；女子之嫁也，母命之，往送之门，戒之曰：'往之女家，必敬必戒，无违夫子！'以顺为正者，妾妇之道也。居天下之广居，立天下之正位，行天下之大道。得志与民由之，不得志独行其道。富贵不能淫，贫贱不能移，威武不能屈。此之谓大丈夫。"①

张仪、公孙衍是战国之世的名人，由两人活动而衍生的纵横故事被广泛传播于当时的社会，这一点也许正是景春发问的前提和基础。通过景春的表述，张仪、公孙衍两人至少被战国时期的普通士人所推崇，然而孟子却评价其行为是"妾妇之道"，真正的大丈夫应该是"居天下之广居，立天下之正位，行天下之大道"的人，即所谓"富贵不能淫，贫贱不能移，威武不能屈"。显然，孟子在评价当代的人物与历史时，往往使用仁、德等儒家学派的价值观念加以衡量，如果不符合这一标准，将被有意忽略或排斥。

与当代的史事相比，孟子更乐意言说春秋史乃至远古史。而这一点又处处呈现着儒家的学派理念，即孟子在言说春秋及远古史时，也往往着意于贤人、圣王，如春秋时期的子产、孔子、庾公之斯以及上古时期的尧舜、大禹等。而至于那些未必符合儒家理念的史事，孟子及其儒家要么加以批判，要么有意回避，如《孟子·梁惠王上》记载：

齐宣王问曰："齐桓晋文之事，可得闻乎？"孟子对曰："仲尼之徒，无道桓文之事者，是以后世无传焉。臣未之闻也。无以，则王乎？"②

对于立志称霸的齐宣王来说，他首先关心的春秋史事显然是齐桓、晋文之事，然而孟子却有意回避，直言"仲尼之徒，无道桓文之事者，是以后世无传焉"。以事实来看，孟子所说的"后世无传焉"强调的是对争

---

① （清）阮元校刻：《十三经注疏》，2710 页。
② （清）阮元校刻：《十三经注疏》，2670 页。

霸之事的高扬和推崇，即关注其义，而非诸如《左传》《公羊传》的史事。无论如何，孟子在言说中选择史事呈现出鲜明的学派立场。与当代史相比，他更倾向于引用古代史。其中除了学派理念的原因，还可能是其历史观念所决定的：与当代社会的极具变动相比，古代史显得更为确定和可靠。孟子的做法，是儒家学派的代表，其后的荀子与孟子相比，存在很大的改观，论说道理已关注、引用当代史，如魏之信陵君、齐之孟尝君、齐闵王、楚襄王等均有涉及。这表现出荀子历史眼界的宽广，而这一点又使荀子慢慢远离儒家的立场，被视为礼法转关的中间人物。①

　　与荀子相似的还有法家、道家，他们虽然价值理念不同，但引用说理之时，往往使用当代人物和当代史事，如《庄子》中的申徒狄等，《韩非子》中言说着更多战国之时的历史人物及事件。

　　与战国诸子著作中的当代史相比，专门的史书还是《战国策》。当然，《战国策》只是战国士人的著述，出于私家之手，正规的官修史书出自各国的史官，也是战国当代史书写的中坚力量。

　　在战国之世书写当代史的主体，总的来说，有以下四类：一、各诸侯王朝的史官，如秦赵御史等，他们的书写是正史，形成的文本如同《竹书纪年》之《魏纪》、"诸侯史记"；二、卿大夫的家臣，他们属于卿大夫的门客，书写的内容多与家主相关，如孟尝君之侍史、蔺相如之门客等，形成的文本多见于《战国策》以及战国社会的传说；三、战国诸子，他们与门客相比具有独立意识，拥有批判的眼光，所观察到的战国史事也具有学派理念的属性，形成的文本如《荀子》《韩非子》《虞氏春秋》《吕氏春秋》等；四、僚属小吏，这一部分多是官僚系统的从官、小吏，与王朝的史官又有区别，形成的文本也多是对王朝史官笔法的模仿，如睡虎地秦墓《编年记》、阜阳汉简《年表》等。

　　在这四类书写主体中，以产生的影响大小而论，无疑集中于中间

---

　　① 可参见李峻岭：《荀子与法家：援法入儒及理念分合——兼论荀子与韩非、李斯之关系》，载《理论学刊》，2018(5)；王正：《"法儒"还是"儒法"？——荀子与法家关系重估》，载《哲学研究》，2017(2)。

两类人群：与家臣门客相比，战国诸子的书写承担着更多的价值理念，呈现着战国诸子创新的努力与突破，代表着那一时代知识追求的高峰；但是，这一追求无疑也限制了战国诸子的书写内容、言说旨向，所以与家臣门客的书写相比，战国诸子的当代史书写显得狭窄、单薄。正是由于这一原因，探讨战国当代史书写的繁荣，必然关注家臣门客的书写：他们的书写不同于正史，也不同于战国诸子，其内容与笔法缺乏严谨性、准确度，但表现得活泼、新鲜，文本形态及其内容也极为丰富、多样。《战国策》的形成就是他们书写的集中体现。

《战国策》自被刘向纂集而传至当今，其间经历了众多波折，其中直接影响文本内容的也许是今、古文本的问题：许多论者已经指出，刘向所编《战国策》至北宋已经散佚，即古本已经残缺；而经曾巩等人搜集整理得以形成今本，传至当代。① 由于存在今、古本的差异，一些论者怀疑今本《战国策》的价值，经过细心分析，许多学者认为："今本在规模、分量和内容的原始性等方面，大体上还保留着刘向古本的面貌。所以今本《战国策》仍不失为一部重要的先秦古籍。"②那么，尽管有一些佚文的存在，但以今本《战国策》来研究战国之世的社会形势显然也是可行的。据刘向整理《战国策》后所写的《叙录》来看，《战国策》的文本来源众多：

> 所校中《战国策》书，中书余卷，错乱相糅莒。又有国别者八篇，少不足。臣向因国别者，略以时次之；分别不以序者以相补，除复重，得三十三篇。本字多误脱为半字，以"赵"为"肖"，以"齐"为"立"，如此字者多。中书本号或曰《国策》，或曰《国事》，或曰《短长》，或曰《事语》，或曰《长书》，或曰《修书》。臣向以为，战国时游士辅所用之国，为之策谋，宜为《战国策》。其事继《春秋》以后，讫楚、汉之起，二百四十五年间之事，皆定以杀青，书

---

① 可参见顾颉刚：《战国策之古本与今本》，载《历史研究》，1957(9)；程百让：《〈战国策〉的作者及其古、今本问题》，载《郑州大学学报》，1963(4)；郑杰文：《〈战国策〉的佚文及其佚失原因》，载《古籍整理研究学刊》，2003(2)等文。

② 程百让：《〈战国策〉的作者及其古、今本问题》。

可缮写。①

这一段文字被古今学者广泛关注，力求由此把握《战国策》文本的最初来源。一些论者依据刘向所言认为，《战国策》的文本来源有 7 大类，即"有国别者八篇"、《国策》、《国事》、《短长》、《事语》、《长书》、《修书》等。② 夏德靠在此基础上进一步指出："'国别者八篇'与《国策》《国事》都属于史官文献，它们的区别在于《国策》《国事》缺乏条理性，在材料来源上较'国别者八篇'更为源始。"③这里涉及的诸多文本之名，历来是论者关注的对象，如针对《国事》《国策》《事语》各自的内涵及相互的关联，学界众说纷纭：齐思和认为《事语》为"记言之书也"④，这是关注于"语"；杨宽指出《事语》"是按事实分类编排的"⑤，这是侧重于"事"；郑良树认为《事语》属于记言类，主要记载游士的言论，⑥ 这是言说其书写主体；徐中舒认为"《国事》《事语》二名，可能即按国别、按事类编次的书。《事语》可能仍以记言为主，所以又称为《语》"⑦，这是言说两者的关联和区别，"事""语"分途。在这些讨论的基础上，何晋主张《国策》《国事》《短长》《事语》《长书》《修书》六者在本质上是一致的，均为游士的策谋言辞，因其内容多是当时的军政大事，将这番言辞记录下来便是《事语》。⑧ 对此，夏德靠认为《战国策》的文本"事语"，是叙事与记言有机结合的形式，与《春秋事语》注重"言"本身的意义不同，《战国策》的"事语"文本则是"事"与"语"并重。⑨

其实，就《国策》《国事》《事语》而言，实为异名而同称，但又不同于《短长》《长书》《修书》一类。以刘向之言来看，"有国别者八篇"是整

① （汉）刘向集录：《战国策》，1195 页，上海，上海古籍出版社，1985。
② 程百让：《〈战国策〉的作者及其古、今本问题》。
③ 夏德靠：《〈战国策〉文的来源及其编纂》，载《中国文学研究》，2014(4)。
④ 齐思和：《中国史探研》，450 页，石家庄，河北教育出版社，2000。
⑤ 杨宽：《马王堆帛书〈战国策〉的史料价值》，载《文物》，1975(2)。
⑥ 郑良树：《战国策研究》，146 页，台北，台湾学生书局，1975。
⑦ 徐中舒：《论〈战国策〉的编写及有关苏秦诸问题》，载《历史研究》，1964(1)。
⑧ 何晋：《〈战国策〉研究》，8～9 页，北京，北京大学出版社，2001。
⑨ 夏德靠：《〈战国策〉文的来源及其编纂》；夏德靠：《先秦语类文献形态研究》，177 页，北京，中华书局，2015。

理其他文本的基础，即"略以时次之"的底本，以成"补之"而成 33 篇；以下所言"中书本号"即包括"有国别者八篇"，而并非独立于其他"本号"之外。因此，《战国策》的文本来源有 6 类而并非 7 类，其中"有国别者八篇"就是"中书本号"之《国策》《国事》《事语》，即八篇虽各属不同国别，但名称不一，或称《国策》，或称《国事》，或称《事语》。这一点可以从睡虎地秦简加以证明：其中有一篇载有郡守长官之言的文告，整理者指出这篇文告"原有标题在最后一支简的背面"，即题名为"语书"①。这篇文告是发给南郡各县、道的，并要求"以次传"②，而其中的重心无疑是南郡郡守之言，即对各县、道的要求以郡守言语的形式加以展现，因为是以言语为主，所以命名为"语书"。由此看来，战国之世即使行政公文，如果以言语为主即被视为"语书"，那么以讨论国家之事为主的言语当然可以命名为"事语"，因此"国事"之名强调一事发生于国家朝堂层面，而非家户门庭之事；"国策"之名突出的是以谋略、策术处理一国所面临的困境③，注重的是处理"国事"的方法和手段；"事语"则如同《语书》，突出的是文本内容的主体部分以何种形态展现。也就是说，"国事""国策""事语"是一体多面的称谓，其实质则为一体，只是针对不同的方面给予不同的名称而已，如果以一件具体事情为喻，"国事"是指从国家层面发生了这件事，而"国策"则是寻求方法、策略处理这件事，"事语"则是将处理的方式加以书写以备归档，或发布，或"次传"等。以此来看，《战国策》文本的来源可分为两大部分：一是《国策》《国事》《事语》，为"有国别者八篇"之类；另一是《短长》《长书》《修书》为一类。这两类的区别至少在刘向看来是明显的，以主父偃、《淮南子·要略》、蒯通的《隽永》来看，这两类在刘向之前也存在鲜明的区分：他们与司马迁所称"战国之权变"④一样，多指《短

----

① 睡虎地秦墓竹简整理小组：《睡虎地秦墓竹简》，13 页，北京，文物出版社，1990。

② 睡虎地秦墓竹简整理小组：《睡虎地秦墓竹简》，13 页。

③ 王国维、徐中舒等人认为"国策"为内容书写于策、长短为文书形制之长短。夏德靠已辨明"刘向命名《战国策》是基于'策谋'的考虑，而非书写载体。详见夏德靠：《〈战国策〉文的来源及其编纂》。

④ （汉）司马迁：《史记》，686 页。

长》《长书》《修书》一类的文本。

《战国策》的文本来源之所以被学者所关注，是因为它直接涉及这些文本的书写主体。结合古人的考辨，现当代学者多认为，《战国策》的篇章一部分来源于诸侯史官所记，"另一部分篇章多为张仪、苏秦或范雎的门客、弟子所记"[①]；"《国策》《国事》都属于史官文献"，"《事语》的命名同样源于先秦史官的语类文献"，而"《短长》《长书》《修书》的命名与纵横术有关，这三种文献很可能是教授或学习揣摩纵横术的人所编纂的"等[②]。也就是说，《战国策》的文本来源直接标明其背后的书写主体分别是战国史官和纵横策士（门客弟子），但对于这两种书写主体，有许多论者并不以为然，他们集中怀疑的地方在于史官，如裴登峰结合徐中舒、杨宽等人的分析，以马王堆帛书《战国纵横家书》为参照，认为"从性质看，帛书、《国策》不是史官实录、记载的材料"，"《战国策》也有许多虚构、拟托的作品"，[③] 以此他指出《战国策》收录了诸如张仪、苏秦的传说，具有"个人作品集"的性质，"并非出于史官的专门编纂"[④]。在裴登峰之前，傅延修也认为"《战国策》之言却多为谙习言语交际术者的工丽说辞，是挖空心思炮制出来的技术性产品"[⑤]。

当代学者的这些看法，是古代学者的延续。班固《汉书·艺文志》将《战国策》归入"春秋类"史书，而至三国时期秦宓认为其是"战国谲权"之书，不是君子所应观。[⑥] 也许正因魏晋时期的这一认识，唐人在编纂《隋书·经籍志》时便将《战国策》归入"杂史类"，不过毕竟还属于

①　郑杰文：《战国策文新论》，88～89 页，济南，山东人民出版社，1998。
②　夏德靠：《〈战国策〉文的来源及其编纂》。
③　裴登峰：《〈战国纵横家书〉〈战国策〉文相关辞主问题考论》，载《文献》，2013(6)。
④　裴登峰：《〈战国策〉中的"个人作品集"》，载《文学遗产》，2017(1)。
⑤　傅修延：《先秦叙事研究：关于中国叙事传统的研究》，245 页，北京，东方出版社，1999。
⑥　《三国志·蜀书》卷三十八《秦宓传》载：李权从秦宓借《战国策》，而宓不与，以为"书非史记周图，仲尼不采；道非虚无自然，严平不演。……君子博识，非礼不视。今战国反复仪、秦之术，杀人自生，亡人自存，经之所疾……道家法曰：'不见所欲，使心不乱。'是故天地贞观，日月贞明；其直如矢，君子所履。《洪范》记灾，发于言貌，何战国之谲权乎哉！"见（三国晋）陈寿撰：《三国志》，973～974 页，北京，中华书局，1959。

史部。迄至两宋时期,《战国策》不但在文本传承上有所波折,即使在文本性质上也广受质疑,如晁公武《郡斋读书志》认为《战国策》"纪事不皆实录,难尽信,盖出于学纵横者所著",进而将之剔出史部而归入子书;① 马端临《文献通考·经籍考三十九》延续了晁公武的做法,将《战国策》列入子部②。古代学者的这些辨证,被现当代学者所延续,如齐思和认为"是书大抵汇集自战国末年至汉初时期关于六国时之杂事与夫说士之谈论而成"③,徐中舒也认为"其中所保存的史料,也有不尽可信的""此书出于战国秦汉间,是当时游说之士世代传习、随时增益和编录的总集"等④。与齐思和、徐中舒将《战国策》归于群体所作不同,罗根泽、金德建等人将之具体化为个人,即认为《战国策》其实是蒯通、主父偃等人所作。⑤

马王堆汉墓帛书出土以后,结合《战国纵横家书》的内容,杨宽认为:"由于纵横家重视计谋、策略和权变,纵横家书所搜辑汇集的掌故以及历史经验教训,不限于合纵连横的游说和决策,包括有许多谋求对外兼并战争胜利的计策,兼及法家与兵家谋求胜利的故事和游说辞。"⑥以此来看,现当代学者的这些讨论,无疑是晁公武之《战国策》为"学纵横者所著"的具体阐释和延伸。当然,从战国纵横策士至刘向的纂集,中间还有许多环节值得思考,如孙家洲指出:"《战国策》的编订自身就是一个很长的历史过程,汉初蒯通完全可能做过编辑整理纵横游说之辞的工作,并杂入了自己劝韩信背汉自立的文字","蒯通是编定《战国策》过程中的一个重要环节"⑦。

从《史记·田儋列传》"蒯通者,善为长短说,论战国权变为八十一

---

① (宋)晁公武撰:《郡斋读书志校证》,506 页,上海,上海古籍出版社,1990。
② (元)马端临撰:《文献通考》,1741~1742 页,北京,中华书局,1986。
③ 齐思和:《战国策著作时代考》,载《燕京学报》,1948(34)。
④ 徐中舒:《论〈战国策〉的编写及有关苏秦诸问题》。
⑤ 可参见罗根泽:《诸子考索》,548 页,北京,人民出版社,1958;金德建:《司马迁所见书考》,328~337 页;金德建:《〈战国策〉作者之推测》,见罗根泽编著:《古史辨》第六册,372~379 页,上海,上海古籍出版社,1982。
⑥ 杨宽:《战国史》,12 页,上海,上海人民出版社,2003。
⑦ 孙家洲:《〈战国策〉记事年限与作者考析》,载《中国人民大学学报》,1993(5)。

首"，以及司马迁在撰写《六国年表》时说"战国之权变，亦有可颇采者"可知，蒯通之于《战国策》文本的形成，的确起着重要的作用。《汉书·蒯通传》记载"通论战国时说士权变，亦自序其说，凡八十一首，号曰《隽永》"，《汉书·艺文志》"诸子略"之"纵横家"列有《蒯子》五篇，虽然我们很难判断《隽永》与《蒯子》之间的区别与关联，但蒯通之于刘向所说"中书本号"之《短长》《长书》《修书》的意义应该极为重要，《隽永》既然言说"战国时说士权变"，又与蒯通自己的"序说"相区别，那么《隽永》的主体内容应该是战国策士之文，因其只有 81 章，可见是战国策士文本的节选。至于主父偃，《汉书》说他"习长短纵横之术"，并于《汉书·艺文志》"诸子略"之"纵横家"列有《主父偃》二十八篇，可见其是在蒯通之后传承策士文本的又一重要环节。金德建认为刘向之三十三篇《战国策》，即是《蒯子》五篇和《主父偃》二十八篇的拼合而成。① 其实，如果《战国策》与《蒯子》《主父偃》内容相重，班固一定会注明的，因为其他重出的书往往使用"省""出""重"加以标明，如"春秋类""省《太史公》四篇"、"兵书略"之权谋类"出《司马法》入礼也"、"兵技巧类""省《墨子》重，入《蹴鞠》也"等。② 班固将《战国策》《蒯子》《主父偃》分别列于"春秋类""纵横家"足以说明，《战国策》与《蒯子》《主父偃》内容不同。主父偃"习长短纵横之术"，应被视为传承战国纵横家之文本。在主父偃之前、蒯通之后，《淮南子·要略训》在言说战国形势时说"力征争权"之下"故纵横修短生焉"，金德建结合《要略》前后文认为这里的"纵横修短"是指一部书，而且"是指《战国策》无疑"③。以《要略》及刘向叙录所言，《纵横修短》的确与《战国策》有关，但其内容显然又不是《战国策》的全部，而是指"中书本号"之《短长》《长书》《修书》。以刘向整理的过程来看，"中书本号"之《短长》《长书》《修书》也并非合编成一书，它们包括的文本应该是多样的，至少从范围上应多于《要略》之《纵横修短》。妥善地来看，《纵横修短》的内容，也许如蒯通之《隽永》一样，只

---

① 金德建：《司马迁所见书考》，329 页。
② （汉）班固：《汉书》，1714、1757、1762 页。
③ 金德建：《司马迁所见书考》，333 页。

是战国策士文本的一种节选。

郑杰文认为今本《战国策》的绝大多数篇章属于口头说辞，书面说辞却很少。① 夏德靠指出，"策士的口头说辞源于史官的载录"，而其后的留传大致有三种途径："一是策士本人的保存，二是通过策士的门客及弟子，三是借助史官。"② 无疑，夏德靠虽然注意到《战国策》文本的虚拟、假托性，但他仍然在强调史官书写之于《战国策》形成的意义。其实，将《战国策》文本分成口头说辞、书面说辞本身就成问题，书面说辞如果仅限于书信形式，《左传》《国语》乃至《论语》《孟子》等显然也能得出口头说辞多，而书面说辞很少，甚至没有。《战国策》在呈现人物对话时以口头言辞的形式进行，只是文本呈现的一种方式，而不能归之于口头说辞。也就是说，《战国策》与其他战国著作一样，乐于采用言语加以载录、呈现事实，这一点与其中的主人公是否采用口说、书信的形式加以表达，关联不大，重要的是《战国策》的书写者已经采用书面的形式加以记载了，这一点足以证明构成《战国策》的文本是书面的，而非口头的。

如前所言，许多论者指出《战国策》的许多文本出自史官之手，特别是那些具有国别性质的文本"显然是继承了《国语》的体例"。③ 以《左传》《国语》在战国传播的实际情形来看，它们主要传承于儒家内部，其内容表现出很强的儒家学派的价值理念，而不同于马王堆帛书《春秋事语》或清华简《系年》。因此，即使那些"有国别者八篇"也不一定借鉴了《国语》的体例，至于刘向纂集时是否借鉴是西汉末年之事。以《竹书纪年》、秦赵御史的书写来看，《战国策》一定不是出自史官之手，但也并非尽是虚构、想象、夸饰的"个人作品集"。④ 总的来说，《战国策》的两类文本均出自战国士人之手，其书写主体大致可分为两类：一是围绕各国著名卿大夫、客卿的门客舍人，一是那些学习、模仿、揣摩纵横之术的游士。前一类书写主体，学界多有讨论，如夏德靠结合"《战

① 郑杰文：《战国策文新论》，87页。
② 夏德靠：《〈战国策〉文的来源及其编纂》。
③ 夏德靠：《〈战国策〉文的来源及其编纂》。
④ 裴登峰：《〈战国策〉中的"个人作品集"》。

国策·齐策二》载齐举兵伐梁，梁王大恐，张仪使其舍人冯喜之楚"、《战国策》常有"张子""苏子""范子"之称指出，"战国时期有名望的策士往往有门客或弟子随从""那些策士的门客或弟子肯定会保存其书信及说辞"。① 以门客舍人集中的情形来看，这些"有名望的策士"往往集中于各国拥有权力的卿大夫、客卿，如战国四公子、廉颇、蔺相如、吕不韦、燕太子丹等。这些门客舍人往往以权力拥有而聚，又往往以权力消失而散，在外界或后世看来是实足的"势利之徒"。这一点从《史记·孟尝君列传》所记冯驩客孟尝君一事得到证明：

> 自齐王毁废孟尝君，诸客皆去。后召而复之，冯驩迎之。未到，孟尝君太息叹曰："文常好客，遇客无所敢失，食客三千有馀人，先生所知也。客见文一日废，皆背文而去，莫顾文者。今赖先生得复其位，客亦有何面目复见文乎？如复见文者，必唾其面而大辱之。"冯驩结辔下拜。孟尝君下车接之，曰："先生为客谢乎？"冯驩曰："非为客谢也，为君之言失。夫物有必至，事有固然，君知之乎？"孟尝君曰："愚不知所谓也。"曰："生者必有死，物之必至也；富贵多士，贫贱寡友，事之固然也。君独不见夫趣市者乎？明旦，侧肩争门而入；日暮之后，过市朝者掉臂而不顾。非好朝而恶暮，所期物忘其中。今君失位，宾客皆去，不足以怨士而徒绝宾客之路。愿君遇客如故。"孟尝君再拜曰："敬从命矣。闻先生之言，敢不奉教焉。"②

孟尝君任齐相盛时，天下士人争相投奔，"其食客三千人"，但孟尝君被废之时，诸客见孟尝君废，皆去，以至孟尝君复盛之时大为叹息，并发狠"如复见文者，必唾其面而大辱之"。对于这种现象，冯驩倒是有自己的看法，认为是"富贵多士，贫贱寡友，事之固然也"，并以众人入市争利来喻。冯驩与孟尝君的对话，虽然不一定是实录其事，但无疑点明了战国时期门客舍人聚散离合的真实原因。这一社会风气发

---

① 夏德靠：《〈战国策〉文的来源及其编纂》。
② （汉）司马迁：《史记》，2362 页。

展到极致，便延伸至家庭日常生活，即父母兄弟之间的关系也往往以权力的聚合分离为导向。《战国策·秦策一》"苏秦始将连横"之时的落魄无依与合纵成功之后的意气风发，形成了鲜明的对比，其所感叹的"贫穷则父母不子，富贵则亲戚畏惧。人生世上，势位富贵，盖可忽乎哉"，正说明"势位富贵"的拥有与丧失是战国之世门客舍人聚散离合的指挥棒。当然，在众多的门客舍人之中，也有如冯驩一样的异能、忠诚之士，卿大夫、客卿的言辞事迹无疑主要由这一批门客舍人所言说、书写、传承、播散。因为这一批士人离权力中心比较接近，至少知道事情的来龙去脉，所以经门客舍人书写的文本，往往具有可信性，而且较为系统，由此而构成了那些《国策》《国事》《事语》之类的言辞文本。

这些以具体历史事实为根据的文本，经过多人修饰、改编掺杂于《战国策》，需要我们细心辨证才能加以明判。

以《史记·孙子吴起列传》所记，吴起的任职历程至少可以分为三个阶段：担任鲁将、为魏西河守、为楚令尹。这一人生历程是完整而呈系统的，也是为后人所熟知的，但在《战国策》中，只有吴起任职西河的记载，至于练兵选将、楚国变法，分别通过魏公叔痤、应侯与蔡泽的对话加以呈现。而《战国策》的记载并不能代表战国时期士人对于吴起故事的言说，《吕氏春秋》《韩非子》等存在许多更为详细的吴起故事说明，战国之世有关吴起的故事在社会上流传众多，而被司马迁书写的《吴起列传》则是综合战国传说的结果，其中只有"武侯浮西河而下"的段落与《战国策》相似。为方便分析起见，将《战国策·魏策一》与《史记·孙子吴起列传》的吴起与魏武侯问对摘引如下：

《战国策·魏策一》

> 魏武侯与诸大夫浮于西河。称曰："河山之险，岂不亦信固哉！"王锺侍王，曰："此晋国之所以强也。若善修之，则霸王之业具矣。"吴起对曰："吾君之言，危国之道也；而子又附之，是危也。"武侯忿然曰："子之言有说乎？"吴起对曰："河山之险，信不足保也；是伯王之业，不从此也。昔者，三苗之居，左彭蠡之波，右有洞庭之水，文山在其南而衡山在其北。恃此险也，为政不善，

而禹放逐之。夫夏桀之国，左天门之阴，而右天谿之阳，庐、峄
在其北，伊、洛出其南。有此险也，然为政不善，而汤伐之。殷
纣之国，左孟门而右漳、釜，前带河，后被山。有此险也，然为
政不善，而武王伐之。且君亲从臣而胜降城，城非不高也，人民
非不众也，然而可得并者，政恶故也。从是观之，地形险阻，奚
足以霸王矣！"武侯曰："善。吾乃今日闻圣人之言也！西河之政，
专委之子矣。"①

《史记·孙子吴起列传》

　　武侯浮西河而下，中流，顾而谓吴起曰："美哉乎山河之固，
此魏国之宝也！"起对曰："在德不在险。昔三苗氏左洞庭，右彭
蠡，德义不修，禹灭之。夏桀之居，左河济，右泰华，伊阙在其
南，羊肠在其北，修政不仁，汤放之。殷纣之国，左孟门，右太
行，常山在其北，大河经其南，修政不德，武王杀之。由此观之，
在德不在险。若君不修德，舟中之人尽为敌国也。"武侯曰："善。"②

　　以吴起所举事例而言，两个文本均是大禹灭三苗、商汤放夏桀、武王
伐商纣，这一点足以证明司马迁的书写直接来源应是《战国策》中的吴
起之言。但与《战国策》相比，司马迁的差异不仅仅在于删减、略写，
更表现在价值理念的不同：《战国策》中的吴起之言重点在于政之善恶
对于国家的命运，即国之命运不在"河山之险"；而在司马迁的叙述中，
吴起之言的重点在于修政以德，即德政决定着国之命运，也就是"在德
不在险"。善政与德政虽有关联，但区别也是显在的：为政以善强调法
纪严明、秩序公正；而德政则突出仁义道德、秩序稳固、社会祥和。
显然，从吴起平时的主张及变法的实践可以看出，《战国策·魏策一》
的记载更为符合历史事实。

　　《战国策》"魏武侯与诸大夫浮于西河"一事，也许在汉代属于刘向
所言"有国别者八篇"或"国事"之类，但从文本的用词、角色的重心以

---

① （汉）刘向集录：《战国策》，781～783 页。
② （汉）司马迁：《史记》，2166～2167 页。

及价值理念的展现来看，这一内容的书写者一定不是魏国史官，也不是王锺等魏国大夫，最有可能的是吴起讲述给自己周围的门人谋士，而这些门人谋士加以书写，便成为以吴起言辞为中心的史事文本。这一点与蔺相如故事被身边的门客舍人书写相似：渑池之会的场景，在秦赵御史书写便成为简短的条目式史事，而经蔺相如转述，便成为司马迁笔下丰富多彩而又惊心动魄的场景叙事。蔺相如在渑池之会的表现，无疑出自其门客舍人之手。

除了吴起一事，《战国策·魏策》"秦、楚攻魏，围皮氏"、《卫策》"秦攻卫之蒲。胡衍谓樗里疾"等与《竹书纪年》之《魏纪》，《史记》之《六国年表》《魏世家》《樗里子列传》《秦本纪》相合，① 也可证明这些文本所记内容具有可信性。以此来看，梳理出《战国策》中那些有历史根据的章节必须结合诸如《竹书纪年》《史记》等历史文本详加辨证。总之，以吴起、樗里疾之事来看，今本《战国策》隐藏着许多可信的战国史事，而这些文本不是书写于各国史官，而是传承于围绕各国卿大夫或客卿的门客舍人之手。

至于那些出于战国游士之手的揣摩、学习文本，关注的是"工丽说辞"②，崇尚的是游说技巧，可信性极低，至少缺乏必要的史事根据。这部分文本出自学习、揣摩纵横之术的游士之手，目前已掺杂进《战国策》之中，有些文本因被《史记》等收录，所以往往在后人看来是真实的历史，其实毫无历史根据。最为典型的例子，便是张仪诳楚的故事。

张仪相楚的事与苏秦生活的时代，同属于《六国年表》中不可信的记事。③ 张仪与楚国的事迹见于《战国策》之《秦策二》《楚策二》《楚策三》等，这些故事被司马迁写入了《张仪列传》《屈原列传》等，但结合史事与地理考证，缪文远指出《战国策》所记张仪以商於之地诳楚"是出于附会"。类似的故事文本还见于同书《秦策二》"宜阳之役冯章谓秦王"，这一叙事模式被黄震称作"展转相因，无非故智，投机辄用，有同套

① 陈梦家：《西周年代考·六国纪年·六国纪年年表考证》，163～165页。
② 傅修延：《先秦叙事研究：关于中国叙事传统的研究》，245页。
③ 缪文远：《张仪和楚国关系考实——兼评于鬯〈战国策年表〉》，载《四川大学学报(哲学社会科学版)》，1983(2)。

括"，乃是"游士之夸辞"（《黄氏日钞》卷五十二），而不是历史事实。①
可见，在后世妇孺皆知的张仪诳楚，看起来言之凿凿，而原本却是出
于战国游士的附会。不仅张仪诳楚，《战国策·楚策二》"楚怀王拘张
仪"章的叙述，也与《楚策三》"张仪之楚贫"章内容相矛盾。这些信息说
明，《战国策》有关张仪诳楚的内容多是"随笔点染""其中却全无一点事
实在"②。除了张仪与楚国关系的事迹，苏秦生活的时代也属游士所捏
造。《战国策·秦策一》云"苏秦始将连横说秦惠王"，以此苏秦是秦惠
王时期的谋士，但根据马王堆帛书及其他相关文献的辨证，杨宽指出：
"苏秦的主要活动是在齐湣王统治齐国的时期，他和孟尝君田文、奉阳
君李兑、穰侯魏冉、韩珉、周最等人同时参加合纵连横的活动。"③苏
秦不但不与张仪同时，也不能成为对手，而《战国策》将苏秦生活的时
代提前，至少误导了司马迁，以致他在苏秦、张仪列传时将两人的事迹
以同时代的对手书写。追根刨底，司马迁的误解缘于战国游士的附会。

其实，直至当代，如果不了解《战国策》这一类文本的特点，我们
仍然会如司马迁一样，将战国游士的虚拟、假托当作真实的历史来理
解，前述张仪诳楚以及与屈原的关系，一直被现当代研究屈原的学者
当作历史事实加以言说，足以说明问题。另外，《战国策·秦策一》"秦
惠王谓寒泉子"章，为秦惠王与寒泉子的对话，其中提及苏秦、张仪、
武安子起等，高诱认为武安子起为白起，元代吴师道提出质疑，认为
"起字属下文"，日人中井积德认为"起字属下文，亦不可读"，其中的
武安子起是另一人；范祥雍认可吴师道的说法，认为"起"非人名，武
安子也是另有其人。④ 郑杰文依据当代学者对苏秦、张仪生活年代的
辨证，认为这一章多有舛误，其中的"'张仪'乃'张倚'之误，'秦惠王'
乃'秦昭王'之误"。⑤ 其实，理解这一章完全没有必要如此坐实，以

---

①　缪文远：《张仪和楚国关系考实——兼评于鬯〈战国策年表〉》。
②　缪文远：《张仪和楚国关系考实——兼评于鬯〈战国策年表〉》。
③　杨宽：《马王堆帛书〈战国纵横家书〉的史料价值》，见马王堆汉墓帛书整理小组编：
《战国纵横家书》，165页，北京，文物出版社，1976。
④　范祥雍笺证：《战国策笺证》上册，168页，上海，上海古籍出版社，2006。
⑤　郑杰文：《〈战国策〉纠误一则》，载《历史教学》，1997(5)。

"苏秦始将连横说秦惠王"来看，书写者明显将苏秦系属于秦惠王之时，如此秦惠王与寒泉子的对话涉及苏秦也是顺理成章，至少在书写看来是不矛盾的。当然，如果以史事求证，我们不但将秦惠王改成秦昭王、张仪改成张倚，而且"苏秦欺寡人""反复山东之君"也需更改；更为麻烦的是，与秦惠王对话的寒泉子，真的如高诱所注是"秦处士"吗？如果历史上实有其人，寒泉子的具体所指也需辨证。

这些文本的矛盾、缠绕之处说明，这一章如同张仪诳楚一样，是出于战国游士的假托之辞，并非史事：战国末期的游士在学习纵横之术时，面对苏秦、张仪、秦惠王以及武安君白起的故事，需要突出苏秦、张仪的排忧解纷纵横捭阖的能力，所以将之与常胜将军武安君白起并提、对立，以突显纵横策士的重要性；而为了假托实有此事，又凭空塑造出寒泉子，以与秦惠王对话衍说苏秦、张仪之能力。这一章看起来似乎实有其事，实质上从结构到内容都出自虚拟、假托，司马迁在撰写战国史事时倒是没有提到这一内容，也没有涉及寒泉子，他判断的依据也许正如吴师道所说，认为武安君白起、秦惠王不可能同时，这是将不同时代的历史人物在一起玩了一场时空穿梭，所以不可信。但这一章却十分明显地将张仪与苏秦对立起来，认为能够阻止苏秦合纵的人物不是将军，而只能是张仪。张仪作为苏秦对手的形象，正式出现了，以至司马迁在写作苏秦、张仪列传时仍然采用这一视野。可见，司马迁的书写，虽然摒弃了秦惠王与白起的同时代之说，也没有谈及寒泉子的名字，但他显然已经接受了苏秦与张仪生活于同时代的观念。也正是这一观念，促使司马迁将苏秦与张仪写入同一列传，并当作师兄弟及对手加以描述。

《战国策》像这样的事例还很多，如裴登峰指出《战国策·秦策一》"张仪说秦王"一章不符合史事，"应是模仿横人口气作的揣摩游说的无辞主、无题目的一篇练习稿"①。判断今本《战国策》哪些章节出于战国游士的虚拟、假托，并不困难，但也需要我们细致结合相关史事文献加以辨证。目前可资利用的参照文本众多，如《竹书纪年》《史记》等，

---

① 裴登峰：《〈战国纵横家书〉〈战国策〉文相关辞主问题考论》。

而其中最值得重视的无疑是马王堆帛书《战国纵横家书》。

马王堆帛书《战国纵横家书》自 1973 年出土以来备受学界关注，由它引起的战国史事辨证也如火如荼，延续至当今我们对此书价值的发掘仍需深入。《战国纵横家书》全文 27 篇，其中 11 篇内容大体与今本《战国策》《史记》相同，而 16 篇则为佚文。[①] 据当代学者分析，《战国纵横家书》可分为三部分，其中第二、三部分内容与刘向所言"中书"属于同一类文献，而第一部分显然与"中书"性质不同。[②] 这些信息至少说明《战国纵横家书》是不同于《战国策》的另外一部纵横策士文献，或者说另一部分"战国策"；从文本数量来看，《战国纵横家书》也应与蒯通的《隽永》不同。总之，《战国纵横家书》的出现，不但折射出秦汉之际策士文本的存在状态，而且也关涉从《战国策》的书写主体到司马迁选择、改编战国史料的复杂过程。

具体来看，即使那些与《战国策》《史记》看似相同的文本，也值得我们深入分析，如《战国纵横家书》存在许多没有标明言说主体的"无主辞"，而这些篇章在《战国策》《史记》中却变成"有主辞"，但言说主体并不一致。又如《战国纵横家书》第 5 章作"人有恶苏秦于燕王"，《战国策·燕策一》作"苏代谓燕昭王"，《苏秦列传》作"苏秦见燕王"；第 16 章为"无主辞"，《战国策·魏策三》言说主体为"朱己"，《史记·魏世家》言说主体为"无忌"；第 21 章为"无主辞"，《战国策·赵策一》为"苏秦"，《史记·赵世家》为"苏厉"。另外，杨宽指出："帛书《战国纵横家书》中十四章苏秦资料，起首皆未署名，惟其中有六章游说者自称秦或苏秦，其为苏秦所作无疑。帛书第二十二章'谓陈轸'云云，内有'今者秦立于门'，而《史记·田世家》改属于苏代，并改作'今者臣立于门'。帛书第二十一章'献书赵王'云云，《战国策·赵策一》作'苏秦为齐上书说赵王'，而《史记·赵世家》改属于苏厉。《史记》中，其他类此者尚有多处，皆当加以校正。"[③]这里主要涉及苏秦、苏代、苏厉三位言说主

---

① 马王堆汉墓帛书整理小组：《马王堆汉墓出土帛书〈战国策〉释文》，载《文物》，1975(4)。

② 何晋：《〈战国策〉研究》，35 页。

③ 杨宽：《战国史料编年辑证》，9 页，上海，上海人民出版社，2001。

体的转换、变更，正如裴登峰所说："《战国策》中三苏事迹混乱，有时甚至互为对立面，而且三苏材料，有许多为传闻故事，因之很难说《赵策一》《赵世家》何者为是。综合观之，帛书应是原貌。"①除了战国时期的"三苏"，马雍指出："《战国策》中或以李兑为奉阳君，或又将李兑与奉阳君分为二人，其分作两人者乃后人妄改之误。后人考证，又或以为有两奉阳君，亦不确。今帛书第十二篇确证奉阳君为李兑（字作'挩'）。"②可见，《战国纵横家书》为今本《战国策》《史记》所记内容提供了诸多可资辨证的根据。

然而，这一研究视野总体来说还停留在史事的考辨上，其中蕴含的基本立场是《战国纵横家书》所记的文辞基本上是一种史事叙述。而事实情况往往是复杂的，《战国纵横家书》的虚拟性、假托性也是十分明显的，以第 20 章为例，这一章并未点明言说主体，是"无主辞"，《战国策·燕策一》《史记·苏秦列传》均作"苏代"，整理者认为应为"无主辞"，原因在于："此篇似摹拟苏秦的口气所作，《燕策》和《史记》均作苏代是错的。此与有名的苏秦合纵八篇，张仪连横诸篇，以及其它，当都是战国末纵横家的拟作，气势都很盛，跟真正的苏秦文笔，宛转而有条理，风格截然不同。"③显然，第 20 章的言说主体既不属于苏代，也不属于苏秦，更不属于其他历史上实有策士，而是战国游士假托苏秦之名而作。

其实，那些被学者认为言辞主体是苏秦的章节，也未必真正出自苏秦之手。我们判断帛书可信、《战国策》《史记》不可信的基本标准是前者为出土文献、后者为传世文献，或前者的言说逻辑更切实，后者的言说充满矛盾，等等。但一个无法否定的事实是《战国纵横家书》既然是实录，为什么不标明言说主体呢？另外，《战国纵横家书》的有些内容不见于《战国策》，却见于《史记》，司马迁的根据又来自哪里？这些问题说明，司马迁在书写战国策士活动时不仅仅将苏秦、苏代、苏

---

① 裴登峰：《〈战国纵横家书〉〈战国策〉文相关辞主问题考论》。

② 马雍：《帛书〈别本战国策〉各篇的年代和历史背景》，载《文物》，1975(4)。

③ 唐兰：《司马迁所没有见过的珍贵史料——长沙马王堆帛书〈战国纵横家书〉》，见马王堆汉墓帛书整理小组编：《战国纵横家书》，138 页。

厉加以调换姓名即可了事的。能够说明这一问题的是《战国纵横家书》第 4 章的内容，此章为"无主辞"，《战国策·燕策二》的言说主体为"苏代"；第 4 章原文"臣秦拜辞事"，《燕策二》所无。针对这一现象，缪文远指出"据帛书，献书者自称其名为'秦'，则此'苏代'当作'苏秦'"①。但由帛书到《燕策二》，仅仅是添加或改动了言说主体吗？裴登峰指出帛书这一章"比《策》文篇幅长得多，且文章结构也大相径庭。《燕二》已经有人改动，选取了其中几段材料，组合成一篇文章并加了主名"②。裴登峰这一判断的前提是《战国纵横家书》早于《战国策》，且帛书的材料直接被《战国策》所吸纳或继承。其实，单单以 16 章文本不见于《战国策》而言，足以表明《战国纵横家书》与《战国策》没有直接的承继关系，从文本形态来看，《战国纵横家书》应是不同于《战国策》的另外一种策士文本。但它的出现及文本内容，至少说明在刘向纂集《战国策》之前早已有人开始编选类似的文本，而且除了蒯通的《隽永》，社会上还流传着更多的战国策士之书。

同时，《战国纵横家书》以及蒯通《隽永》的纂集还说明，无论是由门客舍人书写的以卿大夫或客卿为主的文本，还是由那些学习、揣摩纵横之术的战国游士书写的虚拟假托文本，最终会被纂集在一起，并通过后一类书写主体即战国游士所传抄、播散。《战国纵横家书》出土于湖南长沙，而且是诸侯王之相国墓；再考虑到《淮南子·要略》之《纵横修短》、《史记》之"权变"、《汉志》"纵横家"之邹阳主父偃徐乐庄安等，这些现象形成一组证据，足以说明诸如蒯通之类的游士，仍然广泛活跃于西汉初年的各诸侯国乃至西汉朝堂。而他们的作为，不但为《史记》的写作提供了丰富的战国资料，而且更为刘向纂集《战国策》做好了充分的准备和铺垫。

简言之，《战国策》的最初文本是由依附于各国卿大夫或客卿的门客舍人书写，并经他们传承、播散；以至战国秦汉之际，经学习纵横之术的游士所收集、整理、加工、模拟，并增添相关文本，以形成丰

---

① 缪文远：《战国策新校注》，1083 页，成都，巴蜀书社，1987。
② 裴登峰：《〈战国纵横家书〉〈战国策〉文相关辞主问题考论》。

富多彩的战国策士文献；其中的文本加以选编、纂集，便形成了诸如《战国纵横家书》《隽永》之类的书籍；由此，由门客舍人书写的史事文本与游士书写的假托文本正式合流，以形成数量众多而又真假难辨的战国策士文本；随后并经诸如蒯通一样的秦汉游士加以传承，影响至《淮南子·要略》、邹阳、主父偃及司马迁，太史公有关战国史事的书写特点足以证明这一传承线索；这些丰富而多样的战国策士文本，辗转相传，其中虽有整理、纂集，但多数还处于散编无序状态，因此也没有固定的名称，世人往往随意而命名，如蒯通之"隽永"，湖南长沙国相之无名帛书（《战国纵横家书》），淮南王之"纵横修短"，司马迁之"战国权变"等，以至"中书本号"之六名，刘向所言"有国别者八篇"即其中整理、纂集较成系统者，而其他"错乱相糅莒""重复讹误"之类则是散编无序者，这些最终都被刘向纂集于《战国策》。

从战国之世的门客故吏，经战国秦汉的游士学习、模仿，到邹阳、主父偃、司马迁的吸纳和书写，再至刘向的最终纂集，《战国策》文本由最初的出现，到蔚为壮观，再至最终定型，这一过程中的每一个环节都至为重要、不可或缺。如果追溯于《战国策》的源头即战国之世，显然是门客舍人、客卿故吏拔得首功，而战国秦汉之际的游士学习模仿以至虚拟假托，也属大功一件：没有他们的传承，怎来《史记》的撷取、刘向的纂集；没有他们的模拟假托，又怎来策士文本的丰富和活泼，以至让司马迁为之倾倒。

以战国之世的史书书写范式来看，无论是门客故吏的书写，还是后期游士的假托，他们所使用的范式一如清华简、上博简以及《春秋事语》等，即仍然以言辞类文本为主，这是战国社会史书书写的主流形态，此种形式对于缺乏创新理念的门客故吏、战国游士来说，极为熟悉而方便，可以拿来即用。于此，也能反证《战国策》的书写，是战国士人"私家著述"的一部分，它的传统书写范式，经秦汉游士被司马迁所吸纳、创新，以至形成蔚为壮观的纪传体史书书写范式。而在这些启发司马迁开创纪传体的战国策士文献中，具有国别性质的少数篇章最终被编成了真正的国别体，与战国策士文献的原本来看，它真是另一种形式的"功成而弗居"。

第三章　儒家知识观念与"仁"的衍生

儒家是战国时期最为重要的思想流派之一，墨子非儒、庄子讥儒、韩非子批儒等均可侧面说明儒家在当时知识界的影响和地位，以至于其他各家想树立新的价值理念往往先拿儒家作为批评、指责的靶心。从战国诸子成长的过程来看，其他各家的知识结构又常常以儒家的知识观念为基础，墨子、李悝、吴起、韩非、李斯与儒家存在着密切的关系，甚至商鞅、苏秦开始游说之时也往往以儒家的知识话语作为话语根据。这些现象说明儒家的知识结构代表着战国知识界的底色，由儒术而成名则为孟子、荀子，驳儒术而自立则为墨子、吴起、商鞅、韩非乃至纵横策士。

第一节　儒家话语资源的构成与特征

在先秦诸子中，直接与礼乐教化相关的无疑是儒家，礼乐教化在一定程度上是先秦儒家的标签。为此，自古以来，学者在追溯儒家的起源时总是提到具有教化功能的职官。这一点班固在《汉书·艺文志》中已经总结得相当清晰：

> 儒家者流，盖出于司徒之官，助人君顺阴阳明教化者也。游文于六经之中，留意于仁义之际，祖述尧舜，宪章文武，宗师仲尼，以重其言，于道最为高。孔子曰："如有所誉，其有所试。"唐虞之隆，殷周之盛，仲尼之业，已试之效者也。然惑者既失精微，而辟者又随时抑扬，违离道本，苟以哗众取宠。后进循之，是以

《五经》乖析，儒学浸衰，此辟儒之患。①

这一段文字在点明儒家源头的同时，也指出了儒家的主要宗旨及发展流变：儒家上溯陶唐、虞舜，中述殷周文武之道，直承孔子之业，其中"惑者""后进"又难以掩饰违离、乖析之处。班固所言，最受后人关注或讨论的是儒家出于"司徒之官"，并云"助人君顺阴阳明教化者也"。后世学者大多依据《周礼》所记"地官司徒"来考察儒家的源头，如章太炎在《原儒》中将儒分为三类——达名之儒、类名之儒、私名之儒，认为这三类不可相混淆，后世所谓儒家是私名之儒，并根据《周礼·天官》"儒以道得民"、郑玄注"儒，诸侯保氏有六艺以教民者"，指出"儒之名于古通为术士，于今专为师氏之守"。② 以章氏所论来看，他认为，儒的内涵与外延随着时间的推移是在逐渐缩小，即由达名而类名而私名，儒家的来源便是前代的"术士""师儒"，即周代的师保职守。

章太炎的观点无疑是汉人认为儒家出于司徒之官的延续。对此，胡适在《说儒》中有不同看法，他依据孔子的家族姓氏以及"冠章甫之冠"的儒服等证据，认为儒者是商民族的遗留，在周代以治丧相礼为职业，而且行的是殷礼，孔子的创新在于将柔弱之儒变成刚毅进取之儒。③ 在比较一些儒家起源说之后，葛兆光认为儒家应起源于殷周时代参与仪礼操持的巫祝史宗。④

无论是把儒家归于周代之司徒、师保，还是殷商之遗民，都在强调儒家的重要职能——教化，即班固所说的"明教化者也"。其实，追溯儒家起源，关注教化的职能固然重要，但更不可忽略儒家的知识内容。针对儒家的知识内容，班固云"游文于六经之中，留意于仁义之际"，这种论断应该依据于汉代的儒家职守或传说。因为儒家传六经无论在前代如何，但在汉代已分散为经师各守一部经书，如董仲舒治"公

---

① （汉）班固：《汉书》，1728 页。
② 章太炎：《原儒》，见《诸子学略说》，91 页，桂林，广西师范大学出版社，2010。
③ 胡适：《说儒》，见《胡适文集》第 5 册《胡适文存四集》，3～53 页，北京，北京大学出版社，1998。
④ 葛兆光：《中国思想史》第一卷，88 页。

羊春秋"、四家传诗等均是单部经书的传承。西汉学术体系，往往是先秦情形的直接延续，因此战国时期的儒家也应如此研习经书。所以，汉人说儒家"游文于六经"只是概略言之，在先秦时期最受儒家关注的不是六经的全部，而是《诗》《书》《礼》《乐》。这也是在众多的典籍文献中，这四部经书的名字总是集体出现的原因：《礼记·王制》"诗书礼乐以造士"①、《荀子·儒效》"诗、书、礼、乐之归是矣"②、《庄子·天下》"其在诗书礼乐者，邹鲁之士搢绅先生多能明之"③、《战国策·赵策二》"诗书礼乐之所用也"④、《商君书·农战》"《诗》、《书》、礼、乐，善、修、仁、廉、辩、慧"⑤等。

诗书礼乐，无论作为文本还是行为准则，都受到儒家的提倡和推崇。这也反映出儒家遵循的是周道，而不是商王朝的遗教。所以，《论语·八佾》记载孔子说"周监于二代，郁郁乎文哉！吾从周"；同篇记载孔子又说："夏礼吾能言之，杞不足征也；殷礼吾能言之，宋不足征也。"⑥可见，孔子在比较夏商周三代之后，才做出"从周"的决定。孔子的这种决定和选择，在《中庸》中表述得更为鲜明，如孔子说："吾说夏礼，杞不足征也，吾学殷礼，有宋存焉。吾学周礼，今用之，吾从周。"⑦当然，在孔子看来，夏商周三代之礼也并非毫无关系，而是依次"损益"而来。《论语·为政》记载孔子在回答子张之问时说："殷因于夏礼，所损益，可知也；周因于殷礼，所损益，可知也；其或继周者，虽百世可知也。"⑧

也许正是因为周礼是"损益"夏商两代之礼而来，所以最终被孔子所选中，这也是周礼之所以"郁郁乎文"的原因。值得注意的是，孔子所说的"礼"已不是狭义上的礼仪，而是广义上的礼文化，即周公制礼

---

① （清）阮元校刻：《十三经注疏》，1342 页上栏。
② （清）王先谦撰：《荀子集解》，133 页。
③ （清）郭庆藩撰：《庄子集释》，1067 页。
④ 范祥雍笺证：《战国策笺证》下册，1047 页。
⑤ 蒋礼鸿撰：《商君书锥指》，23 页，北京，中华书局，1986。
⑥ （清）阮元校刻：《十三经注疏》，2467 中栏、2466 页下栏。
⑦ （清）阮元校刻：《十三经注疏》，1634 页上栏。
⑧ （清）阮元校刻：《十三经注疏》，2463 页中栏。

作乐以来逐渐形成的周文化，这也是"郁郁乎文"之"文"的真正含义，即"郁郁乎文"是指周文化的繁盛与丰富。而诗、书、礼、乐正是这种"郁郁乎文"的典型代表和标志。

学界在考察儒家的起源时，总是会提到《周礼》"天官""地官"所记内容，如所记"太宰一职"："以九两系邦国之民，……三曰师，以贤得民；四曰儒，以道得民。"对此，郑玄注云："师，诸侯师氏，有德行以教民者；儒，诸侯保氏，有六艺以教民者。"①其中"师氏""保氏"均属于"地官司徒"一系："师氏"以"三德""三行"教国子，所谓"三德"是指"至德""敏德""孝德"，所谓"三行"是指"孝行""友行""顺行"；而保氏的职责是"养国子以道，乃教之六艺"，所谓"六艺"即指礼、乐、射、御、书、数。同时，在《周礼》中这"六艺"还属于"大司徒之职""以乡三物教万民，而宾兴之"：六德、六行、六艺。②钟肇鹏指出，这里的"艺"与"儒以道得民"之"道"组成的"道艺"，在《周礼》中频繁出现，如《天官·宫正》云"会其什伍而教之道艺"、《地官·乡大夫》云"察其道艺"，这说明"周代的儒是以六艺教国子者"。③

"道艺"的确在《周礼》中屡屡出现，除了上述两例外，还有《地官·司徒》"以时书其德行道艺"、《地官·州长》"以考其德行道艺而劝之"、《地官·党正》"书其德行道艺"、《夏官·诸子》"凡国之政事，国子存游倅，使之修德学道，春合诸学，秋合诸射，以考其艺而进退之"等④。但这些显然不属于师儒或师保的职责，甚至也已超出了"地官司徒"的系统，如"教之道艺"的"宫正"就属于"天官"一系。更为重要的是，《周礼》所记官职虽有西周历史的遗存，但因过于严整而密集，显然具有构想性。所以，依据《周礼》，并不能把"六艺之教"归于周代"师保"或"师儒"的名下。

以事实来看，"六艺之教"在周代当然是存在的，但并非属于某一

---

① （清）阮元校刻：《十三经注疏》，648页中栏。
② （清）阮元校刻：《十三经注疏》，707页中栏。
③ 钟肇鹏：《儒的名义和儒家起源》，载《齐鲁学刊》，1988(1)。
④ （清）阮元校刻：《十三经注疏》，731页下栏、717页下栏、718页下栏、850页中栏。

官职的教育职责，而是分属于多个官职，即礼、乐、射、御、书、数，分别属于不同的官职、不同的人员来教育，如《孟子·离娄下》记载孟子为了说明"逢蒙学射于羿"存在问题，特举出庾公之斯学射于尹公之他，尹公之他学射于子濯孺子①。相似的记载还见于《左传·襄公十四年》"尹公佗学射于庾公差，庾公差学射于公孙丁"②，这是"学射"；《吕氏春秋·博志》记载尹儒学御三年于其师③，这是"学御"；《左传·昭公七年》记载"孟僖子病不能相礼，乃讲学之"，并临终使"孟懿子与南宫敬叔师事仲尼"而"学礼"④；《左传·襄公十四年》记载"公有嬖妾，使师曹诲之琴"⑤，这是"学乐"。从这些礼乐射御的学习事例可以看出，"六艺"的教育与学习在春秋乃至西周时期不是集中于某一人或某一官职身上。而把"六艺之教"统一于某一类官职之下，是在以孔子为首的儒家建立之后孔门后学的演绎。

儒家后学之所以这样做，一是时间的久远，难以清晰地区分；另一是以为孔子本人具有"六艺"的才能就说明"六艺"原本属于一种官职的职责。其实，"六艺""道艺"以及相关的内容比如"三德三行"等，反复出现于《周礼》中的不同官职，本身就意味着这些教育的内容以及教育的职责是分散的，而非集中的，更不可能集中于某一种官职之下。

中国的礼乐文化源远流长，由此而形成的知识体系也相当完备，在这一体系中，礼乐关系无疑成为学者首要关注的焦点，因为它是礼乐知识体系衍生的基础和前提。一般认为，礼乐之间的关系是礼主乐辅，而夏静认为："所谓礼主乐辅的状况已经是晚周，也就是春秋'礼坏乐崩'以后的情况了。"⑥这种论断的依据便是"无论从起源意义、宗教文化层面还是从蕴涵的精神境界上，乐都要先于规范人们社会行为的礼，它不仅比礼具有更加悠久的历史，而且在古代社会的政教生活

① （清）阮元校刻：《十三经注疏》，2729 页下栏。
② （清）阮元校刻：《十三经注疏》，1957 页中栏。
③ 陈奇猷校释：《吕氏春秋新校释》，1628 页。
④ （清）阮元校刻：《十三经注疏》，2051 页上栏。
⑤ （清）阮元校刻：《十三经注疏》，1957 页上栏。
⑥ 夏静：《礼乐文化与中国文论早期形态研究》，44 页，北京，中华书局，2007。

中曾经占据了重要的地位"①。从礼、乐各自发展的历史来看，礼主乐辅的确属于晚出，但不会迟至春秋时期，更不是"礼崩乐坏"的结果。其实，礼乐关系的转变发生在殷周之际，是以周公为首的制礼作乐活动奠定了礼主乐辅的格局。这一点我们可以从后人对殷周两代不同观念的记载加以证明。

商周两代意识形态的差别，儒家学者在《礼记·表记》中有典型的总结：

> 殷人尊神率民以事神，先鬼而后礼，先罚而后赏，尊而不亲；其民之敝：荡而不静，胜而无耻。周人尊礼尚施，事鬼敬神而远之，近人而忠焉，其赏罚用爵列，亲而不尊；其民之敝：利而巧，文而不惭，贼而蔽。②

这段话通过对比指出商周两代截然不同的价值导向，一是尊神事鬼，一是尊礼尚亲。在《表记》中，这段话出自"子言之"，其中的"子"可能是孔子，也可能是子思，但无论是谁，这都说明该篇文献不会出现太晚。更为重要的是，所谓"尊神""事神""先鬼而后礼"，就是"尊乐而后礼"。《礼记·郊特牲》记载："殷人尚声，臭味未成，涤荡其声；乐三阕，然后出迎牲。声音之号，所以诏告于天地之间也。"③其中"殷人尚声"即特别强调音乐在祭神活动中的重要性，"涤荡其声""乐三阕，然后出迎牲"等特殊行为也意在突出音乐的通神性质。④ 商朝的这种文化风尚，我们还可以从后世对殷纣王种种恶行的记忆中加以反映，如酒池肉林、长夜之饮、鹿台寻欢等，种种宴饮狂欢离不开酒水，更有音乐的伴奏。我们很难确定殷纣王是否真有这些"恶行"，但至少在春秋战国时期世人是这样认为的。通过这些逸事传说，我们与其把它们归

---

① 夏静：《礼乐文化与中国文论早期形态研究》，45 页。

② （清）阮元校刻：《十三经注疏》，1642 页上栏。

③ （清）阮元校刻：《十三经注疏》，1457 页上栏。

④ 王晓俊从礼、乐的起源细致考证出"'礼'自'乐'出"，其一系列论文从起源上也能证明在宗周之前"乐"高于"礼"的基本格局，参见王晓俊：《礼乐关系的乐图腾逻辑本源——"礼"自"乐"出考论之五》，载《音乐研究》，2015(1)。

之于纣王的"恶行",不如归之于商周两代价值追求的不同:商纣王的非理智行为在后人眼中是疯狂的,但对于他本人或部族也许是虔诚、合理的。

无论如何,商周两代的不同文化风尚正反映出礼与乐的不同关系:在商代,乐的地位高于礼,尊乐而后礼;在周代,礼的地位高于乐,尊礼而后乐。周王室之所以"制礼作乐"也许正是看到了"大邑商"灭亡的原因,于此才下定决心"尊礼尚亲"。周王朝的这种矫正行为,在后世看来显然是理智的,"事鬼敬神而远之"虽然是对商朝风气的反驳,但它的趋势无疑是人本主义倾向,这一点也促使了春秋战国时期理性时代的到来。

从礼乐关系的反转来看,周王朝"制礼作乐"本质上可以说是将乐纳入礼的规范之内,以礼来约束乐、节制乐。于此,就形成了礼主乐辅的基本格局。然而,这种"礼主乐辅"也只是将乐纳入礼的范围之内,在其中乐仍然体现出不同凡响的尊贵地位和品格,这表现在乐直接与德相通,即"乐以安德"。《左传·襄公十一年》记载魏绛在接受晋君所赐乐舞时说:

> 夫乐以安德,义以处之,礼以行之,信以守之,仁以厉之,而后可以殿邦国,同福禄,来远人,所谓乐也。①

音乐、乐舞直接与德行相关,而德行又由日常的伦常原则所构成,即义、礼、信、仁,最后又影响到邦国的安定、远方的归附。可见,在魏绛看来,音乐关系到国家的兴亡、政治的安定。魏绛的这种观念并非个别,而是那个时代整个知识阶层的共同认识。《国语·晋语八》记载师旷对答晋平公一事:

> 平公说新声,师旷曰:"公室其将卑乎!君之明兆于衰矣。夫乐以开山川之风,以耀德于广远也。风德以广之,风山川以远之,风物以听之,修诗以咏之,修礼以节之。夫德广远而有时节,是

---

① （清）阮元校刻:《十三经注疏》,1951 页中栏。

以远服而迩不迁。"①

其中"新声",也称"今乐",即通俗音乐,所谓"郑卫之音",与之相对的便是"雅乐""古乐"。晋平公所"说新声",即喜欢通俗音乐,师旷对此提出批评,并预言"公室其将卑乎！君之明兆于衰矣"。师旷这样预言的依据便是站在音乐的政治立场上,以雅乐的功能来立说。师旷言语中的"以耀德于广远""风德以广之"无疑是指雅乐的重要功能,即雅乐"耀德""风德",而晋君不悦,于此公室将卑、晋君将衰。从师旷的话语逻辑可以看出,音乐与德行也是直接相通的。结合商朝的文化风尚,我们可以看出,在周代,以雅乐为核心的乐舞、音乐虽然不再游离于礼法之外,但它在礼法之内仍然具有尊贵品质和地位,即在理性的观照下,音乐虽然受到了约束,但却与人伦价值中最高的层级"德"直接相通。在人生的三不朽中,立德处于立功、立言之上,是三不朽的最高层级,音乐与之相通,可见乐在周人心中的地位和品格。

在既定的礼制之内,周人给予了乐无上的地位,乐原本具有的神力、通神的特征虽然可以仍旧不时地显现,比如祭祀用乐,但它的主要品质无疑已经转向了人伦价值,神力也衍变成了德性。在与礼的关系中,乐虽处于礼的包融之中,但相对于礼仪的执行、现实、旨向世俗的性质,乐仍然关注于人的精神层面、观念领域。它与德的相通如此,与情的相连也是同样的道理,上博简《孔子诗论》有"乐亡隐情"、《乐记》说"凡音者,生人心者也,情动于中,故形于声"、郭店楚简《性自命出》云"凡声其出于情也信,然后其入拨人之心也够"、《荀子·乐论》云"夫乐者,乐也,人情之所必不免也"等②,这些"人心""人情"无不在昭示着音乐与精神层面的关系。于此,在与礼的对比中,它也更加凸显高一层次的品格,更何况乐本身就具有直接沟通神灵的底色。这一点反映在学习次序中,乐便成为学习完成的最终标志,如孔子云

---

① 徐元诰撰:《国语集解》,426~427 页。
② 马承源主编:《上海博物馆藏战国楚竹书》(一),123 页,上海,上海古籍出版社,2001;(清)阮元校刻:《十三经注疏》,1527 页下栏;李零:《郭店楚简校读记》,106 页,北京,北京大学出版社,2002;(清)王先谦撰:《荀子集解》,379 页。

"兴于《诗》，立于礼，成于乐"（《论语·泰伯》）①。

礼与乐的这种层级关系，到了战国时期，又进一步衍生为礼与地、乐与天的对应，即作为乐之和、礼之序的内在依据，如《乐记》云：

> 乐者，天地之和也；礼者，天地之序也。和故百物皆化，序故群物皆别。乐由天作，礼以地制。过制则乱，过作则暴。明于天地，然后能兴礼乐也。论伦无患，乐之情也；欣喜欢爱，乐之官也。中正无邪，礼之质也；庄敬恭顺，礼之制也。若夫礼乐之施于金石，越于声音，用于宗庙社稷，事乎山川鬼神，则此所与民同也。②

这段文字含义丰富，先言礼乐源于天地，后言礼乐文质不同，其中又暗含着两种人对礼乐的态度，关键在最后一句透露出的信息：礼乐在祭祀方面的"与民同"，意味着之前的乐之"情""官"、礼之"质""制"不与民同。对此，郑玄云："言情官质制，先王所专也。"孔颖达疏："言施于金石，越于声音，用于宗庙社稷，事乎山川鬼神，此等与民共同有也。前经论乐之情，乐之官，礼之质，礼之制，是先王所专有也，言先王独能专此四事。"③其中的"先王"，孙希旦解释为"圣人"认为乐之情、礼之质是"圣人制礼乐之本"，乐之官、礼之制是"圣人用礼乐之实"。④

无论如何，这里的"先王""圣人"就是"明于天地""能兴礼乐"之人。而"先王""圣人"之所以要"明天地"才能"兴礼乐"，是因为"乐由天作，礼以地制"，即乐、礼分别对应着天、地。这种说法虽然不符合客观实际，但颇能透露出礼、乐原本具有的等级差别。更为重要的是，这种等级差别在这里不仅衍生为礼乐来源的不同，而且又被解释为乐之和、礼之序的根据。于此，礼乐有了天地的来源，礼乐的生成也就有了终极的依据。制礼作乐使乐处于礼之中，所以"知乐则几于礼矣"（《乐

---

① （清）阮元校刻：《十三经注疏》，2487 页上栏。
② （清）阮元校刻：《十三经注疏》，1530 页中栏～下栏。
③ （清）阮元校刻：《十三经注疏》，1530 页下栏。
④ （清）孙希旦撰：《礼记集解》，991 页，北京，中华书局，1989。

记》）；礼乐结合使得礼也有了乐的属性，因为乐与德相通，所以"礼乐皆得，谓之有德"（《乐记》）、"礼乐，德之则也"（《左传·僖公二十七年》）。① 于是，礼也具有德的属性，即所谓"礼乐之德""礼乐之情"。这一推理对于儒家来说，极为重要，因为礼背后的德性，在孔子看来就是"仁"，这一点可以从《乐记》加以证明。《乐记》所云"是故君子反情以和其志，广乐以成其教，乐行而民乡方，可以观德矣。德者，性之端也。乐者，德之华也""乐也者施也，礼也者报也。乐，乐其所自生；而礼，反其所自始。乐章德，礼报情，反始也。……乐也者，情之不可变者也。礼也者，理之不可易者也。乐统同，礼辨异，礼乐之说，管乎人情矣。穷本知变，乐之情也；著诚去伪，礼之经也"等②，其中"乐章德""礼报情""君子反情以和其志"很能说明乐礼的关系，如同孔子所说的仁礼关系。当然，这里的"乐"已不是钟鼓琴瑟之谓，而是指内心的"情""诚"，即所谓"和顺积中而英华发外，唯乐不可以为伪""著诚去伪，礼之经也"。

同时，为了强调这一点，孔子与《乐记》的作者都强调"礼云礼云！玉帛云乎哉？乐云乐云！钟鼓云乎哉"（《论语》）、"乐者，非谓黄钟大吕弦歌干扬也，乐之末节也，故童者舞之。铺筵席，陈尊俎，列笾豆，以升降为礼者，礼之末节也，故有司掌之"③。也许正是因为与"有司掌之"以相区别，孔子才提出"仁"以替代乐之"德""情"。也就是说，从礼乐关系的变化，我们可以看出孔子进一步提出"仁"为礼之内核的重要依据。无论如何，礼乐并举，且礼外乐内，已成为战国文献《乐记》立论的重要前提，如"乐由中出，礼自外作。乐由中出故静，礼自外作故文""知礼乐之情者能作，识礼乐之文者能述。作者之谓圣，述者之谓明；明圣者，述作之谓也"等④。

在"六艺"之中，与儒家知识系统紧密相关的当然是礼乐知识，我们考察儒家的起源，关注的不是"六艺"，而是礼乐。如前所言，礼在

① （清）阮元校刻：《十三经注疏》，1528 页下栏、1822 页下栏。
② （清）阮元校刻：《十三经注疏》，1536 页下栏、1537 页中栏。
③ （清）阮元校刻：《十三经注疏》，2525 页中栏、1538 页上栏。
④ （清）阮元校刻：《十三经注疏》，1529 页下栏、1530 页中栏。

周代经制礼作乐之后成为广义的概念，就具体的礼仪而言，虽不一定
如后世所分的吉、凶、宾、军、嘉五礼，但也是种类繁多，如丧礼、
祭礼、聘礼、射礼等还只是大类的区分，所谓"礼仪三百，威仪三千"
指的就是具体情形具体条文的繁多。具体的礼仪适用于具体的领域，
所以有关礼的知识也很难被一个部门、一种官职所掌握。这一点反映
在《周礼》中便是除了本有教化职责的地官司徒系统外，还存在许多官
职都有掌管具体礼仪的职责，如属于天官冢宰系统的小宰"掌邦礼"、
宰夫"以牢礼之法掌其牢礼"、内宰"以阴礼教六宫，以阴礼教九嫔"、
女史"掌王后之礼职"，属于春宫宗伯系统的大宗伯"掌建邦之天神、人
鬼、地示之礼"、小宗伯"掌五礼之禁令与其用等"、肆师"掌立国祀之
礼"、典命"掌诸侯之五仪、诸臣之五等之命"、职丧"凡其丧祭，诏其
号，治其礼"、大史"与群执事读礼书而协事"等，属于夏官司马系统的
大司马"中春教振旅""中夏教茇舍""中秋教治兵""中冬教大阅"、射人
"以射法治射仪"、大驭"掌驭玉路以祀"等，属于秋官司寇系统的司盟
"掌其盟约之载及其礼仪"、大行人"掌大宾之礼及大客之仪"、小行人
"使适四方，协九仪宾客之礼"、司仪"掌九仪之宾客摈相之礼"等。①
《周礼》将具体的礼仪系属于某一官职之下，无疑透露出这些礼仪并不
能归属于某一种官职所掌守。这一事实还可以从孟僖子"学礼"的经历
加以证明。

　　《左传·昭公七年》记载"三月，公如楚，郑伯劳于师之梁。孟僖子
为介，不能相仪。及楚，不能答郊劳"；"九月，公至自楚。孟僖子病
不能相礼，乃讲学之，苟能礼者从之"。② 孟僖子的使楚经历使他认识
到自己知识结构的不足，所以"乃讲学之"。所谓"不能相仪""不能答郊
劳"，乃是孟僖子不懂聘礼之故。《仪礼》有《聘礼》、《礼记》有《聘义》，
这些都说明朝聘礼仪在春秋战国时代十分实用，而"相仪""答郊劳"是
朝聘礼仪中常见的礼节，对此孟僖子之所以"不能"，乃是没有学习之
故，这也是他回国后下决心"讲学之"的原因。值得注意的是，孟僖子

① （清）阮元校刻：《十三经注疏》，653～903 页。
② （清）阮元校刻：《十三经注疏》，2048 页下栏、2051 页上栏。

"讲学"礼仪并没有较为固定的对象，即"苟能礼者从之"。孟僖子学礼求教的对象显然具有宽泛性，而这种宽泛性构成的原因无疑在于具体礼仪的繁多以及它们分属于不同的官职所执掌和传承。

以孔子为首的儒家当然是以礼名世，但在最初，儒家所掌之礼也并非如后世那样繁多，《礼记·杂记下》记载："恤由之丧，哀公使孺悲之孔子，学士丧礼。士丧礼，于是乎书。"①鲁哀公之所以派人来向孔子学习士丧礼，显然是以孔子极为熟悉士丧礼为前提。鲁哀公身为鲁国的国君，特地派人来向孔子学习士丧礼，可见这次学习本是一场国家行为。鲁国为制礼作乐的周公之后，一直被世人认为是践行周礼的榜样，韩宣子就曾感叹"周礼尽在鲁矣"（《左传·昭公二年》）②。由此看来，礼仪完备的鲁国独缺了士丧礼，孺悲的书写也使士丧礼得以成书，并归入众多礼仪档案之中，最终和其他礼仪文本一并成为《仪礼》一书的构成要件。于此，鲁哀公派人向孔子学习士丧礼一事颇能说明，在当时孔子是以士丧礼名世的，他所熟悉的礼仪也应丧礼为主，这一点又能与孔门弟子乃至后学多从事治丧礼仪相映照，许多例证可见于《礼记·檀弓》等篇。更为重要的是，在孔子生活的时代，单纯地懂得礼仪，已不被社会舆论所认可，这一点可以从"昭公如晋"一事加以证明。《左传·昭公五年》记载：

> 公如晋，自郊劳至于赠贿，无失礼。晋侯谓女叔齐曰："鲁侯不亦善于礼乎？"对曰："鲁侯焉知礼？"公曰："何为？自郊劳至于赠贿，礼无违者，何故不知？"对曰："是仪也，不可谓礼。礼所以守其国，行其政令，无失其民者也。今政令在家，不能取也。有子家羁，弗能用也。奸大国之盟，陵虐小国。利人之难，不知其私。公室四分，民食于他。思莫在公，不图其终。为国君，难将及身，不恤其所。礼之本末，将于此乎在，而屑屑焉习仪以亟。言善于礼，不亦远乎？"君子谓："叔侯于是乎知礼。"③

① （清）阮元校刻：《十三经注疏》，1567 页中栏。
② （清）阮元校刻：《十三经注疏》，2029 页上栏。
③ （清）阮元校刻：《十三经注疏》，2041 页中栏。

鲁昭公聘问晋国，样样符合礼仪要求，但这一点在女叔齐看来却不是"知礼"的表现，因为礼有本末，鲁昭公之礼实为礼之末也，即徒有礼之表而未见礼之本。所谓礼之本，乃是"礼所以守其国，行其政令，无失其民者也"。在春秋中后期，具有这种观念的并非只有女叔齐一人，《左传·隐公十一年》针对郑庄公存许一事，君子曰："礼，经国家，定社稷，序民人，利后嗣者也。"①《左传·昭公二年》叔向说："忠信，礼之器也；卑让，礼之宗也。"②这些事例足可以说明至迟在孔子生活的时代，单单遵照外在的仪节行事，已很难被认为"知礼"了。

与礼的这种情形相比，再结合前述"乐"的独特属性，笔者可以断言：以孔子为首的儒家，他们的起点与其说是"礼"，还不如说是"乐"。《周礼·春官·宗伯》大司乐一职不但拥有教育的职能，而且十分注重"德教"，③ 再加上乐官本有传诗之责，这些都可以与儒家的重要特征一一对应。所以，儒家的起点应是乐官所守，而非其他。《礼记·王制》说："乐正崇四术，立四教，顺先王诗书礼乐以造士。"④所谓"乐正崇四术"，我们很难认定西周春秋时期的乐官确有此种职能，但儒家后学的这种表述无疑透露出他们与乐官之间的承继关系：通过强调"乐正"的崇高地位，来强调、美化自己的出身。

在《论语》中，孔门弟子也多次谈及孔子本人对雅乐的推崇，如《卫灵公》记载孔子在回答颜回问"为邦"时说："行夏之时，乘殷之辂，服周之冕，乐则《韶》舞。"⑤在孔子看来，音乐的政治功能在治国为政方面起着重要的作用，所以他把"乐则《韶》舞""放郑声"当作治国行政的重要举措。同时，《八佾》也记载："子谓《韶》'尽美矣，又尽善也'；谓《武》'尽美矣，未尽善也'。"⑥孔子对《韶》《武》之乐的评价，并不单单止于节奏、场面的美观，更关注它所暗含的意义和道德，所以他说

---

① （清）阮元校刻：《十三经注疏》，1736 页上栏。
② （清）阮元校刻：《十三经注疏》，2029 页下栏。
③ （清）阮元校刻：《十三经注疏》，757～764 页。
④ （清）阮元校刻：《十三经注疏》，1342 页上栏。
⑤ （清）阮元校刻：《十三经注疏》，2517 页中栏。
⑥ （清）阮元校刻：《十三经注疏》，2469 页上栏。

《韶》尽善尽美，而《武》却达不到。客观来看，雅乐的这种政治功能在孔子时代已很难变成现实，在儒家之外乃至国君贵族，音乐显然已成为弦歌鼓舞、声色享乐的代名词，这也是墨家之所以强力"非乐"的原因。但尽管如此，以孔子为首的儒家仍在坚守"乐"的价值，特别是极力抬高雅乐的崇高地位，儒家的这种心理诉求，也许正是一种不自觉"追根认祖"的表现。

当然，与乐官的职守不同，儒家的"乐"已具有形而上学的内涵，正如《乐记》所云："乐师辨乎声诗，故北面而弦；宗祝辨乎宗庙之礼，故后尸；商祝辨乎丧礼，故后主人。是故德成而上，艺成而下；行成而先，事成而后。是故先王有上有下，有先有后，然后可以有制于天下也。"①普通乐师关注的是技艺，而儒家关注的是"乐德"。于此，"乐"与"德"的层级对应，又一次展现于战国时期的儒家文献之中。

第二节 "仁"与祭祀制度的关系

"仁"是先秦时期儒家提出的重要概念，随着儒家思想成为中国社会的主流，"仁"的观念也深入到中国传统社会的脊髓。那么何为"仁"，它又存在着怎样的发展衍变线索？这是笔者在本节中力求回答的主要问题。

毋庸置疑，"仁"在孔子之前就已被使用，以《尚书》《诗经》《左传》《国语》中的话语来看，孔子的"仁"一定吸取了前代既有的思想资源，如《尚书·金縢》周公曰"予仁若考，能多才多艺，能事鬼神"②；《尚书·泰誓》云"虽有周亲，不如仁人"；《诗经·郑风·叔于田》有"不如叔也，洵美且仁"，《齐风·卢令》有"其人美且仁"。至于《左传》《国语》更有许多用"仁"的事例，如《左传》隐公六年五父谏陈侯曰"亲仁善邻，国之宝也"、僖公八年大子兹父对宋公曰"目夷长，且仁，君其立之"、

---

① （清）阮元校刻：《十三经注疏》，1538 页上栏。
② 清华简作"是佞若巧能"，即传本之"仁"作"佞"。

僖公十四年晋国庆郑曰"背施无亲，幸灾不仁，贪爱不祥，怒邻不义"、僖公三十三年晋国臼季曰"臣闻之，出门如宾，承事如祭，仁之则也"、僖公三十年晋文公曰"因人之力而敝之，不仁。失其所与，不知"、宣公十二年伍参对楚王曰"其佐先縠刚愎不仁，未肯用命"、成公五年晋国贞伯曰"神福仁而祸淫，淫而无罚，福也"、昭公十二年针对楚灵王结局孔子自言"古也有志，克己复礼，仁也。信善哉！楚灵王若能如是，岂其辱于乾溪"等等。典籍文献中这些"仁"的用例，成为学者探索"仁"来源的途径，如于省吾、郭沫若、侯外庐等学者都曾依据《尚书》《诗经》中的"仁"来推断它的来源或使用方法。①

　　结合学界既有的探讨，白奚指出："仁的观念产生于春秋时期，最早也早不过西周，因此，我们也很难想象这种极为深刻而重要的观念来自比西周还要早一千年的夷狄之邦。"②显然，与"仁"起源于夷狄的观点相比，白奚更认可它起源于西周时期。比较类似的看法也见于其他学者，如陈来认为"不管甲骨文、金文有没有仁字，确定的'仁'的观念始自春秋时代"，因为"此前周人德性论的叙述中有些地方已经提到仁德，但多数意义不清，或强调不力。而在春秋各诸侯国，仁的意义渐渐明确，其地位也越来越重要"③。与探讨"仁"的源头相比，陈来更为关注"仁"在春秋时期的使用，因为春秋时期的"仁"直接被孔子所承继。这种做法当然是有道理的，然而，不分析"仁"的源头，"原仁"毕竟还存在众多缺憾。

　　总的来说，许多学者"截断众流"而从春秋时期探讨"仁"之本义，大致是认为西周金文乃至甲骨文中没有出现或难以确定是否存在"仁"字。然而，商承祚、崔志远等学者却认为甲骨文存在"仁"字，只是目前出现的字例有限。④ 在此基础上，武树臣更明确地指出甲骨文虽然

---

　　① 于省吾：《释人尸仁尼夷》，载《天津大公报·文史周刊》，1947年1月29日；郭沫若：《十批判书》，见《郭沫若全集》第2卷，87页；侯外庐：《中国思想通史》第五卷，612页，北京，人民出版社，1956。
　　② 白奚：《"仁"与"相人偶"——对"仁"字的构形及其原初意义的再考察》，载《哲学研究》，2003(7)。
　　③ 陈来：《原仁　先秦思想中的"仁"的观念》，载《中国文化》，2014(1)。
　　④ 崔志远：《甲骨无仁字辨》，载《考古与文物》，1986(3)。

直接出现"仁"的例子很少，但却存在"仁"的六个原形——仺、夾、乘、化、尼、弔；他结合《说文解字》所记"夷俗仁"，指出"仁"来源于远古东夷民族的风俗习惯。① 任何后代观念均有前代的依据，以此类推，即使没有文字依据，我们也可以把"仁"追溯至十分遥远的中华文明的初期。然而，这种追溯的根据却值得我们考量和斟酌。但无论如何，众多学者关于"仁"字形和文化内涵的阐释，无疑都有助于笔者探讨"仁"的形成和发展脉络。

一、"相人偶"的缺憾与古文"尸"

许慎《说文解字》云："仁，亲也。从人二。🦬，古文仁，从千心作。尸，古文仁，或从尸。"段玉裁注云："仁，亲也。见部曰：亲者，密至也。从人二。会意。《中庸》曰：仁者，人也。注：人也，读如相人偶之人，以人意相存问之言。《大射仪》：揖以耦。注：言以者，耦之事成于此意相人耦也。《聘礼》：每曲揖。注：以相人耦为敬也。《公食大夫礼》：宾入三揖。注：相人耦。《诗·匪风》笺云：人偶能烹鱼者，人偶能辅周道治民者。正义曰：人偶者，谓以人意尊偶之也。《论语》注：人偶同位人偶之辞。《礼》注云：人偶相与为礼仪皆同也。按人耦犹言尔我亲密之词。独则无耦，耦则相亲。故其字从人二。孟子曰：仁也者，人也。谓能行仁恩者人也。又曰：仁，人心也。谓仁乃是人之所以为心也。与《中庸》语意皆不同。如邻切，十二部。忎，古文仁，从千心作。从心千声也。尸，古文仁。或从尸。按古文夷亦如此。"②

段玉裁显然是依据郑玄对《仪礼》《礼记》的注"相人耦"来解释"仁"，他的这一观点得到后世许多学者的认可，如阮元《论语论仁论》云"故仁字不见于《尚书》虞夏商书。《诗》雅颂《易》卦爻辞之中此字，明是周人

---

① 武树臣：《寻找最初的"仁" 对先秦"仁"观念形成过程的文化考察》，载《中外法学》，2014(1)；武树臣：《"仁"的起源、本质特征及其对中华法系的影响》，载《山东大学学报(哲学社会科学版)》，2014(3)；武树臣：《古文字中的"仁"》，载《殷都学刊》，2015(1)。

② (汉)许慎撰，(清)段玉裁注：《说文解字注》八篇上，365页上栏～下栏，上海，上海古籍出版社，1981。

始因'相人偶'之恒言而造为仁字，……然则仁字之行，其在成康以后乎"，又《孟子论仁论》云："此字（仁）明是周人始因'相人偶'之恒言，而造仁字。"①殷善培指出："'相人偶'应是汉人的恒言，郑玄之后，其义久淹，至乾嘉学者才重新寻得以相人偶训仁的古训。"②王艳勤也指出"郑玄以'相人偶'释仁是深切儒家之脉的"③，武树臣更为果断地认为："'仁'的本质特征是'人相偶'或曰'相人耦'。"④其实，从郑玄注《仪礼》《礼记》来看，他仅以汉代隶书之"仁"字形来解释"仁"，因人人之相重故谓之"读如相人偶之人，以人意相存问之言"。显然，我们仅依据出土文献中的战国时期"仁"之字形，就可以看出郑玄、段玉裁、阮元等人的解释实在难以立足，因为"相人偶"的释义至少难以解释"㥁""㥁"等字形。

　　与"相人偶"观点紧密相连的是"夷"与"尸"相通，即许慎说"尼"是"仁"之古文，又说"夷俗仁"，所以"仁"之古文"尼"就是"夷"，清人吴大澂解释"夷"为"蹲踞"之状："古夷字作人即今之尸字也。"⑤章太炎随后又发挥说："古只有人字。人类相爱，名曰人偶，于是又作仁字"，"东夷性仁，由此仁形，用作夷字。其后复造从大从弓之夷字"。⑥随之，王献唐指出"夷"字形"体象夷人之形也"，"夷人好踞，故字象其形"，"夷人踞蹲，踞蹲为夷，故亦呼此形状曰夷"，"以夷人之状态印证字体，正为象形，情实显著"。⑦与"夷"字相类的，还有"尼"，即"尼"与"尼"相通，如于省吾指出"尼"字"象人坐于人上之形"，"作为独体字的尼字的发生时期，当然要早于商代中叶武丁之世，它很可能产

① （清）阮元撰：《揅经室集》（上册），206页，北京，中华书局，1993。
② 殷善培：《从相人偶到达——论阮元的仁学》，见林庆彰、张寿安主编：《乾嘉学者的义理学》（下），601～620页，台北，"中央研究院·中国文哲研究所"，2002。
③ 王艳勤：《原"仁"》，载《孔子研究》，2007(2)。
④ 武树臣：《寻找最初的"仁"——对先秦"仁"观念形成过程的文化考察》。
⑤ （清）吴大澂：《夷字说》，见《字说》，苏州振新书社民国七年，据光绪十二年刊本影印，30页。
⑥ 章太炎：《章太炎讲国学》，14页，北京，东方出版社，2007。
⑦ 王献唐：《炎黄氏族文化考》，29页，济南，齐鲁书社，1985。

生于夏末商初之际","尼字的发生，自然要先有人坐于人上的作风"。① 进而，武树臣认为"夷""尼"均是"仁"之字形。既然"𡰥"与"夷""尼"相通，那么"仁"的观念显然与东夷人群密切相关。以此推论，张立文、白奚、武树臣等学者都认为，"相人偶"是一种礼俗，可能来自夷人，表现一种亲密的心态。②

但是，"夷""尼"与"𡰥"的字形毕竟存在差异，"𡰥"与"夷"相通至少难以解释"𡰥"为什么在"尸"之下又有两横。也许正是为了弥合这一推测的缝隙，许多学者又开始将"𡰥"之两横解释为重文的标志，如董作宾在《古文字中之仁》中说："于《说文解字》之外别立新说者，当推徐灏。徐氏作《说文解字注笺》于仁字下笺云：戴氏侗引尤叔晦曰：古文有因而重之以见义者：因子而二之为孙，子二是也。因人而二人为太，大二是也。因人为二人，为仁，亻二是也"，"徐氏此说，谓二是重文，于甲骨金文均有其证。甲骨又又（有佑）作又二，金文尤习见。则仁即人字重文，古或作仌，又作亻二，意谓人与人之间，互相亲爱，为人之道，亦即人道，义自可通"。③ 章太炎认为："人、儿、夷、仌、仁、𡰥六字于古特一字一言"，"古彝器人有作'仌'者，重人则为仌，以小画二代重文，则为仁，明其非两字矣"。④ 王献唐说："什么是仁？仁字是人的重文；什么是人？人和夷是一个字。"⑤刘文英十分赞同章太炎的说法，认为"仁"字之"二"系重文符号。⑥ 周清泉指出："仁字本是人人二字的重文。在金文中，如子子孙孙的重文多写作子二孙二，其子孙字下的二，是表示重文的符号。"⑦武树臣也结合金文中"淮二夷

① 于省吾：《释尼》，载《吉林大学社会科学学报》，1963(3)。
② 张立文：《略论郭店楚简的"仁义"思想》，载《孔子研究》，1999(1)；白奚：《"仁"与"相人偶"——对"仁"字的构形及其原初意义的再考察》；武树臣：《寻找最初的"仁" 对先秦"仁"观念形成过程的文化考察》。
③ 宋镇豪、段志洪主编：《甲骨文献集成》第11册，393页，成都，四川大学出版社，2001。
④ 章炳麟：《訄书·正名杂义》，126页，沈阳，辽宁人民出版社，1994。
⑤ 王献唐：《山东古国考》，219页，济南，齐鲁书社，1983。
⑥ 刘文英：《仁之观念的历史探源》，载《天府新论》，1990(6)。
⑦ 周清泉：《文字考古》，447页，成都，四川人民出版社，2003。

二"等字例①，来进一步坐实徐灏、章太炎、周清泉等人的推测。与上述推断不同，廖名春结合郭店楚简中的"悬""忞""忎"等，认为"尸"之两横是"悬""忞"等字形的"心"简省符号，而"仁"之本字为"忞"。② 这种判断关注到了战国时期"仁"字形的不同，但认为"尸"是由"悬""忞""忎"等字形发展而来的，却是值得商榷的，因为无"心"之"尸"较其他字形而言是最先出现的。③

毫无疑问，我们无论如何讨论"仁"，古文"尸"的字形是必然受到关注的途径。然而，将"尸"与"夷"相通，或者将"尸"之两横解释为重文，显然也是难以与文献相验证的。对于"尸"正如许慎所说，"仁"古文为"尸"，这一点也得到出土文献的验证，如战国时期的中山王鼎铭云："无不率尸，敬顺天德。"④其中"尸"，显然就是"尸"，中山王鼎铭的内容也能与传世文献相对应，如《太平寰宇记》引《战国策》佚文云："中山专行仁义，贵儒学。"更为重要的是，中山国所写"仁"之字形，更见于秦简、楚简、清华简，⑤ 如滕壬生在《楚系简帛文字编》指出战国时期的"仁"字有四种写法：尸、𡰥（悬）、𡰥（忞）、忎。⑥ 而出土的战国玺印"仁"——"𡰥"（"𡰥"）⑦，无疑也可隶定为"尸"。以此来看，"尸"是各国通用之"仁"字形。所以，探讨"仁"的来源，也应以"尸"的字形为起点。

二、"尸"的字形的来源与神意

既然"尸"的字形是诸侯各国通用的字体，那么它的来源与意义，

---

① 武树臣：《古文字中的"仁"》。

② 廖名春：《"仁"字探原》，见《中国学术史新证》，62～65 页，成都，四川大学出版社，2005。

③ 这一点在下文中将结合西周中晚期、春秋早期的青铜铭文加以证明。

④ 朱德熙、裘锡圭：《平山中山王墓铜器铭文的初步研究》，载《文物》，1979(1)。

⑤ 方勇编著：《秦简牍文字编》，240 页，福州，福建人民出版社，2012；李学勤主编：《清华大学藏战国竹简（壹—叁）文字编》，218 页，上海，中西书局，2014。

⑥ 滕壬生：《楚系简帛文字编（增订本）》，740、925 页，武汉，湖北教育出版社，2008。

⑦ 故宫博物院编：《古玺文编》，207 页，北京，文物出版社，1981。

显然值得我们详加分析。如前所言，"𡰣"尽管存在与"夷"之重文符号相近的现象，但"𡰣"与"夷"不同，其两横也并非重文，因为重文的符号往往不是两长直横，而是两短横或接近于两点的形状，如《兮甲盘铭》中的"淮""夷"两字的重文符号"🔲""🔲""🔲""🔲"等①。显然，"𡰣"字中"尸"之下的两横，是直直且等长的两横。这一点从武树臣所指出的西周晚期、春秋早期的两例"仁"字形也可以得到证明，即西周晚期《夷伯夷簋器铭》中的"🔲"（"🔲"）、春秋早期《鲁伯俞父簋铭》中的"🔲"（"🔲"），它们所具有的两横都是长直横，而非短横或者点。那么，这两长直横既然不是重文，又代表着什么？这一点就与"𡰣"字形的整体衍进密切相关。

"𡰣"之"尸"并非"夷"，而是祭祀所立之"尸"，即"祭祀立尸"之尸，《礼记·坊记》记载："子云：'祭祀之有尸也，宗庙之主也，示民有事也。修宗庙，敬祀事，教民追孝也。以此坊民，民犹忘其亲。'"因为在祭祀活动中，尸具有独特的地位，且有动作表演，所以它是坐着接受众人的祭祀，这一点文献中多有反映。如《礼·曲礼》："坐如尸，立如齐。"孔颖达疏："尸居神位，坐必矜庄。言人虽不为尸，所在坐处，必当如尸之坐。"《礼记·礼器》曰："夏立尸而卒祭，殷坐尸"，"周坐尸，诏侑武方，其礼亦然，其道一也"。孔疏云："尸本象神，神宜安坐，不辨有事无事，皆坐也。"孙希旦集解："孔氏曰夏礼质，以尸是人，不可久坐神坐，故惟饮食暂坐，不饮食则立也。殷礼转文，言尸本象神，神宜安坐，不辨有事无事，皆坐也。"《公羊传》宣公八年何休注："祭必有尸者，节神也。礼：天子以卿为尸，诸侯以大夫为尸，卿大夫以下以孙为尸。夏立尸，殷坐尸，周旅酬六尸。"依据《诗经·既醉》"公尸嘉告"、《仪礼·少牢馈食礼》"尸执以命祝"、《礼记》"尸，神象也。祝，将命也"、《乐记》云"宗祝辨乎宗庙之礼，故后尸"等记载，在祭祀活动中，尸按照礼仪的要求有动作、表情，但是却不能言语，

---

① 中国社会科学院考古研究所编：《殷周金文集成》第七册，5482 页，北京，中华书局，2007。

即尸虽然代表神意，但是这种神意只能通过宗祝加以传达，而不能自己直接言说。依据尸的这种欲言又止的状态，我们很能看出"㞋"的意义。

在讨论甲骨文中与"仁"相近的字形时，武树臣一共列举了六个字例，其中最后一个是"𡰥"，他认为这个字是"屖"，由"尸""辛"组成，并指出"辛"即东夷人用来文身的刀具，"屖"的本义就是"有文身标记的东夷人"。① 其实，"尸"右边的"𡴋"并不是"辛"，它与甲骨文或金文中的"辛"字在形体上有很大差距。这一点我们可以通过甲骨文、金文中的字形加以细致比较，如甲骨文中的"辛"写作"𡴋"（董作宾《小屯·殷虚文字甲编》2282），金文中的"辛"写作"𡴋""𡴋""𡴋""𡴋"等。② "𡰥"字西周金文中作"𡰥""𡰥""𡰥""𡰥"等。对于"𡴋""𡴋""𡴋"等偏旁是不是"辛"，季旭升也表示怀疑，他指出《说文》把它解释为"辛"是不对的。③ 其实，这里的"𡴋""𡴋"，应是"言"字形的上半部，即"𡴋"，这一点我们可结合甲骨文、金文中的"言"字形加以证明。"言"，在甲骨文作"𡴋""𡴋""𡴋"，徐中舒指出："字形与《说文》篆文略同，但实与𡴋（告）、𡴋（舌）为一字之异构，𠙵象木铎倒置之形，其上之𡴋与𡴋、𡴋均为铎舌，告、舌、言三字初义相同，后世乃分化为三字。"④ 无论"𡴋"是否为铎舌，都可以说明"𡰥"之右边即"言"之上半部。再看金文中的"言"，"𡴋""𡴋""𡴋""𡴋"⑤，其上半部分显然是"𡰥"之右旁。如前所言，"𡰥"字在金文中频繁出现⑥，如"𡰥""𡰥"等，只不过学界现在一般认作"屖"。其实，这就是"仁"，特别是当它作为人名讲，一定是"仁"字，如"季屖""伯屖父""屖父"等。也就是说，金文中的"𡰥""𡰥"

---

① 武树臣：《寻找最初的"仁"——对先秦"仁"观念形成过程的文化考察》；武树臣：《"仁"的起源、本质特征及其对中华法系的影响》；武树臣：《古文字中的"仁"》。
② 董莲池编著：《新金文编》，2104～2126 页，北京，作家出版社，2011。
③ 季旭升：《说文新证》，41～42 页，台北，艺文印书馆，2004。
④ 徐中舒主编：《甲骨文字典》，222 页，成都，四川辞书出版社，1989。
⑤ 董莲池编著：《新金文编》，251 页。
⑥ 董莲池编著：《新金文编》，1201～1202 页。

"ᐨ"即"ᐨ"的前身。①

"ᐨ"作为"言"的上半部，表示说话的动作，但是却没有口，所以也没有真的发声，就是无口之言；至于金文中的"██""██""ᐨ"是在"ᐨ"的基础上再加一直横②，即表示不须言说或禁止言说，这是对无言、不发声的着重强调。因此，"ᐨ"或"ᐨ"作为"尸"的右偏旁，就是意在描绘尸在祭祀活动中欲言又止的状态。也就是说，无论甲骨文"██"还是金文中的"██""██""ᐨ"，它的最初意思是指祭祀活动中的尸想要表达神意，但又不能直接说话的状态。这种状态，到了西周晚期，便用"ᐨ"字来描述，即《夷伯夷簋器铭》中的"██"（"██"）。于此来看，"ᐨ"之两横是"ᐨ""ᐨ"的简写，即想说而又不能说的状态。明白了"ᐨ"之两横的意义，我们便能体会出"ᐨ"即"仁"的最初含义，"ᐨ"即在祭祀活动中神灵通过尸向祭祀者传递出的神意。

三、"ᐨ"之本义与"龈以慈告"的制度

如前所言，"ᐨ"既然是对祭祀活动中尸欲言又止状态的描述，那么这种欲言又止的状态就是神意的表达。换言之，在祭祀活动中，祭祀者通过尸、祝向神灵贡献出自己的"孝"，而神灵通过尸、祝向祭祀者传递出"仁"。这一点我们可以通过《诗经》之《楚茨》《既醉》《凫鹥》等篇透露出的信息加以说明。

《诗经·既醉》云："昭明有融，高朗令终，令终有俶。公尸嘉告。其告维何？笾豆静嘉。朋友攸摄，摄以威仪。威仪孔时，君子有孝子。孝子不匮，永锡尔类。"对于这几章的话语脉络，林素英指出："先以'其告维何'顺承前章末之'公尸嘉告'而下，形成流水般自然之衔接，遂从'笾豆静嘉'嘉许君子孝诚之心能着于物，再以'朋友攸摄，摄以威

---

① "ᐨ"，此字表示"仁"，在西周晚期、春秋时期被"ᐨ"取代，而后世所谓"犀"，在春秋时期写作"██""██""██"，战国时期写作"██""██"。

② 用一横表示制止、停止，是有字例支持的，如"闭"字，西周时期写作"██"，战国时期写作"██""██"等；又如"开"字，战国齐文字写作"██"，许慎说"开"之古文为"██"，这两个字均用一横表示门闩锁门。

仪'，嘉许君子孝诚之德能寓于人"，"此时嘏辞之重点，即在于表明缘于'孝子不匮'，因此神灵愿意提供'永锡尔类'之赐福"。① 神灵所说"永锡尔类"之赐福，显然是先通过尸的表情、动作，而后又通过宗祝之口加以表达。而神意的昭示，在众人看来便是"公尸嘉告"时尸欲言又止的状态，即"尼"。借助宗祝之口表达的言辞，无疑就是"嘏辞"。

针对《仪礼·少牢馈食礼》所云"尸执以命祝"，郑玄注"命祝以嘏辞"，贾公彦疏"谓命祝使出嘏辞以嘏于主人"，徐师曾等《文体明辨·嘏辞》云："按嘏者，祝为尸致福于主人之辞，《记》所谓'嘏以慈告'者是也，辞见《仪礼》。""嘏以慈告"出自《礼记·礼运》，即"祝以孝告，嘏以慈告"，郑玄注"祝以孝告，嘏以慈告，各首其义也"，孔颖达疏："首犹本也，孝子告神以孝为首，神告孝子以慈为首，各本祝嘏之义也。"郑玄、孔颖达的解释，无疑是正确的，即在祭祀活动中，祭祀者通过祝来表达自己的孝，就是"孝子告神以孝为首"；反过来，神通过尸，尸又通过祝，来表达自己对孝子的慈爱，就是"神告孝子以慈为首"。换句话说，人向神贡献自己的孝心，而神向人表达自己的亲慈。从这一点来看，许慎说"仁，亲也"是很有道理的。

《论语·学而》记载有子曰："其为人也孝弟而好犯上者，鲜矣！不好犯上，而好作乱者，未之有也。君子务本，本立而道生。孝弟也者，其为仁之本与？"有子在这里显然强调的是"孝弟也者，其为仁之本"，而他推出这一观点的逻辑是生活经验，即"其为人也孝弟而好犯上者，鲜矣！不好犯上，而好作乱者，未之有也"。也就是说，有子通过生活经验感悟到孝悌是为仁之本，而这种感悟无疑就暗含"祝以孝告，嘏以

---

① 林素英：《〈丝衣〉、〈楚茨〉、〈既醉〉、〈凫鹥〉中的人文教化意义》，载《河北师范大学学报(哲学社会科学版)》，2011(5)；林素英：《从祭祀立尸与燕尸之礼以观周代人文教化精神与意义》，载《诗经研究丛刊》，2011(1)。针对《既醉》全诗的脉络，晁福林指出《既醉》诗的前三章写祭祀饮酒祈福诸事，目的在于引出'公尸'之'嘉告'，'公尸'所告的内容就是《既醉》诗后五章的线索，如此分析也有助于我们深入理解"公尸嘉告"的意义。相关研究可参见晁福林：《好仁、好贤与朋友——简本〈缁衣〉"轻绝贫贱"章和〈大雅·既醉〉篇补释》，载《北京师范大学学报(社会科学版)》，2014(2)。

慈告"的文化制度。① 至于《孟子·尽心上》记载孟子说"仁之实,事亲是也",也显然暗合着《诗经》所云"公尸嘉告"的理路。只不过,有子、孟子已把代表神意的"尸"阐释为日常生活中的"仁"。另外,对于"尸"在祭祀活动中产生的事实,孔子的某些言语也能看出其中存有的文化痕迹。如前所言,"尸"是对尸欲言又止状态的描绘,即不需要语言,只有动作、表情。而这一点到了孔子,他便特别强调"仁者,其言也讱"(《论语·颜渊》)、"巧言令色,鲜矣仁"(《论语·学而》)等。当然,在这里,孔子主要强调"仁"的实践性,即"为之难,言之得无讱乎"。也就是说,与尸之形貌不言不语相比,孔子通过"仁"的实践性来主张言语的稀少、寡默。也许孔子并没有意识到"仁"的本义,但他主张"仁者,其言也讱"、"巧言令色,鲜矣仁"、"刚毅木讷,近仁"(《论语·子路》)等,显然又暗合"尸"之寡言、沉默的本然状态。

以此来看,"尸"既然不同于"夷",那么对西周晚期的《夷伯夷簋器铭》内容的隶定也是存在问题的,现在隶定的内容是:

盖铸铭文

佳(唯)王征(正)月初吉辰才(在)壬寅尸(夷)白(伯)尸(夷)于西宫益贝十朋敢对扬王休用乍(作)尹妘宝殷(簋)子子孙孙永宝用②

器铸铭文

佳(唯)王征(正)月初吉尼(仁)白(伯)尸(夷)于西宫益贝十朋敢对扬王休用乍(作)尹妘宝殷(簋)子子孙孙永宝用

且不说"夷伯夷"的称谓存在问题,就是铭文中"尸(夷)白(伯)尸(夷)于

---

① 庞朴结合郭店楚简"仁"写作"从身从心,上身下心",即"身"下放"心"的字形,认为这意味着"仁"的意思与"心"主导的情感密切相关,并指出:"既然这种心态跟身体有关,那么它也就跟血缘有关","仁爱的'仁'字最初只适用于血缘集团内部"。(参见庞朴:《中国文化十一讲》,106 页,北京,中华书局,2008)以"祝以孝告,嘏以慈告"的祭祀制度来看,庞朴对"仁"最初适用范围的推断是十分精确的。

② 霍彦儒、辛怡华主编:《商周金文编——宝鸡出土青铜器铭文集成》,17 页,西安,三秦出版社,2009。

西宫”的意思也很让人纳闷，这人在西宫里干了什么，而且还因此受到周王的赏赐，为此他还很自豪，作器作铭以至想传颂子孙万代？如果把“尸”解释为“夷”，是因为他在西宫里杀死了一个夷人，或装扮成夷人而受到赏赐？这种解释显然很难服人。而我们把“尸”仍然当作“尸”来理解，即充当祭祀之尸，就可明白他为什么被赏赐。也就是说，仁伯在周王祭祀活动中充当了尸，并因此受到周王的赏赐，于是他便作器作铭来记录这件极为荣耀的事。而其中，作为名字的仁伯之“”，显然就是“𡰥”。于此，“”便是“”“”“”字形的进一步发展，即它的右旁由“”“”简写为两直横，其中一横即代表言[①]，而另外一横则代表不言，于是古文“仁”，即“𡰥”字正式形成。

第三节　“仁”的通用字形与衍生

许慎《说文解字》云：“仁，亲也。从人二。𢖻，古文仁，从千心作。𡰥，古文仁，或从尸。”[②]从中可以看出，许慎在解释“从人二”之“仁”字时收录了两例“古文仁”，即𢖻、𡰥两字，段玉裁注：𢖻“从心千声也”，𡰥“按古文夷亦如此”[③]。季旭升指出：“《说文》古文第一形即继承‘从人千声’一形；第二形继承中山王訾壶一形。”[④]《说文解字》收录的这两例古文仁加以隶定则成为忎、𡰥，它们形体不同、来源有别。根据郭店简的书写形体，白奚认为《说文解字》之“忎”是由“𢝔”简化而来，代表着当时南方字体的写法，而中山王鼎铭文的仁字形代表着北方字体的书写方式。[⑤] 如果仅以郭店简的书写现象而言，这一同一时期南北不同衍生线索的判断倒是能够解释《说文解字》对两种古文仁字

① 这种说法存在字例上的依据，即用一横代表言说的字形显然是存在的，比如曰字，即用一横代表言说。

② （汉）许慎撰，（清）段玉裁注：《说文解字注》八篇上，365页上栏～下栏。

③ （汉）许慎撰，（清）段玉裁注：《说文解字注》八篇上，365页上栏～下栏。

④ 季旭升：《说文新证》下册，3页。

⑤ 白奚：《仁字古文考辨》，载《中国哲学史》，2000(3)。

的收录。但是，随着秦简、古玺文以及春秋时期乃至更早时代相关青铜铭文的出现，仁字形南北分写的判断是值得商榷的。一个典型的例证便是，据许慎自述及现当代学者考证《说文解字》所收录"古文"属于战国时期齐鲁文字①，这一点至少说明"忎"字形的书写方式并非仅仅流传于南方。因此，探讨仁字形的衍生线索，需要我们结合更为充分、丰富的文字证据加以呈现。

诚如季旭升所云，古文"𡰥"继承于中山王器铭文，即中山王器铭文"无不率𡰥，敬顺天德"之"𡰥"②。由此，铭文之"𡰥"是《说文》之"𡰥"也即"𡰥"，应无疑议。值得注意的是，中山国所写"𡰥"之字形在战国时期并非个例，这一仁字形也见于郭店楚简、清华简、秦简乃至战国玺印，③ 如前所举，滕壬生在《楚系简帛文字编》指出战国时期的仁字有四种写法，即𡰥、𢜶（息）、𢘓（忩）、忎。④ 这四种写法中的第一种，显然如同中山王器铭文之"𡰥"；再如存世的战国玺印仁字写成"𡰥""𡰥"⑤，无疑也可隶定为"𡰥"。至于清华简《耆夜》"𡰥"⑥、睡虎地秦简中的"𡰥"⑦，也应是中山王器铭之"𡰥"，即"𡰥"。中山国地处北方，楚系简帛地处南方，秦简来自西方，尽管玺印文字地域不太明朗，但从这些分布三方的书写形态来看，"𡰥"应该是战国时期各诸侯国通用的仁字形⑧。其实，作为由白狄鲜虞部建立的国家，中山国在制作青铜器铭文时采用"𡰥"字体来表达仁，本身就说明这一仁字的书

① 何琳仪：《战国文字通论（订补本）》，56页；杨泽生：《孔壁竹书的文字国别》，载《中国典籍与文化》，2004（1）。

② 朱德熙、裘锡圭：《平山中山王墓铜器铭文的初步研究》，载《文物》，1979（1）。

③ 方勇编著：《秦简牍文字编》，240页；李学勤主编：《清华大学藏战国竹简（壹—叁）文字编》，218页。

④ 滕壬生：《楚系简帛文字编（增订本）》，740、925页。

⑤ 故宫博物院编：《古玺文编》，207页。

⑥ 李学勤主编：《清华大学藏战国竹简（壹—叁）文字编》，216页。

⑦ 睡虎地秦墓竹简整理小组：《睡虎地秦墓竹简》，北京，文物出版社，1990。

⑧ 有论者认为"𡰥"来源于三晋文字，又与楚系文字是同源关系［详见刘宝俊：《论战国古文"仁"字》，载《中南民族大学学报（人文社会科学版）》，2013（3）］，这一判定在矛盾之中再次呈现出"𡰥"为诸侯各国通用之仁字形。

写形态在战国之世流传的深度和广度，以至波及处于华夏文化圈边缘的国家和人群。

更为重要的是，以目前所见的文献资料而言，古文仁"尸"（尼）也是现存最早可见的仁字形书写形态。前述西周晚期的《夷伯夷簋器铭》即承载着这一信息，其中的仁字写作"🔲"（𡰥），显然是中山王器铭之"尸"、清华简《耆夜》之"🔲"①，即古文"尼"。

现存《夷伯夷簋器铭文》有两篇，分别是盖铭和器铭："器盖同铭，款式稍异，盖铸铭文五行三十八字；器铸铭文四行三十四字，缺'辰在壬寅'"。② 铭文整体的内容和意义也许还存在争论③，但其中作为人名的"𡰥"应是古文仁字④。值得注意的是，这一器物的盖铭称谓此人为"夷伯"，出现这一现象可能存在释读的问题，但如果联系至许慎云古文"尼""或从尸"、段玉裁注"按古文夷亦如此"⑤，我们就会发现夷伯夷簋器的盖铭和器铭关于人名书写不同形态的问题，正反映出仁字形在这一时期的游移和新变⑥。不过，夷伯夷簋器的盖铭和器铭的字体差异、交织现象，如同《说文解字》所记的古文"尸"，这说明其中的"𡰥"为古文仁的现存最早书写形态，应是确定无疑的。也就是说，《夷伯夷簋器铭文》之"𡰥"的出现，标志着古文"尸"正式形成。当然，"𡰥"为最早仁字形的书写形态，也并非仅仅依据于夷伯夷簋器，春秋早期《鲁伯俞父簋铭》的载录也可说明这一点，其铭为"鲁伯俞父作姬𡰥簋，

---

① 包山楚墓竹简的仁字也这样书写，即"🔲"（包山楚简2.180）。另外，由出土简帛仁字的写法可以看出，《说文解字》所收小篆仁字"𠆢"，也应隶定为"尼"，至于"从人二"之"仁"的出现，存在更为复杂的过程，下文将有分析。（汉）许慎撰，（清）段玉裁注：《说文解字注》八篇上，365页上栏。

② 霍彦儒、辛怡华主编：《商周金文编——宝鸡出土青铜器铭文集成》，16页。

③ 如仁伯在西宫的具体行为及其意义、周王赏赐的原因、仁伯作器的主观意图等，值得进一步讨论，其中又关涉于铭文整体的释读。

④ 武树臣：《寻找最初的"仁" 对先秦"仁"观念形成过程的文化考察》；《"仁"的起源、本质特征及其对中华法系的影响》。

⑤ （汉）许慎撰，（清）段玉裁注：《说文解字注》八篇上，365页下栏。

⑥ 关于这一问题，可参见第二节。

其万年眉寿永宝用"①，其中"ꄹ"即"ꄹ"，书写形体虽稍有变化，但仍然承担着标识人名的功能，应是鲁国人在"ꄹ"字形基础上的进一步衍生、改写②。

由此，古文"ꄹ"由战国时期的简帛、铭文追溯至春秋早期、西周晚期的青铜铭文，这至少说明古文"ꄹ"来历久远而传承线索清晰，迨至战国进而成为各国通用的仁字形体也是自然而然之事。

结合青铜器《夷伯夷簋器铭文》可知，"ꄹ"是西周晚期的仁字形，而到了春秋早期在鲁国则衍生为"ꄹ"，即由仁字右下之两横衍生为由直线相穿的形体，这一点从鲁伯俞父诸器铭文可以得到证明。早在 20世纪中前期林义光《文源》指出"鲁伯俞父盘、匜鬲、ꄹ冶妊鬲皆有ꄹ字，疑'仁'字古如是作"③。这里的鲁伯俞父盘是诸多器物中的一种，被称为鲁伯俞父诸器，它们是春秋早期鲁国的器物，器物群铭文中频繁出现"ꄹ"字，应当人名讲，如《鲁伯俞父簋铭》："鲁伯俞父作姬ꄹ簋，其万年眉寿永宝用。"④其中"ꄹ"，与战国玺印中的"仁"字形"ꄹ"十分相近（《赏古斋秦汉印存》所收"仁"字玺也写作"ꄹ"），⑤ 正如林义光、武树臣等学者所说，"ꄹ"即春秋早期的"仁"字。⑥

这里的"仁"字已由西周晚期的字形（"ꄹ"）衍生为"ꄹ"，即右下边平行的两横移到中间由竖线连接的两横：左右结构衍生为上下结构或独体结构。这一字形，即《说文解字》所记"ꄹ"字之上部"千"。所以，

---

① 中国社会科学院考古研究所编：《殷周金文集成》第四册，2938、3442 页，北京，中华书局，2007。

② 鲁国人的这一仁字书写方式与战国玺印文字的"ꄹ"、香港中文大学藏简牍"ꄹ"（香中大．5）相近似。故宫博物院：《古玺文编》，207 页。

③ 丁福保编纂：《说文解字诂林》，7923 页，北京，中华书局，1988。

④ 中国社会科学院考古研究所编：《殷周金文集成》第四册，2938、3442 页。

⑤ 此字形也如同香港中文大学文物馆藏简牍"ꄹ"（香中大．5），可见战国玺印仁字的写法并非唯一。故宫博物院：《古玺文编》，207 页；故宫博物院编：《古玺汇编》，308 页，北京，文物出版社，1981。

⑥ 武树臣的分析见于《寻找最初的"仁"——对先秦"仁"观念形成过程的文化考察》；《"仁"的起源、本质特征及其对中华法系的影响》；《古文字中的"仁"》。

在出土战国竹简的"尸、、、忎"中①，"忎"是仅次于"尸"(![字形])出现的仁字形，而、则是在"![字形]"(忎)基础上进一步衍生的结果。这一点，我们可以通过以下分析得到明证。

　　与"尸"(![字形])相比，出土简帛的其他仁字形显然都具有"心"字符，从数量上看，"忈"出现最少，仅见于郭店儒家类文本；"忎"字排在第二位，而"身"字出现最多。从字形来看，现在写定为"忈"的字，应该是"忎"的一种变体，因为"忈"之上部的"![字形]"或"![字形]"，与"忎"之上部的"![字形]""![字形]"极为接近，在郭店楚简中两者仅有微小的差别。考虑到"忈"出现的数量以及"忎"与"尸"字形的接近，我们可以认为现在隶定为"忈"字形应是"忎"的另一种写法。

　　与"忈""忎"相比，"身"字出现最多，也因此几乎吸聚了所有学者的眼光，即使有人注意到"忎"字形，一般也认为是"身"之变体，如白奚指出："郭店楚墓竹简中，所有的仁字皆写作身，忎当是由此身演化而来。忎字上半部的千字本来就是身体的象形，与古文身字的字形很相近，当是身字的省变。"②这一判断具有启发性，也许我们可以就此反向思考，即"身"是"忎"的衍生，因为这一衍生次序与"身""忎"出现的前后有关，也与"忎"之"千"旁解释是否为身体形状的含义相关。晁福林认为，以前隶定为"忎"的"古文仁'![字形]'形上部所从是为人形，与'壬'字小篆![字形]同。'仁'字古文当谓从壬、从心，以壬为声。……郭店简《唐虞之道》第2简的'![字形]'字，《忠信之道》第8简的'![字形]'字，过去多以为是从千之字，其实，也是从'壬'之字。《唐虞之道》第8简的'![字形]'，专家或认为是从人从心之字，愚以为应当视为从壬从心的缺笔字"③。在晁福林之前，吴锦章已把"忎"之"千"认读为"壬"，他在《读篆臆存杂说》中指出："忎，此非原本篆文也，法当作恁，从心壬声。壬，善也，与仁爱意近。壬，篆上似千字，写者偶遗下一画，遂成忎矣。仁，从

---

①　滕壬生：《楚系简帛文字编（增订本）》，740、925页。

②　白奚：《仁字古文考辨》。

③　晁福林：《好仁、好贤与朋友——简本〈缁衣〉"轻绝贫贱"章和〈大雅·既醉〉篇补释》。

心千，于六书无一可通，古圣制文字必不如是，本书食部饪下有古文
恁，正作从恖加人，此可证古文仁从壬取声，不从千字也。"①吴锦章
运用的一个重要例证便是"食部饪下有古文恁"，今本《说文解字》食部
"饪"下确有"餁，亦古文饪"等语，但段玉裁已经指出此非许慎《说文解
字》所本有，因为"心部恁下云，斋也。此古文系后人增羼。小徐说李
周切韵，不云亦古文饪"②。

更为重要的是，把"恁"之上部释读为"壬"，并不符合战国时期的
"壬"字的形体，即"壬"与"恁"之上部的""""显然存在很大差别，
如楚系简帛中的"壬"字写作""""""③，战国陶文上的"壬"写作
""④，先秦货币上的"壬"写作""⑤，商周金文中的"壬"写作""
""""⑥。从这些字例来看，出土战国简帛中的""还是隶定为
"恁"，最为恰当。由此而言，《鲁伯俞父簠铭》""字形与""（恁）的
上半部"千"更为接近，而与"悬"更为远离。所以，仁字形的衍生次序是
由"恁"到"悬"，而并非相反。

第四节　儒家对"仁"的阐发与创新

从现有的出土简帛来看，具有"心"字形的仁字，仅见于楚地竹简，
而且多出现于儒家类文本，如《五行》《缁衣》《性自命出》等。⑦ 这一信
息表明，在《鲁伯俞父簠铭》""基础上再加以"心"符成为新体""字
形的人群，应是以孔子为首的儒家士人。

---

① （清）吴锦章：《读篆臆存杂说》，见丁福保编纂：《说文解字诂林》，17180 页。
② （汉）许慎撰，（清）段玉裁注：《说文解字注》五篇下，508 页下栏。
③ 滕壬生：《楚系简帛文字编（增订本）》，1218～1219 页。
④ 汤余惠主编：《战国文字编》，965 页，福州，福建人民出版社，2001。
⑤ 汤余惠主编：《战国文字编》，965 页。
⑥ 容庚编著：《金文编》，979 页，北京，中华书局，1985。
⑦ 滕壬生：《楚系简帛文字编（增订本）》，740～742 页。

一、"心"符之𢜔与儒家士人

首先,"心"符表意,关于"𢜔",许慎云"从千心作",段玉裁注"从心千声也"①。从"仁"字形由"仁"到"𡰥"的衍变可以看出,段玉裁以"心"为意、以"千"为声是正确的。同时,由"仁"到"𡰥",再加"心"符变成"𢜔"的过程,也能说明"心"表意而"千"表声。由"𡰥"到"𢜔"的过程,"仁"字形由无"心",变成了有"心",这就如同"德"字原先无"心",而周人在"徝"下面增加了一个"心"符,成为有"心"之"惪"("德")。②

其次,许慎在《说文解字》中已经明言"𢜔"字为"古文仁"③,而这一点也许正蕴含着儒家士人在由"𡰥"到"𢜔"过程中的作为,因为"古文仁"的来源正折射出这一点。许慎《说文解字叙》云"古文,孔子壁中书也"④,何琳仪指出"以现代文字学的眼光看:壁中书属齐鲁系竹简",李家浩、杨泽生等学者则进一步证明《说文解字》所载的"古文"属于战国齐鲁文字。⑤ 于此,《说文解字》古文仁"𢜔"应来源于孔壁竹书,属于齐鲁文字系统。鲁伯俞父诸器铭文中的"𡰥"书写于鲁国,而古文"𢜔"来自孔壁竹书,那么"仁"字从"𡰥"到"𢜔"的衍生过程一定发生在鲁国。而能够做到这一点的群体应该是以孔子为首的儒家学派,如此才能和出土简帛中带"心"符之仁字多出现于儒家文本的事实相印证。

当然,目前看到的带"心"之仁字形,多出土于楚地,即使用楚文字写成的,而竹简的抄写者往往不等于文章的作者,竹简的抄写者极有可能根据自己熟悉的文字书写的习惯进行抄录。所以使用楚地文字的书写样式来判定盛行于齐鲁之地儒家士人的创造作为,是否恰当则令人质疑。其实,且不说孔子的弟子、再传弟子有多位教授于楚地,

---

① (汉)许慎撰,(清)段玉裁注:《说文解字注》八篇上,365 页下栏。
② 晁福林:《先秦时期"德"观念的起源及其发展》,载《中国社会科学》,2005(7)。
③ (汉)许慎撰,(清)段玉裁注:《说文解字注》八篇上,365 页下栏。
④ (汉)许慎撰,(清)段玉裁注:《说文解字注》十五篇上,761 页上栏。
⑤ 何琳仪:《战国文字通论(订补本)》,56 页;杨泽生:《孔壁竹书的文字国别》,载《中国典籍与文化》,2004(1)。

楚国早已是儒家文化浸染之域①，单就楚地文字与齐鲁文字之间的关联，就可看出两地在形体与意义上存在诸多的一致。更何况两地文化的交往和融合也并非如我们想象得那么隔绝、封闭，这一点在郭店楚简出土之后学界的判断则更为明晰，如结合《说文解字》中的"古文"，李学勤指出郭店竹简的文字最像古文经②，显然齐鲁文字与楚地文字存在诸多的关联已是确定无疑的事实。

更为重要的是，给"𢖓"加上"心"字组成"𢜩"，更是以孔子为首的儒家士人学派理念的要求。对于儒家士人来说，仁是"统摄诸德完成人格之名"③，是孔子思想的核心④，"至孔子，仁的道德内涵得到了丰富与拓展，逐步向表达人之道德性根据的概念范畴演进"，并"确立了其道德本体性的地位，奠定了核心的价值取向，成为孔子仁学思想的核心"⑤。这些判断是符合历史事实的，一个毋庸置疑的现象便是在《论语》中孔子最常用来表达观点的字即"仁"。

因此，为"𢖓"加上"心"的新创，显然与儒家士人对"仁"的理解密切相关，也许学界有关"仁"的含义还存在众多争议⑥，做到"仁"必然需要心灵情感的参与和投入，是确定无疑的。孔子及其弟子都认为，"仁"是一种内心的情感⑦，即《论语·里仁》云"子曰：'唯仁者能好人、能恶人'"等，对此我们可以举出许多例证，如《论语·阳货》孔子对宰

---

① 张强：《儒学南渐考》，载《江海学刊》，2006(6)；高华平、沈月：《"七十子"与儒学在江南的传播》，载《华中师范大学学报(人文社会科学版)》，2018(1)。

② 李学勤：《郭店楚简与儒家经籍》，见《中国哲学》第二十辑《郭店楚简研究》，20页，沈阳，辽宁教育出版社，1999。

③ 蔡元培：《中国伦理学史》，10页，长春，吉林人民出版社，2013。

④ 如《吕氏春秋·不二》云"孔子贵仁"等，也可参见梁启超：《饮冰室合集》专集五十，67页，北京，中华书局，1989。

⑤ 洪晓丽：《从古"仁"字到孔子的"仁学"——"仁"的原始与变迁及其道德性的构建》，载《道德与文明》，2013(3)。

⑥ 王玉哲：《古史集林》，430~434页，北京，中华书局，2002。

⑦ 如庞朴指出儒家"仁"的意思与"心"主导的情感密切相关，参见庞朴：《中国文化十一讲》，106页，北京，中华书局，2008。

我主张居丧期间心安于"食稻衣锦"的批评"予之不仁也"①、《学而》记载有子说"孝弟也者，其为仁之本与"、《雍也》评价颜回"其心三月不违仁"等。所以，结合由前述分析可知，由"𠤊"到"𢜚"的衍生线索，必然是儒家学者参与的过程，以至"心"字形之仁在其后的儒家文献被书写乃至进一步衍生。也就是说，正是以孔子为首的儒家士人给"𠤊"加上了"心"形，于是出现了"𢜚"（㤸）、"㤸"等字形。

二、"㤸"与儒家的价值理念

由前述从"𠤊"到"𢜚"的衍生脉络可知，"㤸"字形是"㤸"字形的衍变，而不是相反。针对"㤸"的独特性，庞朴说："㤸这个字，前不见古人，后不见来者。"②周桂钿指出："从郭店出土的楚墓竹简，'仁'字作上身下心，'义'字作上我下心，则与别处不同。"③这些认识无疑是正确的，但我们也需明白，以孔子为首的儒家学派把"仁"字由"𢜚"（㤸）写为"㤸"，并随后大量使用"㤸"，并非没有任何道理。"㤸"字之"千"旁强调的还是言语（如段玉裁的注、季旭升的新证）④，虽然加上了"心"符，但仍然停留于"心"之声、"心"之言。而儒家却强调的是"听其言，观其行"，即重视"仁"的行动性、实践性，⑤ 即"为仁"。

"为仁"就要心与身的合一，即心之所想付诸具体的生活实践中，就是所谓"能近取譬"（《论语·雍也》）。在实践性的基础上，孔子进而提出种种"为仁"的具体条目，如"己欲立而立人，己欲达而达人"（《论

① 关于"心安"，可参见陈少明：《心安，还是理得？——从〈论语〉的一则对话解读儒家对道德的理解》，载《哲学研究》，2007(10)。
② 庞朴：《仁字臆断》，载《寻根》，2001(1)。
③ 周桂钿：《中国哲学研究方法论》，13页，太原，山西教育出版社，2006。
④ 段玉裁注"从心千声也"，季旭升也认为"《说文》古文第一形即继承'从人千声'一形"。(汉)许慎撰，(清)段玉裁注：《说文解字注》八篇下，365页下栏；季旭升：《说文新证》下册，3页。
⑤ 陈少明：《中国哲学研究方法论再思考——从兑换"观念的支票"展开》，载《哲学动态》，2014(6)；杨庆存：《传承与创新——中国古代文化研究》，29页，上海，复旦大学出版社，2003；陈来：《论儒家的实践智慧》，载《哲学研究》，2014(8)。

语·雍也》)、"己所不欲，勿施于人"（《论语·颜渊》）、"克己复礼为仁"（《论语·颜渊》）等。以此来看，"息"字形由"身"与"心"组合而成的搭配，无疑就是这种理念诉求的体现，同时也应属于汉字发展的跨结构①。然而遗憾的是，包括"息"在内的仁字形，随着儒家精英阶层的断裂或社会的延宕，并没有变成通用的"仁"字形体而最终埋没于地下，成为我们现在看到的出土文字②。至于"息"等带心仁字形没有被转换至后来通用汉隶的原因应是多方面的，其中应有社会动乱、战争、饥荒、政治上的限制打压③以及儒家传承地域等方面的问题。

"息"字形的"仁"主要被儒家士人所使用，并多流行于齐鲁之地，还可以从古玺文的现象加以说明。罗福颐《古玺文编》中收录 6 个隶定为"息"的字④，其中 5381 号"〖图〗"、5382 号"〖图〗"为"单字玺"一类⑤，在这两枚印中后者收藏于故宫博物院，最初来源地不明；而前者最初收录于赵允中《印揭》。赵允中生活于清末民初，善经营甲骨金石，与王懿荣、刘鹗、库寿龄等人均有交往。⑥ 也就是说，王、刘、库等人的藏品来源多与赵允中有关，赵允中是山东潍坊人，潍坊旧称潍县，在赵允中前后集结了许多古印爱好者和收藏家，如陈介祺、高庆龄、郭裕之、王石经等人均生活于潍县周围。

另外，《古玺汇编》第 3344 号为"〖图〗"，罗福颐将这枚印归为"姓名

---

① 齐元涛：《汉字发展中的跨结构变化》，载《中国语文》，2011(2)。

② 如季旭升指出："息""其见于《玺汇》者旧释为'信'，《郭店》出，学者始知当释'仁'"。见季旭升：《说文新证》下册，3 页。

③ 也许与秦朝焚书有关，也许与儒家文本流传的地域相关，如王国维指出："秦灭古文，史无明文，有之，惟一文字与焚《诗》《书》二事。六艺之书行于齐、鲁，爰及赵、魏，而罕流布于秦，其书皆以东方文字书之。汉人以其用以书六艺，谓之古文。而秦人所罢之文与所焚之书，皆此种文字，是六国文字即古文也。观秦书八体中有大篆无古文，而孔子壁中书与《春秋左氏传》，凡东土之书，用古文不用大篆，是可识也。"详见王国维：《观堂集林》卷七《战国时秦用籀文六国用古文说》，306 页，北京，中华书局，1959。战国秦汉的相关政策，也可参见黄德宽：《书同文字：汉字与中国文化》，171～172 页，南京，江苏人民出版社，2017。

④ 故宫博物院编：《古玺文编》，264～265 页。

⑤ 故宫博物院编：《古玺汇编》，486 页。

⑥ 孙敬明：《潍坊古代文化通论》，136～138 页，济南，齐鲁书社，2009。

私玺"一类，并释读为"氏悬"，[①] 而吴振武则认为应是"惄"[②]，从印章字形及内容来看，吴振武的释读更为准确。更为重要的是，这方印最初收录于郭裕之的《续齐鲁古印捃》。而《齐鲁古印捃》《续齐鲁古印捃》与其他印谱最大的区别是，"以古玺印出土区域来分类的专谱"，两位作者都是通过细心的文献考证来甄别所收印钤大多出土于齐鲁大地。[③]而郭裕之的甄别，正与"悬"字形见于郭店简、上博简儒家类文本相应合。也就是说，传世的玺印文字，能够证明"悬"字形主要流行于儒学浓厚的地区。

当然传世的印玺文字还透露了其他十分重要的信息，如"忎""悬"出现的时间先后问题。《古玺汇编》第 3125 号印"🔲"，最初收录于山东潍县陈介祺《陈篮斋手拓古印集》，罗福颐隶定为"千心"，[④] 其实这枚印应是"单字玺"，隶定为"忎"更为合适。此字与前述第 3344 号印"惄"可相对照，应是反映"仁"字形由"忎"走向"悬"的过渡阶段，即如前所言，"🔲"演化为"🔲"，进而出现了"心"字底，形成了"🔲"（《上博简·性情论》）、"🔲"（《郭店简·唐虞之道》）、"🔲"等；随后，"🔲""🔲"又进一步被儒家修正为"悬"，而"🔲"（惄）正是由"🔲"到"悬"的中间阶段。

从现有的材料来看，较早将古玺中的"悬"释读为"仁"，应是丁佛言、郭沫若等学者。丁佛言《说文古籀补补》云："🔲，古鉨'仁人'，《说文》仁古文作忎，愚按古仁、忍似为一字，盖不忍即仁"，"此从刃从心，身即刃之反文。许氏谓'从千心'……误于形似，说致费解"。[⑤]郭沫若也认为："古鉨悬字乃仁字之异。仁古或作忎，从心千声。悬则从心身声，字例相同，可以互证。"[⑥]其后，刘翔也指出："战国玺印文

①　故宫博物院编：《古玺汇编》，312 页。
②　吴振武：《〈古玺文编〉校订》，371 页，北京，人民美术出版社，2011。
③　韩天衡、张炜羽：《专集古印的高庆龄与郭裕之》，载《新民晚报》，2015-01-17。
④　故宫博物院编：《古玺汇编》，294 页。
⑤　丁福保编纂：《说文解字诂林》，7922～7923 页。
⑥　郭沫若：《金文丛考》，216 页，北京，人民出版社，1954。

屡见有称'忠悬'的，与称作'忠仁'者，文例相同。是知从心从身的'悬'，从心从千的'忎'，及'尽'诸形，实皆仁字。这是古文字里同字异构的典型实例。分析仁字异构的产生，从心从千的构形，当是从心从身之构形的讹变。致讹原因，乃因身、千形近，且古音同在真部。至于'尽'之构形，当由悬字省变而来。"①在此基础上，廖名春又进一步指出现存战国古玺中还有众多的"仁"字形，如原先隶定为"信"的字，可能许多就是"仁"字。②

结合前述的分析，这些学者有关"尽""忎""悬"演化的顺序是值得商榷的，但把古玺中的"悬"释读为"仁"无疑又是正确的。另外，玺印文字主要流行于贵族或精英阶层，而随着知识阶层的断裂，"忎""悬""懇"等玺印中的仁字形逐渐走向了地下，渐渐被人们遗忘，许慎《说文解字》只收"忎""尽"而不收"悬"就很能说明这一问题。

第五节　隶书"仁"的形成过程

除了儒家士人对"🈂"（忎）、"悬"等带心字的仁情有独钟之外，战国社会普遍使用"🈂"即尽来书写仁字。前述《古玺汇编》《古玺文编》所收的单字玺除了将仁写作带心符的"悬"之外，还有书写成"🈂"的③。同样，清华简《耆夜》"🈂"④、中山王鼎铭"尽"等分别代表着楚国、中山国对仁字的普遍书写形态；睡虎地秦简中的"🈂"⑤，则代表着秦国对仁字的书写情况。这些信息说明，当时的战国社会对仁字的书写形

---

① 刘翔：《中国传统价值观诠释学》，159 页，上海，上海三联书店，1996。
② 廖名春：《"仁"字探原》，见《中国学术史新证》，66～70 页。
③ 故宫博物院编：《古玺文编》，207 页；故宫博物院编：《古玺汇编》，308 页。
④ 李学勤主编：《清华大学藏战国竹简（壹—叁）文字编》，216 页。
⑤ 方勇编著：《秦简牍文字编》，240 页。

态，还普遍延续着西周晚期出现的"⿰亻尸"，即《说文解字》所收录的古文"⿱尸二"①，而这一字形也正是秦汉隶书所直接承继的字形。季旭升认为"仁"字是"秦汉文字继承从二人的写法"②，其实这只是对《说文解字》"从人二"的一种浅层解读。"从人二"仁字的写法应是直承于战国社会的普遍书写形态，而最终继承于西周晚期的"⿰亻尸"。

也就是说，当儒家创造新型仁字形时，原本的仁字形仍在广泛使用，通过玺印文字"⿰亻尸"、出土简帛文字"⿰亻尸"、青铜器铭文"⿱尸二"等足可以证明这一点。这些书写形态分布于当时的天下四方，足见其被世人接受的广度和深度。

所以，当儒家创造"⿱身心""息"之后，由"⿰亻尸"结构而成的仁字形仍是春秋战国社会书写仁字形的主流，从汉代隶书的"从人二"的仁字形来看，"⿰亻尸"不但没有被"⿱身心""息"所替代，而且最终跨过"⿱身心""息"的影响，形成现代"仁"字形的书写源头。

从"⿰亻尸"到"仁"的过程，以上所列玺印文字、清华简文字、中山国青铜铭文均是其延续、递进、发展的环节，而与之相比，秦国竹简文章呈现的脉络则更为清晰。如前所言，睡虎地秦简中的仁字形写作"⿰亻尸"③，与清华简《耆夜》"⿰亻尸"相近，即左边的字形仍然延续着西周晚期仁字"⿰亻尸"的左边形态。如果将这三个字加以衍生次序的排列，则是"⿰亻尸"→"⿰亻尸"→"⿰亻尸"，而这一次序正与承载字形的出土文献在形成时间上存在一致，即西周后期的青铜铭文《夷伯夷簋器铭》、战国时期的清华简、秦国统一前后的睡虎地秦简④。

当然，从文字形态而言，这些仁字的书写形态还属于古文字阶段，

① 季旭升已指出《说文》收录的古文仁"第二形继承中山王礜壶一形"。见季旭升：《说文新证》下册，3页。
② 季旭升：《说文新证》下册，3页。
③ 方勇编著：《秦简牍文字编》，240页。
④ 霍彦儒、辛怡华主编：《商周金文编——宝鸡出土青铜器铭文集成》，16页；李学勤：《清华简九篇综述》，载《文物》，2010(5)。

但从睡虎地秦简"卜"字的左半边可以看出，已呈现"亻"化的趋势，特别是与清华简仁字的左半边"彡"相比，"从人"的倾向更是一目了然。这一点说明，秦简"卜"是古文仁转化为今文仁的最后一关，或者说它承载着古文仁到今文仁的中间状态，由此今文"从人二"之仁字形呼之欲出。事实也正是如此，同是睡虎地秦简的仁字，还有比"卜"更为简化的书写形式，如"仁""仨"①。与之相近，里耶秦简中的仁字形作"卜"②。显然，这些字例已是《说文解字》所说的"从人二"之字形，如果拿这些仁字与西汉早期的书写文献马王堆汉墓帛书相比，两者无疑具有一致性，即直承于"仁""仨""卜"，马王堆帛书的抄写者便把"仁"便写作"仁""仁""仁"等。③

也就是说，以目前可见的文字形态而言，睡虎地秦简、里耶秦简的仁字正是"从人二"之隶书仁字的最早形态，它们的出现标志着古文仁已完成了向今文仁的转化，而马王堆帛书仁字书写形式，更加确证了这一点。当然，也可以比较通达地说，睡虎地秦简近似古文的"卜"（尼），与今文"仁""仨"两种字形并存的现象代表着这一时期正处于由古文"尼"到今文"仁"的过渡阶段，而进入汉代的马王堆帛书的仁字形则标志着汉隶之"从人二"之仁正式形成④。

所以，从清华简《耆夜》"彡"、中山王鼎铭中"尼"、战国玺印"尼"等仁字形到秦简之"卜""仁""仨"，正昭示着"从人二"之仁的诞生过程。而马王堆帛书的仁字形体则再一次强调我们熟悉的"从人二"之"仁"字形正式进入汉隶"今文"的时代，随后"从人二"之"仁"字便成为

———

① 简化的"仁"字之所以在秦国出现，主要是书写的方便，另外也许还存在着文化层级的因素，如司马迁就曾感叹道"独有《秦记》，又不载日月，其文略不具"（《史记·六国年表》）。参见《史记》卷一五，686页。

② 方勇编著：《秦简牍文字编》，240页。

③ 陈松长编著：《马王堆简帛文字编》，328页，北京，文物出版社，2001。

④ 其后时代，在庄重场合世人对"仁"的书写也多采用古文字体或隶书字体，如汉碑字形。参见王立军：《汉碑文字通释》，430页，北京，中华书局，2020。

中国延续至今的仁字书写形态。同时，从西周晚期的"𠨰"到秦简、马王堆汉墓帛书的"𠨰""𠨰"，仁的文字形体在不断衍生之中又保持一脉相承性，仁字形也在变与不变之中经过重重考验最终完成了由古文到今文的转变，从中可以展现出主流字体的坚韧与耐力。而这一点也揭示出以文字为代表的中国传统文化的韧性和定力：中国文字也正是在变与不变之中逐渐走向丰富。

以现有的文献来看，西周晚期金文"𠨰"是目前可见的最早"仁"的字形，也是战国时期各诸侯国通用的仁字形"𠨰"，《夷伯夷簋器铭》可证明许慎所说的古文"𠨰"于此时正式出现。到了春秋时期，"𠨰"（𠨰）又进一步衍变为"𠨰"，鲁伯俞父诸器铭文可以证明。由"𠨰"到"𠨰"，是以孔子为首儒家士人努力的结构，即为了强调"仁"与内心情感的关联，儒家士人给"𠨰"添加了"心"字符，于是郭店简、上博简中的儒家文本便出现了"𠨰""𠨰"（忎）等字形。

其后，相对于"𠨰""𠨰"等"忎"字形而言，儒家士人更倾向于使用"𠨰""𠨰"即"息"来书写仁字。从出土简帛及玺印文字来看，"𠨰""𠨰"即"忎"显然是"𠨰""𠨰"的前身，而玺印文字"𠨰"（惪），正反映出由"𠨰"到"息"的中间阶段。然而，无论出土简帛，还是玺印文字，带有"心"字的"忎""息"主要被儒家或儒家思想浓厚的地区所使用。也许正是由于使用地域、波及人群的有限性，代表着儒家学派价值的"息"字形最终出现了断裂而成为遗失的仁字形，后来又借用古文"𠨰"①、出土简帛、玺印文字的形式展现于世人面前。

与此同时，在儒家影响之外的广大地区，各诸侯国通用的仁字形是"𠨰"即"𠨰"，它被书写成"𠨰""𠨰""𠨰"等②，这些字形进一步简化则成为秦简隶书字体，如"𠨰""𠨰"③，以至在秦汉社会转型之际形成

---

① 见于孔壁竹书，并被许慎《说文解字》收录。
② 这些仁字形分别见于清华简《耆夜》、包山楚简、中山王鼎铭文、战国玺印。
③ 见于里耶秦简、睡虎地秦简。

诸如马王堆汉墓帛书的"卜""卜""抃"字形。至此，仁字也完成了由古文字形转换为今文字形的过程。

总之，结合青铜铭文、简帛文字、玺印文字的信息，从"?""?"①经"忎""息"②再至"仨""卜"③的衍生线索不但逐渐得以明晰，而且折射出"仁"衍生和发展的立体化过程。

---

① 见于《夷伯夷簋器铭》、鲁伯俞父诸器铭文。
② 见于郭店简、战国玺印文字。
③ 见于睡虎地秦简、马王堆汉墓帛书。

第四章 "道"的阐释及成为
最高范畴的过程

　　道家文献在战国时期极为繁盛，这一点从《汉书·艺文志》的相关著录即可得到证明。限定于战国时期，道家并非与儒家、墨家或法家那些学派性质分明，它往往隐身于各家学派争论的背后，又对各家学派产生潜移默化的影响。孔子之于老子、法家之于道家、名家与老庄的关联、墨家之于论辩活动等，往往都蕴含着道家学派的知识衍生。战国诸子对道家知识结构的借鉴和吸纳，首先表现于作为最高范畴之"道"的形成与衍生。

　　论及先秦哲学的最高范畴，往往让人想到"道"。"道"是《老子》的最高范畴，是万事万物的终极依据，这一点已成学界的共识，如胡适指出"老子是最先发现'道'的人"①，冯友兰也说《老子》中的道是天地万物"所以生之总原理"②。在此基础上，当今学者也指出《老子》中的道是指独一无二的普遍原理，它不为时空所限，"道"因为是一普遍有效之原理，其拘束力永恒弗替，所以被称为"常"。③ 当然，"道"由"所行道也，一道谓之道"到《老子》的最高范畴并不是一蹴而就的，《尚书》《诗经》中的"道"已具有抽象的意义，如"皇天之道""王道"等，《左传》《国语》也已有"天道""人道"的区分，这些都应是"道"成为最高范畴的基础，张立文说："天道、人道的提出以及关于天道人道相互关系的探讨，使道概念开始出现性质的变化，这对中国哲学道范畴的形成具有

---

① 胡适：《中国哲学史大纲》，40页，北京，东方出版社，1997。
② 冯友兰：《中国哲学史》，218页，北京，中华书局，1961。
③ 李锐，邵泽慧：《北大汉简〈老子〉初研》，载《中国哲学史》，2013(3)。

重要的意义，同时也规范了中国哲学道论思想演变发展的基本指向。"①

对于"道"演化的过程，朱晓鹏指出老子的创新便是"把'道'由一个一般的哲学概念明确地上升和抽象为一个统摄宇宙和人生的最高本体概念，使'道'这一概念从表示具有一定的抽象色彩的一般存在演变为代表一切存在的终极性基础"②。这一论断基本可以代表学界的普遍看法，即老子将"道"由一般的哲学意义提升到最高的哲学范畴。

然而，这种推论的基点不但是把《老子》视为一次完成的个人著作，更认为"道"作为最高哲学范畴至老子时代已经最终完成。结合《老子》一书的成书情况，便会发现"道"走向哲学最高范畴的路途③，乃至成为最具统摄性的哲学范畴，还存在诸多较为复杂的环节。

第一节 《老子》文本的形成过程

《老子》的成书过程一直以来存在诸多争议，比如老子本人生活的时代与《老子》一书是否存在对等的问题。④ 尽管我们判定"道论"完成的根据是《老子》而非老子本人，但老子本人生活的时代又往往关涉到《老子》成书的年代。从出土文献来看，《老子》是在诸子文本中出土简帛文献最多的一种，因为自从马王堆帛书甲乙种《老子》问世以来，郭店简甲乙丙三种、北大汉简《老子》又相继现世。这些简帛《老子》的书写时代存在先后的差别：郭店简是战国中期使用楚文字书写而成，马王堆帛书是汉初用汉隶书写而成，北大汉简被界定于西汉中期。以文本形态来看，这些简帛《老子》更存在鲜明的不同：郭店简内容较少，占今本的五分之二；马王堆帛书本"德经"在前，"道经"在后；北大汉

① 张立文主编：《道》，26页，北京，中国人民大学出版社，1998。
② 朱晓鹏：《老子哲学研究》，89页，北京，商务印书馆，2009。
③ 笔者讨论的最高哲学范畴包括概念的表述和概念本身，因为两者尽管可以区分为表与里的关系，其实又是一体两面，相互依存、互为支撑、互为阐释的，很难加以剥离。
④ 李零：《郭店楚简校读记》，31页，北京，北京大学出版社，2002。

简本分上、下经，共 77 章。为此，韩巍指出："四个简帛《老子》形成了从战国中期到西汉中期、由萌芽到成熟的完整链条，这在各种出土简帛经典中是独一无二的。"[①]以文本的时间来看，这种判断是成立的，因为这些简帛《老子》呈现的时间顺序似乎正在印证着这一发展链条。

　　然而从文本形态来看，四种简帛《老子》很难说能构成一条"完整链条"：它们的章节和顺序有别，字句和文义更有差异，如郭店简甲组第 22 支简有"天大，地大，道大，王亦大。🀫中有四大安，王居一焉"[②]，此句在北大汉简本"下经"第 22 章，字句相同，《淮南子·道应训》所引也与之相同，而马王堆帛书本、今本却是"道大"打头的排序，即"道大"位于"天大"之前。[③] 以《老子》崇"道"之旨向，马王堆帛书本、今本的顺序显然更为合理。[④] 为此，裘锡圭认为郭店简"显然不会是《老子》原貌"[⑤]，看来郭店简的形态也很难说是《老子》文本的"萌芽"形态。另外，郭店简"🀫"，有人读为"域"，也有人读为"国"，北大汉简本及今本作"域"，而在马王堆帛书本却作"国"。从文义来看，"国"常指国都、诸侯国，意为人事统治的区域，属于"王"的领地之一，"王"既然是"四大"之一，那么在"四大"之上的区域不应该是"国"，所以以"域"更为合理。退一步说即使很难确定到底为何字，也能说明郭店简、马王堆帛书本、北大汉简本所存在的文本形态差异现象，而这些现象又意味着它们源于不同的传承线索。

　　其实，根据出土《老子》简帛文本的形态差异现象，首先可以证明

----

　　① 韩巍：《北大汉简〈老子〉简介》，载《文物》，2011(6)。

　　② 荆门市博物馆编：《郭店楚墓竹简》，4 页，北京，文物出版社，1998。

　　③ 丁四新指出：《老子》"四大"次序的变动是由于整个战国时期道家思想系统的内在运动及《老子》思想系统自身的逻辑顺序调整造成的。详见丁四新：《郭店楚墓竹简思想研究》，67～68 页，北京，东方出版社，2000。

　　④ 关于"四大"的次序，陈静指出以"道生天地"的立场来看，"道大"打头确实是"于文义为长"，而以"天下有道"的立场来看，"天大"打头亦为合理。详见陈静：《"域中有四大"——从"四大"的不同排序看〈老子〉文本的演进》，载《中国社会科学院研究生院学报》，2015(4)。

　　⑤ 裘锡圭：《郭店〈老子〉简初探》，见陈鼓应主编：《道家文化研究》第十七辑，46 页，北京，生活·读书·新知三联书店，1999。

的问题是今本《老子》的形成经历了一个长期的过程。① 就郭店简而言，裘锡圭之所以认为它不是《老子》的原貌，立足点显然是今本《老子》，而今本《老子》无疑是经过战国、秦汉乃至魏晋人修订或删改而成的。以简文内容来看，许多学者已经注意到甲乙丙三组《老子》存在不同的"主题"，如李零说，甲组《老子》分为上下篇，"上篇有如《道经》，是以论述天道贵虚、贵柔、贵弱为主，……下篇有如《德经》，是以论述'治道无为'，即以'无为'治国用兵取天下为主，似乎是按不同的主题而编录。它们也许就是今本分《道》《德》二经的雏形，或者至少也是类似的编排设想"；乙组《老子》"其内容是讲道德修养，其中第一章是总说，兼叙'道'、'德'；其他八章是分论，则主要讲'德'"；丙组《老子》"其内容，主要是讲治国用兵，前两章述及'道'，后两章述及'德'，主旨是讲'去健羡，绌聪明'之义"。②

对此，也有论者表示了不同意见，如玄华认为"丙组《老子》没有主题，乙组《老子》主题是'修道'，甲组《老子》主题是'修道'与'治国'"，"三组《老子》是性质不同的摘抄本"。③ 关于各组主题的争论也许还会持续下去，但郭店简《老子》甲乙丙三组的主题存在差别，应属无疑议。郭店简《老子》的这种情形，尽管能够说明在战国中后期社会上流传着多种形态的《老子》，但同时也折射出战国时期《老子》一书的主题并非如学者所认为的那样统一、一体。也就是说，"道"作为最高哲学范畴是学者依据今本《老子》得出的结论，而在战国时期，《老子》一书的文本形态显然不同于今本《老子》。

当然，由于材料的限制，我们也不能依据郭店简《老子》甲乙丙三组的形态遽然断定《老子》一书还未形成，因为不但出土竹简的楚墓曾经被盗，而且抄写者的主观目的和实际用途也很难把握。所以，结合郭店简《老子》，我们只能看出《老子》在战国时期文本的复杂性，而不

---

① 池田知久指出郭店简《老子》"是最接近于《老子》原文的文本"，也是"作为形成过程中最古老的文本"，见［日］池田知久：《问道：〈老子〉思想细读》，59页，桂林，广西师范大学出版社，2019。

② 李零：《郭店楚简校读记》，3、21、26页。

③ 玄华：《论郭店竹简〈老子〉性质》，载《江淮论坛》，2011(1)。

便否定当时存在着具有完整内容的《老子》一书。

不过，结合战国时期《老子》文本的复杂性，我们倒可以质疑"道"是否在《老子》中已经最终完成了最高哲学范畴的路途。其中既有最高范畴的表述，也蕴含着最高范畴本身内涵的演进。

第二节 《老子》"道"与最高范畴的称谓

以今本《老子》来看，"道"的意义十分驳杂，既有本义，又有一般抽象的意义，如"天之道""人之道"等，而且作为这种意义上的"道"在数量上远比作为终极根据的"道"更多。[①] 更为重要的是，单就最高范畴的意义而言，在《老子》中，"道"并非最高范畴的唯一称谓，在"道"之外，还有"大""一"等，而"道"只不过是指称最高范畴的其中之一的称谓，如最为著名的《老子》第 25 章：

> 有物混成，先天地生，寂兮寥兮，独立不改，周行而不殆，可以为天下母。吾不知其名，字之曰道，强为之名曰大。大曰逝，逝曰远，远曰反。故道大，天大，地大，王亦大。域中有四大，而王居其一焉。人法地，地法天，天法道，道法自然。

这段文字蕴含的信息很多，《老子》首先描述了最高范畴的特点是"有物混成"，而且是"先天地生"，它的表现是"寂兮寥兮，独立不改，周行而不殆"，但"可以为天下母"，而对于这种最高范畴的名称，作者明言"吾不知其名"。也就是说，在《老子》看来，最高范畴只可描述它的特点和功能，而不能"知其名"。所谓"字之曰道，强为之名曰大"，说明"字之""名之"是不得已而为之，而且最高范畴有一个"字"即"道"，有

---

① 如陈静指出《老子》中有很多论说"天下有道"的内容，而这样的表述是把"道"置于"天"之下的，是一种具有普遍性意味的价值表征，而非"道生天地"的宇宙生成论。详见陈静：《"域中有四大"——从"四大"的不同排序看〈老子〉文本的演进》。

一个"名"即"大"。① 而"名"和"字"在春秋战国时期乃至后世一直都存在区别，至少两者所定的时间、所用的场合不同。《礼记·曲礼》云："男子二十，冠而字。父前，子名；君前，臣名。女子许嫁，笄而字。"《礼记·郊特牲》说"三加弥尊，喻其志也。冠而字之，敬其名也"，《礼记·冠义》说"已冠而字之，成人之道也"，《礼记·檀弓上》也说"幼名，冠字"，孔颖达云："始生三月而始加名，故云幼名也……年二十有为父之道，朋友等类不可复呼其名，故冠而加字。""名"与"字"在指称方面的分工，贯穿于一个人的终生：生时有名，长大称字，且在不同的人面前、不同的场合语境，要有不同的用法，如《礼记·玉藻》云"士于君所言大夫，没矣则称谥若字，名士。与大夫言，名士，字大夫"，又《礼记·丧大记》云"凡复，男子称名，妇人称字"，于此"名""字"与丧礼、"谥"联系在一起，不仅贯穿于人生的始终，还直接影响到死后的指称。当然，与礼文规定的相比，《老子》所说的"字""名"显然不必如此严格，但它用不同的"字""名"称谓最高范畴，至少说明最高范畴的指称不仅仅只有"道"。第25章的内容在郭店简甲组也存在，但如前所言，简文将"道大"列于"地大"之后、"王亦大"之前，这并非如学者所言的错置，② 结合礼文"字"和"名"的使用情况，郭店简甲组的顺序也许正暗含着早期《老子》文本对"道"的真实定位。

在《老子》看来，最高范畴是无法用语言表达的，所以它说"道可道，非常道。名可名，非常名""道常无名"，这种对"常道""常名"的屡次强调，无疑是在告诉我们最高范畴的指称是无法确定的，而一旦确定，它便不是"常道""常名"，进而也取消了其作为最高范畴的地位。这也是《老子》对最高范畴的描述总是具有一种深远缥缈、恍惚幽妙的原因，如今本《老子》第14章云：

> 视之不见名曰夷，听之不闻名曰希，抟之不得名曰微，此三

① 池田知久指出"强为之名曰大"与第15章"强为之容"大体是相同的意思，以描述道的不可把握性，而"大"为"道"的假称、形容，见〔日〕池田知久：《问道：〈老子〉思想细读》，101、111页。

② 参见陈静：《"域中有四大"——从"四大"的不同排序看〈老子〉文本的演进》。

者不可致诘，故混而为一。其上不皦，其下不昧，绳绳不可名，复归于无物。是谓无状之状，无物之象，是谓惚恍。迎之不见其首，随之不见其后。执古之道，以御今之有。能知古始，是谓道纪。

其中"道纪"，陈鼓应认为是"道"的纲纪，[①] 这应是最高范畴在人事或治道上的表现，因为掌握"道纪"，是以"能知古始"为前提。所谓"执古之道，以御今之有"，显然也是最高范畴给予治道的启示，即如王弼所云："虽今古不同，时移俗易，故莫不由乎此以成其治者也。故可执古之道以御今之有。"[②] 而在治道之上的最高范畴，要么诸如"视之不见"之"夷"、"听之不闻"之"希"、"抟之不得"之"微"，要么是"其上不皦，其下不昧，绳绳不可名"，而"复归于无物"，进而成为"无状之状，无物之象"的"惚恍"。

在《老子》中像这样描述最高范畴特征的句子还有很多，如第 15 章"古之善为士者，微妙玄通，深不可识。夫唯不可识，故强为之容。豫焉若冬涉川，犹兮若畏四邻，俨兮其若容，涣兮若冰之将释，敦兮其若朴，旷兮其若谷，混兮其若浊"。这些诸多的"若"还可以列举更多，作者使用这种"譬喻"显然是对最高范畴所具特征的一种具体化描述。其他如第 21 章"孔德之容，惟道是从。道之为物，惟恍惟惚。惚兮恍兮，其中有象；恍兮惚兮，其中有物。窈兮冥兮，其中有精；其精甚真，其中有信"、第 35 章"道之出口，淡乎其无味，视之不足见，听之不足闻，用之不足既"等，都可以看出作者力求通过具体化、具象化的描述将最高范畴告知于人的努力。于此，"恍惚（惚恍）"是作者对最高范畴的另一种勉强描状。另外，池田知久认为《老子》第 35 章"执大象，天下往"表现出"大象（道）—天下（万物）"这一主宰—被主宰关系的形而上学、存在论[③]，据此，"大象"是作者对最高范畴的又一称谓。

当然，与"恍惚（惚恍）""大象"的描述性名称相比，《老子》更喜欢用"一"来表示最高范畴，如第 39 章云："昔之得一者，天得一以清，

① 陈鼓应注译：《老子今注今译》，127 页，北京，商务印书馆，2003。
② 楼宇烈校释：《老子道德经注校释》，32 页，北京，中华书局，2008。
③ ［日］池田知久：《问道:〈老子〉思想细读》，98 页。

地得一以宁，神得一以灵，谷得一以盈，万物得一以生，侯王得一以为天下贞，其致之。天无以清将恐裂，地无以宁将恐废，神无以灵将恐歇，谷无以盈将恐竭，万物无以生将恐灭，侯王无以贵高将恐蹶。"对于"一"的功能，王弼云："一，数之始而物之极也。各是一物之生，所以为主也。物皆各得此一以成，既成而舍（一）以居成，居成则失其母，故皆裂、发、歇、竭、灭、蹶也。"①王弼将"一"视为"数之始"，应该与第42章的"道生一，一生二，二生三，三生万物"相关。

然而，第42章的这一句见于马王堆帛书乙本（甲本残损），可追溯于北齐出土的项羽妾冢本《老子》，而不见于郭店简《老子》。与这一现象不同，今本《老子》的第39、40、41、44、45、46、48章却见于简文，此种情形也许正暗含着第42章属于后人添加；而且这种单一线索的宇宙生成方式，与战国前期的思想观念极为不符，却与《系辞》的宇宙生成思维相类似（后文详论）。所以，"一"在第39章中与其说是"数之始"，不如说是"物之极"，因为它指向的是宇宙的本源，即《老子》哲学的最高范畴。也就是说，"一"与"道""大"一样在《老子》中都具有最高范畴的地位，这一点我们可以从第10章"载营魄抱一，能无离乎"、第14章"混而为一"、第22章"圣人抱一，为天下式"等得到证明。结合《老子》对最高范畴指称的多样性，我们显然不能遽然判定"道"在《老子》中已经最终完成了成为最高范畴的过程。

以上这些还仅仅局限于今本《老子》一书给我们透露的信息，如果我们就此开阔视野，便会发现其他相关出土文献、传世文献的信息也能说明这一点。

第三节　战国知识界对最高范畴的选择

郭店简《太一生水》与丙组《老子》同抄一卷，这似乎暗示着它与《老子》、至少与丙组《老子》存在密切关系。但正如李零所指出的那样，

---

① 楼宇烈校释：《老子道德经注校释》，106 页。

"丙组简文，其内容是讲治国用兵，不但不讲宇宙生成，就连一般论
'道'的内容也没有"，为此李零认为"我们不能说，它是对简本《老子》
的解说"，"更不能说，它是对《老子》丙组的解说。《太一生水》和丙组
同抄，也许只是偶然，而并不一定有内容上的联系"。① 也许李零的观
点还值得商榷，但《太一生水》具有独立的学说体系，应无疑议。周耿
认为，《太一生水》中的"太一"是把《老子》中的"大"与"一"合成"太一"，
以此作为"道"的代名词，来形容"道"的广大而又独一无二。② 这一论
断比较强调《老子》与《太一生水》的密切关系，在解释"太一"的来源上
无疑具有启发性。但限定于《太一生水》，其中的"太一"显然又与"道"
存在区别：太一是生成万物的本源，是宇宙的根本，而"道"的地位和
性质则较为复杂。简文说："道亦其字也，青昏其名。以道从事者，必
托其名，故事成而身长。圣人之从事也，亦托其名，故功成而身不
伤。"其中有"字""名"的"其"，许多学者认为指在此之前的"天地"，③
而"天地"的生成是"大一生水，水反辅大一，是以成天。天反辅大一，
是以成地"的结果。其中"大一"即"太一"④，也就是说，"太一"由"水"
的辅助而生成"天"，进而又生成"地"，而"道"是"天地"之"字"，显然
在《太一生水》中"道"是"太一"的从属范畴，它的地位低于"太一"，而
与"青昏"相等。⑤ 所以，《太一生水》中的"太一"是最高的哲学范畴，
在性质和地位上，"太一"固然可以与《老子》中的最高范畴"道"相等，
但它同时也与"大""一"等其他最高范畴的指称相等。

也就是说，与《老子》对最高范畴称谓的多样性相比，《太一生水》
对最高范畴的称谓是唯一的，即"太一"，而"道"反而在"太一"之下，

---

① 李零：《郭店楚简校读记》，41 页。
② 周耿：《论〈太一生水〉是对老子"道物二元论"的解释》，载《福建论坛》，2009(10)。
③ 李零：《郭店楚简校读记》，39 页。
④ 李零：《郭店楚简校读记》，42 页。
⑤ 王中江指出"道"在《太一生水》中的地位"显然不像在《老子》那里突出"，见王中江：
《简帛文明与古代思想世界》，32 页，北京，北京大学出版社，2011。曹峰认为《太一生水》中
的"道"指的是"天道"，其原理在于"天道贵弱"，见曹峰：《近年出土黄老思想文献研究》，
379 页，北京，中国社会科学出版社，2015。如此，《太一生水》之"道"被限定于"天""人"的
具体对象，因此已不具有最高范畴的性质。

它们之间还隔着"水""天""地",而与"青昏"相等。这种情形至少表明《太一生水》的作者在力求把"太一""道""青昏"等范畴梳理出一条明晰线索,即力求把它们的地位及性质加以固定化,这种心理诉求的结果便是把"太一"当作宇宙的根源,而把"道"当作"太一"的从属概念。也就是说,《太一生水》的作者经过一番比对,最终抬高了"太一"的地位,而降低了"道"的位置。

《太一生水》的这种做法不能说是对《老子》的"反叛",因为不但在《老子》中最高范畴的称谓是多样的,而且在战国时期本身就有一部分学者认为"太一"就是《老子》哲学的最高范畴,如《庄子·天下》云"关尹老聃闻其风而悦之,建之以常无有,主之以太一",成玄英云:"太者广大之名,一以不二为称。言大道旷荡,无ο不制围,括囊万有,通而为一,故谓之太一也。"①王中江也说"'太一'的意思是'至一',或者是'至高无上的一'",《太一生水》的"太一"应该是在《老子》的"一"影响下产生的。② 从这一点来看,《太一生水》提升"太一"的地位无疑也是《老子》哲学思想的延续。当然《庄子·天下》形成于战国末年,那时的"太一"已经与"道"混同,而不像《太一生水》这样分出明显的层次。于此,我们可以推断在战国中前期的知识界,甚至是被后世认为属于先秦道家思想的文本,对最高范畴的称谓并没有固定:最高范畴可以被称为"道",也可被称为"太(大)""一""太一",更可以只对它进行模糊性称谓。

由此,"道"成为最高范畴的路途,其背后存在着是一个思想学说交锋的过程,这种交锋的直接表现便是"道""一""太一"以及其他描述性称谓的并存。比如上博简《恒先》在描述宇宙生成的过程时说:

> 恒先无有,朴、静、虚。朴、大朴,静、大静,虚、大虚。自厌,不自忍;或作。有或焉有气,有气焉有有,有有焉有始,

---

① （清）郭庆藩撰:《庄子集释》,1094 页,北京,中华书局,1961。
② 王中江:《简帛文明与古代思想世界》,36 页。

有始焉有往者。①

裴锡圭、庞朴认为其中的"恒先"应是"极先",王中江认为"恒"没有必要隶定为"极",因为"恒"是先秦哲学的常用字。② 其实无论隶定为何字,毋庸置疑的是,在《恒先》之中"恒"为宇宙生成的本源,也是简文作者对最高范畴的指称。③ 这一点同样是学者普遍将"恒先"视为"道"的原因,然而我们不能忽略,在对最高范畴的指称方面,"恒先"("恒")固然可以等同于"道",但作者却没有用"道",而选择了"恒先"。所以,《太一生水》《恒先》等文献的问世,足以说明继《老子》而起的道家学者,对最高范畴的称谓仍没有统一,即"道"固然可以称谓最高范畴,但称谓最高范畴却不一定用"道",甚至有时"道"还处于次一级的哲学范畴。质言之,在最高范畴的称谓方面,战国知识界乃至道家学派的文本都存在着潜在的"竞争",即"道"与"一""太一""恒先"等称谓出现并存的现象。

其实,如果细致梳理传世的先秦诸子文献就会发现,知识界对最高范畴称谓的多样性随处可见。如《庄子》用"至道之精,窈窈冥冥;至道之极,昏昏默默"(《在宥》)来描述最高的"道"的特点,并说"道,物之极"(《则阳》),在《大宗师》中更明确地说:"夫道有情有信,无为无形;可传而不可受,可得而不可见;自本自根,未有天地,自古以固存;神鬼神帝,生天生地;在太极之先而不为高,在六极之下而不为深,先天地生而不为久,长于上古而不为老。"显然,在这些文本中"道"是宇宙的本源,是生养天地万物之本,而且它是"自本自根""自古以固存","道"具有如此的属性无疑是当作最高范畴来使用的。然而,在《庄子》的其他篇章,庄子学派又用"泰初""太一""太清""太宁"来指称这一最高范畴,如《徐无鬼》云"知大一,知大阴,知大目,知大均,

---

① 庞朴:《〈恒先〉试读》,见姜广辉主编:《中国古代思想史研究通讯》(第二辑),22页,北京,中国社会科学院历史研究所思想史研究室,2004。

② 王中江:《简帛文明与古代思想世界》,58~59页。

③ 白奚指出《恒先》对最高概念进行哲学规定时使用"恒",而描述宇宙万物生成的起点时使用"或",并认为"恒"和"或"是二位一体的,见白奚:《"或""或使"及其宇宙论模式——兼论〈恒先〉的成文年代》,载《哲学研究》,2019(8)。

知大方，知大信，知大定，至矣。大一通之，大阴解之，大目视之，大均缘之，大方体之，大信稽之，大定持之"，《列御寇》"小夫之知，不离苞苴竿牍，敝精神乎蹇浅，而欲兼济道物，太一形虚。若是者，迷惑于宇宙，形累不知太初""水流乎无形，发泄乎太清。悲哉乎！汝为知在毫毛，而不知太宁"等。这一现象的出现，我们固然可以使用《庄子》不同文章具有不同的作者而不同的作者又具有概念使用的偏好加以理解，但不同作者同属于庄子学派而采用不同的词语称谓最高范畴，本身就说明最高范畴的称谓并未达成一致。①

在道家之外，儒家、名家、杂家等也常提到"太一"，他们有把"太一"当作最高范畴的，如《礼记·礼运》"是故夫礼，必本于大一，分而为天地，转而为阴阳，变而为四时，列而为鬼神"，《荀子·礼论》"贵本之谓文，亲用之谓理，两者合而成文，以归大一，夫是之谓大隆"，《吕氏春秋·大乐》"音乐之所由来者远矣，生于度量，本于太一。太一出两仪，两仪出阴阳。阴阳变化，一上一下，合而成章。浑浑沌沌，离则复合，合则复离，是谓天常""万物所出，造于太一，化于阴阳""道也者，至精也，不可为形，不可为名，强为之谓之太一"，《吕氏春秋·勿躬》"是故圣王之德，融乎若月之始出，极烛六合而无所穷屈；昭乎若日之光，变化万物而无所不行。神合乎太一，生无所屈，而意不可障；精通乎鬼神，深微玄妙，而莫见其形"等。至于名家则将"大一"直接用于辩论主题，如惠施云"至大无外，谓之大一；至小无内，谓之小一"（《庄子·天下》），这种"大一"尽管是与"小一"相比，但他能用"大一"指称"至大无外"的状态，显然不是出于偶然随意所为。

于此，战国知识界对"太一"的运用可谓五花八门，这种现象也许正是"太一"作为最高范畴在知识界的延伸或变体。除了"太一""恒先"，知识界还用"一"指称最高范畴，如《庄子·庚桑楚》借老子之口说"卫生之经，能抱一乎？能勿失乎"，《庄子·天下》"圣有所生，王有所成，皆原于一"，这是道家庄子学派中的"一"；《吕氏春秋·论人》"知精则

---

① 另外，曹峰指出道家称谓天下万物的创生者，还有"物物者""无""不生者""不化者"等名称，见曹峰：《万物生成：早期道家的四种推论》，载《南国学术》，2020(4)。

知神，知神之谓得一。凡彼万形，得一后成。故知一，则应物变化，阔大渊深，不可测也"，《为欲》"圣王执一，四夷皆至者，其此之谓也。执一者至贵也，至贵者无敌"，这是杂家的"一"。

以这些文献形成的时间来看，相对于《老子》《庄子·内篇》，《荀子》《吕氏春秋》以及《庄子》外杂篇是战国晚期的文本，它们对最高范畴的多样性表述应是战国中前期知识界思想的延续、模仿和映照。① 总的来看，这些"太一""一"在诸子文献中频繁出现的事实，说明"道"在先秦时期走向最高范畴的过程中，存在着较为复杂的思想交锋和概念并存的时段。②

第四节 知识界的转变与"道"的统摄

毋庸置疑，与"太一""恒先"相比，在后人看来，"道"作为最高范畴的指称是最为普遍和常见的，也最为后世知识界所熟知。因此，这也正是学界总是把"太一""恒先"等概念等同于"道"的外在原因。于此便产生一个疑问：既然"道"与"太一""恒先"等概念都指称着最高范畴，那么包括道家在内的知识界为什么最终选择了"道"，而"遗弃"了"太一""恒先"等话语？要回答这一问题，也许需要进一步延展视野联系至两汉以及魏晋时代学者对道论的解释和阐发，但限定于先秦时期，首先应该关注的是战国中后期知识界的状况。

---

① 与战国中前期相比，这些后期的文本在使用最高范畴时有些已表现出较为明确的层级性，如《吕氏春秋·大乐》云"道也者，至精也，不可为形，不可为名，强为之谓之太一"，其中"太一"已成为"道"之"名"。这说明在战国晚期，作为最高范畴的"道"渐趋统摄了其他称谓。

② 结合《庄子·则阳》、《管子·白心》、上博简《恒先》，白奚认为《恒先》、接子的"或"也指称最高范畴，进而指出在"道"论流传的早期阶段，还并行着诸如《恒先》《太一生水》等关于宇宙起源的解释系统，见白奚：《"或""或使"及其宇宙论模式——兼论〈恒先〉的成文年代》。显然，这一分析也说明了"道"作为最高范畴的确立，并非从一开始就是如此。

　　战国知识界对"道"使用的转变固然可以从《庄子》的"道"论入手①，但作为对当时知识界普遍认知的测量，还应以道家之外的士人作为基准显得更为客观，于此孟子、荀子的"道"论便进入我们的视野。孟子生活于战国中期，他经常谈论"道"，且提倡"尊德乐道"。然而，这种"道"应是对孔子、曾子、子思等人"任道而行"观念的直接继承，是具有伦理意义的"道"，而不是宇宙本源意义上的"道"。在孟子的观念中，"道"不但没有上升到宇宙本源意义的最高范畴，反而成"浩然之气"的一种属性，所以他说"其为气也，配义与道"（《孟子·公孙丑上》）。

　　然而到了荀子，尽管他一再强调"道者，非天之道，非地之道，人之所以道也，君子之所道也"（《荀子·儒效》），但"道"在《荀子》中显然已是宇宙的最高范畴，于此，他才会说"万物为道一偏，一物为万物一偏"（《荀子·天论》）、"大道者，所以变化遂成万物也"（《荀子·哀公》）。正如张岱年所指出的那样，荀子之"道是万物变化遂成的所以然，也即是万物的普遍规律"②。更为重要的是，荀子认为"一"是得"道"、"知道"的关键途径，其云"此其道出乎一。曷谓一？曰：执神而固"（《荀子·儒效》），又云"人何以知道？曰：心。心何以知？曰：虚壹而静"（《荀子·解蔽》）。这里的"一""壹"也许还存在多种解读，但限定于战国知识界对"一"的使用以及与"道"的关联，荀子的这些论说显然表现出"道"对"一"的统摄，而"一"（"壹"）成为"知道""精于道"的具体方式和途径。如此看来，荀子对"道"的使用和认识不但已追溯至哲学的最高范畴，而且也在尽力明确它与其他概念的层级，这一点显然不同于孟子。

　　孟子与荀子虽然同为儒家，但他们对"道"的性质与地位已有鲜明

---

　　① 与《老子》相比，《庄子》较为明确地提出"道生天地"。参见陈静：《"域中有四大"——从"四大"的不同排序看〈老子〉文本的演进》。但如前所言，《庄子》使用的最高范畴仍然具有多样性，即最高范畴的称谓在《庄子》中并未统一。

　　② 张岱年：《张岱年全集》第四卷，479页，石家庄，河北人民出版社，1996。另外，成中英认为荀子的"中悬衡焉"，其中"'衡'即荀子所言的'道'，在这个意义上，'道'具有组织事物与整合事物使之有序化这两个基本功能"，这一意义上的"道"尽管可以从"认识论和道德层面来理解"，但无疑也具有本体论和宇宙论的含义，见成中英、刘雪飞、赵谦：《荀子：统摄天人之道的系统哲学家》，载《齐鲁学刊》，2018(1)。

的区别,孟荀的这种变化,固然存在着个体对儒家学说不同理解的原因,但更与他们所面对的知识界的变化存在必然的关系:孟子时代,知识界对最高范畴的使用还呈多样化趋势,即孟子还处于知识界对"道"使用的竞争阶段,当然这种竞争更多的是学派理念之间的交锋,由此波及于最高范畴的称谓方面则呈多样化的状态,也就是说"道"在孟子时代正无意或有意地与其他概念处于激烈的"竞争"阶段;而到了荀子时代,这种竞争尽管还时有表现,但其强度和广度已经大大降低,整个知识界开始总结、反思、糅合前一时代讨论的成果。于此出现了许多总结性、反思性文章,如《庄子·天下》《荀子·非十二子》《韩非子·显学》等。尽管这一时期诸子学派仍然表现出辩论的姿态[①],但知识界反思和综合的趋势已无法避免,这一趋势反映于最高范畴称谓的使用上则是"道"逐渐定于一尊,即使采用"一""太一"等也时常被视为"道"的代名词。

也正是因为知识界的这一趋势,相对于郭店简《老子》而言,前述所说的马王堆帛书本《老子》"道大"位于"天大"之前的排序,[②] 突出了"道"对天地万物的统摄地位。

与"道大"置于"天大"之前的隐含做法或具有争议的含义相比[③],今本《老子》第 42 章"道生一,一生二,二生三,三生万物"单线生成次序的形成时间,更能说明"道"作为最高范畴已趋于统一。如前所言,这一宇宙生成次序不见于郭店简,但是,郭店简无此句,似乎也并不足以说明早期《老子》无此句。这就需要结合郭店简《老子》以及今本《老子》的上下文语境、章节的主题旨趣来加以辨析。池田知久指出"在本

---

① 如荀子所说的"君子必辩"等。

② 关于《老子》"四大次序"的衍生过程,可参见陈静:《"域中有四大"——从"四大"的不同排序看〈老子〉文本的演进》;丁四新:《郭店楚墓竹简思想研究》,67~68 页。

③ 王中江指出"域中有四大",把"道"视为其一,与天地人并列,且把"自然"看得高于"道",讲"道法自然",这些与"道的形上性格不太融洽",见王中江:《道家学说的观念史研究》,86 页,北京,中华书局,2015。刘笑敢指出:"'四大'层层递进,逐级上升,取法于更大更高的概念,最后就是'自然',这样自然就被推到了最高的位置。"见刘笑敢:《"自然"的蜕变:从〈老子〉到〈论衡〉》,载《哲学研究》,2020(10)。由此,"道大""道法自然"之"道"是否具有根源性,还存争议。

章全文中的目的，并不是关注万物生成论本身而加以叙述，而是想要证明，'道之动''道之用'的'反''弱'，及其同类的不被世间人所喜好的负面价值的'无'，实际上反而才是'生出万物'的多产性的正面价值之实在"①。如此，"道生一"的宇宙生成论反而与整章的文义不相联属，而是"天下之所恶"以下的文字出现了错简。②

更为重要的是，从郭店简《老子》文本内容来看，此句不见于郭店简，不像是抄写者有意的忽略。因为在马王堆汉墓帛书《老子》乙本（甲本残损）中，此句与"反者，道之动；弱者，道之用。天下之物生于有，有生于无"即今本第 40 章的内容抄写在一起，而后者则全部出现于郭店简《老子》甲本；对于突出"修道"主题的《老子》甲本而言③，如果抄写者依据的底本原来就有"道生一，一生二，二生三，三生万物"的内容，不但不会忽略，反而会以饱满的热情加以抄写、载录。然而，郭店简《老子》却没有这样的内容，这一现象只能说明"道生一，一生二，二生三，三生万物"的衍生次序是后起的。

从马王堆帛书《老子》乙本情况，池田知久推测这一万物生成论"是到了西汉初期才增写的内容"④。而根据源于项羽妾冢的傅奕本《老子》载录此句的事实可以看出，"道生一，一生二，二生三，三生万物"形成的时间应该是战国晚期。这一点除了郭店简的上下文语境、文本主题可以证明，还可以从上博简《凡物流行》的内容加以证明。

第五节 "道"成为最高范畴的路途与理据

上博简《凡物流行》有"闻之曰：一生两，两生三，三生四，四成

---

① ［日］池田知久：《问道：〈老子〉思想细读》，121 页。
② 关于"天下之所恶"的错简、文义不相属，详见陈鼓应：《老子注译及评介》，236 页，北京，中华书局，1984。
③ 玄华：《论郭店竹简〈老子〉性质》。
④ ［日］池田知久：《问道：〈老子〉思想细读》，119 页。

结"一句①，论者结合《老子》第 42 章的"道生一，一生二，二生三，三生万物"，多认为是《凡物流行》引用了《老子》。② 这一判断显然是以《老子》成书较早为前提的，然而如前所言结合全章主题、上下文语境可判定，《老子》的早期文本并没有出现这一句。从《凡物流形》的文本层次来看，作者引用"闻之曰"的内容是为了证明"是故有一，天下无不有顺；无一，天下亦无一有顺"，显然，"一"才是作者着力强调的对象，而不是"道"。也就是说，与"道生一"突出"道"的本源性相比，"一生两"注重的是"一"，这也是它随后言说"有一""无一"的基本前提。

所以，《凡物流形》的"一生两，两生三"等字句，并非引自"道生一，一生二，二生三"。从《凡物流形》标明此句是来源于"闻之曰"的内容来看，"一生两，两生三"的衍生观念此时已开始传播，③ 并在其后被传承《老子》的道家学者所采用、吸纳，并加以改编、提升，于此"道生一，一生二，二生三，三生万物"单线衍生的宇宙生成次序正式形成。如果将《老子》与《凡物流形》再细致加以比较，也能证明这一点：在《凡物流形》中"一"是衍生的起点，"四"是由少到多的关键，这一衍生次序虽然有助于强调"一"的根源性，但由"四"走向质变的原因却让人难以把握。如果"四"仅仅指数量，那么从"一"到"四"的衍生次序显得太为单薄、平面，进而也有损于"一"作为本源的性质；而在《老子》中，"道生一，一生二，二生三，三生万物"不但强调了"道"的创生本源性质，而且也凸显出"三"成为由少到多的关键点④，于此从"道"到"万物"的宇宙生成次序在得以简化、精炼的同时，其含义更走向确定

---

① 引自曹峰：《上博楚简〈凡物流形〉的文本结构与思想特征》，载《清华大学学报》，2010(1)。

② 秦桦林：《从楚简〈凡物流形〉看〈象传〉的成书年代》，载《周易研究》，2009(5)。

③ 池田知久认为"道生一"的生成序列，与《庄子·齐物论》"一与言为二，二与一为三。自此以往，巧历不能得"的文句相关。详见［日］池田知久：《问道：〈老子〉思想细读》，120页。以《凡物流形》与《庄子·齐物论》的言说旨向对比而言，"道生一"的宇宙生成论显然与《凡物流形》更为接近。

④ 王弼注云"三"是"从无之有，数尽乎斯"。见楼宇烈校释：《老子道德经注校释》，117页。其具体意义也许还可讨论，但"三生万物"可以说明"三"是转变的关键点。

和明晰。另外，从前述宇宙最高范畴的称谓来看，对"一"的强调也早于"道"对"一"的统摄。所以，结合这些信息，可以判定：《老子》中的"道生一，一生二，二生三，三生万物"的宇宙生成序列，正是在《凡物流形》"一生两，两生三，三生四，四成结"的基础上得以形成的。

据上博简的整理者所言，《凡物流行》的形成时代"早于屈原时代的楚辞"[①]，大致在公元前300年之前，那么"道生一，一生二，二生三，三生万物"的形成应在此时间点之后。这一形成时间也正与《老子》文本的定型、相对稳定相一致。[②] 如此，"道生一"的形成[③]，不但能够证明战国晚期是作为最高范畴的"道"逐渐统摄其他称谓的阶段，也可说明在"道"走向统摄其他最高范畴的路途中，《老子》一书也得以丰富和定型。[④]

"道"对其他最高范畴称谓的统摄，也表现于《易传·系辞》，其云"易有太极，太极生两仪，两仪生四象，四象生八卦"，其中"太极"释义多样。如前引《吕氏春秋·大乐》所说"出两仪"者应为"太一"，另外还有"北辰""乾坤""气"之说，观点不一，[⑤] 但一般都认为"太极"即"宇宙之本体也"[⑥]。结合阴阳爻位的转换关系，陈居渊指出"易有太极"的含义即"易有变通"或"易为变通"。[⑦] 于此，《系辞》所展示的宇宙生成论的最高范畴已不是"太极"，而是"道"，这一点也正与《系辞》所说的

---

① 马承源主编：《上海博物馆藏战国楚竹书（七）》，222页。
② 结合现存出土《老子》的文本内容，韩巍指出《老子》的"经典化"及其文本的相对固定，是在战国晚期完成的，而其后在西汉时期的变化很有限。参见韩巍：《西汉竹书〈老子〉的文本特征和学术价值》，见北京大学出土文献研究所编：《北京大学藏西汉竹书（二）》，224页，上海，上海古籍出版社，2012。
③ 除了《老子》"道生一"之外，"道"对其他称谓的统摄也表现于《管子·白心》、《管子·内业》、《鹖冠子·王铁》、《韩非子·解老》、马王堆帛书《黄帝四经·道原》等文本中。
④ 如尹振环指出，与郭店简本《老子》相比，马王堆帛书本《老子》讲权术的内容大大增多，见尹振环：《重识老子与〈老子〉——其人其书其术其演变》，36页，北京，商务印书馆，2008）。
⑤ 参见刘大均、林忠军：《易传全译》，102页，成都，巴蜀书社，2005。
⑥ 高亨：《周易大传今注》，538页，济南，齐鲁书社，1983。
⑦ 陈居渊：《"易有太极"义新论》，载《中国哲学史》，2019(5)。

"一阴一阳之谓道。继之者善也，成之者性也"若合符契。① 根据《系辞》成篇于战国后期至战国末年的时间段来看②，《系辞》将"阴阳变易"之"道"视为最高范畴，正是"道"在众多最高范畴中胜出的重要标志；同时，作为最高范畴的"道"，也因为受到易学的认可进而又渐趋统摄其他最高范畴的称谓，以至"道"在后世成为中国哲学确定无疑的最高范畴。③

同时，在众多的最高范畴中，"道"最终胜出的理论原因也很值得重视。如前所言，"一"往往被认为是"道"的同义词，《老子》第 39 章的 7 个"一"就是"道"。④ 从内涵上来看，其中的"一"都可以用"道"来替换，但文本作者并没有使用"道"，而使用了"一"。相似的现象也见于《老子》第 10 章"载营魄抱一"、第 22 章"圣人抱一为天下式"以及第 14 章"混而为一"，其中第 14 章"为一"之下，马王堆帛书甲乙本、傅奕本均有"一者"作主语。"一"的这一宇宙根源的性质也见于上博简《凡物流形》、马王堆帛书《黄帝四经·道原》、《管子·内业》等，这些现象在展现最高范畴多样性的同时，也折射出"一"与"道"的显著区别。如《庄子·齐物论》"天地与我并生，而万物与我为一""道通为一""复通为一""知通为一"，在"一"立场上往往只能解释为齐同、齐等、齐一，即如同郭象所云"举纵横好丑，恢恑憰怪，各然其所然，各可其所可，则理虽万殊而性同得，故曰道通为一也"⑤；而在"道"的立场上则可阐释为"通物"，如同《鹖冠子·王鈇》所言"道者，开物者也""道者，通物者

① 阴阳之相易与"道"之间的对应关系，从元明学者的解读中也可得到证明，如元代吴澄（1249—1333）云"易有太极，谓一阴一阳之相易"，明代蔡清（1453—1508）云"易有太极者，阴阳之变；太极者，阴阳之所以变者也"，其后的高攀龙（1562—1626）也说："盖即易为太极，非太极在易之先也。道在，故妙于变通。"

② 关于《系辞》的成篇时间，朱伯崑指出《系辞》的上限当在《彖》文和《庄子·大宗师》之后，乃战国后期陆续形成的著述，其下限可断在战国末年，见朱伯崑：《易学哲学史》第一卷，53 页，北京，华夏出版社，1995）。

③ 如两汉及后世学者在注解《老子》或解读宇宙生成序列时"道"作为生养天地万物的最高范畴和终极根据，已十分明确和固定。有关两汉学者注解《老子》"道生天地"的观念可参见陈静：《"域中有四大"——从"四大"的不同排序看〈老子〉文本的演进》。

④ ［日］池田知久：《问道：〈老子〉思想细读》，138 页。

⑤ （清）郭庆藩撰：《庄子集释》，71 页。

也"，呈现的是"道"生成万物，融通万物。① 也就是说，与"道"相比，"一"的含义过于宽泛，使用者难以准确、明晰地表达其所蕴含宇宙本源的性质，而一旦提到它，首先让人联想至"多""繁"，进而提出诸如"以类行杂，以一行万"(《荀子·王制》)的主张。

也许正因为这些缺憾，战国中后期的知识界在使用"一"称谓最高范畴时往往加上"太"，组合成"太一"，② 以呈现其至高无上的性质。但是，"太一"又不免与具有神秘色彩的"太一神"相关联(如《楚辞》之"东皇太一"、《韩非子·饰邪》将"太一"与丰隆、五行、六神并提)，这对于追求理性精神的战国知识界来说，显然又有碍于哲学观念或价值承担的表达。而与此相比，"道"的表述则具有一定的明晰性和范围性③，而且"它不是凝固的，而是发散的"，能够在"历史效应"中不断实现新的"视野融合"。④ 如此，"道"也在诸如"以无为道""以气为道""以理为道""以心为道"的多样阐释中海纳百川，进而成为统摄其他概念的最高范畴。

第六节　黄老刑名之学与"道"的统摄

在战国中后期，知识界着重于对"道"的阐发和使用的中坚力量，便是被我们称为稷下黄老学派的一大批学者，如彭蒙、慎子、尹文子、田骈、接子、环渊、宋钘等人。关于稷下黄老学派的规模，司马迁在

---

① 曹峰：《思想史脉络下的〈齐物论〉——以统一性与差异性关系为重点》，载《中国人民大学学报》，2020(6)。

② 再如荀子为了强调"专一"之"一"，往往使用"壹"，所以他说"不以夫一害此一谓之壹"(《荀子·解蔽》)。荀子的这一做法或多或少地蕴含着使用"一"的无奈和困境。

③ 葛瑞汉指出《老子》常把不可分之物称作'一'"，提到"一"往往让人想到"多"，而"道"尽管为象、为物，但"其自身是不确定的，无法限定"，见［英］葛瑞汉：《论道者：中国古代哲学的论辩》，258 页，北京，中国社会科学出版社，2003。显然，与不可分、混沌状态而又关联至繁多的"一"相比，"道"尽管无法具象地加以限定，但仍然表现出一定的明晰性和范围性。

④ 王中江：《道家学说的观念史研究》，100 页，北京，中华书局，2015。

《史记·田敬仲完世家》中说："宣王喜文学游说之士，自如驺衍、淳于髡、田骈、接予、慎到、环渊之徒七十六人，皆赐列第，为上大夫，不治而议论。是以齐稷下学士复盛，且数百千人。"《战国策·齐一》也说田骈在稷下时"赀养千钟，徒百人"，可见田骈、接予、慎到、环渊等人的背后更有一大批"求学问道"者。正是这一批学者在稷下学宫广收门徒、传授"道"论①，在形成黄老刑名之学的同时，也使作为最高范畴的"道"广播于知识界，进而在战国末期"道"成为知识界公认的终极依据、最高范畴。

除了前述所举事例外，"道"对其他概念的统摄情形，还可从马王堆帛书《黄帝四经·道原》的言说中窥见一斑。②《道原》云"上虚下静而道得其正""抱道执度，天下可一也""夫为一而不化，得道之本"③，"为一""可一"成为"得道""抱道"的途径和方式，即表明"道"对"一"的"收服"。于此，篇章名为"道原"，而"一"则成为"道"的外在表征和重要标识。黄老道家学者对"道"概念的提升和塑造，还表现在对《老子》文本的加工和增饰方面。一个显著的证据便是从战国晚期开始《老子》的文本内容倾向于对统治术即"帝王之术"的强调。如许多学者已经指出，与郭店简本《老子》相比，马王堆帛书本《老子》讲权术的内容大大增多，如"欲擒故纵；国家权道与运行机制，即国之利器不可告人；处理政治危机；万乘之君不可以身轻天下等等"，均是帛书本的新增内容。④ 显然，增加《老子》权术内容的群体应该是黄老道家⑤。除了他们

---

① 如曹峰指出道论是黄老道家的哲学基础，见曹峰：《文本与思想：出土文献所见黄老道家》，50～56页，北京，中国人民大学出版社，2018；王中江也认为黄老学是将法家的法律规范建立在"道"的基础上的，而将"道"又落实到可操作的实际规范上，见王中江：《出土文献与道家新知》，125～126页，北京，中华书局，2015。

② 曹峰结合"道""名""法"的关系认为《黄帝四经》的形成应在战国中晚期，而不会早至战国中期以前，见曹峰：《中国古代"名"的政治思想研究》，178页，上海，上海古籍出版社，2017。

③ 陈鼓应注译：《黄帝四经今注今译——马王堆汉墓出土帛书》，409页，北京，商务印书馆，2007。

④ 尹振环：《重识老子〈老子〉——其人其书其术其演变》，36页。

⑤ 如王中江指出《黄帝四经》"属于黄老学的'统治术'"，这种统治术"指的是政道和统治的原理"，见王中江：《出土文献与道家新知》，110～111页。

提出"道生法"(《黄帝四经》)的观念之外,《老子》文本言辞的改变也能证明这一点。最为典型的例子便是今本《老子》第 19 章的内容:

> 绝圣弃智,民利百倍;绝仁弃义,民复孝慈;绝巧弃利,盗贼无有。

这是王弼本给我们展示的内容,将"圣智""仁义"与"民利""民性"相对立,意在说明"不以美与善累其心矣""而外不以遗其迹",如此则民"复其初""六亲皆和",以至"国家明治"、天下太平。① 王弼本的这一段文字在马王堆帛书甲乙本都有,属于"下篇",其中乙本作:"绝圣弃智,而民利百倍。绝仁弃义,而民复孝慈。绝巧弃利,盗贼无有。"② 与王弼本相比,文字稍有不同但文意完全一致:圣智、仁义、巧利等美善和贤能,是"民利""孝慈"乃至国家大治的反面,所以要"绝""弃",如此才能"民利百倍""民复孝慈""盗贼无有"。也就是说,对于这一章的作者而言,圣智、仁义、巧利与世人的根本需求和美好理想存在着明显的对立,它们只会促使人们争名夺利、巧伪诈起,而不能使人们真正走向幸福、安定,因此实现世间的美好状态,必须"绝圣弃智""绝仁弃义"。

然而,传世本与马王堆帛书本《老子》这种共同的价值观念,在郭店楚简中却表述为:

> 绝智弃辩,民利百倍。绝巧弃利,盗贼无有。绝伪弃诈,民复孝慈。③

与马王堆帛书《老子》相比,两者句式相同、语气相似,均采用"绝弃"的表述、对立的口吻,但是对立的概念则有明显的不同:郭店楚简"绝弃"的对象已不是"智圣""仁义",而是"智辩""伪诈"。也就是说,对于郭店简《老子》来说,它反对的不是"智圣""仁义",而是狡辩、伪诈,

---

① 高明撰:《帛书老子校注》,312 页,北京,中华书局,1996。

② 马王堆帛书甲本文意与乙本相同,文字稍异。详见高明撰:《帛书老子校注》,311～312 页。

③ 李零:《郭店楚简校读记》,4 页。

作者认为只有丢弃了这些，世间才能赢来"民利百倍""民复孝慈"的美好状态。如前所言，郭店简代表着战国早期的《老子》文本①，而传世本、马王堆帛书本乃至源于项羽妾冢的傅奕本则代表着战国晚期的《老子》文本，从战国早期到晚期的文本变化，正展现出《老子》文本的改变、新增和丰富的过程。② 从"绝智弃辩"到"绝圣弃智"、从"绝伪弃诈"到"绝仁弃义"，话语的改变也标志着观念的转移：战国早期的《老子》并不凸显其与儒家观念的区别，所以使用"绝智弃辩""绝伪弃诈"来表达；而战国晚期的《老子》则强调自身观念与儒家主张的区别甚至对立，所以使用"绝圣弃智""绝仁弃义"来展现。而对《老子》这一内容改编的群体，则是黄老刑名学者。

与战国前期的道家学者相比，这些黄老刑名学者拥有更为明确的学派价值理念，他们在高扬"道生法"的同时，也努力凸显着自家学派与被称为"显学"的儒家思想的不同。所以他们将《老子》"绝弃"的对象由"智辩""伪诈"变成了"圣智""仁义"，如此进行加工、改造，自家的学派理念不但得以凸显，更展现出与作为天下"显学"代表的儒家存在着重要的对立，于此黄老刑名学者的价值理念也得以进一步高扬。

随着黄老刑名之学在战国知识界的流传，《老子》文本得以充实、定型，进而最高范畴的称谓也趋于统一，于是"道"成为最具统摄性的最高范畴。关于黄老道家的刑名之学之所以能够播及整个知识界，可以总结出多种原因，如官学的背景、队伍的壮大、声名的远播等，但其中最主要的应是黄老学说指向于对现世政治的直接干预③，如荀子

① 结合古文字与传世文献，裘锡圭指出"简本此句反映原本面貌，今本则为后人添加"，见裘锡圭：《关于〈老子〉的"绝仁弃义"和"绝圣"》，曹峰：《出土文献与儒道关系》，352页，桂林，漓江出版社，2012）。

② 另外，池田知久指出马王堆甲乙本第18章"智慧出，焉有大伪"、今本"智慧出有大伪"是"马王堆《老子》甲本、乙本形成过程中附加上去的"，见〔日〕池田知久：《〈老子〉对于儒学的批判——以郭店〈老子〉第十八章的"仁义"批判为中心》，载《台湾宗教哲学研究社》，2015(53)，曹峰编：《出土文献与儒道关系》，366～367页，桂林，漓江出版社，2012。

③ 曹峰指出在黄老道家政治思想中，"'道'是一元化君主专制体制的法理依据"，君主所把握的"道"是整体的、普遍的、终极的原理，它是"以中央集权为目的的政治思想"，见曹峰：《中国古代"名"的政治思想研究》，138～139页。

说慎到"蔽于法而不知贤"(《解蔽》),并在《非十二子》中较为详细地批评慎到、田骈:"尚法而无法,下修而好作,上则取听于上,下则取从于俗,终日言成文典。"其中的"言成文典"很可能就是依据"道"的理论制定"国法",这一点大致与《吕氏春秋·淫辞》所载"惠子为魏惠王为法"相似。以此来看,稷下黄老学者所谓"文典",即"上则取听于上,下则取从于俗",这正如杨倞所云的"苟顺上下意也"。①

也正是因为这种学术旨向,他们提出"道生法",即治道中的法律政令之所以合法、合理是源于最高范畴的"道",如《管子·心术上》云"法出乎权,权出乎道",《黄帝四经》更明确地说:"道生法。法者,引得失以绳,而明曲直者也。故执道者,生法而弗敢犯也,法立而弗敢废也。故能自引以绳,然后见知天下而不惑矣。"②在这种观念下,黄老道家形成了诸多的文献,如《管子》四篇、《黄帝四经》、《捷子》、《蜎子》、《慎子》等,所以司马迁在《孟荀列传》中说慎到、田骈、接子、环渊等人,"皆学黄老道德之术,因发明序其指意。故慎到著十二论,环渊著上下篇,而田骈、接子皆有所论焉"。

黄老道家对"道生法"的阐释以及《老子》文本的改造,又直接影响到战国末期的韩非,于此韩非便有了《解老》《喻老》等著述,同时提出"道者,万物之所然也,万理之所稽也"(《解老》),以至司马迁在总括韩非的学说时也说他"喜刑名法术之学,而其归本于黄老"(《史记·老子韩非列传》)。总之,经过黄老刑名学者对"道生法"的阐释以及相关的政治实践,"道"在众多的最高范畴中得以胜出,进而成为中国哲学话语体系中最具有标识性的概念。

结合以上论证可知,在先秦时期,知识界对于最高范畴的使用存在着"道"与其他概念并用、并存以至统摄的过程,而这一过程的存在还可以从诸如《太一生水》《恒先》《凡物流形》等文本的出现、湮灭加以证明:这些文章大致形成于孟子生活的战国中期,之所以被抄写进而埋入墓中,极有可能是墓主人生前极为喜欢的文字,所以他们希望在

---

① (清)王先谦撰:《荀子集解》,93页。

② 陈鼓应注译:《黄帝四经今注今译——马王堆汉墓出土帛书》,2页。

另外一个世界继续阅读、体悟这些文字。然而，这些文章却最终没有流传下来成为"传世文献"，而是在两千多年后以出土竹简的形式再次显现于人间。这些出土文本在那个时代的命运也许正说明着，在最高范畴称谓的衍生过程中，"太一""恒先""一"等称谓逐渐边缘化，以至最终"失利"退出了知识界的视域。也正因为这种"失利"，研习、传承此种学说的人数越来越少，进而成为两千多年后的"出土文献"。

　　与《太一生水》《恒先》《凡物流形》等文章的传承渐趋式微相比，知识界对"道"的阐发和使用日以广大，① 由此，作为最高范畴的"道"被广泛接受，进而在战国末期"道"成为知识界普遍使用的最高范畴，而其他概念或消失，或成为"道"的代名词，或被"道"所统摄。经过战国时期的这一衍生路途，"道"也成为中国哲学话语体系中最具有标识性的哲学概念。

---

　　① 　如前所言，在战国知识群体中，着力阐发"道"论的群体应是黄老刑名学者，经过他们的努力，以至战国末年的荀子、韩非子乃至编纂《吕氏春秋》的士人普遍认可"道"是万物生成的最高范畴。

第五章 《太公》文献的形成
与制度根据

在当代社会，提到有关太公的文本，兵书《六韬》为世人所熟知。自山东银雀山、河北定州八角廊出土有与传世文本《六韬》相同的内容以来，学界普遍认为《六韬》应成书于西汉之前。学界已有许多论者结合先秦兵制及其他类似的文本记载认为，《六韬》是基本成型于战国中后期的兵家著作①。其实，兵书《六韬》只是众多太公文献中的一种。《六韬》，又名《太公六韬》，始见于《隋书·经籍志》，同时著录的"太公书籍"还有《太公金匮》《太公兵法》《太公阴谋》《太公枕中记》等，② 而这些书名多不见于《汉书·艺文志》。

第一节 战国时期《太公》文献的形成

班固在《汉书·艺文志》道家类著录"《太公》二百三十七篇。《谋》八十一篇，《言》七十一篇，《兵》八十五篇"，并注云："吕望为周师尚父，本有道者。或有近世又以为太公术者所增加也。"③对于其中的"谋""言""兵"，沈钦韩认为："《谋》者，即《太公阴谋》也，《言》者，即《太

---

① 孔德骐：《六韬浅说》，11页，北京，解放军出版社，1987；徐勇、邵鸿：《〈六韬〉综论》，载《济南大学学报》，2001(1)；徐勇：《〈六韬〉成书时代之我见》，载《中国社会科学报》，2011-03-24；解文超：《先秦兵书研究》，104～107页，上海，上海古籍出版社，2007。
② （唐）魏徵等撰：《隋书》，1013页，北京，中华书局，1974。
③ （汉）班固：《汉书》，1729页。

公金匮》，……《兵》者，即《太公兵法》。"①其实，这种一一对应的指证太过于坐实，并不一定符合"太公书籍"的实际情况，因为从《汉书·艺文志》到《隋书·经籍志》的著录变化情况来看，"太公书籍"在东汉及魏晋南北朝时期应该产生了很大的分化或衍生，进而造成某些太公言辞的分属并非那么泾渭分明，如同样是"武王问尚父"的内容，《群书治要》标明引用自《太公阴谋》，而在马总的《意林》中却标明源自《太公金匮》②。所以，在《汉书·艺文志》之后，数量众多的《太公》文本一定存在较为复杂的分分合合、交错互融的过程。

也正因为如此，一般认为《六韬》就是《汉书·艺文志》所载《太公》文献的一部分，如蒋伯潜《诸子通考》说《六韬》"似为《太公》二百三十七篇中《兵》八十五篇之一部分"③，余嘉锡也认为"太公之《六韬》、《阴谋》、《金匮》等，皆《兵》八十五篇中之子目"④。以此来看，我们将银雀山汉简、定州汉简的相关内容命名为"六韬"是有问题的，因为"六韬"毕竟只是《太公》文本的一部分，而我们之所以这样命名也是基于出土汉简与传世《六韬》的部分内容相同，而就汉简原本所载内容来看，无疑也存在着一部分超出今本《六韬》的内容。于此，汉简《六韬》命名为《太公》更为妥当。

从班固对《太公》的注语可知，汉世流传的《太公》文本，其中不乏"近世又以为太公术者所增加"。除了山东临沂银雀山、河北定州八角廊，湖北江陵张家山汉简中也有《太公》的相关内容。这种情况一方面反映出《太公》在西汉时期是极受欢迎的，流传地域很广；另一方面则说明至少《太公》中的部分文本形成时间较早，因为它在西汉初年就已广泛流传了。如前所言，许多论者已指出《六韬》成书于战国中后期。其实，这一时间判定，也符合《太公》中其他文本所透露出的信息。

为方便讨论，首先来看编写于唐初的《群书治要》所引《太公阴谋》

---

① （清）沈钦韩，尹承：《汉书艺文志疏证》卷二，见王承略，刘心明主编：《二十五史艺文经籍志考补萃编》第二卷，82～83页，北京，清华大学出版社，2011。
② （唐）马总编：《意林》卷一，见《丛书集成初编》271册，3页。
③ 蒋伯潜编著：《诸子通考》，421页，台北，正中书局，1948。
④ 余嘉锡：《四库提要辨证》卷11，589～590页，北京，中华书局，1980。

的内容：

> 武王问尚父曰："五帝之戒可闻乎?"尚父曰："黄帝之时戒曰：吾之居民上也，摇摇恐夕不至朝；尧之居民上，振振如临深川；舜之居民上，兢兢如履薄冰；禹之居民上，栗栗恐不满日；汤之居民上，战战恐不见旦。"王曰："寡人今新并殷，居民上，翼翼惧不敢怠。"①

这段文字是周武王与尚父之间的问对，单从问对结构来看，显然与《六韬》所记极为一致，其中的"王"无论是文王还是武王，均可统称为"王"，而王与太公问对的形式，是《太公》文本的典型特征：问对中的"王"扮演着请教、咨询的角色，而"尚父"承担着解答、指导的功能。具体到这段文字，武王与尚父讨论的话题是"五帝之戒"，对于周武王的提问，尚父依次回答黄帝、尧、舜、禹、汤的行为，重在说明这些帝王位居民上的戒惧心理，以此告诫周武王应该有戒惧之心，不可荒疏懈怠。在这里，五帝的言辞主题是"吾之居民上也，摇摇恐夕不至朝"，黄帝、尧、舜、禹、汤的言辞大致相同，并没有强烈的个性色彩，所表达的戒惧之义也是为人帝王所应该具有的心态。其中《太公阴谋》在马总的《意林》中作《太公金匮》，无论如何，这一段文字属于《太公》是毋庸置疑的。从周武王直接问"五帝之戒"可知，其中出现了"五帝"的称谓，但开出的"五帝"名单却不同于战国后期的普遍说法，继而也没有被司马迁写作《史记·五帝本纪》时所采纳。② 这种现象说明，"武王问尚父"的叙述者，虽然具有排列古代帝王顺序的意识和提出"五帝"名单的心理诉求，但当时的社会还没有形成较为统一的认识。如此，这一文字的形成时间也应是战国后期，与前述判定《六韬》的形成时间较为一致。

值得注意的是，"太公"作为书名在先秦文献中并不多见，以目前可知的文献而论，仅见于《战国策·秦一》苏秦"乃夜发书，陈箧数十，

---

① （唐）魏徵等编撰：《群书治要》，402 页，北京，北京理工大学出版社，2013。
② 参见刘全志《先秦诸子文献的形成》中的有关"百家言黄帝"的分析。

得《太公阴符》之谋，伏而诵之，简练以为揣摩"。其中的"《太公阴符》之谋"，《史记·苏秦列传》作"周书阴符"。据此，朱渊清认为《战国策·魏一》苏秦引"《周书》曰：'绵绵不绝，缦缦奈何？毫毛不拔，将成斧柯。前虑不定，后有大患，将奈之何'"之《周书》，"很可能就是《太公金匮》或《太公阴谋》"。① 另外，《庄子·徐无鬼》女商对徐无鬼说"吾所以说吾君者，横说之则以《诗》、《书》、《礼》、《乐》，从说之则以《金板》、《六弢》"②，《经典释文》引司马彪、崔撰曰："《金版》、《六弢》皆《周书》篇名。"③成玄英疏："本有作韬字者，随字读之，云是太公兵法，谓文武虎豹龙犬六弢也。横，远也；纵，近也。武侯好武而恶文，故以兵法为纵，六经为横也。"④

"金板"对于《太公》文献并不陌生，传世文献多有将太公言辞"著之金版"的说法，如《群书治要》所引《六韬》"文王曰：善，请著之金板"⑤，《文选注》"太公金匮曰：诎一人之下，申万人之上。武王曰：请著金版"⑥。《淮南子·精神训》说"故通许由之意，《金縢》、《豹韬》废矣"，高诱指出："《金縢》《豹韬》，周公太公阴谋图王之书，许由轻天下不受，焉用此书，故曰废矣。"至于"六弢"，《汉书·艺文志》"诸子略"儒家类确有《周史六弢》六篇⑦，颜师古注"即今之《六韬》也"⑧。如此，《庄子·徐无鬼》所提到的《金板》《六弢》便是《太公》的代称，而且属于"周书"的一部分，即后世归属于《太公》的文本在先秦时期曾经

---

① 朱渊清：《〈金人铭〉研究》，见《知识的考古：朱渊清自选集》，298～302页，上海，上海人民出版社，2012。

② （清）郭庆藩撰：《庄子集释》，821页。

③ （唐）陆德明撰：《经典释文》，594页上栏，上海，上海古籍出版社，2012。

④ （清）郭庆藩撰：《庄子集释》，821页。

⑤ （唐）魏徵等编撰：《群书治要》，396页。

⑥ （梁）萧统编：《六臣注文选》卷55《广绝交论》，1012页下栏，北京，中华书局，1987。

⑦ （汉）班固：《汉书》，1725页。

⑧ （汉）班固：《汉书》，1728页。清人沈涛《铜熨斗斋随笔》认为此书与《六韬》不同，并说"六弢"当是"大弢"，《庄子·则阳》仲尼问于太史大弢就是此人。转引（清）姚振宗：《汉书艺文志条理》卷三《诸子略上》，见王承略、刘心明主编：《二十五史艺文经籍志考补萃编》第3卷，166页。

以"周书"的篇名流传于世。这一点,《银雀山汉墓竹简》的整理者也有较为明确的辨析:"太公之书,古亦称周书","敦煌写本《六韬》残卷中有《周志廿八国》一篇,文字与《周书·史记》略同。古书所引《周书》之文,亦颇有与太公之《六韬》、《阴谋》、《金匮》诸书相出入者(参看严可均《全上古三代文》卷七)。《吕氏春秋》所谓'周书'可能即指太公之书"。① 此外,王连龙结合汲冢竹书之《周书》、晋《齐太公吕望表》之《周志》、《五行大义》引《周书》等,认为《六韬》即为晋人在汲冢竹书中发现的《周书》《周志》。②

同样值得关注的是,《大戴礼记·文王官人》似乎是"王"与"太师"的问对,但就内容而言却是"王"自己的独白,"太师"只是一位安静的听众。"王"独白的内容也见于《逸周书·官人解》,但对话的双方变成了"王"与周公,尽管在对话的开始"王"呼"太师"之名。针对这种令人费解的现象,陈逢衡云"按其辞义与《六韬》相似",刘师培说"《治要》所引《六韬》,内言八征、六守,并与此篇多近,疑均上有所本"。③ 如此来看,《逸周书·官人解》《大戴礼记·文王官人》与《太公》文献关系密切。

总的来说,在战国时期《太公》文本往往以"周书"的名称为世人所熟知。通过这一现象,虽然我们不能遽然判定在战国时期"周书"就是《太公》的别名,但我们至少需要思考《太公》与"周书"存在千丝万缕联系的原因是什么。因为,这一问题不但关系到战国社会对《太公》的认识,更关系到《太公》文本的形成过程。

第二节 《太公》文本的话语方式

关于《太公》文本在战国中后期出现的原因,一般认为,与太公生

---

① 银雀山汉墓竹简整理小组编:《银雀山汉墓竹简》壹,124页,北京,文物出版社,1985。
② 王连龙:《〈逸周书〉研究》,34~44页,北京,社会科学文献出版社,2010。
③ 黄怀信等撰:《逸周书汇校集注》,757页,上海,上海古籍出版社,1995。

活于西周初年的历史事实相比，战国中后期的《太公》显然出自依托。但是这些文本的叙述者为什么依托于"太公"，本身就是需要回答的问题。这一点也许可以结合田齐政权或稷下学宫在战国时期的作为，还可以用太公尚书与齐国的历史关系加以解答。① 但如此不但需要回答《太公》文本为什么在战国时期时时以"周书"的面目出现，而且还要回答为什么《太公》文本内容的传播远超出齐国的地域。所以，在追溯《太公》文本形成的原因时，仅仅将之归结为田齐政权的作为或齐国历史的关联，是远远不够的。

以现存《太公》文本内容来看，《太公》是以太公与文王、武王的问对贯穿全篇的，即太公与文武二王的问对是《太公》文本的框架结构。在《太公》文本之外，文王与太公的问对目前我们很难找到②，但却存在武王与太公的问对内容，即《大戴礼记·武王践阼》。换言之，周武王与尚父的问对并不仅仅见于《太公》，类似的对话也出现于《大戴礼记·武王践阼》和上博简《武王践阼》。《大戴礼记·武王践阼》记载：

> 武王践阼，三日，召士大夫而问焉，曰："恶有藏之约、行之行，万世可以为子孙恒者乎？"诸大夫对曰："未得闻也。"然后召师尚父而问焉，曰："昔黄帝、颛顼之道存乎意？③ 亦忽不可得见与？"师尚父曰："在丹书。王欲闻之，则齐矣。"④

这一段文字是周武王与师尚父问对的开端，即周武王想听一听简约扼要而又能传之后世子孙的言辞，在向士大夫询问而得不到答案之后，又请教于师尚父。与向士大夫询问不同的是，周武王这一次明确地说自己想听的是"黄帝、颛顼之道"，同时他也表示怀疑世上是否有这样

---

① 孔德骐：《六韬浅说》，11 页；徐勇、邵鸿：《〈六韬〉综论》；徐勇：《〈六韬〉成书时代之我见》；解志超：《先秦兵书研究》，104～107 页。

② 《逸周书·官人解》《大戴礼记·文王官人》其中虽有"太师"，但一是"王"与周公的问对，另一是"王"的独白，并未见"王"与尚父的真正问对。

③ 这里的"黄帝、颛顼之道"，孔广森《大戴礼记补注》说此句"唐本有昔字无黄字"，即作"帝颛顼之道"。见（清）孔广森撰：《大戴礼记补注》，见（清）阮元、王先谦编：《清经解》，800 页，上海，上海书店出版社，1988。相关辨证详见第三章。

④ （清）王聘珍撰：《大戴礼记解诂》，103 页，北京，中华书局，1983。

的言辞。对于周武王的疑问，太公尚父做出了肯定的回答，但同时也告诉周武王：聆听这些言辞不可随意，要举行斋戒之礼。在这一段文字中，周武王有两次提问，一次是向士大夫，一次是向师尚父。两次提问意思大致相同，但所指却有具体和宽泛之别：第一次提问是要求听到简洁短小而又能传至久远的言辞，但没有指出具体的人名；第二次提问是要求听到"黄帝、颛顼之道"，指出了具体的人名和时代。周武王的这两次提问在上博简《武王践阼》中都存在，但却分布于甲、乙本两处①，而且提问的对象均是"师尚父"，并没有出现《大戴礼记》中的"士大夫"。其中上博简《武王践阼》第 1 简记载周武王的提问是：

> 〔武〕王问于师尚父曰："不知黄帝、颛顼、尧、舜之道存乎？意微茫不可得而睹乎？"②

与《大戴礼记》相比，这一问句多出了两个人名，即周武王要求听一听"黄帝、颛顼、尧、舜之道"，而非传世本中的"黄帝、颛顼之道"。不过，无论是《大戴礼记》还是上博简，它们的记载都与《太公》不同：《太公》不但直接提问为"五帝之戒"，而且还列出"五帝"的名字，即黄帝、尧、舜、禹、汤；而《武王践阼》的三种文本都没有使用"五帝"之名，名单中有颛顼，却没有禹、汤。也就是说，《武王践阼》虽然指出了具体的人名，但并没有使用"五帝"的称谓，人数也不足五人。这种现象说明，《大戴礼记·武王践阼》、上博简《武王践阼》的作者还没有使用"五帝"之名的意识，更没有排列古代帝王整齐为"五"的观念，因此它们的形成时间要早于《太公》中的"武王问尚父"。在这里，太公与武王一同出现，而且也在讨论黄帝、颛顼、尧、舜之道。另外，在《太公》中"五帝"戒惧之道借助尚父之口说出，进而由此形成对武王行为的约束与限制，本身就能说明尚父在问对行为中的特殊地位。但"武王问尚父"一事又记载于《太公》，这未免让人怀疑它的可证价值，因为毕竟

---

① 学界一般认为，竹书本《武王践阼》的第 1～10 简为甲本，11～15 简为乙本。参见杨华：《上博简〈武王践阼〉集释（上）》，载《井冈山大学学报（社会科学版）》，2010(1)。

② 杨华：《上博简〈武王践阼〉集释（上）》。

《太公》本身就依托于尚父之名，如此假托突出尚父的特殊地位也再合适不过了。然而，三种《武王践阼》的文本显然已摆脱了这种嫌疑，太公与武王承担的角色无疑更能说明其中的问题。所以，它对于我们探讨《太公》文本形成的依据，具有重要的价值。

在《武王践阼》的三种文本中①，与周武王问对的人都是太公尚父，或称之为"师尚父"，或称之为"太公望"。在两人的问对中，师尚父无疑是主角，他不仅知道"黄帝之言"，而且还能借此对周武王提出较为严格的行为要求，甚至以此可以君臣易位，如斋戒、"东面"、"北面"等。我们很难说《武王践阼》是在实录其事，但这说明在叙述者心目中，师尚父就是"黄帝、颛顼之道"的传承者，而其他人如"士大夫"却没有这样的资格。也就是说，与普通的士大夫相比，太公尚父不但掌握了"万世可以为子孙恒者""黄帝、颛顼之道"，而且可以对周武王进行严肃而庄重的训诫。与上博简《武王践阼》相比，《大戴礼记·武王践阼》多出了武王询问士大夫的环节。这些多出的文字似乎是戏笔，但对于周武王的疑问，士大夫无法回答而太公尚父极为熟稔的情形，无疑又在凸显、强调太公尚父在叙述者心中的特殊地位，即《大戴礼记·武王践阼》的作者是在强调只有太公尚父才能回答周武王的疑问，并对周武王进行训诫。

在《太公》与《武王践阼》中，太公都是运用古代帝王的言行来约束、训诫周武王的。显然，与《太公》突出"太公为武王师"的形象相比，《武王践阼》中的太公尚父更具有强烈的训诫色彩：他通过宣读古代帝王的言辞而获得至高无上的地位，尽管只是暂时的。

如果说《太公》之书本身因为托名于太公尚父，所以它要假托了太公对周武王的训诫，并让太公传承了黄帝等古代帝王的言辞，那么，《武王践阼》却是儒家传承的文献，代表着儒家的思想观念，儒家推崇周公，但在《武王践阼》三种文本中出现的都是太公尚父对周武王的训

---

① 关于《武王践阼》的成书时间，参见刘全志：《先秦话语中黄帝身份的衍生及相关文献形成》，载《中国社会科学》，2015(11)，及《论"丹书"在春秋战国时期的功能与衍变》，载《哲学与文化》，2016(9)等文中的讨论。

诚，而不是周公。也就是说，《太公》与《武王践阼》属于不同的传承系统，但却共同指向了太公尚父。这些不同文献反映出的共同现象，已不能够用单纯的"依托"或"假托"来解释了，其中应该存在更为深层的原因。退一步说，即使这些出自不同传承系统的文献都是出自"依托"，但是这"依托"的背后也应有着深层的依据，它支撑着"依托"得以成立。结合西周春秋社会的政治形态，笔者认为，其中的深层依据应与太公家族的职守以及周王朝的档案制度密切相关。①

第三节 《太公》的源头与"世胙大师"

各种文献表明，太公是周王室伐商之战的军事统帅，《诗经·大雅·大明》用"维师尚父，时维鹰扬，凉彼武王，肆伐大商"这样铿锵有力的诗句②，来描述太公尚父在伐商大战中的角色与地位，语气之中充满了颂扬与赞叹。西周王朝的重要乐章《大武》，其中也有太公之功的重要场面，如《乐记》云"发扬蹈厉，大公之志也"。太公在代表西周王朝意识形态的诗乐舞中反复出现，从中可见，周人对太公尚父的推崇与歌唱。也许正是由于太公在伐商之中的功绩，所以在战后论功行赏时，他不仅得到了封地，还位列三公，与周公、召公并称，担任"太师"一职。

传世文献与出土文献都已表明，按照西周的世袭规则，周公、召公的长子迁居封地，而次子则在周王室继承爵位，这条规则理应也同样适用于太公。但传世文献对此缺载，即使存在点滴的反映，也多是语焉不详③。李学勤结合西周青铜器师𬼂钟、师𬝎鼎、即簋、师𬇥钟

① 关于太公家族的职事，此前笔者也有相关分析，但缺乏充分的论证。详见刘全志：《先秦诸子文献的形成》，178～181 页。

② （清）阮元校刻：《十三经注疏》，508 页。

③ 《尚书·顾命》记载周康王登基时，由齐侯吕伋帅人迎接；《礼记·檀弓》云"大公封于营丘，比及五世，皆反葬于周"；《左传》昭公十二年记载"昔我先王熊绎与吕伋、王孙牟、燮父、禽父并事康王"；《晏子春秋》云"丁公伐曲沃"等。这些片段的记载也许正折射出虽然太公、丁公被封于齐，但他们本人以及后人仍活动于周王都。

等铭文，认为太公确有两个儿子郭公、郭季家族留在周王室"世为太师"，并说郭季一系的"师望鼎铭中望自称'大师小子'，说明他和其父师龢一样，是大师的属官"。① 如此看来，在郭公、郭季两兄弟之间，郭公一系直接继承了"太师"的爵位，而郭季一系成为"太师的属官"。无论如何，李学勤的考证足以证明太公尚父的后人像周公、召公一样，世代任职于周王室，且担任"师"职。

《左传》襄公十四年记载周灵王派刘定公"赐齐侯命"：

> 昔伯舅大公，右我先王，股肱周室，师保万民，世胙大师，以表东海。……

对于"世胙大师，以表东海"，杜预注："胙，报也。表，显也。谓显封东海以报大师之功。"② 杜预这样解释的前提显然认为太师仅指太公一身。其实，这里的"胙"同"祚"，如同《左传》隐公八年所说的"天子建德，因生以赐姓，胙之土而命之氏"、《国语》"天地所祚"等③，应是赐福、赐予之义。当然这是刘定公传达天子的话，采用天子的语气，对于臣子来说，"胙"也就是世袭继承之义，即太公的后人世代继承"太师"的爵位。周灵王的"赐齐侯命"无疑再次验证了太公后人继承"太师"一职的事实④。

对于太师的职守，许多学者已经有所讨论，如李学勤说青铜铭文中"师"的职司相当于《周礼》之"师氏"；⑤ 杨宽指出，《周礼·地官》中的"师氏"和"保氏"官职性质相同，只是保氏守于内，师氏守于外，"西

---

① 李学勤：《论西周王朝中的齐太公后裔》，载《烟台大学学报（哲学社会科学版）》，2010(4)。

② （清）阮元校刻：《十三经注疏》，1958 页。

③ （清）阮元校刻：《十三经注疏》，1733 页；徐元诰：《国语集解》，88 页。

④ 《左传》僖公二十六年记载鲁国的展喜对齐孝公说："昔周公、大公股肱周室，夹辅成王。成王劳之，而赐之盟，曰：'世世子孙无相害也。'载在盟府，大师职之。桓公是以纠合诸侯，而谋其不协，弥缝其阙，而匡救其灾，昭旧职也。"其中"大师职之"，杜预、顾炎武等人各有不同的解释，但与其后的齐桓公争霸是"昭旧职也"，其中的"大师"应指太公尚父所任太师一职。

⑤ 李学勤：《西周中期青铜器的重要标尺》，载《中国历史博物馆馆刊》，1979(1)。

周初期太保和太师的官职，具有对太子和年少国君教养监护的责任，具有辅佐国君掌握政权的职责"；① 辛怡华认为："据《周礼·地官》，师氏有职掌，一为文职，是王之谏官兼贵族子弟之教师，如师𩛥鼎中的师𩛥；二为武职，是守卫宫门以及君王的警卫队长，同时又是教导子弟的教官。"②结合《周礼》来探讨"师氏"的职守，是必须的，但也需注意，《周礼》成书于战国儒家之手，不仅对于周朝的官职多有构想，而且更注重强调官司职务的德义教化功能，所以《周礼》的作者说"师氏"以"三德""三行"教国子③，是带有理想色彩的描述。

更为重要的是，在《周礼》中，"师氏"的官阶只是中大夫，属于中下级官员，这不但与《诗经》《左传》《国语》等文献对大师"维周之氏""四方是维""大师维垣"等地位显赫的描述相悖，而且与青铜铭文所反映的"师氏"经常直接受命、受赏于周天子的记载不符。李春艳、景红艳、陆璐等结合西周青铜铭文，认为因"师氏"特别是"太师"首先是武职，他的职能都与军事活动有关，"以及军事活动的需要而衍生出的教育任务、行政事务"。④ 于此来看，西周"师氏"的职责虽然有教育的一面，但主要掌管军事，所谓教育也是由军事活动衍生出来的职责。所以，"师氏"按照职能分属来说不应该属于"地官司徒"，而应该属于"夏官司马"，而"太师"的职责就如同《周礼》中的"大司马"一职，至少与"大司马"的职守密切相关。

"太师""师氏"与"司马"之属存在交叉，还可以从《诗经》《左传》《尚书》《国语》等文献的记载加以说明。《诗经·大雅·常武》："大师皇父，整我六师，以修我戎。既敬既戒，惠此南国。王谓尹氏，命程伯休父，左右陈行。"马瑞辰认为："据《竹书纪年》'幽王元年，王锡大师尹氏皇父命'，则皇父实为尹氏，即二章所云'王谓尹氏'也。"⑤如此，程伯休

---

① 杨宽：《西周史》，316 页，上海，上海人民出版社，2003。
② 辛怡华：《扶风海家西周青铜爬龙窖藏与太公望家族》，载《考古与文物》，2016(2)。
③ （清）阮元校刻：《十三经注疏》，730～731 页。
④ 李春艳、景红艳：《从西周青铜器铭文看"师"官的社会职能——兼论周王室对"师"官的赏赐特点》，载《宝鸡文理学院学报(社会科学版)》，2012(3)；陆璐：《周代"大师"职官解》，载《江南大学学报(人文社会科学版)》，2008(4)。
⑤ （清）马瑞辰：《毛诗传笺通释》，1024 页，北京，中华书局，1989。

父为司马，太师皇父便是统领司马上司①。《左传》文公元年记载"穆王
立，以其为大子之室与潘崇，使为大师，且掌环列之尹"②，太师潘崇
所掌"环列"，即是"环人"。《逸周书·克殷解》记载"武王使尚父与伯夫
致师"，其中"伯父"即"百夫"，③ 也就是勇猛的"环人"。而"环人"在
《周礼》中属于"夏官司马"之属④，于此可见"环人"之上司"太师"就如
同"夏官司马"。《尚书·顾命》记载"太保命仲桓、南宫毛俾爰齐侯吕
伋，以二干戈、虎贲百人逆子钊于南门之外"，孔传云："伋为天子虎
贲氏。"孙星衍《尚书古今文注疏》云："虎贲百人，盖吕伋从八百人中选
用百人也。《周礼·虎贲氏》之职'大丧守王门'，虎贲氏秩仅下大夫，
而齐侯伋为之者，盖以列侯兼领此职，备非常也。"⑤齐侯吕伋统领虎
贲，而"虎贲氏"在《周礼》中属于"夏官司马"。

　　另外，金文《太师虘盨铭》记载"王呼宰訇赐太师虘虎裘"，《师酉簋
铭》记载周王令师酉"司乃且嫡官邑人、虎臣……"《询簋铭》记载周王令
师询"嫡官邑人、先虎臣后庸……"其中，"虎裘"应类似于虎臣的制服，
"虎臣"即文献中的虎贲。据朱凤瀚分析，师酉、师询是父子关系，且
"师酉之家族非姬姓"⑥。虽然目前我们还没有充足的证据判定太师虘、
师酉、师询是太公家族的后人，但系属于"夏官司马"的"虎贲"在金文
中却受到"师"的统领，这无疑说明太师、师氏与"夏官司马"的密切关
系。其他如《周礼·夏官》说大司马"丧祭，奉诏马牲"⑦，而这一职责
正与《逸周书·克殷解》记载周武王举行祭祀上天大礼中"师尚父牵牲"
相一致⑧。

　　综合而言，"太师"的职责在《周礼》中已被分解，分布于"夏官司

---

① 至于"太师皇父"是否是太公的后裔，现在还没有充足的证据，但青铜器铭文中有
"函皇父""孟皇父"，其中"函皇父"不与周王室同姓，这一点也许能折射出一些信息。

② （清）阮元校刻：《十三经注疏》，1837 页。

③ 参见黄怀信等撰：《逸周书汇校集注》，341 页。

④ （清）阮元校刻：《十三经注疏》，844 页。

⑤ （清）孙星衍撰：《尚书古今文注疏》，486～487 页，北京，中华书局，1986。

⑥ 朱凤瀚：《师酉鼎与师酉簋》，载《中国历史文物》，2004(1)。

⑦ （清）阮元校刻：《十三经注疏》，840 页。

⑧ 黄怀信等撰：《逸周书汇校集注》，353 页。

马""师氏"乃至"保氏"，即他在掌管军事职能的同时，也承担着一定的教育职责。而正是这种承担教育功能"师"的身份，使太公尚父在先秦诸子文献中具有了文武之师的角色，进而衍生出手捧"丹书"或口诵"五帝之戒"对周武王进行训诫的文本，如《武王践阼》《太公》等。

第四节　太公角色与西周铭文的渊源

《武王践阼》《太公》所展现的太公尚父形象并不仅仅反映于传世文献，换言之，太公的训诫角色在西周金文中也有较为明确的表现。如太公家族的《师𬙟鼎铭》：

> 唯王八祀正月，辰在丁卯。王曰："师𬙟！汝克荩乃身，臣朕皇考穆王，用乃孔德，逊纯乃用心，引正乃辟安德。惠余小子肇淑先王德，锡汝玄衮、黼纯、赤市、朱衡、銮𬙟、太师金膺、鋚勒。用型乃圣祖考，隣明令辟前王，事余一人。"𬙟拜稽首，休伯太师肩嗣𬙟臣皇辟，天子亦弗忘公上父胡德，𬙟蔑𬙟伯太师，丕自作小子，夙夕尃古先祖烈德，用臣皇辟。伯亦克叔古先祖，蠢孙子一嗣皇辟懿德，用保王身。𬙟敢肇王，俾天子万年，祿褆伯太师武，臣保天子，用厥烈祖介德。𬙟敢对王休，用绥。作公上父尊于朕考郭季易父报宗。①

其中的"公上父"如同清华简《耆夜》中的"吕上父"，即太公尚父，师𬙟是太公尚父的孙子，郭季易父是师𬙟的父亲，伯太师是师𬙟的伯父。从周恭王对师𬙟的命辞中可以看出，他在周穆王朝起到了"引正乃辟安德"的作用。所谓"引正乃辟安德"即引导、匡正周穆王躬行善道②，而师𬙟之所以拥有这样的权力，在周恭王看来是"用型乃圣祖考"的结果，

---

① 释文参见中国社会科学院考古研究所编：《殷周金文集成释文》（二），398页，香港，香港中文大学出版社，2001；王慎行：《师𬙟鼎铭文通释译论》，载《求是学刊》，1982(4)。
② 详见王慎行：《师𬙟鼎铭文通释译论》。

所以他又授命师翻在今朝继续"隣明令辟前王，事余一人"。对于这一点，师翻也非常明白，所以他不但说"天子亦弗忘公上父胡德"，而且还反复陈述自己及伯太师都"夙夕尃古先祖烈德""克叙古先祖"，即表示对祖宗德行的继承和发扬。可见，无论是周王，还是太后家族的后代，都十分认可太公尚父具有引导、匡正周王的权力，而且这种引导、匡正的权力还因为德行的继承而遗传给太公的后代。于此看来，《武王践阼》《太公》等文献记载太公对周武王训诫的情形确实存在着绵远流长的历史依据。

这一点还可以结合金文及《周礼》的制度加以说明。前述《师翻鼎铭》有"蔑暦"一词，师翻的儿子师望所作《师望鼎铭》中也有"蔑暦"，唐兰指出"蔑暦"即"伐历"，"蔑暦一语的暦是家庭出身和本身经历，当然包括功绩在内的。就是伐是美的意思，上面以下面的历来称美，本人则以此来夸美。暦有些像现在的履历"①。于此来看，师翻说"蔑暦伯太师，丕自作小子，夙夕尃古先祖烈德，用臣皇辟"，即师翻通过叙述伯太师的经历来夸赞伯太师，而伯太师正是自从"小子"的时候，就"夙夕尃古先祖烈德"，"尃古"即宣扬、效法之义，②"先祖"无疑是指太公尚父。师望说"王用弗忘圣人之后，多蔑暦赐休"（师望鼎铭），其中"圣人"即指太公尚父，"多蔑暦"即周王通过叙述太公的经历来夸赞太公家族的贡献，并给予赏赐。看来，无论是周王还是太公家族，都在不断言说着太公的经历和德行，并以此来勉励太公的后人、规范自己的言行。如此一来，太公的言行被世代言说，进而流行开来也是必然的趋势。

另外，无论是师翻还是师望，他们都提到"小子"一名，师翻说伯太师"丕自作小子，夙夕尃古先祖烈德"，而师望却自称"大师小子"。针对西周铭文中出现的"小子"，许多学者已指出"小子"应为官名，斯维至、王慎行进一步论证铭文中的"小子"即《周礼》之"诸子"③。《周礼》"诸子"属于"夏官司马"，太公家族的后人担任"诸子"一职，可能是

---

① 唐兰：《"蔑暦"新诂》，载《文物》，1979(5)。
② 王慎行：《师翻鼎铭文通释译论》。
③ 斯维至：《两周金文所见职官考》，见燕京大学国学研究所等编：《中国文化研究汇刊》卷七，12页，成都，成都启文印书局，1947；王慎行：《师翻鼎铭文通释译论》。

进入仕途或逐步升职的必然阶段。同时，太公家族的人多担任"诸子"，也能说明"太师"的职司与《周礼》中的"大司马"更为接近。更为关键的是，太公家族担任"诸子"一职，更有利于总结、传播有关太公的言行事迹。按照《周礼·诸子》的职事要求，"诸子"主要掌管对国子的教治与戒令，而且还定期考核，即通过"以考其艺"而"辨其等，正其位"。①通过担任"诸子"一职，师望、师龢以及伯太师等太公家族的后人必然会总结有关教治、戒令方面的经验，以便应用于教育国子的实践活动。而这些经验和太公的言行事迹一旦被书写，将进入周王室的档案，形成"周书"的一部分。于此，也就形成了战国时期太公与周武王问对文本的最初源头，而战国时期的《太公》文本也就多以"周书"的面目流传于世了。

值得一提的是，《太公》文本的形成存在着周王朝制度的依据，还可以从"金版"之名加以证明。如前所言，在战国乃至后世《太公》文本多有"金版"的名称，如传世文献多有将太公言辞"著之金版"的说法，而"金版"又曾经作为"周书"的篇名流传于世。与之对应的，便是《逸周书》《周礼》《尚书》等文献所透露的信息。《逸周书·大聚解》记载周武王"乃召昆吾冶而铭之金版，藏府而朔之"。陈逢衡云："冶人之事即以昆吾氏掌之，在《周官》则谓'职金'，《周礼·秋官》'职金供金版'是也。国有大训则书于版，重其事也。"②所谓"供金版"，即《周礼》"职金"的职事是"旅于上帝，则共其金版，飨诸侯亦如之"③，也就是在举行盛大祭祀和宴飨诸侯时，"职金"要展出金版，用于祭告上帝或昭告诸侯。另外，《尚书·金縢》记载周公为武王祷告先王，将言辞"乃纳册于金縢之匮中"，后来"王与大夫尽弁，以启金縢之书"，④ 可见"金縢"具有呈现神灵、昭告世人的神圣意味。如此来看，《周礼》所载"职金"职司是可信的。

"金版"属于贵重的书写载体，当然要记录重要的言辞或事情，之

---

① （清）阮元校刻：《十三经注疏》，850 页。
② 转引黄怀信等撰：《逸周书汇校集注》，409 页。
③ （清）阮元校刻：《十三经注疏》，882 页。
④ （清）阮元校刻：《十三经注疏》，196～197 页。

所以采用金属，一是表示神圣，另一是期望长久铭记，永不磨灭。太公的言辞虽然不能说真的"著于金版"，但作为重要的文献收藏于周王室，却是确定无疑的。而这些档案到了战国时期便衍生出如《武王践阼》《太公》所记周武王与太公尚父的问对文本。

行文至此，我们则能梳理出《太公》文献形成的基本过程：师尚父在"武王伐纣"过程中建立功业，这一历史本事不但通过诸如《诗经》《大武》乐章等诗乐舞的形式加以表现与歌唱，更通过分封和世卿世禄的形式保障了太公及其家族在封地齐国、西周王畿的世代绵延。活动于周王室的太公后人多担任师职，其中有诸如世袭周公、召公封号的"世胙太师"者，也有如师望、师虘担任"太师小子"者。而无论是"太师"还是"太师小子"，都时时受到周王室的器重与赏赐。历代周王"弗忘公上父胡德"（师虘鼎铭）、"弗忘圣人之后"（师望鼎铭），进而要求太公的后人"用型乃圣祖考"（师虘鼎铭）、"隣明令辟前王，事余一人"（师虘鼎铭）；太公的后人则时时表示对祖宗德行的继承和发扬，即通过"夙夕尃古先祖烈德"（师虘鼎铭）、"克叙故先祖"（师虘鼎铭）、"穆穆克盟厥心"（师望鼎铭）、"虔夙夜出内王命"（师望鼎铭）来帮助周王"引正乃辟安德"（师虘鼎铭）。

同时，太公后人和周王通过"蔑暦"（师虘鼎铭）、"多蔑暦"（师望鼎铭）的方式复述着太公的言行事迹与功德。于此，太公尚父的训诫身份也在多次复述中逐渐增强，以至在《武王践阼》中形成至高无上的训诫身份。

此外，太公后人担任"太师小子""师氏"等职官，要求他们定期对国子或军队实施教治、发布戒令、考核技艺。而这些内容与太公言辞，一旦被书写成文字、"著于金版"进入周王室档案，便形成了诸如《武王践阼》等早期的"太公"文本①，进而衍生出繁复多样的《太公》文献。也由于这些文本源于周室档案，所以在战国之世往往以"周书""周志""金版"等名称流传。

---

① 在三种《武王践阼》中，上博简乙本与《太公》的文本形态已十分相近，如直接称谓"太公望"而不称"师尚父"、开篇即云"武王问于太公望"等。

第六章 阴阳家知识观念
与文献的形成

春秋战国之际，随着社会大势的变动，原先的宗法分封制逐渐向新型的郡县制演变，与此相关的各种知识观念体系也呈现出不同的新变路径。比如具有古典性质的礼乐知识，不仅由外在的形式，逐渐内化为个人境界、强调精神境界的意义，而且其中的精神境界的层级也进一步细化。与这些知识类别相比，阴阳五行的知识体系在新的社会形势下，不但没有被抛弃，而且因为其独特性和不可替代性，被战国时期的知识界不断引申、阐释、丰富，以致形成新的知识观念体系。

第一节 阴阳家出现的历史机缘

结合春秋战国之际的社会语境，特别是阴阳家形成之前的历史阶段，虽然新型的知识体系还未出现，但社会已为它的形成做好了充分的铺垫和准备。换言之，从某一阶层某一角度来说，整个社会都在欢迎阴阳五行知识体系的到来。

一、战国诸子理性知识体系的困境

春秋战国之际，社会形势的变化反映于知识界，则首先表现为作为社会主导地位的礼乐知识体系性碰到了困境。"礼崩乐坏"是时人和后人对整个春秋战国时代特征的典型描绘，它在表达惋惜之时，也透露出礼乐知识体系的困境，即礼乐知识体系已很难解释许多已成为既定事实的社会现象。比如诸侯各国之间以及内部违礼事件频出，仅仅从礼制约束的立场加以指责，虽然表达了批判者的立场，但也显示出批判力量的苍白和无力。这一点从齐国权臣崔杼对待史官书写的态度可见一斑，《左传》襄公二十五年记载：

> 大史书曰："崔杼弑其君。"崔子杀之。其弟嗣书，而死者二人。其弟又书，乃舍之。南史氏闻大史尽死，执简以往。闻既书矣，乃还。①

与晋国的董狐相比，齐国史官的确是"实录其事"：齐灵公被崔杼设计害死，国人皆知，而不像"赵盾弑其君"即使是赵盾授意赵穿所为，但他至少被国人乃至孔子认为是冤枉的。崔杼的弑君行为比赵盾严重、恶劣得多，但史官的书写之法相同，由此得到的结果却相差甚远。其中固然有赵盾君子人格的作用，同时也应有春秋不同历史阶段社会形势的要求：春秋后期，执政者已很难再容忍史官的秉笔直书，崔杼连杀史官，即意味着他不再允许任何批评声音的出现，哪怕是自古以来以"书法不隐"为责任的史官也不例外。虽然齐国太史氏家族的坚持和执着，以前仆后继的大无畏气势展现了史官的刚劲和骨气，但是他们付出的代价也是沉重的。更为重要的是，整个齐国对于崔杼的行为并没有过多的非议，他们很快与崔杼举行了盟誓仪式，连贤人晏婴在表达自己的不满时也采用迂曲回环的方式，所以齐国史官的"实录其事"更像是对自己职业操守的一种坚持，他们已经很难以此来影响大多数的国人。所以，史官对崔杼行为的批评与指责，因影响甚微而显得苍白无力。

同样的事例还表现于孔子对世事的批判行为中，孔子本非史官，但他自觉承担起史官评判世事的权力，《孟子·滕文公下》说"世衰道微，邪说暴行有作，臣弑其君者有之，子弑其父者有之。孔子惧，作《春秋》。《春秋》，天子之事也。是故孔子曰：'知我者其惟《春秋》乎！罪我者其惟《春秋》乎'"，又说"孔子成《春秋》，而乱臣贼子惧"。这是孟子以儒家立场在努力突出孔子作《春秋》的重要作用，然而以孔子生

---

① （清）阮元校刻：《十三经注疏》，1984 页。

活或身后近五十年的历史来看，孟子所说的"臣弑其君者""子弑其父者"并没有因《春秋》而减少，单单以数量、恶劣程度来看，"世衰道微，邪说暴行"的情形更加严重，而非减轻。以此而言，孔子作《春秋》以针砭时弊的客观效果并没有达到，所谓"孔子成《春秋》，而乱臣贼子惧"意在留下乱臣贼子的后世骂名。

然而，在孔子乃至孟子的时代，能够关注自己名声的，往往又具有反思意识的一些人，他们惧怕因史官的书写而遗臭万年，但是这些具有反思意识的大夫不但数量较少，而且也往往不是真正的"乱臣贼子"。所以，孔子所作《春秋》也许字字饱含着浓烈的批判精神，但由此产生的社会效果并非主观目的所能决定的。孔子批判力量的苍白，其实在其生前已表露无遗。《论语·宪问》记载：

> 陈成子弑简公。孔子沐浴而朝，告于哀公曰："陈恒弑其君，请讨之。"公曰："告夫三子！"孔子曰："以吾从大夫之后，不敢不告也。君曰'告夫三子'者。"之三子告，不可。孔子曰："以吾从大夫之后，不敢不告也。"[1]

孔子觐见鲁哀公、三桓的言辞也见于《左传》哀公十四年：

> 甲午，齐陈恒弑其君壬于舒州。孔丘三日齐，而请伐齐，三。公曰："鲁为齐弱久矣，子之伐之，将若之何？"对曰："陈恒弑其君，民之不与者半。以鲁之众，加齐之半，可克也。"公曰："子告季孙。"孔子辞。退而告人曰："吾以从大夫之后也，故不敢不言。"[2]

两者所记具体过程、言辞有别，但无疑均可证明孔子觐见行为的真实性。"陈恒弑其君"绝对是孟子所说的"臣弑其君者"，对此孔子以周礼言之，当然要兴兵讨伐。所以，他庄重而严肃地觐见鲁哀公，而鲁哀公将此事推给三桓；与鲁哀公的回环隐晦相比，三桓直接予以拒绝。

---

① （清）阮元校刻：《十三经注疏》，2512 页。
② （清）阮元校刻：《十三经注疏》，2174 页。

我们在感叹鲁国政治复杂的同时，也能感受到孔子行为的无奈和无力。以孔子反复言说"从大夫之后，不敢不告"来看，孔子的觐见行为更像是一种姿态和意见的展示，而最终效果并非他关心的对象。然而，孔子的主观意图与客观效果的反差，正可以看出孔子批判力量的实际效果。

当然，产生如此微弱的影响，并非孔子或者其他诸如晏婴、齐太史等具有社会良心的贤人所能够决定的，但他们的无力正反映出礼乐知识体系的苍白与懦弱：社会的现实通过层层相叠的社会现象一再证明，以周礼为核心的古典传统的礼乐知识体系面临着诸多的困境。

在孔子之后，以孔门弟子为首的儒家在继承礼乐知识的同时，也在不断阐发、提升这一知识体系，以使礼乐知识能够重新担负起解决社会问题的重任。但是，由于礼乐知识的特性，孔门弟子及再传弟子的努力虽然提高了孔子的知名度，而在知识的社会效用方面并没有根本的突破。这种状况延续至孟子时代，最突出的表现便是在知识界内，儒家受到墨子、杨朱、法家商鞅等人的批评，而在社会现实中孟子的主张又被梁惠王、齐宣王认为是"迂远而阔于事情"（《史记·孟子荀卿列传》）。与张仪、公孙衍那些纵横策士相比，以孟子为代表的儒家高扬了精神境界、道德伦理法则的重要作用，以此儒家士人得以站在道德的制高点批评和指责与之相悖的社会现象。但同时，儒家士人也没有放弃参与解决具体社会问题的努力，比如孟子在齐国当政受挫的事实，足以说明以心性为核心的知识体系在碰到坚硬的社会现实时，所产生的实际效果和儒家学者的最终选择。

其实，儒家碰到的社会困境，也是其他以理性思维为核心的知识流派所遇到的，比如道家的处世态度是以逃避社会现实且与当政者不合作的姿态为特征的，然而心斋、坐忘、逍遥游的主张又标志着这类知识是以心性为主，他们对社会现实的逃避一方面表现出他们对社会现状的不满，另一方面也折射出这种遁世自乐的知识体系本身就不关注知识之于社会问题的效用。至于道家的另外一派，他们不满足于心性之学的范围，借用法、术、势的理论完成由道家向法家的转换，其中的知识体系倒是十分关注解决社会问题的有效性，但是其知识特征过于坚硬、固化，以致缺乏必要的心性人情，于是法家的知识体系走向了另一个极端，即将理性的知识体系发挥到实用的极致。于此，这种知识体系虽然能够解决一时或乱世下的社会问题，但长此以往一个人或国家必然走向崩溃，如吴起、商鞅、韩非、李斯等以严苛酷法名世而遭残杀，秦帝国强盛一时而短命崩溃，都可说明这一问题。

与道家、法家相似而不同，墨家提倡兼爱、尚贤，强调知识解决社会问题的有效性，但其后学一方面朝着忠臣义士发展，如孟胜、腹䵍等，另一方面朝着工程器械衍变，如禽滑厘等，还有就是沿着论辩技巧推进，如墨辩等，这也是另一层意义上的"墨离为三"。与道家、法家的知识相比，墨家的知识体系虽然具有"明鬼""天志"等神秘化的色彩，但是"非命"的主张无疑又抵消了这一层意义，特别是墨家后学的多样演化，使墨家的知识体系更远离了神秘色彩而朝着纯理性的方向发展，以致获得自然科学的成就：论辩技巧中包含的现代科学因素，无疑昭示着墨家的知识体系已由主观走向了客观，是战国时期理性知识发展到极致的表现。然而这种理性的知识在处理社会问题时，也许能够起到富有成效的实践结果，但与法家的缺憾一样，使当政者缺乏必要的畏惧心理，因而一旦失利，又往往成为政治斗争的牺牲品，墨家巨子孟胜的结局即可说明问题。

理性知识体系的这一缺憾，集中表现于战国诸子对最高权力的约束。《孟子·尽心下》记载孟子曰：

> 民为贵，社稷次之，君为轻。是故得乎丘民而为天子，得乎天子为诸侯，得乎诸侯为大夫。诸侯危社稷则变置，牺牲既成，粢盛既絜，祭祀以时，然而旱干水溢，则变置社稷。①

孟子"民贵君轻"的主张，历来备受推崇，他看到了民众是天下的基础，所以进一步提出"保民而王"。然而这一主张付诸实施的最好状态也只是执政者的执政理念，即对民众力量的尊重还必须通过天子、诸侯、大夫的执政加以体现，也就是说"保民而王"的实施主体还是高高在上

---

① （清）阮元校刻：《十三经注疏》，2774 页。

的君王，而所保之"民"则是处于被动的地位。所以，孟子的"民贵君轻"目的在于寻求约束和限制君王的最高权力，至于"说大人，则藐之"（《孟子·尽心下》）的浩然之气、德尊爵卑的尊德乐道以及要做"百世之师"的圣人等等，均是孟子将道义凌驾于最高权力之上的不懈努力。与孟子一样，荀子认同"君者，舟也；庶人者，水也。水则载舟，水则覆舟"的古说（《荀子·王制》），以舟水关系喻君民关系，其中无疑也蕴含着荀子约束最高权力的诉求。当然，无论孟子的方式还是荀子的比喻，对最高权力的约束均以君王自身的反思、明智、自律为前提，然而乱世之下的战国，又有几人能成为真正的"圣王"，又有几位国君能够真正地自律？

与儒家相比，早期的道家强调自然、无为，引导君主放权、松权，至少让君主认识到有些领域是最高权力也难以触及的。他们如此主张，也许是表现自己的清高，也许是追寻内心的逍遥，但无论道家学者的主观目的是什么，客观上无疑具有规范最高权力的意义。但是这一旨向到了法家那里却成为最高权力实施的方式，如法家之中法术势各派均在加强君主的权力，也许正是由于法家的这种提倡，君主特权一时成为任意肆虐的猛兽，直至秦王朝短暂辉煌的结束。法家对最高权力的维护和放任，暴露了这一知识体系的缺憾和漏洞。

与法家对最高权力的放任不同，墨家强调尚贤、尚同，力求引导权力得以善义地发挥，然而他们面临的困境与儒家学者一样，即将这些措施的实施寄托于贤能的君王，这也是墨子屡屡提及"先君先王""古者圣王"的原因。然而，战国时期各诸侯国普遍"称王"、纷争天下，往往以眼前实利为目的，又有几人真正能够成为心怀天下的"圣王"？

理性知识体系对最高权力的无奈与放任，必然预示着社会需要另一种新型知识体系来承担这一重任。于是，阴阳五行家就应运而生。

《史记·孟子荀卿列传》在描述战国时期知识界的复杂局面时说：

> 骎衍睹有国者益淫侈，不能尚德，若《大雅》整之于身，施及黎庶矣。乃深观阴阳消息而作怪迂之变，《终始》、《大圣》之篇十

馀万言。①

这里的邹衍只是阴阳家的代表，司马迁说他见于梁惠王、燕昭王，又
与平原君赵胜交谈，但这些历史人物并不是生活在同一时空，钱穆已
指出"史公云云，盖误于燕、齐方士之说耳"，邹衍应该活动于齐王建
时期。② 其实，通达地来看，无论是燕、齐方士，还是司马迁，都是
概括言之阴阳家的活动，也许邹衍真的生活于战国晚期，而不及燕昭
王，更难及梁惠王、齐威王，然而这并不代表梁惠王、齐威王、燕昭
王周围没有其他阴阳家的活动踪迹，如相传出自梁惠王冢的汲冢竹书
就有许多阴阳家的文本，如《公孙段》《大历》等，这些文本即使出自梁
襄王之墓，也足以映照梁惠王周围有阴阳家的踪迹。至于《史记·封禅
书》所云"自威、宣、燕昭使人入海求蓬莱、方丈、瀛洲"等，其中固然
存在燕齐方士的杜撰，但也不可否认其中的历史因素，如燕昭王筑碣
石宫，且好神仙，其周围一定聚集了一批诸如宋毋忌、羡门高之流的
方士。这些方士虽然与严格意义上的阴阳家存在区别，但他们正如班
固所说的阴阳家之"泥于小数者"。

所以，司马迁对邹衍所面对社会形势的描述，也是阴阳家起步时
所面对的主要情形：其中的"有国者"无疑是指那些当政者，即"称王"
乃至"称帝"者。如何规范、约束这些最高权力的拥有者，显然使用道
德、修身等自律的方法是行不通的，而像道家那样无视权力、法家那
样尊崇权力，又非阴阳家的本意。在这种形势下，阴阳家只能"深观阴
阳消息而作怪迂之变"，即通过阴阳怪诞等稍显神秘的知识体系来规
范、约束最高的权力。通过邹衍等阴阳家的努力，这一知识体系取得
了一定的社会实效，"王公大人初见其术，惧然顾化，其后不能行之"。
所谓"惧然顾化"，即产生了畏惧、担忧、信服的心理，虽然"不能行
之"，但其接受效果显然要优于儒家、墨家等以理性为核心的知识体
系。这一点也是司马迁在看到邹衍处处受欢迎的情形时，一下子想到
"岂与仲尼菜色陈蔡，孟轲困于齐梁同乎哉"的原因。

---

① （汉）司马迁：《史记》，2344 页。
② 钱穆：《先秦诸子系年》，507～508 页。

二、战国社会的复杂性与评判的多维度

春秋战国之际，除了理性知识体系所面临的困境之外，阴阳五行知识体系的提出，还缘于整个社会评判标准的多样化。

至迟到了春秋末期，以是否符合周礼为世事评判标准，面临着诸多的挑战。也就是说，以礼、非礼的二分法为判断标准，已不符合社会发展的需要。特别是春秋战国之际，大到天下大势，小至邦国琐事，用是否符合周礼的要求加以评判，很难认清其中的本质，更忽略了世事本身所具有的复杂性。

这一点在三家分晋、田氏代齐的过程中表现得十分突出和典型。首先来看"大斗出小斗进"，《左传》昭公三年记载晋国叔向与晏子的交谈：

> 既成昏，晏子受礼。叔向从之宴，相与语。叔向曰："齐其何如？"晏子曰："此季世也，吾弗知。齐其为陈氏矣！公弃其民而归于陈氏。齐旧四量，豆、区、釜、钟。四升为豆，各自其四，以登于釜。釜十则钟。陈氏三量，皆登一焉，钟乃大矣。以家量贷，而以公量收之。山木如市，弗加于山。鱼盐蜃蛤，弗加于海。民参其力，二入于公，而衣食其一。公聚朽蠹，而三老冻馁。国之诸市，屦贱踊贵。民人痛疾，而或燠休之，其爱之如父母，而归之如流水，欲无获民，将焉辟之？箕伯、直柄、虞遂、伯戏，其相胡公、大姬，已在齐矣。"①

晏子作为齐国的贤相，面对公室将卑、大夫专权的局面，除了感叹"此季世也"之外，竟束手无策。同样，作为晋国的"博物君子"、贤大夫的叔向面对晋国的类似问题，也是手足无措。也就是说，面对新形势下的新问题，晏子、叔向虽然能够看清形势的趋向，但自己却无能为力。换言之，社会的新形势、新问题，已经超出了两人所掌握的知识范围，即周礼范畴下的知识系统，已很难应对他们所面临的问题。面对齐国的田氏、晋国的六卿，晏子、叔向显然不能使用暴力加以解决，这并

---

① （清）阮元校刻：《十三经注疏》，2031 页。

不是因为他们没有掌握军权，而是因为田氏、六卿的作为与国君相比更能赢得"人心"。齐国田氏的"大斗出小斗进"无论其主观目的是什么，得到实惠的是国人；晋国六卿对"百步为亩"旧规的突破，扩大至一百六十步、一百八十步乃至二百步，受利的乃是封地的民众。这些"惠民"政策也许包藏着投机家的野心，但与国君的盘剥相比，民众的负担显然减轻了很多。在周礼的框架下，田氏、六卿与国君争民争利，显然是"非礼"的，而他们的做法又使民众获得了实惠，无疑又是符合周礼的君子"惠德"。

对于两国国君而言，实施君权、清明治国、减轻国人负担，才是符合周礼的精神，然而他们却对民众严苛盘剥、任意残害，以致"三老冻馁""屡贱踊贵"，这样的国之乱象显然又是周礼所大加挞伐的。权臣的"非礼"而"合礼"、国君的"合礼"而"非礼"，两者相互交错、矛盾统一，使事情变得复杂多样，已很难再使用周礼的判断标准加以评判。这也是大才如晏婴、博通如叔向面对这一复杂情形，只有哀叹、惋惜，而难以解决的根本原因。与孔子相比，晏婴、叔向显然更为时人所接受，他们的行为以及掌握的古典知识，使他们名满天下，同时也成为那个时代天下"良心、脊梁"的代表，然而新形势的发展显然已突破了他们的知识范围。晏婴、叔向的困局，至少说明了古典知识体系已逐渐丧失了评判世事的能力，因为世事已变得不再单纯、直白，而是复杂、多面。

也许齐国、晋国政权的更替，还属特例，让人觉得周礼的判断标准即使无法衡量齐晋之事，也可以在邹鲁小国内成为法则。其实，历史的具体事件证明，这一看法也实属美好的想象——一厢情愿的假设。

与齐晋两国相比，鲁国政权虽然没有"更姓"，但无疑已经"变味"。以周礼为代表的古典知识体系的困境，可以通过鲁昭公出奔一事加以观照。就鲁昭公出奔本身来看，按照周礼的精神，三桓不得把持朝政，鲁昭公夺权是理所应当；而三桓驱逐国君却是大逆不道、犯上作乱。为此，卫国、宋国，甚至齐国、晋国，一直想讨伐鲁国，送回鲁昭公。这些国家最初的打算也许各有不同，但名义上无疑都是周礼的根据。这一点至少说明，鲁昭公出奔事件的开端，天下各国最初的判断是以周礼为标准的。然而这些国家的努力最终都未实现，除去政治利益的交换以外，也许最根本的原因还在于鲁昭公自己的作为。着眼于鲁国内部，除了三桓，其他鲁国人真的愿意追随鲁昭公而抛弃三桓吗？

《春秋》昭公二十九年记载鲁昭公逃到齐国后，在齐国的帮助下又迁居于鲁地的郓城，然而"冬十月，郓溃"，对此《左传》没有解释，《公羊传》也"左顾而言他"，只有《穀梁传》点出了其中的奥秘，"溃之为言上下不相得也。上下不相得则恶矣，亦讥公也"，紧接着叙述者又明言"昭公出奔，民如释重负"。郓城是鲁国之地，按礼而言，一个小城邑能迎来国君的居住，实属民众的幸事。然而鲁昭公的到来，不但没有民众的欢呼雀跃，反而在很短的时间内民众溃散而去。所谓"溃"，"国民背离其君主《春秋》曰溃"①，从中可见鲁昭公多么不受人待见，而其中的原因无疑是鲁昭公的严苛盘剥，民众不堪重负，乃逃至鲁国他地。从民众的决绝态度可见，鲁人避鲁昭公如避猛虎，如此《礼记·檀弓》所记孔子云"苛政猛于虎"，更有现实的对照。以此来看，鲁昭公与三桓的对抗，显然无法用周礼来判断是非了：他们两方究竟是哪一方违背了周礼，哪一方又遵循了周礼，是非并不明晰。

这就像《庄子·齐物论》所说的那样："是亦彼也，彼亦是也。彼亦一是非，此亦一是非。果且有彼是乎哉？果且无彼是乎哉？"是中有非，非中有是，这种是非交错、难以分辨的情形，延续至战国情况更为复杂。比如齐国伐燕一事，《战国策·燕一》记载：

> 鹿毛寿谓燕王曰："不如以国让子之。人谓尧贤者，以其让天下于许由，由必不受，有让天下之名，实不失天下。今王以国让相子之。子之必不敢受，是王与尧同行也。"燕王因举国属子之，子之大重。②

鹿毛寿所言只是燕王哙让国的第一步，此后还有燕王依据禹传益的事例，解除太子的武装，以至"子之南面行王事，而哙老不听政，顾为

---

①　刘尚慈译注：《春秋公羊传译注》，571 页，北京，中华书局，2010。

②　刘向集录：《战国策》，1059 页。

臣，国事皆决子之"。除去子之的包藏祸心、燕王的昏聩无能来看，燕王哙让国的过程至少在名义上充满了"赏贤""任贤""信贤"的色彩。如此而言，燕王哙的行为是符合儒家"举贤任能"、墨家"尚贤""尚同"、道家"自然""无为"的主张的。同时，燕王哙让国的行为，也是其他诸侯国国君想实施而不得的行为，如《战国策·秦一》记载"孝公行之八年，疾且不起，欲传商君，辞不受"，这是秦国让位的事例；《吕氏春秋·不屈》记载梁惠王要让位于惠施，惠施不受，这是魏国的让位之事。与秦、魏两国相比，燕王哙让国表现得极为真诚而坚决，即是真心实意地让国于贤人。这一行为不但符合尧、舜、禹禅让的"古例"，更符合当时战国知识界的共同提倡。如此说来，战国社会无论是世俗阶层还是知识精英阶层都应该对燕国、燕王哙一片赞颂之声。因为多年的奔走呼号，终于在燕国成为现实，这不正是郭店简《唐虞之道》、上博简《容成氏》等作者想要看到的情形吗？[①]

然而，事实正好相反，世俗阶层和知识阶层对于燕王哙的让国行为，大加讨伐。特别是燕国的邻国，齐国、赵国、中山国等纷纷动用了军队，其中中山国君还将自己讨伐的过程与所得铸刻于青铜器，让后世子孙永远铭记自己因这次讨伐而取得的丰功伟绩。《吕氏春秋·应言》记载中山王攻打燕国之时，身边还有"墨者师"，显然墨家"尚贤"、推崇"禅让"的主张不但没有阻止中山国对燕王哙的讨伐，而且也没能阻止中山王因此事而倍感荣耀的铸鼎行为。想必，"墨者师"在自家学派主张与现实差距之间一定经历了诸多的心理斗争，以至不得不放弃自家学派的主张而接受残酷的现实，这一点也许正是中山相国司马喜敢于在国君面前与"墨者师"辩论的原因。

当然，在知识界中，参与伐燕一事的不仅仅是墨家，还有纵横家和儒家。撇开缺乏道义精神而朝秦暮楚的纵横策士不谈，单就儒家而论，儒家的"名世者"孟子与中山国的"墨者师"相比，无疑深度参与了伐燕一事。《孟子》在《梁惠王下》《公孙丑下》两篇均谈到孟子对伐燕一

---

① 彭裕商：《禅让说源流及学派兴衰——以竹书〈唐虞之道〉、〈子羔〉、〈容成氏〉为中心》，载《历史研究》，2009(3)。

事的态度，《公孙丑下》记载：

> 沈同以其私问曰："燕可伐与？"孟子曰："可。子哙不得与人燕，子之不得受燕于子哙。有仕于此，而子悦之，不告于王，而私与之吾子之禄爵；夫士也，亦无王命而私受之于子，则可乎？何以异于是？"
>
> 齐人伐燕。或问曰："劝齐伐燕，有诸？"曰："未也；沈同问'燕可伐与'，吾应之曰，'可'，彼然而伐之也。彼如曰：'孰可以伐之？'则将应之曰，'为天吏，则可以伐之'。今有杀人者，或问之曰：'人可杀与？'则将应之曰，'可'。彼如曰，'孰可以杀之？'则将应之曰：'为士师则可以杀之。'今以燕伐燕，何为劝之哉？"①

在这里，孟子与时人争论的焦点是自己是否"劝齐伐燕"，对此孟子并不承认，但无论孟子如何圆话，《战国策·燕一》已明言孟轲游说齐宣王以伐燕，并直言："今伐燕，此文、武之时，不可失也。"可见，无论孟子如何迂回辩护，时人总是以其"劝齐伐燕"而视之。以孟子"燕可伐"的原因来看，他认为燕王哙与子之之间的"相与""相受"，是"私与""私受"，这种行为违反了"天命""王命"，所以"可伐"，而至于谁来执行讨伐，当然由"天吏"伐之。

显然，对燕王哙让国一事，孟子不但否定了其中的"举贤""任贤"因素，更不把它视为如同尧、舜、禹的"禅让"。孟子否定此事的逻辑显然是以周礼为判断标准的，即最高权力的"与受"必须在天子的允许下才能进行，否则私下授受纯粹是荒唐之举。可见，孟子在评判燕王哙让国一事时，根本没有在意燕王哙对尧舜"禅让"的追慕，以及"任贤""举贤"的心理动力。更为重要的是，无论客观上是否造成了"劝齐伐燕"，在主观上孟子认为齐国本没有权力"伐燕"。主客观的错位，展示着孟子内心的矛盾：一方面燕国违背了周礼，值得讨伐；另一方面实施讨伐行为的齐国，就遵循了周礼的精神吗？有资格讨伐燕国吗？孟子这种矛盾的心理，在他看来，是无解的。他的这种困境，如同晏

---

① （清）阮元校刻：《十三经注疏》，2697页。

婴、叔向面临的困境一样，即评判世事再也不能以某种单一的标准，因为世事往往是复杂的、多样的。

三、阴阳家知识体系的优势

儒家知识体系难以解决复杂的时势变化，还表现在张仪、苏秦等这些纵横之士身上。这些纵横策士在列国纷争之间，往往出将入相，运筹帷幄，又能解决许多现实的问题，所以备受时人推崇，时人景春就直接赞叹张仪、公孙衍而"大丈夫"，因为他们"一怒而诸侯惧，安居而天下熄"（《孟子·滕文公下》）。以儒家精神来看，张仪、公孙衍的行为正如孟子所说是"妾妇之道"。然而，这一评价显然又以儒家的忠诚信义为标准，在儒家眼中，翻手为云覆手为雨的纵横策士没有承担应有的道义精神，反而是天下汹汹世道大乱的帮凶。但是，面对儒家的批评与指责，纵横家又有另外一番说辞，《史记·苏秦列传》记载针对燕昭王的质疑，苏秦曰：

> 孝如曾参，义不离其亲一宿于外，王又安能使之步行千里而事弱燕之危王哉？廉如伯夷，义不为孤竹君之嗣，不肯为武王臣，不受封侯而饿死首阳山下。有廉如此，王又安能使之步行千里而行进取于齐哉？信如尾生，与女子期于梁下，女子不来，水至不去，抱柱而死。有信如此，王又安能使之步行千里却齐之强兵哉？臣所谓以忠信得罪于上者也。①

这段文字也见于《战国策·燕一》，两者重出至少说明战国策士往往使用这样的言辞来解释自己对"忠诚信义"的认识。诚然，苏秦的话语包含着自我辩解的成分，但以客观而论，战国纵横策士的行为与传统意义上"忠诚信义"的确存在着区别，以忠臣不事二主的原则来看，不要说纵横策士不符合，孟子、荀子符合这一要求吗？而且"忠诚信义"往往被理解为对臣子的要求，其实它也适用于对君主行为的规范，而战国时期纵横策士又怎能以"忠诚信义"来要求君王。如《战国策·魏二》

---

① 司马迁：《史记》，2264～2265 页。

记载庞葱一事：

> 庞葱与太子质于邯郸，谓魏王曰："今一人言市有虎，王信之乎？"王曰："否。""二人言市有虎，王信之乎？"王曰："寡人疑之矣。""三人言市有虎，王信之乎？"王曰："寡人信之矣。"庞葱曰："夫市之无虎明矣，然而三人言而成虎。今邯郸去大梁也远于市，而议臣者过于三人矣。愿王察之矣。"王曰："寡人自为知。"于是辞行，而谗言先至。后太子罢质，果不得见。①

庞葱临行前为了增加魏王对自己的信任，专门通过讲述"三人成虎"的寓言箴诫魏王，而魏王也明确表示自己十分信任庞葱。然而，当庞葱辞行之后，其他谋士又用另一番言辞说服魏王，结果庞葱之行不但被取消，而且本人直接被魏王拒之门外。在这一事件之中，魏王毫无主见，他可以信任庞葱，也可以信任那些进谗言的人，而他最终选择信任谁，往往取决于进言的先后及数量的多少，而非事实本身的真实与否。魏王的反复或曰背信弃义，给庞葱造成了困境，而给另外一些策士提供了机会和平台。以庞葱而言，魏王言而无信，行为可鄙；而以庞葱的对手而言，魏王又纳谏如流，行为可嘉。以此来看，苏秦进谏燕昭王的言辞，句句贴心。

如此来看，战国的世事如果使用单一的标志很难认识其中的复杂性和多维度，其实这一点从鹿毛寿游说燕王哙的言辞也可以看出：鹿毛寿使用尧让许由于天下的事例，本身就说明他已接受了道家学派的传说，即依据道家的让贤、无为来鼓动燕王哙让位。然而客观的结果却引起燕国的大乱，以致近乎灭国。其中也许包含着鹿毛寿的个人私心私利，但他的言辞与客观效果的冲突，无疑证明同墨家、儒家的主张一样，单纯使用某一种知识体系来干预社会现实，往往会碰到诸多的困境。

当然，与这些具体世事的是非判断相比，各诸侯国执政者更为关心自己的前途命运，如《孟子·梁惠王上》记载孟子与梁襄王的问对：

---

① 刘向集录：《战国策》，845～846 页。

孟子见梁襄王，出语人曰：“望之不似人君，就之而不见所畏焉。卒然问曰：‘天下恶乎定?’吾对曰：‘定于一。’‘孰能一之?’对曰：‘不嗜杀人者能一之。’‘孰能与之?’对曰：‘天下莫不与也。王知夫苗乎? 七八月之间旱，则苗槁矣。天油然作云，沛然下雨，则苗浡然兴之矣。其如是，孰能御之? 今夫天下之人牧，未有不嗜杀人者也。如有不嗜杀人者，则天下之民，皆引领而望之矣。诚如是也，民归之，由水之就下，沛然谁能御之?’”①

按照孟子自己的转述，梁襄王有三问：一是天下如何才能安定，一是谁能一统天下，另一是如何才能一统天下。尽管梁襄王被孟子批评为“望之不似人君，就之而不见所畏”，但其提出的问题乃是天下君主共同关心的问题。以此角度来看，梁惠王问孟子“何以利吾国”、齐宣王问孟子“德何如则可以王矣”，其实都涉及梁襄王所提出的问题。对此，孟子给出的方案是“不嗜杀人者”，民众归之如流水。孟子的这一主张如同他告诉齐宣王的方案，即“保民而王，莫之能御也”(《孟子·梁惠王上》)。孟子的这一方案可谓是儒家士人对天下大势开出的药方，然而“保民而王”不但需要放弃眼前的实利，而且要有持久的恒心、不懈的意志，更需要数代的积累、子孙的坚持。这一方案费时费力，而不会立见功效，所以梁惠王、梁襄王、齐宣王乃至其他邹、鲁、滕、宋之小国都不会真正实施，因为他们都难以相信如此就能“定于一”。对于儒家的总体学术旨向，叔孙通概括得十分精准，即“儒者难与进取，可与守成”(《史记·刘敬叔孙通列传》)。显然，战国之世天下大乱，各国的主题不是“守成”，而是“进取”。也就是说，不需要齐宣王、梁襄王过多地辩论，社会形势已很难让孟子的方案付诸实践。如孟子所言，天下都像燕国一样，又何以伐燕；天下君主都“嗜杀人者”，又何以能“一之”。

更为重要的是，与战国具体世事和总体趋势相悖的是，“保民而王”的方案太过善义，即它是一种善恶分明的方案：保民，是善德；反

① (清)阮元校刻：《十三经注疏》，2670 页。

之，便是邪恶。非善即恶，是战国儒家看待人情世事的基本视角，这一点也是孟子、荀子之所以争论性善、性恶的基本原因。其实，如前所举实例，世事复杂多面，天下大势的走向也多种多样，很难以"非善即恶"的两分法加以判断。也就是说，从苏秦、庞葱到梁襄王、齐宣王，足以说明在战国时期小到君臣关系、个人行为，大到天下之势、国家的兴亡，都不能以"非善即恶"的二分法加以观照，否则不但陷入认识的怪圈，更会忽略世事的复杂性和多维度。

　　与周礼、儒家、道家、墨家的知识体系不同，阴阳家的知识体系缺乏明显的道德判断，如五德终始学说，它通过金木水火土的运行顺序来判定一朝一代的属性，其中并没有判定这一朝一代的善恶属性。也就是说，在阴阳家看来，世事发展的判断标准不是善恶两分，而是五行运行的次序。在五德终始学说中，即使富有竞争意义的五行相克相生，也是纯自然、纯客观的一种运行次序，它们循环往复，不分善恶，五行之间相互平等，不存在道德伦理的制高点，更不存在善恶两分的事物属性。对于阴阳家来说，构成世界的五种元素的运行，是宇宙不竭的法则，它们每一种都可称之为"德"，而非只有一种"德"，所以阴阳家的"五德"是多维度的，而非单一。面对五德的循环往复，人世间只需适时调整自己的行为，以符合五德的不同要求。至于天下大势，各国的君主需要像黄帝、大禹一样"知数备"，即敏锐地把握住五行之一的到来，否则不但失去"应同"（《吕氏春秋·应同》）的机会，反而因此带来凶灾。

　　相对于战国知识界的其他主张，阴阳家的五德终始方案不但简便易行，而且充满了神秘推测。在战国七雄之中，它不偏向于任何一国，而为天下大势提供了多种可能的方向，按照阴阳家的理论，七国中的任何一国只要敏锐而迅疾地"知数备"就有可能承担"定于一"的大任，于此七个国家乃至诸如宋、滕、中山等小国都跃跃欲试。天下大势的多种可能，无疑鼓励了更多的国家、君主参与"逐鹿天下"的局面。司马迁所记邹衍处处受欢迎的情形，显然就是天下君主急切把握"数备"的心理诉求的体现。因为对于各国君主来说，一旦"知数备"就意味着"应同"，如此天下帝王之位便可以"坐而致之"。天下君主的这一臆想，也许在严肃的阴阳家看来多么无稽。然而,战国时期的各国君主就是这么喜欢畅想,否则齐国、燕国以及秦国又怎能聚集那么多方士神人?无论如何,与知识界的其他学派相比,阴阳家的知识体系为各位君主提供了臆想的空间和勃勃的雄心。这一点在齐闵王、宋康王、燕昭王、秦昭王乃至秦始皇身上都有典型的体现。

第二节　阴阳知识与天道的直接关联

与礼乐知识的道德伦理评判旨向不同,阴阳家知识系统的判断标准不但是多维的,而且其终极依据往往直接与天道相连,给人的感觉往往是自然的、客观的,而非主观色彩的是非、善恶、礼与非礼的道德评判。当然,礼乐等知识系统也往往把自己的合法性追溯至天道自然的层面,如《乐记》"大乐与天地同和,大礼与天地同节",《大学》格物致知是修齐治平的基础,《墨子·尚贤》"圣人之德,盖总乎天地者也""尚贤者,天、鬼、百姓之利而政事之本也",《庄子·在宥》"无为而尊者,天道也"等,均是将自家的知识体系追溯至天地的终极依据。然而,与阴阳家的知识体系相比,这种与天道自然的关联并不直接,其中间的环节很多,即学派的核心主张与天道的关联往往需要通过逐层的推理、递进才能得以联系。如墨家的"尚贤"主张,在追溯至天地之道之前,还必须有"圣人之德""世间君主的贤明"等环节,至于儒家的礼乐、修身的层级,其中的环节更为复杂烦琐。

这种逻辑的次序也许对于某种学派的知识体系是自洽的,也是必须的,因为这一递进过程确证着学派主张的合理性与合法化。但是当它被社会大众了解、接受时,则缺乏必要的简洁和明晰。如孟子所提出的"浩然之气",尽管"气"之概念与天道自然十分接近,甚至在某些场合直接视为"天道"的代表,然而孟子的"浩然之气"却并非自然之气。这一点见于《孟子·公孙丑上》所记孟子自己对"浩然之气"的定义:

> 其为气也,至大至刚,以直养而无害,则塞于天地之间。其

为气也，配义与道；无是馁也。是集义所生者，非义袭而取之也。行有不慊于心，则馁矣。我故曰，告子未尝知义，以其外之也。必有事焉而勿正，心勿忘，勿助长也。无若宋人然：宋人有闵其苗之不长而揠之者，芒芒然归，谓其人曰：'今日病矣！予助苗长矣！'其子趋而往视之，苗则槁矣。天下之不助苗长者，寡矣。以为无益而舍之者，不耘苗者也；助之长者，揠苗者也。非徒无益，而又害之。"①

这些对"浩然之气"的规定，显然是在强调与自然之气的区别，即浩然之气并非随意获得，它必须有诸多的条件，所谓"馁"绝对不是浩然之气的特征。不能偶然所得，也不能行有所失，否则浩然之气必然疲软。按照孟子的说法，想要获得浩然之气，必须注意培养，然而又不能把它当作特定的目的而进行；既要时时刻刻记住它，但又不能主观地强求与拔高。这些要求充满矛盾，又相互融合，形成一套完整而严密的"浩然之气理论"。然而，其中的烦琐与复杂远远不是主观与客观的较量所能涵盖的。这一知识体系的复杂与逻辑，也许孟子自己能够深切地感受到其中的奥妙，但对于其他人无论是理解其中的关节，还是"养浩然之气"，显然都是困难重重的。这一点也许正是孟子的学生公孙丑在对话中反复询问、力求通过具体事例加以体会孟子言语逻辑的原因。孟子的自信与公孙丑的困惑，在对话过程中的展现，无疑正是这一知识体系缺乏明晰、简洁的最好证据。

相对而言，阴阳家的知识体系正弥补了这一缺憾，这首先得益于"阴阳"与天地、天道的直接对应。许多论者已经指出，阴阳最初的意义"分别指云蔽日而暗及太阳之明照"②，简言之，阴阳的本义即光线的明与暗。这一点在《诗经》《尚书》以及《老子》文本中均有表现③，论者对此多有关注。梁启超已指出，相对于《诗经》《尚书》的阴阳，《老子》的"万物负阴而抱阳，冲气以为和"标志着阴阳意义的转变，即"阴

①　（清）阮元校刻：《十三经注疏》，2685～2686 页。
②　邝芷人：《阴阳五行及其体系》，8 页，台北，文津出版社，1998。
③　邝芷人：《阴阳五行及其体系》，8～10 页。

阳二字意义之剧变，盖自老子始"①。

以现在的文献来看，阴阳本义的虚化早已出现，至迟于两周之际开始指代天地之阴阳二气，最为直接的例证是《国语·周语上》的记载：

> 幽王二年，西周三川皆震。伯阳父曰："周将亡矣。夫天地之气，不失其序，若过其序，民乱之也，阳伏而不能出，阴迫而不能烝，于是有地震。今三川实震，是阳失其所而镇阴也。阳失而在阴，川源必塞，源塞，国必亡。夫水，土演而民用也。土无所演，民乏财用，不亡何待！昔伊、洛竭而夏亡，河竭而商亡。今周德若二代之季矣，其川源又塞，塞必竭。夫国必依山川，山崩川竭，亡之征也，川竭山必崩。若国亡，不过十年，数之纪也。夫天之所弃，不过其纪。"是岁也，三川竭，岐山崩。十一年，幽王乃灭，周乃东迁。②

面对自然灾害，伯阳父以阴阳二气相反统一加以解释，天之二气的"失序""过序"，表现于山川则水源枯竭，进而引发地动山摇，以致最终民动而国亡。从阴阳失序到天下大乱，中间一定还存在诸多的环节，但其中最重要的应是民众因阴阳变动而调整的民事行为，即伯阳父所说的"民乱""民乏财用"，这一点是导致国家灭亡、天下大乱的最为重要的原因。

不过，按照伯阳父的言说逻辑，无论是民众的行为，还是山川的崩竭，都是由天地之气的"失序"而引发。这里的语言虽然没有《老子》的精练而抽象，但阴阳二气作为天地的根本显然已十分明确。其中的伯阳父，韦昭云"周大夫也"③，其实与郑桓公问对的史伯为同一人，即"周太史"④。宋人黄伯思《东观余论》有"周史伯硕父鼎说"，认为史

---

① 梁启超：《阴阳五行说之来历》，见顾颉刚：《古史辨》第五册下，343～348 页，上海，上海古籍出版社，1982。

② 徐元诰撰：《国语集解》，26～27 页，北京，中华书局，2002。

③ 徐元诰撰：《国语集解》，26 页。

④ 伯阳父，或以为即老子，或以为即史伯，今从后说。见杨宽：《西周史》，734 页。

伯即周宣王臣，硕父是其字①。于此，史伯为周太史，应是历史的事实。《国语集解》徐元诰、《史记·周本纪》裴骃引唐固谓"伯阳甫（父），周柱下史老子也"②。伯阳、老子同为周之史官，且均言阴阳，以此被后人混淆也属正常。老子与伯阳父观点的相近，也说明与阴阳相关的知识往往是春秋史官的知识结构之一。因此，阴阳意义的剧变，与其说始于老子，不如说始于春秋时期的史官。

随着时间的推进，阴阳作为天地二气的观念，进一步被提升为天之日月乃至"天道"的代表。如《国语·越语下》记载范蠡与越王勾践的对话：

> 范蠡曰："臣闻古之善用兵者，赢缩以为常，四时以为纪，无过天极，究数而止。天道皇皇，日月以为常，明者以为法，微者则是行。阳至而阴，阴至而阳，日困而还，月盈而匡。古之善用兵者，因天地之常，与之俱行。后则用阴，先则用阳，近则用柔，远则用刚。后无阴蔽，先无阳察，用人无艺，往从其所。刚强以御，阳节不尽，不死其野。彼来我从，固守勿与。若将与之，必因天地之灾，又观其民之饥饱劳逸以参之。尽其阳节，盈吾阴节而夺之。宜为人客，刚强而力疾，阳节不尽，轻而不可取。宜为人主，安徐而重固，阴节不尽，柔而不可迫。凡陈之道，设右以为牝，益左以为牡，蚤晏无失，必顺天道，周旋无究。今其来也，刚强而力疾，王姑待之。"③

范蠡使用阴阳之道解释兵法之道时，首先明言天之常道，即"天道皇皇，日月以为常，明者以为法，微者则是行"，其中使用日月指代阴阳，虽然具有阴阳本义的倾向，但由天地光线之明暗，引申至天之日月二辉，无疑也是一次重要的转变。以日月为阴阳的看法，也见于《逸周书·成开解》"天有九列，表使阴阳"，可见至迟在春秋时期，以阴阳

---

① 黄伯思：《东观余论》卷之上，清嘉庆十年虞山张氏照旷阁刻学津讨原本。
② 徐元诰撰：《国语集解》，26 页；司马迁：《史记》，185 页。
③ 徐元诰撰：《国语集解》，584～586 页。

称谓日月已是知识界的通识。更为重要的是，与伯阳父的阴阳相迫而互镇相比，范蠡眼中的阴阳不但具有前后次序以及性质的区别，更有两种状态相互转化、互相配合的意义。所谓"阳至而阴，阴至而阳，日困而还，月盈而匡"，不但是日月昼夜之间的轮替不竭，也意味着日月二辉各自形态的迁移变化，而这两者都可视为阴阳的相互转化。

阴阳成为天道的代表，在范蠡与越王勾践的另外一次问对中表现得更为明显，范蠡对越王说："因阴阳之恒，顺天地之常，柔而不屈，强而不刚，德虐之行，因以为常。"(《国语·越语》)范蠡之言的意思也许还需一番推测，但"因阴阳之恒"无疑已在证明阴阳是宇宙天地万物最根本的法则。而人事的行为，显然应该追随"天道皇皇""天地之常"而行动，因此小到一次战斗的实际，大至一个国家的筹划布局，都离不开"因阴阳之恒，顺天地之常"。有了春秋知识界的这些知识基础，也难怪战国知识界会出现《系辞》所谓"阴阳不测之谓神""一阴一阳之谓道，继之者善也，成之者性也"。

《系辞》所说的"善"，即人事活动按照阴阳之道调整行为的良好效果，使用"善"来表达，也许正是理性知识体系往往使用善恶两分衡量事物的真实写照。如果按照春秋史官乃至阴阳家知识体系来看，他们往往使用吉凶来衡量人事"因阴阳之恒"的结果，即人事活动遵循阴阳规律，获得的将是"吉"，否则将是"凶"。换言之，作为天道自然代表的阴阳，两者本身无所谓善恶、吉凶，只有人事活动的结果才能表现出善恶、吉凶。而人事活动要想避凶趋吉甚至逢凶化吉，必须真正做到"因阴阳之恒"。

阴阳与吉凶的关系，春秋时期的知识精英已经把握得十分娴熟，如《左传》僖公十六年记载宋国陨星一事：

> 十六年，春，陨石于宋五，陨星也。六鹢退飞，过宋都，风也。周内史叔兴聘于宋，宋襄公问焉，曰："是何祥也？吉凶焉在？"对曰："今兹鲁多大丧，明年齐有乱，君将得诸侯而不终。"退而告人曰："君失问。是阴阳之事，非吉凶所生也。吉凶由人，吾

不敢逆君故也。"①

宋国发生了陨石，且"六鹢退飞"，这些现象本身并不暗含着吉凶，然
而宋襄公却以"天垂象，见吉凶"的老礼询问吉凶何在，宋襄公的疑问
至少暴露了他两方面的缺点：一是缺乏明判是非的能力，"六鹢退飞，
过宋都"，本是"风也"，再正常不过的事情了，而他却联系到吉凶；二
是缺乏把握宋国命运的能力，也正是因为这一点，面对自己国家的"怪
事"才向远道而来的周内史询问其中的原因。宋襄公的这些缺点，正是
周内史判断他"得诸侯而不终"的依据，宋襄公自己如此昏聩，连宋国
的国事、前途都很难掌控，又怎能领导天下诸侯各国呢？当然，面对
宋襄公，周内史当面依然从吉凶的角度加以回答，而且事事中的。其
中的奥秘如果不是后世史官的附会，一定是周内史依据自己出使各国
的经历所作出的预言判断，毕竟史官对世事趋势的观察具有异于常人
的敏锐。与周内史的预言相比，更值得关注的是他对阴阳与吉凶的看
法，事后他明言天道自然变化，只是阴阳之事，无所谓吉凶祸福，真
正的吉凶隐藏在人事观察阴阳的角度以及随之而调整的人事活动。

　　当然，能够看破阴阳与吉凶关系的人还是少数的知识精英，对于
宋襄公之流，要求他们将天象之怪异与人事的吉凶加以区分，是强人
所难。然而按照周礼的精神，即使认为天象预示着人间的吉凶，也应
该首先反思君主自身行为以及治国施政的得失，但宋襄公显然没有这
样做，这一点无疑正是周内史之所以批评宋襄公"失问"的直接原因。
也就是说，宋襄公将阴阳之事与吉凶关联，是春秋战国之世乃至秦汉
社会及其后世的传统做法，但其中的吉凶关键在于君主自己的所作所
为，如果能够借以自律匡正，显然是吉利之事，相反虽然不一定必然
是凶灾，但世事的发展方向只能真的"听天由命"了。宋襄公的疑问表
现于鲁哀公身上，则是上博简《鲁邦大旱》记载的内容：面对鲁国的持
久旱情，鲁哀公一脸茫然，于是便向孔子请教对策，孔子首先引导鲁

---

　　① 　(清)阮元校刻：《十三经注疏》，1808～1809 页。

哀公反思自己的"刑与德"是否有亏，即"邦大旱，毋乃失诸刑与德乎"①。显然，如果鲁哀公随着孔子的思路而加以反思，"阴阳之事"的最终表现必然是吉利之象。

阴阳本身没有吉凶性质，还见于春秋时期名医的论述。《左传》昭公元年秦国医和说："六气曰阴、阳、风、雨、晦、明也。分为四时，序为五节，过则为灾。"医和所说天之六气，与史官相比更为原始、朴素，但他将之视为人世之五味、五声、四时、五节的依据，显然又是符合春秋知识界的共识。医和所说的"灾"，与前述的"凶"一样，是对人事活动效果的判定，即人事活动违反了天之六气的规律，必然引来灾祸。

与周内史、医和的观念相同，鲁国的知识精英也将阴阳视为天之运行的重要原则，如《左传》昭公二十一年记载：

> 秋，七月，壬午，朔，日有食之。公问于梓慎曰："是何物也，祸福何为？"对曰："二至二分，日有食之，不为灾。日月之行也，分同道也，至相过也。其他月，则为灾，阳不克也，故常为水。"②

相似的事例还见于《左传》昭公二十四年：

> 夏，五月，乙未，朔，日有食之。梓慎曰："将水。"昭子曰："旱也。日过分，而阳犹不克，克必甚，能无旱乎？阳不克莫，将积聚也。"③

这两次天象都是"日有食之"，对此鲁昭公首先想到的是吉凶祸福，心理趋向与宋襄公毫无二致，与之相对的梓慎如同周内史一样，以阴阳运行的原则加以解释，当然与周内史相比，梓慎的解释更为详细，至少他已明确指出阴阳相克相反的定律。在第二则事例中，虽然梓慎与

---

① 马承源主编：《上海博物馆藏战国楚竹书》（二），204 页，上海，上海古籍出版社，2002。

② （清）阮元校刻：《十三经注疏》，2098 页。

③ （清）阮元校刻：《十三经注疏》，2106 页。

昭子的解读结果截然相反，但他们言说的逻辑依据无疑都是阴阳相反相成的规律。

所以，无论普通民众如何认识阴阳与吉凶的关系，那个时代的知识精英已经在多种场合说明了阴阳本身并不暗示着吉凶祸福。

但又必须承认，虽然知识精英的认识更为客观、合理，但普通大众的观念因其人数众多、基础牢固，也往往表现得更为持久而坚韧。这一点从宋襄公到鲁昭公，再至《鲁邦大旱》中的鲁哀公以及秦始皇、汉武帝等人的事迹中可以得到充分的证明。

与春秋时期的这些史官、知识精英不同，战国时期的阴阳家对阴阳知识体系的建构显然更为自觉而系统。也就是说，他们不但继承了春秋时期的阴阳知识，更在此基础上加以提升和延伸。比如阴阳观念，与春秋时期相比，它的内涵更加凝练，外延涵盖面更广，不仅日月昼夜明暗可以归入，就是男女夫妇君臣牛马等也可使用阴阳加以区分。当然这还只是限定于精英阶层，如果也关注普通民众，他们更将阴阳作为区分世界万物万事的基本原则，如同样的白天不同的日期，也可使用阴阳加以区分。显然，阴阳在战国时期的变动更加抽象、活跃。

与其他知识类别相比，阴阳知识如此盛行的原因可能主要在于它对普通民众与精英阶层的兼顾。如前所言，像宋襄公、鲁昭公一样，"不求甚解"的普通民众往往将阴阳与吉凶祸福相关联，这一心理诉求到了战国时期一定被阴阳家加以利用，司马谈在《论六家要旨》中说阴阳家往往让人"拘而多畏"、班固《汉书·艺文志》说阴阳家之"拘者"往往"牵于禁忌，泥于小数，合人事而任鬼神"。其实，这些"拘者"的阴阳家应该不在少数。也许真正的阴阳家与春秋时期的知识精英一样，一再强调阴阳本身与吉凶祸福没有关联，但这也并不能排除一大部分阴阳家学者都在使用吉凶祸福以扩展和加强自己的权力和地位。这一点也许正是早于班固的司马谈没有区分"拘者"与真正的阴阳家，而直接称之为"使人拘而多畏"的原因。

与知识精英相比，普通阶层关注的是阴阳知识如何指导自己趋吉避凶，甚至是逢凶化吉。而阴阳与吉凶祸福的关联，显然满足了民众的这一心理诉求。对于普通阶层来说，自己只要顺应阴阳运行的要求，一定会趋吉避凶的。另一方面，阴阳与天道的直接相关，不但减少了不必要的中间环节，而且更确证着这类知识的可靠性与可信度。正是由于这些原因，阴阳知识在普通阶层中广受欢迎。

同时，阴阳知识体系也并没有受到精英阶层的排斥，这除了普通阶层的共识之外，最主要的原因还在于阴阳家建构的知识体系具有一定的逻辑性和严密性。如班固所言，真正的阴阳家往往"敬顺昊天""敬授民时"，而且通过阴阳四时的变化引导人们适当地调整自己的行为活动，这就像司马谈所说"此天道之大经也，弗顺则无以为天下纲纪"。至于邹衍的五德终始学说虽然存在穿凿附会的嫌疑，但其言说逻辑无疑又是自洽和自足的。

当然，在战国社会，阴阳家知识体系广受各国君主推崇的原因，还在于传统的仪式性知识系统已丧失了约束性，即随着社会形势的复杂，传统仪式性的知识效用在逐渐降低，以致毫无作用。仪式性知识的这一缺憾主要表现在盟誓行为约束作用的降低。《左传》襄公九年记载郑国大夫对盟誓的态度：

> 楚子伐郑。子驷将及楚平。子孔、子蟜曰："与大国盟，口血未干而背之，可乎？"子驷、子展曰："吾盟固云唯强是从，今楚师至，晋不我救，则楚强矣。盟誓之言，岂敢背之？且要盟无质，神弗临也。"……乃及楚平。①

盟誓本来是非常严肃的事情，按照誓辞的内容，后续违反盟誓行为必然会引起人神共愤，然而郑国的卿大夫对此并不担心，其中的原因不是这些卿大夫不相信鬼神，而是他们有另一套说辞，即"要盟无质，神弗临也"。

"要盟"的说辞显然是对违反盟誓行为的开脱，它的出现至少标志着盟誓活动的可信度已经大大降低了。这一现象也表现于吴越两国之事，其中越王勾践的言辞与行为更有说服力。《国语·吴语》记载：

---

① （清）阮元校刻：《十三经注疏》，1943 页。

将盟，越王又使诸稽郢辞曰："以盟为有益乎？前盟口血未干，足以结信矣。以盟为无益乎？君王舍甲兵之威以临使之，而胡重于鬼神而自轻也？"吴王乃许之，荒成不盟。①

以越王勾践本意来看，他不想与吴国盟誓主要是因为担心因此而落下违反盟誓的口实，除了这一主观意图之外，勾践的说辞之所以能够说服吴王夫差，主要是因为他不仅点出了盟誓的实质，即"结信"，又指出了春秋历史的诸多事实，即举行盟誓就可靠吗？显然，这一点也是吴王夫差的心声。后人也许十分惋惜、哀叹夫差的粗疏与愚蠢，然而夫差最后的覆灭远远不能归因于此次盟誓的放弃。另外从勾践一方来看，虽然此次盟誓没有举行，但前次的盟誓活动仍然具有约束力，至少他自己已经承认了这一点。然而，越王勾践遵守盟誓了吗？攻打吴国的行为，显然再次证明了盟誓的不可靠与不可信。

这一点延续至战国，形势变得更加严峻。大国之间今日结成联盟，明天就可能各奔东西，而且展现的只有决绝，没有留恋和惋惜。这一点从齐楚关系、秦楚关系、韩赵魏三国的关系都可以得到证明。至于纵横策士，更是朝秦暮楚，一言不合、一利不顺，就要改投敌国或对手，没有任何信义可言。这种真实的社会现象，对于各国君主来说，不但不陌生，而且极为熟稔，因为他们自己往往是违反盟约的实施者。所以，他们深知盟誓活动很难对他国、他人的行为进行约束。

在这种情况下，能够衍生吉凶祸福效用的阴阳知识无疑正填补了这一缺憾：与盟誓相比，阴阳知识虽然不需要举行仪式，但因直接与天道相关联而让人无比敬畏，又因能衍生吉凶祸福而让人惧怕。这一知识效用的复合，必然使阴阳家广受欢迎、备受推崇。

再者阴阳家自身的提升，使得学派知识体系上而能与知识精英相辩论，下而能使普通民众相熟知，即兼顾世俗生活与精英阶层的双向需求。

---

① 徐元诰撰：《国语集解》，540 页。

第三节　阴阳家知识结构的形成与邹衍的逻辑

　　阴阳家是战国后期十分活跃的思想流派[1]，以至在秦汉时期，其学派的许多主张不但通过政治权力付诸实践，而且也直接被汉代知识界所继承和阐释。阴阳家在汲取战国时期共同知识的基础上[2]，又表现出异于其他学派的独特性，而这种独特性的形成显然又与其核心的知识结构密切相关。

　　在《汉书·艺文志》中，直接标为阴阳家的文献众多，据梁启超的统计，仅算"诸子略阴阳家""兵书略阴阳家""数术略五行家"，"为书一千三百余篇，对于《艺文志》总数万三千二百六十九卷，已占十分之一而强。其实细绎全志目录，揣度其与此等书同性质者，恐占四分之一乃至三分之一"。[3] 以沾染阴阳五行的色彩来看，梁启超的统计显然是合理的。客观来看，从先秦至两汉社会，阴阳家的文本远不止《汉书·艺文志》所载录的这些，如汲冢竹书的《大历》、马王堆帛书的《阴阳五行》甲乙篇、《刑德》诸篇等[4]，都是以出土文献的形式展现于世人面前的。这些信息说明，阴阳家的文献在战国秦汉社会早已在文本丰富性的基础上呈现出体系化、整体化的趋势，只是由于大量文献的失传，

---

　　① 战国时期也许并没有"阴阳家"的称谓，"阴阳家"的名称迟至西汉时期才得以出现。但是与之相关的知识体系显然在战国时期已经形成，这也是西汉之时得以命名的原因和前提。这正如顾颉刚所说"其成为系统的学说始自战国"以至汉代成为这种学说的全盛时代，见顾颉刚：《秦汉的方士与儒生》，16 页，北京，北京出版社，2016。因此，为方便起见，仍使用"阴阳家"来称谓努力建构这一知识体系的士人群体。

　　② 李锐认为"诸子所学，大体有古来的数术知识（如阴阳五行之类）、一般性的经典（如六艺、老子之类）、本学派经典，乃至小宗派（如儒家八派内部）的经典"，见李锐：《先秦诸子百家争鸣综说》，载《江海学刊》，2020(3)。以战国实情而言，这些学习内容已涉及许多学派价值理念的内容，按一般士人的知识结构而言，其所通习的基本知识应包括"六艺"（或曰"经典"）、历史知识和言辞文字技能。

　　③ 梁启超：《阴阳五行说之来历》，见顾颉刚：《古史辨》第五册下，353～358 页。

　　④ 李锐认为银雀山汉简《曹氏阴阳》、虎溪山汉简《阎氏五胜》也为先秦古书，见李锐：《先秦诸子百家争鸣综说》，如此先秦时期属于阴阳家的文本更为丰富。

后人难以窥见其原貌。但我们如果以知识观念、文本、文献体系互动的角度来加以考察的话，仍然能从相关传世文献与出土文献的信息中勾勒其文献形成和知识观念衍生的基本过程。

一、阴阳家知识结构的核心要素

对于阴阳家的知识特征与来源，班固在《汉书·艺文志》"诸子略"中说：

> 阴阳家者流，盖出于羲和之官，敬顺昊天，历象日月星辰，敬授民时，此其所长也。及拘者为之，则牵于禁忌，泥于小数，舍人事而任鬼神。①

这是在强调阴阳家知识内容的来源，而且集中于上古时期的天官。汉人对于阴阳家的这种知识追溯显然是有道理的，但仅仅把阴阳家的知识结构限定于"敬顺昊天，历象日月星辰，敬授民时"也显然是不够的。所以，我们要想明确阴阳家的知识结构，还必须要关注《汉书·艺文志》"数术略"中的天文、历谱、五行三大类文献的知识特点。也就是说，无论在汉代还是在战国时期，阴阳家的知识结构往往以天文、历谱、五行为知识背景。

对于《汉书·艺文志》"诸子略"之阴阳家与"数术略"之天文、历谱、五行之间的关系，当代学界在关注两者联系的同时，也表达了诸多困惑，如台湾学者邝芷人说，产生此种现象可有三种解释：第一诸子之言既重于社会政教，自然有疏于其他专门的知识；第二，天文及历法家根本就未曾与阴阳家相混；第三，天文、历法（谱）者及五行者皆为阴阳家。在这三种解释中，邝芷人认为："第三种情形可能性最大。"②与邝芷人相比，李零更倾向于第一种解释，他说："关键在于阴阳家是以人类书，多有题名作者，五行类没有，只是技术书。"③两位学者讨

---

① （汉）班固：《汉书》，1734～1735 页。
② 邝芷人：《阴阳五行及其体系》，42 页。
③ 李零：《兰台万卷》，98 页。

论得较为深入，同时更能启发深思。也许以《汉书·艺文志》为代表的汉代知识界，的确存在将思想观念与专门技术加以区分的意识，但从班固所列书籍以及评述中，无疑能够清晰地看出阴阳家与天文、历法、五行类书籍的交叉和融合。所以，要分析、追寻阴阳家的知识结构以及形成过程，必须同时关注"诸子略"与"数术略"所呈现出的共同信息。

总的来说，在《汉书·艺文志》中，无论是"阴阳家"所列书籍，还是天文、历谱、五行类所列书籍，都是阴阳家思想观念与专门技术知识互动的结晶。阴阳家依据相关的专门知识提炼出系统化的思想观念，随之这种系统的思想观念又影响了专门的技术知识。这种互动的情形，可以从班固对"五行者"的评述中看出，他说："五行之序乱，五星之变作，皆出于律历之数而分为一者也。其法亦起五德终始，推其极则无不至。"其实，班固的这一评述固然符合汉代图书以及知识分类的情况，但是如果要追溯阴阳家的思想体系以及形成过程，显然必须突破《汉书·艺文志》所限定的文献及知识分类的范围。

《汉书·艺文志》的知识观念可追溯至刘歆、刘向，而生活于他们之前的司马谈在提到阴阳家时，这样描述：

> 夫阴阳四时、八位、十二度、二十四节各有教令，顺之者昌，逆之者不死则亡。未必然也，故曰"使人拘而多畏"。夫春生夏长，秋收冬藏，此天道之大经也，弗顺则无以为天下纲纪，故曰"四时之大顺，不可失也"。①

与班固相比，自认为承自先人、世守史职的司马谈，对于天文历法的知识应该比班固更为熟稔，因为对他来说，传承和阐释属于史官职责范围的天文历法知识，不仅是他的责任，更是世承祖业的一种表现，尽管这种追溯并非符合客观事实②。所以，相对于班固概括地评述阴阳家的知识出于天文历法，司马谈更为具体地点出了阴阳家知识结构

---

① （汉）司马迁：《史记》，3290 页。
② 过常宝：《世系和统系的构建及其意义——〈史记·太史公自序〉相关内容解读》，载《中国人民大学学报》，2019(2)。

的关键词。司马谈所说的"阴阳四时、八位、十二度、二十四节"，无疑可以都是对阴阳家知识结构关键词的叙述。李若晖认为从阴阳四时到二十四节，存在着数的演算，"由此，阴阳家经由数的演算达致了绝对的必然性"，即构成"以道生阴阳，阴阳生四时，四时生八位、生十二度，八位或十二度生二十四节"的秩序。① 但在这里阴阳家知识结构的关键词还仅限于天文自然方面，也许司马谈只是为了强调阴阳家"四时之大顺"的知识依据②，所以对于阴阳家的知识并未罗列全面。着眼于战国至秦汉时期，阴阳家知识结构的关键词至少还包括五行。

当然，对于阴阳家来说，这些关键词并不是处于同一层级的：相对于"四时、八位、十二度、二十四节"，阴阳家的知识结构更强调"阴阳""五行"这两个术语对其他关键词的统摄关系。而这种话语体系之中的统摄关系，正是阴阳家与诸如"天文者""历谱者"等一般数术家的重要区别：阴阳家话语体系之中的统摄关系和系统性，显然要高于只掌握天文星象或仅以此制定历法者。与"数术略"之"五行者"相比，阴阳家不但突出天文星象的重要地位，而且更加强调阴阳五行之于客观世界以及人类社会变迁循环的决定性意义。于此，我们要探讨阴阳家的形成，必然需要关注阴阳与五行观念交融和衍生的过程。

冯友兰在论及董仲舒政治思想与社会观念的来源时指出："先秦思想有两条不同的路线：阴阳的路线，五行的路线，各自对宇宙的结构和起源作出了积极的解释。可是这两条路线后来混合了。"③关于阴阳学说与五行的合流，学界有不同的看法，有的认为阴阳与五行的结合发生于春秋时期甚至西周末年④，有的认为两者合流于邹衍、《吕氏春

---

① 李若晖：《循必然以窥天道——试析阴阳家理论的逻辑结构》，载《哲学研究》，2016(2)。

② 如李若晖指出此处的关键词为"顺"，而"顺"的基本意涵为依从、遵循。参见李若晖：《循必然以窥天道——试析阴阳家理论的逻辑结构》。

③ 冯友兰：《中国哲学简史》，226 页，北京，北京大学出版社，1985。

④ 潘俊杰：《阴阳五行合流新探》，载《西北大学学报(哲学社会科学版)》，2009(5)；左益寰：《阴阳五行家的先驱者伯阳父——伯阳父、史伯是一人而不是两人》，载《复旦学报(人文科学版)》，1982(1)；杨宽：《西周史》，691 页，上海，上海人民出版社，1999。

秋》、《淮南子》或董仲舒①，还有的认为阴阳与五行合流于唐代②。结合对《管子》中诸如"《幼官》《四时》《五行》《轻重己》四篇的阴阳五行图式"，白奚认为"有足够的证据可以断定阴阳与五行合流于《管子》"③。与之相关的学术争论也许会一直持续下去，但一个毋庸置疑的事实是无论阴阳与五行的结合形成于何时，对于秦汉时代的知识界来说，五德终始学说显然是众多阴阳家理论之中最为著名者。

五德终始学说的提出者邹衍不但在他生活的时代风光无限，而且这种荣耀也延续到了后世，司马迁在谈到邹衍受欢迎的程度时说"适梁，惠王郊迎，执宾主之礼。适赵，平原君侧行撇席。如燕，昭王拥彗先驱，请列弟子之座而受业，筑碣石宫，身亲往师之"，诸侯的推崇与尊敬让司马迁十分感叹，"其游诸侯见尊礼如此，岂与仲尼菜色陈蔡，孟轲困于齐梁同乎哉"（《史记·孟子荀卿列传》）。同样，《盐铁论》记载御史大夫与文学儒士辩论时，也特意将邹衍的风光与孔孟的困厄相对比（《盐铁论·论儒》）。其后，刘向、刘歆、班固等人在梳理汉代典籍时也不断提到邹衍的著作或观点，这些都可看出邹衍对秦汉社会的深远影响。

关于邹衍的著述，司马迁记载有"《终始》、《大圣》之篇十余万言"并作《主运》（《史记·孟子荀卿列传》《史记·封禅书》），《汉书·艺文志》著录"《邹子》四十九篇""《邹子终始》五十六篇"，但这些著作早已散佚。目前学界一般认为《吕氏春秋·应同》是邹衍或邹衍学派的作品④，

---

① 庞朴：《稂莠集》，上海，上海人民出版社，1988；武占江：《四时与阴阳五行——先秦思想史的另一条线索》，载《河北师范大学学报（哲学社会科学版）》，2003（2）；张岱年：《中国哲学大纲》，32页，北京，中国社会科学出版社，1997；马勇：《邹衍与阴阳五行学说》，载《社会科学研究》，1985（6）。

② 如关增建认为阴阳与五行"的混合发生于后世，汉代《淮南子》中已经有了这种混合的征兆。到了唐代，人们对之说得更清晰了"，以至"南宋鲍云龙将此总结为：'由是观之，太极生阴阳，阴阳生五行，五行生万物，是天地造化之自然，不涉纤毫人力'"。关增建：《先秦宇宙生成论探析》，载《自然科学史研究》，2012（2）。

③ 白奚：《中国古代阴阳与五行说的合流》，载《中国社会科学》，1997（5）。

④ 汤其领：《秦汉五德终始初探》，载《史学月刊》，1995（1）；侯外庐：《中国思想史》第1卷，648页，北京，人民出版社，1957；冯友兰：《中国哲学史》上，125页，上海，华东师范大学出版社，2002。

它应该是五德终始学说的主要内容：

> 凡帝王之将兴也，天必先见祥乎下民。黄帝之时，天先见大
> 螾大蝼，黄帝曰"土气胜"，土气胜，故其色尚黄，其事则土。及
> 禹之时，天先见草木秋冬不杀，禹曰"木气胜"，木气胜，故其色
> 尚青，其事则木。及汤之时，天先见金刃生于水，汤曰"金气胜"，
> 金气胜，故其色尚白，其事则金。及文王之时，天先见火，赤乌
> 衔丹书集于周社，文王曰"火气胜"，火气胜，故其色尚赤，其事
> 则火。代火者必将水，天且先见水气胜。水气胜，故其色尚黑，
> 其事则水。水气至而不知，数备，将徙于土。①

这段文字是否出于邹衍本人也许还存在争议②，但从秦始皇以及两汉
时代对五德终始学说的实践和阐释来看，《吕氏春秋·应同》显然反映
着邹衍学派对社会历史变迁的理论解读。也就是说，邹衍学派认为，
从黄帝到周代的王朝更替，其根本原因在于五行的更替和转换：黄帝
时期为"土气"，夏禹之时为"木气"，商汤时期为"金气"，周文王之时
为"火气"。这里的五行之"气"，虽然没有明言为五行之"德"③，但结
合秦始皇将黄河命名为"德水"的政治实践（《史记·秦始皇本纪》），其
中的五行之"气"无疑就是五行之"德"。于此，土木金火的转换就是四
个王朝之"德"的转移：木克土为胜，代表着夏朝取代了黄帝，夏朝为
木德；金克木为胜，代表着商朝取代了夏朝，商朝为金德；火克金为
胜，代表着周朝战胜了商朝，周朝为火德。

土木金火四德代表的王朝，在《应同》中分别是黄帝、夏、商、周，
而这一对应，与后世的文献稍有不同。东汉高诱《淮南子注》、唐李善
《文选注》在谈到"邹子有终始五德"之时，也呈现出另外一种四德与王

---

① 陈奇猷校释：《吕氏春秋新校释》上，682～683页，上海，上海古籍出版社，2002。
② 熊凯：《〈吕氏春秋·应同〉篇新论——兼论战国后期学术之演进问题》，载《北京理工大学学报(社会科学版)》，2006(3)。
③ 有关"德"的含义，可参看胡晓明：《说五德终始之"德"》，载《中国社会科学报》，2019-12-24(12)。

朝的对应关系："五德从所不胜，虞土，夏木，殷金，周火。"①与《吕氏春秋》不同，高诱、李善的引用将四德转移的开端追溯至虞代，而非黄帝。尽管一些学者已经指出高诱、李善所说的"虞"本身就可能是黄帝时代的代表，但不少人还是从黄帝与虞的不同加以解读，认为《应同》并不是邹衍及其学派的作品②。

其实，联系邹衍时代黄帝故事及相关传说的流行，以及司马迁谈到邹衍时也说其"先序今以上至黄帝"（《史记·孟子荀卿列传》）可以看出，与高诱、李善的说法相比，《应同》的记载更符合邹衍的一贯主张。无论如何，五德终始学说通过描述五行相胜与王朝更替的关系，来建构自己的社会变迁理论。王朝变迁的背后存在着五行之德相克相胜的根据，而这些在邹衍及其学派看来③，只是一种论据。邹衍学派的目的显然不是指向历史，而是通过历史来论证未知的将来，即未来的趋势。

所以，无论从黄帝到周文王，还是从虞舜到周文王，王朝更替的描述都只能整齐为四，如此才能根据四德的转移推出另一德的来临，即未来的趋势在于水克火为胜，即借助"水气胜"之水德可以一统天下，可以成为万民共主。那么，谁能代表水德，又怎能准确把握水德到来的时机？这一点也许正是各诸侯国最为关心的问题，因为水德显现于哪一国，直接关系到这一国的前途和命运。这正如王梦鸥所说："当时周之天命已至改易之时，人尽可见。故邹衍迎合当时秦、齐、楚、燕诸国诸侯皆欲称帝之心，倡此说，而代周者必为水德，因为水胜火。"④但是水德的显现与把握，显然已经超出了各诸侯王权力所能达到的极限。于此对于各诸侯国来说，迎请邹衍、尊崇邹衍便是顺应水

---

① 见《淮南子·齐俗训》高诱注（何宁：《淮南子集释》，790页，北京，中华书局，1998）、《文选》卷五九《齐故安陆昭王碑文》李善注引《邹子》语（萧统编，李善注：《文选》，823页，北京，中华书局，1977）等。

② 熊凯：《〈吕氏春秋·应同〉篇新论——兼论战国后期学术之演进问题》。

③ 先秦时期的"家"可指集体，也可指个人，每一个自成一家之言的学者都可以成为一家。详见李锐：《"六家"、"九流十家"与"百家"》，载《中国哲学史》，2005(3)。

④ 王梦鸥：《邹衍遗说考》，122～141页，台北，台湾商务印书馆，1966。

德、迎接水德最为妥善的方式。

五德终始学说是一种社会变迁理论，即运用五行相胜来解释王朝的更替变迁，并进而预测未来社会的趋势与新变。这一理论为邹衍赢得了名声，同时也抬高了阴阳家的身份和地位，进而使阴阳家的知识体系波及战国秦汉时期的整个知识界，从《吕氏春秋·应同》言说五德终始理论而不标明邹衍学说的情形来看，至迟在战国末期、秦国统一天下之前，阴阳家的知识体系已成为知识界普遍运用和备受推崇的知识观念。

二、邹衍与《管子·五行》的逻辑关联

从五德终始理论的思维方式可以看出，五行相胜与王朝更替的一一对应是邹衍及其学派所使用的基本方法，而这一点也正是邹衍及其学派的创新之处。那么邹衍进行知识创新的依据即五德终始学说推衍的过程，显然对于我们分析阴阳家的生成至为关键。

许多学者已经指出，代表稷下学派活动成果的《管子》一书存在多篇直接阐述阴阳五行思想的文章，如《幼官》《幼官图》《四时》《五行》《轻重己》等。① 按照白奚的分析，《管子》这几篇文章，颇能反映出阴阳五行逐渐融合的过程："《幼官》在五行与时令的结合上做了最初的尝试"，将一年四季与东西南北中相配，但却"没有给相当于土德的'中'留下位置"；"《四时》沿袭《幼官》的思路，并试图对《幼官》的图式做些修补以圆其说"，"《四时》将'中央土'安排在南方与西方之间即夏季与秋季之间的位置"，强调了中央土的重要作用，但在四时序列中仍然不占天数；"《五行》篇的思路与《幼官》《四时》大不相同"，它放弃了"播五行于四时"的做法，"作者用五行等分一岁之日，从四时的每一时里扣下若干天留给中央土，这样就将一年分成五个七十二日，配以木火土金水五行"；与其他篇章相比，《五行》的构想显然更符合阴阳与五行搭配的图式，但白奚认为"《五行》的图式为了追求形式上的严整，不惜打乱四

---

① 赵载光：《战国时代阴阳五行理论的发展和演变》，载《四川师范学院学报（哲学社会科学版）》，1991(2)。

时系统来迎合五行，实为削足适履之举，断难被人们接受"，进而他判定"《五行》的尝试是失败的，故而为《吕氏春秋·十二纪》、《礼记·月令》和《淮南子·时则》所不取"。① 白奚注意到《管子》这几篇文章存在前后相次的衍生，无疑具有深刻的启发性。但白奚主要分析的是《管子》对阴阳与五行融合的过程，如果从邹衍五德终始学说的生成来看，《幼官》《四时》《五行》无疑是邹衍学说进一步推衍的基础。

从文章衍生的序列来看，《幼官》《四时》的确处在《五行》之前，对于稷下学人来说，四时轮替与五行的结合，最大的困难便是四季如何与五行一一对应：与《幼官》《四时》相比，《五行》将一年时光分成五等分的描述，无疑更能满足这种一一搭配的要求。《五行》：

> 日至，睹甲子木行御。天子出令，……七十二日而毕。
>
> 睹丙子，火行御。天子出令，……七十二日而毕。
>
> 睹戊子，土行御。天子出令，……七十二日而毕。
>
> 睹庚子，金行御。天子出令，……七十二日而毕。
>
> 睹壬子，水行御。天子出令，……七十二日而毕。②

其中的甲子、丙子、戊子、庚子、壬子分别代表着为期 72 天的时段，这一时段的来源，如前所述，白奚认为是从四季之时中"扣下若干天留给中央土"，于此配成 5 个 72 日。白奚的这一认识，渊源有自，唐人张守节在《史记正义》中解释《高祖本纪》所记刘邦"左股有七十二黑子"时说："七十二黑子者，赤帝七十二日之数也。木火土金水各居一方，一岁三百六十日，四方分之，各得九十日，土居中央，并索四季，各十八日，俱成七十二日，故高祖七十二黑子者，应火德七十二日之征也。"③张守节的解释，显然成为白奚认识的来源。其实，这是在以四季为常识的立场上给出的解释，即先把一年分为四季，四季各分 90 天，随后四季各分出 18 天，组成中央土日。这一解释虽然给出了中央

---

① 白奚：《中国古代阴阳与五行说的合流》。
② 黎翔凤撰：《管子校注》，868～879 页，北京，中华书局，2004。
③ （汉）司马迁：《史记》，343 页。

土在一年中所占据的具体时段，但是却不符合《五行》所透出的信息：戊子时段代表着中央土，它上承丙子时段，下接庚子时段，这 72 天的时长，无论如何都不是"索四季各十八日"而组成的。

简言之，从甲子、丙子，经戊子，到庚子、壬子，这一年中的五个时段，是《五行》作者的创新。而邹衍的五德终始学说，显然与五子理论存在千丝万缕的联系。通过传世文献，我们发现，在五子的基础上，邹衍新创了一个"季夏"的概念，进而与春夏秋冬相配形成一年的五季时段。这一点较为分散地表现于众多传世文献，郑玄在《周礼·夏官·司爟》"四时变国火"下注引《邹子》曰："春取榆柳之火，夏取枣杏之火，季夏取桑柘之火，秋取柞楢之火，冬取槐檀之火。"①其中四时所用之火，应指《论语·阳货》《管子·禁藏》提到的"钻燧改火""钻燧易火"，对此《邹子》详列五时所用之木，其中"邹子"，应指邹衍。郑玄的引用，无疑透出一种重要的信息：与《周礼》分一年为四时不同，邹衍将一年分为五季，即在夏秋之际增加一"季夏"。据《艺文类聚·火部》引《尸子》佚文云"燧人上观辰星，下察五木，以为火"②，《尸子》所说的"五木"应是邹衍的五时之木，可见邹衍的创造在当时已在一定范围内被接纳。

从秦汉时期的文献来看，邹衍创造的"季夏"概念，也并非湮没无闻、无人承继，而是被《吕氏春秋》《淮南子》乃至《春秋繁露》等通过一种稍微变形的描述加以记载。如《吕氏春秋》在《季夏纪》篇末又有"中央土"的内容："中央土：其日戊己。其帝黄帝。其神后土。其虫倮。其音宫。"③再如，董仲舒《春秋繁露·五行对》在谈到五行与一年季节之间的对应关系时说"天有五行，木火土金水是也。木生火，火生土，土生金，金生水。水为冬，金为秋，土为季夏，火为夏，木为春。春主生，夏主长，季夏主养，秋主收，冬主藏。"④从这些文献对季夏的运用来看，邹衍提出的"季夏"时段，即《管子·五行》中的"戊子"，时长

①　（清）阮元校刻：《十三经注疏》，843 页。
②　（唐）欧阳询撰：《艺文类聚》（附索引），1362 页，上海，上海古籍出版社，1982。
③　陈奇猷校释：《吕氏春秋新校释》，315 页。
④　苏舆撰：《春秋繁露义证》，315 页，北京，中华书局，1992。

为72天，代表着中央土德。通过"季夏"的这一线索，我们可以发现《管子·五行》的72天时长的"五子"分季，也多在秦汉时期的文献中显现，如《淮南子·天文训》"壬午冬至，甲子受制，木用事，火烟青。七十二日丙子受制，火用事，火烟赤。七十二日戊子受制，土用事，火烟黄。七十二日庚子受制，金用事，火烟白。七十二日壬子受制，水用事，火烟黑"①、董仲舒《春秋繁露·治水五行》"七十二日木用事，其气燥浊而青。七十二日火用事，其气惨阳而赤。七十二日土用事，其气湿浊而黄。七十二日金用事，其气惨淡而白。七十二日水用事，其气清寒而黑。七十二日复得木"②等。从中可见，邹衍"五季"说与"五子"中各个时长不仅相重，而且两者在后世文献中也多以相辅相连的形式出现。这一现象说明，邹衍的五季说与《管子·五行》中的五子理论，是一种互文结构，两者可互为替换。如果《五行》形成于邹衍之前，那么邹衍的"五季"理论正是在《五行》基础上的进一步推衍。

三、《管子·五行》与邹衍关联的文本根据

《管子·五行》与邹衍之间的关联还存在其他文本的根据，这可以从《列子》等相关文本加以证明。《列子·汤问》记载郑师文鼓琴之境界："于是当春而叩商弦以召南吕，凉风忽至，草木成实。及秋而叩角弦以激夹钟，温风徐回，草木发荣。当夏而叩羽弦以召黄钟，霜雪交下，川池暴沍。及冬而叩徵弦以激蕤宾，阳光炽烈，坚冰立散。"郑师文的音乐演奏技艺出神入化，十分高超，弹奏之声能使春秋互换、冬夏转移。随后，师襄对郑师文说："子之弹也！虽师旷之清角，邹衍之吹律，亡以加之，彼将挟琴执管而从子之后耳。"③其中"邹衍之吹律"，晋人张湛注云"北方有地，美而寒，不生五谷。邹子吹律煖之，而禾黍滋也"④。以《汤问》对郑师文音乐功能的描述以及师襄的赞叹可以看出，张湛的解释是符合《汤问》原意的。在师襄及《汤问》的作者眼中，

---

① 何宁：《淮南子集释》，225页，北京，中华书局，1998。
② 苏舆撰：《春秋繁露义证》，381页。
③ 杨伯峻撰：《列子集释》，176页，北京，中华书局，1979。
④ 杨伯峻撰：《列子集释》，177页。

"邹衍之吹律"虽然不如郑师文的完美，但也同样能通过音律来改变一地之气候。音律与地域、气候的关系，显然又隐藏着音律、地域、气候与五行之间的联系：北方，代表冬季、水德、寒冷，通过水生木的顺序，随之转移至东方、春季、木德、温暖。以五行相生的顺序来演绎邹衍的学说，便产生了"邹子吹律煖之，而禾黍滋也"的说法。

《列子》对邹衍之吹律的演绎，正与《管子·五行》的理论描述相一致。《管子·五行》在讨论五子时段之前，也是先以音乐理论阐释作为基础和前提：

> 昔黄帝以其缓急作五声，以政五钟。令其五钟：一曰青钟，大音。二曰赤钟，重心。三曰黄钟，洒光。四曰景钟，昧其明。五曰黑钟，隐其常。五声既调，然后作立五行，以正天时，五官以正人位。人与天调，然后天地之美生。①

黄帝作五声，后以五钟固定其声，而五钟不仅从声音上表现天下五方，而且颜色也与五方一一对应。五声、五钟、五方以与五行相配，用于"正天时"，即随后所说的"五子"时段。五行与五子的相配，即"立五行以正天时"，五行的相生也随着天时"五子"的轮替而转移：从甲子到壬子，也即从木到水的运行，随着天时的循环，壬子之后显然又是甲子，水生木，水行之后即木行，气温也由寒而生温。音乐与五行、五季的转移相生，如同《列子》所描述的"邹衍之吹律"。结合季夏、72 天的情形以及《列子·汤问》的稍显变形描述，可以看出《管子·五行》的思想观念与邹衍十分接近：《管子·五行》可谓是邹衍进行知识推衍的直接来源。

《管子·五行》将五行与天时相搭配的同时，也力求通过人类的顺时而行来强调五行与社会政治的关系，"五官以正人位"无疑就是这种诉求的直接表述。这里的五官，分别是：甲子时段之土师，代表着春季，木之行；丙子时段之行人，代表着夏季，火之行；戊子时段之司徒，代表着季夏，土之行；庚子时段之司马，代表着秋季，金之行；

---

① 黎翔凤撰：《管子校注》，865 页，北京，中华书局，2004。

壬子时段之李官，代表着冬季，水之行。其中季夏土之行的司徒之官，在秦汉时期的文献衍生为夏季之官，而丙子时段的行人不再使用。至于代表冬季水之行的李官，在随后的文献中多写作司寇之官。同时，在《管子·五行》中，还提出了另外一种官职与天地四时的对应：

> 昔者黄帝得蚩尤而明于天道，得大常而察于地利，得奢龙而辩于东方，得祝融而辩于南方，得大封而辩于西方，得后土而辩于北方。黄帝得六相而天地治，神明至。蚩尤明乎天道，故使为当时。大常察乎地利，故使为廪者。奢龙辨乎东方，故使为土师。祝融辨乎南方，故使为司徒。大封辨于西方，故使为司马。后土辨乎北方，故使为李。是故春者土师也，夏者司徒也，秋者司马也，冬者李也。①

这里的黄帝六相各有职司：蚩尤"明于天道"，为当时；大常"察于地利"，为廪者；奢龙"辨乎东方"，为土师；祝融辨乎南方，为司徒；大封辨于西方，为司马；后土辨乎北方，为李官。这六种官职的名称，与五子时段相同的有四种，不同的有一种，而且两者的司徒之官分别属于夏、季夏两个不同的时段。更为重要的是，这段文字虽然安排了"当时"和"地利"之官，但却没有设置戊子时段的官职，也许作者认为"为廪者"的大常就是代表戊子时段的官员。无论如何，这段文字官职设置与五子理论的冲突，反映出《五行》进行逻辑推衍的矛盾和缺憾。但尽管如此，代表社会治理的官职——与五时、五行相对应，本身就说明五行相生理论已逐渐与人世间的社会政治紧密地关联起来了，而这一点正是邹衍五德终始学说所代表的社会王朝更替理论所提出的前提和基础。

---

① 黎翔凤撰：《管子校注》，865 页。

第四节　五德终始的推衍与文献体系的建构

当然，《管子·五行》无论是将五行与五时相对应，还是将五行与社会政治的官职搭配，运用的都是五行相生理论，即木生火—火生土—土生金—金生水的次序，决定了从春夏经季夏至秋冬的五时循环。与此相比，五德终始学说显然使用的是五行相胜理论，即五行相胜决定了王朝更替历史的实现。从五行相生解释社会政治官职的设置，到五行相胜解释王朝更替的历史，其中的关节与推衍，无疑同样值得我们注意。

一、五行相胜学说的关节点

《春秋繁露·五行相胜》阐述了五行相克相胜的理论，其中五行代表的官职是其相胜相克的节点：代表木的司农，"不顺如叛"，则由代表金的司徒"诛其率正矣"，即金克木；代表火的司马，如果"有邪谗荧惑其君"，则由代表水的司寇"执法诛之"，即水克火；代表土的"君之官"，如果"君大奢侈，过度失礼，民叛矣"，则由代表民力的司农去拯救，即木克土；代表金的司徒，如果"不能使士众"，则由代表火的司马"诛之"，即火胜金；代表水的司寇，如果"执法附党不平"，则由代表土的君之官"司营诛之"，即曰土胜水。《五行相胜》的五行官职与《管子·五行》并不一致：司徒在《五行相胜》中代表金，而在《五行》中代表火；相反，司马在《五行相胜》中代表火，却在《五行》中代表金。至于司农、司寇分别对应于《管子·五行》中土师、李（理官），而司营应是《五行相胜》的新创，他代替君主承担土行的要求。

相较于《管子·五行》，《春秋繁露·五行相胜》的官职设置无疑更为合理，这一点从司徒之官代表的五行属性可以看出。在《吕氏春秋·应同》中，商之所以取代夏，是因为金克木，即商代表金。而商的祖先契，一直以来都在传说他担任的官职就是司徒，如《尚书·尧典》"帝曰：'契，百姓不亲，五品不逊，汝作司徒，敬敷五教，在宽'"、《国语·鲁语上》"契为司徒而民辑"、《孟子·滕文公上》"有为神农之言者许行"章"使契为司徒，教以人伦"、《荀子·成相》"契为司徒，民知孝悌尊有德"、《大戴礼记·五帝德》"契作司徒，教民孝友，敬政率经"、《礼记·祭法》"契为司徒而民成"等。以此来看，《春秋繁露·五行相胜》将代表金的官职定为司徒，而非《管子·五行》中的司马，显然更为符合商祖先契担任司徒一官的历史。同时，这一设置也更为符合邹衍五德终始学说中的王朝更替理论。以此反观《管子·五行》的官职设置，作者显然没有考虑到商的祖先契担任司徒之官的这一共识，这种现象也正暗示着《管子·五行》与"五德终始学说"的区别。两者的冲突，又能折射出邹衍在《管子·五行》基础上的创新和推进。

同时，由《春秋繁露·五行相胜》推出的官职相胜相克，并非符合"五德终始学说"中五行相克相胜理论，至少"五德终始学说"中五行相克的推衍过程，并不一定是从官职的相克相救入手的。所以，要分析邹衍"五德终始学说"推衍的关节，还必须回到《管子·五行》及相关篇章上。正如学界所分析的那样，五行相克相胜产生于五行相生之后[1]，即从生成次序来看，五行相胜应是五行相生的衍生。与五行相生和四时、五时循环关联一样，五行相胜应该也与天时的相反有关，这一点在《管子》中有明确的表现，如《版法解》"春生于左，秋杀于右；夏长于前，冬藏于后"，左右相反、前后相对，正代表着金克木、水克火的五行属性。《版法解》的这一说法，在后世被演绎得更加精细，如《淮南子·时则训》将春季的三个月分别与秋季的三个月相"合"，夏季的三个月与冬季的三个月相"合"，而且春、夏两季的"失时"行政，灾害会表现于秋、冬两季，反之亦然。[2] 依据现存文献，目前还未发现火胜金、木胜土、土胜水在季节和施政等方面的相反相"合"，从《春秋繁露·五

---

① 杨向奎：《五行说的起源及其演变（中国哲学史纲中之一章）》，载《文史哲》，1955（11）。也有论者认为五行各"要素相生关系与相胜关系"是并行发展的，见藏明：《五德终始说的形成与演变》，西北大学博士学位论文，2012，但以所举例证来看，五行相胜显然处于五行相生之后。

② 六合：孟春与孟秋为合，仲春与仲秋为合，季春与季秋为合，孟夏与孟冬为合，仲夏与仲冬为合，季夏与季冬。

行相胜》的官职相胜来看，这三个方面是五行相胜中的难点，特别是与季节、官职关联时，往往表现出难以弥缝的缺憾和牵强。这种困境说明阴阳家仅仅通过季节的相反、官职的相对，很难建构出完整而又自足的理论体系。想要走出困境，建构完美的五德终始学说，必须突破自然时序的限制，将目光转移至纵向的人类历史。

王朝更迭规律的发现，无疑便是阴阳家的努力方向。在邹衍生活的时代，知识界提出众多的历史阶段，如伏羲氏、燧人氏、太昊氏、共工氏、少昊氏、金天氏、高阳氏、高辛氏等①，这一点也促使荀子开始讨论"法先王"还是"法后王"（《荀子·非相》《儒效》）。面对众多的历史时期，邹衍却删繁就简，梳理从古至今的历史，从中选出四个朝代，分别配以五行属性，进而预测下一种五行属性的到来。

通过《吕氏春秋·应同》的记载可知，五德终始学说中的王朝更替的四个朝代分别是黄帝、夏、商、周，在这四朝中，只要有一个朝代的五行属性确定，那么其他三个朝代的属性即可依据五行相胜的顺序加以推衍出来。而在这四个朝代中，最容易确定五行属性的无疑是"黄帝之时"。《管子·幼官图》《幼官》②"中方图"有"饮于黄后之井"，并与其他四方的青后、赤后、白后、黑后并列，学界一般认为，这些是主管一方的神灵，而"黄后"即主管中央土的神灵。其中的"后"固然可以蕴藏多种含义，但结合秦国设置的"四畤"以祭祀白帝、青帝、黄帝、炎帝的情形，"黄后"似乎在战国时人眼中即黄帝。如果《幼官》对黄帝的描述还嫌模糊的话，那么《管子·五行》对黄帝的塑造已十分清晰：黄帝身上尽管仍然暗含着方位的意义③，但他已不是一位自然神灵（五方神），而是一位具有浓厚历史色彩的人物神（祖先神）。

更为重要的是，黄帝得到蚩尤、大常等六人的辅佐，不仅让他们分管天地四方，而且还为天地四方设置了可以传至千年的官制体系。

---

① 蔡邕《独断》所列帝王可供参考，与邹衍不同，蔡邕梳理的王朝更替是以五行相生为理论支撑的。

② 经闻一多、郭沫若等人分析，学界一般认为"幼官"即玄宫之误，与儒家所说的明堂相似。

③ 作者在言说东西南北四方时，已暗含着黄帝的中央土位置。

具体到五行与五子时段的搭配，显然又是在黄帝的主导下进行的：他创制五声，又铸造五钟，然后立五行、设五官，从此"人与天调，然后天地之美生"。根据对黄帝的这些认识和描述，邹衍在设计"黄帝之时"的王朝属性时，十分自然而然地就关联到了五行之土："黄帝之时"是土德，依据木克土可知夏朝是木德，其次依据金克木又知商朝是金德，其后又依据火克木可知周朝是火德。历史上的王朝更替照此相胜流转，显然不难推衍出代周而起的王朝必然顺应水克火的五行相胜规律。于此，成就邹衍名声的五德终始学说横空出世。

通过对五德终始学说形成过程的考察，可以概括出邹衍创制新理论的三个关键点：一是王朝五行属性的确定，没有这一前提，五德终始不但难以轮次相代，更没有历史的依据；二是五行相胜理论，没有五行相胜，王朝的更替可能被归结为五行相生的作用，如蔡邕《独断》所描述的情形①；三是五行与五子、五时的搭配，没有五子、五时，五行的完整运行就难以解释，天时的循环就与五行毫无联系，进而也难以与王朝更替相关联。也正是因为这三个关键点的融合，才使五德终始学说成为一个自足的理论体系。

在邹衍所列的四个朝代中，"黄帝之时"处于"五德终始"的起点，而他与五行属性的相配应与帝王居中的观念相关。帝王居中的观念起源甚早，《尚书·尧典》所记帝尧分命羲仲、羲叔、和仲、和叔分居四方，本身就暗含着帝尧居中的规则。如果说《尧典》还是追忆之辞的话，那么甲骨文中出现的"四方风"等，很能说明早在文字呈系统化之时，中国人已十分爱好描述帝王居中的心理意识。② 具体到黄帝居中，应

---

① 蔡邕《独断》卷下：木生火，故宓牺氏没，神农氏以火德继之。火生土，故神农氏没，黄帝以土德继之。土生金，故黄帝没，少昊氏以金德继之。金生水，故少昊氏没，颛顼氏以水德继之。水生木，故颛顼氏没，帝喾氏以木德继之。木生火，故帝喾氏没，帝尧氏以火德继之。火生土，故帝舜氏以土德继之。土生金，故夏禹氏以金德继之。金生水，故殷汤氏以水德继之。水生木，故周武以木德继之。木生火，故高祖以火德继之。[（汉）蔡邕：《独断》卷下，见王云五主编：《丛书集成》初编，17页，上海，商务印书馆，1939]

② 刘庆柱：《中华文明五千年不断裂特点的考古学阐释》，载《中国社会科学》，2019（12）；李纪祥：《再现"大九州"——"《春秋》邹氏学"与"中国居中"之经学前景图像建构》，载《文史哲》，2020(5)。

该是这种帝王居中观念在春秋末年至战国时代的衍生，因为春秋时期
虽然谈到黄帝，但几乎没有涉及他与方位的关联。而到了战国，五方
观念的盛行及知识体系的衍生，与黄帝成为天下共祖的观念相结合，
必然强调黄帝居中的地位和权力。这一点在多种文献中均有表现，如
《墨子·贵义》：

> 子墨子北之齐，遇日者。日者曰："帝以今日杀黑龙于北方，
> 而先生之色黑，不可以北。"子墨子不听，遂北，至淄水，不遂而
> 反焉。日者曰："我谓先生不可以北。"子墨子曰："南之人不得北，
> 北之人不得南，其色有黑者，有白者，何故皆不遂也？且帝以甲
> 乙杀青龙于东方，以丙丁杀赤龙于南方，以庚辛杀白龙于西方，
> 以壬癸杀黑龙于北方，若用子之言，则是禁天下之行者也。是围
> 心而虚天下也，子之言不可用也。"①

这段文字蕴含的信息十分丰富，它在突出墨子对日者言论的质疑和归
谬之时，也呈现了黄帝居中的观念。对于"帝"杀四龙，清代学者毕沅
认为可据《太平御览》增补出"以戊己杀黄龙于中方"，对此王念孙已加
以反驳，孙诒让在认同王说的同时，又指出"案此即古五龙之说"，并
引《鬼谷子》"盛神法五龙"加以证明。② 以此来看，孙诒让认为墨子与
日者的对话之中虽然没有明确提到"中方之黄龙"，但"帝"所在位置即
是中央，就代表着黄龙。再结合《鬼谷子》所说的"法五龙"可知，黄龙、
青龙、赤龙、白龙、黑龙，与《管子·幼官》中的黄后、青后、赤后、
白后、黑后一样，是主宰一方的自然神。③ 其后，由于自古以来居中
观念的推动，主宰中央的黄龙地位上升，被称为"帝"，它可统御、杀
伐其他四龙，如墨子、日者所言。但此时还仅仅称之为"帝"，并没有

---

① （清）孙诒让撰：《墨子间诂》，447～448 页。
② （清）孙诒让撰：《墨子间诂》，448 页。
③ 这种自然神的知识观念，来源甚古，如《左传》昭公二十九年记载蔡墨对魏献子说
"有五行之官，是谓五官，实列受氏姓，封为上公，祀为贵神。社稷五祀，是尊是奉。木正
曰句芒，火正曰祝融，金正曰蓐收，水正曰玄冥，土正曰后土"，其中句芒、祝融、蓐收、
玄冥、后土，在后世看来具有方位的意义，但通过蔡墨的陈述可知他们仅仅是指主宰五行之
官，本身不具有方位自然神的意味。

径直称之为"黄帝"。

随着五方知识体系的完善以及战国时期各国的政治运动,东西南北四龙也称之为"帝",于是五方之"帝"便加上颜色以示区别。五方、五龙、五帝的衍生顺序,可以从秦国设置雍時的次序加以证明:秦人先设西時祠白帝,再设密時祠青帝,随后设吴阳上下時,祠黄帝炎帝。所以,墨子与日者对话的文辞,可以看作由五龙到五帝的中间状态:黄龙上升为"帝",但又没有称之为"黄帝"的时期。也许在最初的观念中,由黄龙变成黄帝的称谓更多的是指主宰一方的自然神,但随着它的传播,代表中央的"黄帝"必然又与历史人物之黄帝紧密相联。

于是,"黄帝"的含义变得十分丰富:同时拥有了自然神格和祖先神格。黄帝所具有的多重意义,在文献中多有反映,如与《墨子·贵义》十分相似的文本,见于银雀山汉简《孙子兵法·黄帝伐赤帝》:黄帝南伐赤帝,东伐青帝,北伐黑帝,西伐白帝,"已胜四帝,大有天下"①。与《墨子·贵义》相比,这里的黄帝也许仍然暗含着主宰中央之义,但他通过四方征伐,已经取得天下共主的地位。黄帝的这一形象,无疑正与《管子·五行》中的描述相一致。所以,从《鬼谷子》中的"五龙"、《管子·幼官》中的"五后",到《墨子·贵义》中的"一帝四龙",再到秦国的四時祭祀、银雀山汉简中的"黄帝伐四帝",我们可以十分清晰地看出,"黄帝"这一名称意义的衍生与丰富。

"黄帝"意义的这一变化,复杂纷乱,让后人十分困惑,如顾颉刚就认为黄帝就是"黄龙地螾"之类②。黄帝的衍生,如果仅仅从一方的自然神来看,的确如顾颉刚所说,但是由黄龙而来代表着中央的"黄帝",一旦和自古相传的祖先黄帝相融合,无疑具有丰富的意义。黄帝的这一衍生也波及其他四帝,如炎帝,在春秋时期也是一位历史人物、姜姓的祖先,位于东方的齐国是他的后裔。但在五方之中,他被配置到了南方,与"赤帝"融合一体。其他如少昊、太昊、颛顼等也与方位

① 银雀山汉墓竹简整理小组编:《银雀山汉墓竹简》壹,32页,北京,文物出版社,1985。

② 顾颉刚:《与钱玄同先生论古史书》,见《古史辨》第一册中编,65页,上海,上海古籍出版社,1982。

相配，被认为是青帝、白帝、黑帝。简言之，方位自然神与祖先神的交融，是邹衍所面对的知识资源。有了这些知识和观念的积累，邹衍才能在五德终始学说中提出"黄帝之时"为土德。也许，邹衍在言说黄帝之世"天先见大螾大蝼"时，无意之间已经在透露黄帝是自然神与祖先神的统一。

除了黄帝代表中央土的知识观念，战国时期流传的有关周朝和商朝的传说，也应是邹衍建构五德终始学说的知识资源，如周人尚赤的观念①，除了见于《吕氏春秋·应同》，还见于《墨子·非攻下》"赤乌衔珪，降周之岐社，曰：天命周文王伐殷有国"，而且《礼记·檀弓上》有"周人尚赤……牲用骍"、《礼记·明堂位》旌旗有"周之大赤"。至于商人尚白的表述，也散见于文献，如《礼记·檀弓上》"殷人尚白……牲用白"，当代学者依据甲骨文的内容判定殷人确有崇尚白马的习俗②。这些记载说明在邹衍之前，知识界已广泛流传"周人尚赤""殷人尚白"的知识观念。而且《墨子·非攻下》的记载，与《吕氏春秋·应同》十分相似，尽管我们很难判断两者孰先孰后，但不同文本具有的相似内容，至少说明这种知识观念已经在一定的范围内得到接受和传播。更为重要的是，从《管子·幼官》可知，颜色与五行已经相配：白代表着金，而赤代表着火。于是，由此又关联到商、周两朝的五行属性，乃是势所必然的。

也就是说，在邹衍的时代，黄帝、商朝、周朝的五行属性都有一定的知识资源可兹利用。而对于夏朝的五行属性，无疑需要邹衍结合五行相胜的理论加以推衍。在五德终始理论中，夏朝代表着木，属于青色，因为木胜土所以代黄帝而起，又因金克木所以被商朝所取代。邹衍对夏朝五行属性的描述，与《礼记·檀弓上》"夏后氏尚黑……牲用玄"的记载并不一致。这种冲突现象也许正可说明，邹衍在将黄帝、商、周三朝的五行属性纳入五德终始学说之时的推衍与新创，因为如

---

① 王晖：《周文化中"火"与赤鸟崇拜考》，载《陕西师范大学学报（哲学社会科学版）》，1999(4)。

② 裘锡圭：《从殷墟甲骨卜辞看殷人对白马的重视》，见《古文字论集》，232～235 页，北京，中华书局，1992。

果还固守"夏后氏尚黑"的说法，必然与其他三个朝代的五行属性难以形成前后轮替的相胜关系。于是，在黄帝、商朝、周朝五行属性的确定后，夏朝的五行属性便依据五行相胜的学说加以推衍。

二、五行相胜的细目与系统化

五德终始学说得以成立的理论依据是五行相胜学说，而这一学说在春秋时期并未形成一个完整的系统，只是表现为比较分散的具体细目。在这些细目之中，火胜水的知识观念出现最早，也最为成熟。《左传》昭公二十四年：

> 夏，五月，乙未，朔，日有食之。梓慎曰："将水。"昭子曰："旱也。日过分，而阳犹不克，克必甚，能无旱乎？阳不克莫，将积聚也。"①

梓慎之所以判断为"将水"，是因为发生了日食，即代表着阳气的太阳隐而不彰。而昭子预言将旱，其依据是时节已过了春分，阳气应该慢慢强盛，但发生日食说明阳气仍然在积聚状态，而阳气一旦力量大增，必然引起旱灾。梓慎和昭子虽然结论不同，但他们推衍的根据都是代表阴气的水与代表阳气的旱之间强弱消长的较量。这当然可归结为阴阳之间的对抗，但水、旱的区分又自然而然地联系到水火之间的此消彼长。

相似的记载，还见于《左传》昭公二十一年梓慎与鲁昭公的问对：

> 秋，七月，壬午，朔，日有食之。公问于梓慎曰："是何物也，祸福何为？"对曰："二至二分，日有食之，不为灾。日月之行也，分同道也，至相过也。其他月，则为灾，阳不克也，故常为水。"②

其中的"阳不克也，故常为水"，阳气弱，而水气胜。如果说这两则记

---

① （清）阮元校刻：《十三经注疏》，2106 页。
② （清）阮元校刻：《十三经注疏》，2098 页。

载表现水、火之间的对抗还比较模糊的话，那么《左传》哀公九年"水胜火"的记载则已十分明晰了。此事缘于赵简子占卜是否出兵救郑，所得的兆辞是"水适火"，赵简子不知所云，于是让史龟、史墨、史赵依次加以解释：

> 史龟曰："是谓沈阳，可以兴兵。利以伐姜，不利子商。伐齐则可，敌宋不吉。"史墨曰："盈，水名也。子，水位也。名位敌，不可干也。炎帝为火师，姜姓其后也。水胜火，伐姜则可。"史赵曰："是谓如川之满，不可游也。郑方有罪，不可救也。救郑则不吉，不知其他。"①

史龟所言"沈阳"，杜预注云"火阳得水"，即阳为火，沈为水，就是兆辞"水适火"之义。史龟的这一解读脉络，正与梓慎、昭子观念相一致：阳为火，水火相反相胜。从衍生序列来看，史龟的观念正如哀公在昭公之后一样，处于梓慎、昭子之后。其中"不利子商"，王念孙认为是"不利予商"，"予"通"与"，与"敌宋"之敌同义②。

　　在这里，需要重点关注史墨的言辞，与史龟相比，史墨的解释更为细致，不仅包括"敌宋不吉"的原因，更说明了"伐姜则可"的根据。这种现象，很让人怀疑史墨之言似乎是史龟占辞的注释。具体到推衍的过程，史墨的思维逻辑如下：赵简子为嬴姓，嬴、盈同音，盈为水，所以赵简子为"水名"；宋为子姓，子属水，水水相等，不可攻伐；而"水胜火"，炎帝以火纪，是姜姓的祖先，齐国是其后，所以齐国属火，水火相争则水胜，故利于伐齐。在言语之中，史墨主要从三个国家的姓氏入手，来判断他们的五行属性，而在这一表象之下三方属性的确定又各有根据：赵简子一方，是通过嬴与盈的同音，确定为"水名"；宋国一方，一般认为是通过子在十二地支之位，确定为"水"；齐国一方，通过姜姓祖先炎帝"为火师"，来追认为"火"的属性。三方通过三个途径来确定他们的属性，史墨的思维逻辑着实复杂。

---

① （清）阮元校刻：《十三经注疏》，2165 页。
② （清）王引之：《经义述闻》卷十八，714 页，上海，商务印书馆，1936。

考虑到《左传》文本形成过程的复杂性，其中史墨的言辞也免不了具有后世润色加工的因素。特别是"子，水位也"，杜预认为是"子姓又得北方水位"，其依据显然是后世的五行方位理论，但对于子姓如何得北方水位并没有得到解释。结合史墨与史龟言辞的一一对应的现象，史墨之言也许正是战国卜筮之官对史龟言辞的注释和演绎。尽管史墨言辞形成的时间值得怀疑，但他对史龟"伐姜则可"的解读，无疑具有文献的依据——"炎帝为火师，姜姓其后也"，《左传》昭公十七年郯子已明言"炎帝氏以火纪，故为火师而火名"。这一文本依据说明，由"水适火"的兆辞得出"水胜火"的过程，至少存在着与之直接相关的知识资源。退一步说，也许"水胜火"的提出时间较晚，但由前述梓慎、昭子、史龟的言辞事例可以证明，水火相反相胜的知识观念应该早已产生。这一点也同样反映在《尚书·洪范》中，《尚书·洪范》的作者在谈到"初一曰五行"时说："水曰润下，火曰炎上，木曰曲直，金曰从革，土爰稼穑。润下作咸，炎上作苦，曲直作酸，从革作辛，稼穑作甘。"其中"水曰润下，火曰炎上"，一润一炎、一上一下很能折射出两者相反相胜的意味，虽然这一点从作者对木、金、土的描述中还不能清晰地看出来。

除了"水胜火"，现存的春秋文献，还存在着"火胜金"的说法。《左传》昭公三十一年记载赵简子请史墨占梦，史墨说："六年及此月也，吴其入郢乎，终亦弗克。入郢必以庚辰，日月在辰尾。庚午之日，日始有谪，火胜金，故弗克。"其中"火胜金"之火，杜预认为是指"庚午"之午，指南方，即楚国之位；"火胜金"之金指"庚午"之庚，即代表着吴国。随后，杜预又联系到"金为火妃，食在辛亥，亥，水也。水数六，故六年也"。[①] 客观来看，且不说杜预如此解释是否准确，只从他回环曲折的关联中，我们就会发现史墨的言辞着实让杜预产生了一番较为曲折的探索。其实，除了吴楚之战的时间、结果，史墨言说吴楚之战的行为，本身就成问题：赵简子向史墨询问的是，日食与自己梦境之间的关系，即他想知道是否对自己或晋国有灾害。但史墨却答非

---

① （清）阮元校刻：《十三经注疏》，2127 页。

所问，预测远在南方的吴楚两国之间的征战，而且这种征战也不是发生在当年，而是发生在六年之后。显然，史墨的言辞并不能解除赵简子的困惑，如果此次对话真的发生在赵简子与史墨之间，那么史墨的回答无疑又增添了赵简子新的困惑和疑问，于是对话也不会像《左传》现在的文本那样结束。赵简子与史墨之间问对的错位，说明这一段文字并非历史的实录，而是战国时人结合吴楚之战的时间和结果，捏合进了赵简子与史墨的问对。

当然，更为明显的漏洞还是"火胜金"，史墨地处北方，指称吴楚之地均应是南方，所以杜预通过"庚午"之午来分配火属于楚国，是有问题的。即使如杜预所言，那么"庚午"之庚代表着金，为什么指吴国呢，难道是因为它处于楚国的东南方？而东南方显然又不是金所处的方位。另外，"日始有谪"，与"火胜金"之间的关联，也让人困惑：太阳代表着火，太阳有了灾异，火的力量弱小，如何又能"火胜金"呢？如果太阳代表着刚，刚又指代吴国，那么"日始有谪"与"火胜金"倒是能够联系起来，但这种推衍不仅与"火胜金"一般的指代和含义存在着明显的区别，而且与前述梓慎、昭子、史龟等人对"阳"的相同解读存在矛盾。简言之，这段文字应是卜筮之书的掺入，并非春秋鲁昭公时代的知识观念。

同样的例子还见于《左传》昭公九年：

> 夏，四月，陈灾。郑裨灶曰："五年陈将复封。封五十二年而遂亡。"子产问其故，对曰："陈，水属也，火，水妃也，而楚所相也。今火出而火陈，逐楚而建陈也。妃以五成，故曰五年。岁五及鹑火，而后陈卒亡，楚克有之，天之道也，故曰五十二年。"①

这段文字是裨灶与子产之间的问对，重在呈现裨灶预测陈国的命运：前一年陈国被楚国已经灭掉了，现在陈地又发生了火灾，是人为还是天灾，问对内容并没有透露。而裨灶言说的是五年之后陈国的"复封"和五十二年之后陈国的最终灭亡。在这里，"陈灾"与裨灶的言辞存在

---

① （清）阮元校刻：《十三经注疏》，2057页。

缝隙：陈地已属楚国，楚国大夫封戍为县公，昭公九年春天楚王在陈地大会诸侯，而且对陈许之地的人群、土地都作了调整，几个月后，陈地发生了火灾，其中的原因应是人为因素大于天灾，而对此裨灶并不关心，他在言辞中透出的信息主要是年数的推衍。其中陈、楚分属水、火，也许比较合理，但"妃以五成，故曰五年""岁五及鹑火，而后陈卒亡，楚克有之""故曰五十二年"的推衍，显然颇费周折。

《汉书·五行志》对于其中的关节做出了解释①，但从其推衍、关联的过程可以看出，不但"岁五及鹑火"需要联系岁星在大梁，即使"妃以五成"之五年也需岁星至大梁才能解释清楚。如此复杂的数术推衍和星空分野，足可说明裨灶的言辞如同前述史墨的言辞一样，是战国时期卜筮之文的掺入。其实，对于陈属水，也是存在问题的：《左传》昭公十七年梓慎说陈是太皞之虚，为"火房"，所以大火星出现将有火灾，以此看来陈属火，而非水。对于《左传》中类似的预言，刘子立依据《晋书·束皙传》记载的汲冢竹书有"《师春》一篇，书《左传》诸卜筮，'师春'似是造书者姓名也"②，认为一些神秘预言"可能出自当时流传的卜筮、杂占一类的术数类专书"③。于此来看，以上两则有关五行推衍的预言，其形成时间应晚于《左传》文本显示的时间，以《师春》之书形成于战国魏襄王之世判断，以上两则预言应出现于战国中前期。

结合前述对水、旱、"水适火"观念的分析，我们可以判定在春秋时期，知识阶层虽然已经十分熟悉五行的内容，但对于五行相反相胜

---

① 《汉书·五行志》："说曰：颛顼以水王，陈其族也。今兹岁在星纪，后五年在大梁。大梁，昴也。金为水宗，得其宗而昌，故曰'五年陈将复封'。楚之先为火正，故曰'楚所相也'。天以一生水，地以二生火，天以三生木，地以四生金，天以五生土。五位皆以五而合，而阴阳易位，故曰'妃以五成'。然则水之大数六，火七，木八，金九，土十。故水以天一为火二牡，木以天三为土十牡，土以天五为水六牡，火以天土为金四牡，金以天九为木八牡。阳奇为牡，阴耦为妃。故曰'水，火之牡也；火，水妃也'。于《易》，《坎》为水，为中男，《离》为火，为中女，盖取诸此也。自大梁四岁而及鹑火，四周四十八岁，凡五及鹑火，五十二年而陈卒亡。火盛水衰，故曰'天之道也'。哀公十七年七月己卯，楚灭陈。"[（汉）班固：《汉书》，1327～1328 页]

② （唐）房玄龄等撰：《晋书》卷 51《束皙传》，1433 页。

③ 刘子立：《〈左传〉神秘预言及其文献来源》，载《四川理工学院学报（社会科学版）》，2011(1)。

的理论还处于开拓阶段。以其后的五行相胜学说来看，春秋时期已存在"水胜火"的知识观念，即使算上《左传》昭公三十一年的"火胜金"，五行相克相胜的体系也无法与战国时期相比。

更为重要的是，无论是"水胜火"还是"火胜金"，都没有与方位相关联。这些缺憾和断裂，到了战国时期，也许正需要那些诸如假托史墨、祥灶言辞的人或者像汲冢竹书之"师春者"，进一步运用战国时期所面对的知识资源加以拓展和完善了。

谈到五行相胜，经常被学界引用的是《墨子》和《孙子兵法》，《墨子·经下》云"五行毋常胜，说在宜"，《经说下》又说："五：金、水、土、木、火，离。然火烁金，火多也。金靡炭，金多也。金之府水，火离木。若识麇与鱼之数，唯所利。"对于其中的"离"，谭戒甫认为其中的"金水土木火五者皆彼此相附丽，并非相生，故曰金水土木火离。何以故？以水聚藏于金而火附丽于木故耳"①。其实，无论是"附丽"还是"所利"，都具有相生的意义，至少要比《尚书·洪范》所说"初一曰五行……"以及《左传》文公七年所说"水、火、金、木、土、谷，谓之六府"，意义要丰富得多。正如许多学者所指出的那样，五行相生的知识观念形成甚早②。《国语·郑语》记载史伯论述"夫和实生物，同则不继。以他平他谓之和，故能丰长而物归之。若以同裨同，尽乃弃矣"，则借用"土与金木水火杂，以成百物"来说明。史伯的五行相生描述，虽然稍显朴拙，但与他论证的观点一样——土与其他物质相杂而生万物。史伯的这一例证，无疑说明五行相生已走上衍生、壮大的旅途。所以，以此来看，《墨子·经说下》作者的知识背景，本身就有五行相生的内容，这一点也是墨家学者能够反驳五行相生的前提。另外，也许《经说下》的作者是在运用"金之府水，火离木"来反驳盛行的"金生水、木生火"的说法，但同时这句话也能证明"金生水，木生火"，这也许是《经说下》的作者所始料不及的。

---

① 原文及释读皆采谭戒甫说。见谭戒甫撰：《墨辩发微》，291～293 页，北京，中华书局，1964。

② 杨向奎：《五行说的起源及其演变（中国哲学史纲中之一章）》。

当然，与五行相生相比，《墨子》对"五行毋常胜"的分析更值得重视。从《经说下》所举"然火烁金，火多也。金靡炭，金多也"看出，墨家对"五行毋常胜"的理解还较为表象，因为在墨家看来，无论是火克金还是金克火，都是由量决定的，而不是决定于金、火的性质。于此，墨家的"五行毋常胜"便是量的对抗，而非质的较量。同时，墨家的"五行毋常胜"并不是循环往复的，而是交互作用的：火对金，金对火，而非火克金、金克木、木克土的循环往复过程。墨家的这一认识，与春秋时期的知识观念非常相似，如前述昭子之所以预言将旱，其依据就是代表着火的阳气虽然一时弱小，但当积聚一定力量的时候，必然战胜水。如此的推理逻辑也见于《左传》昭公十七年：有彗星扫过大火星，向西到达银河，梓慎预言宋、陈、郑、卫四国在大火星再次出现时将发生火灾，其中火灾发生在卫国的根据是"汉，水祥也。卫，颛顼之虚也，故为帝丘，其星为大水，水，火之牡也"，而发生火灾的日期"其以丙子若壬午作乎！水火所以合也。若火入而伏，必以壬午，不过其见之月"。其中的言辞是否在同一时间形成也许还需要细致梳理，但他将卫地定义为颛顼之虚，代表着水，"水火所以合"但火胜，原因即如杜预所说"水少而火多，故水不胜火"[①]。以水火量的多少来判定胜负，其思维脉络如同《经说下》。所以，相对于战国中后期的五行相胜理论的系统化、完整性，《墨子》的"五行毋常胜"无论从内涵上还是结构上，都具有不完整、不严谨、非系统性的特点，而且重在强调五行之物的量。

至于《孙子兵法·虚实》所说"故兵无常势，水无常形，能因敌变化而取胜者，谓之神。故五行无常胜，四时无恒位"，揣其文意，其中的"五行无常胜"与"因敌变化而取胜者"相提并论，也应暗含着如《墨子》一样两种五行的交互作用，因为战争往往是敌我双方的较量。但同时，作者又将"五行无常胜"与"四时无恒位"并列，似乎又意味着五行的"无常胜"如同一年四季的循环往复一样，即只在一定的时段内表现一种五行属性的主宰。相似的说法，还见于《六韬·龙韬·五音》"五行之神，道之常也，可以知敌。金、木、水、火、土，各以其胜攻也"。"五行

---

① （清）阮元校刻：《十三经注疏》，2084 页。

无常胜"在兵法文献中的多重意义，至少说明这种知识观念已在《墨子·经说下》的基础上进行了衍生和发展。

　　结合春秋时期五行相克相胜的分析，我们可以列出五行相胜文献衍生的序列：在五行相胜学说中，水胜火的观念形成最早，可追溯于《尚书·洪范》，《左传》昭公二十一年、二十四年的水、旱之争是其表现，而正式见于文本书写的是《左传》哀公九年的"水胜火"。其后，经过巫史卜筮之官的推衍，出现了"火胜金"，《左传》昭公三十一年、《墨子·经说下》的金火关系可兹证明。至于金胜木，应是如《管子·版法解》所说的"春生于左，秋杀于右"衍生而来，即随着五行学说的体系化，五行与四季相配，由春秋两季的相反相对衍生出了"金克木"。"土胜水"，因与日常生活紧密相关，且《尚书·洪范》已有"鲧堙洪水，汩陈其五行"，也许因为鲧治水的失败，所以《洪范》在具体描述土、水时仅仅提到"水曰润下……土爰稼穑"，而并未突出两者的相克相胜，尽管如此，作为一种生活的常识，"土胜水"的观念应该起源甚早，特别是在春秋战国之际随着河流堤岸堰坝的设置、水渠运河工程的开展，"土胜水"的这一知识观念无疑得到进一步强化。

　　与其他五行相胜的细目相比，"木胜土"在邹衍之前的文献中出现很少，《尚书·洪范》说"木曰曲直，……土爰稼穑"，一指形状一指生养，两者并不形成相胜相克的关系。在邹衍之后，两汉知识界对"木胜土"的原理也众说纷纭，如《春秋繁露·五行相胜》解释"君大奢侈，过度失礼"，于是"民叛其君"为"木胜土"，这是从君民关系论说；《白虎通》认为"专胜散，故木胜土"，这是从木、土性质论说；东汉的苏竟说"德在中宫，刑在木，木胜土，刑制德"，这是从刑德关系论说①。从汉人对"木胜土"解释的纷乱情形可以发现，邹衍在五德终始学说中并未充分解释"木胜土"的根据。依据这一现象，再结合前述夏朝为木德的推衍过程，我们可以判断，"木胜土"是邹衍时代的阴阳家，将各个细目都纳入五行相胜系统时进行的创新。这一创新使五行相胜学说成为一个自足完整而又循环往复的体系。

---

　　①　（南朝宋）范晔：《后汉书》，1045 页，北京，中华书局，1965。

三、阴阳家知识的直接来源与文献体系

通过前述论证，五行相胜由具体细目到系统的组合，从春秋至战国时期的文本描述中可以清晰地加以展现：春秋时期阴阳相反相克的背后首先是水胜火、火胜金，再加上自古而来的"土胜水"，这些知识观念共同成为战国知识界进一步推衍的基础，于此"金克木""木胜土"的观念得以形成，并进而加以系统化，阴阳家的五行相胜理论也由此成型。

除了五行相胜理论的系统化，阴阳家五德终始理论的形成，还应有远古时期天文历法知识的支撑。《管子·五行》把一年分成五个时段，并分别用木、火、土、金、水加以相配，认为五行的每一行均主导72天的时间，天下也因此形成五个不同的季节：春、夏、季夏、秋、冬。阴阳家的这一季节命名虽然透露出滑稽和不周延，但一年分为五个时段，的确有着远古时代历法的踪迹，即一年分为10个月，一个月36天，两个月为一个时段，这也就是太阳历。上古时期存在十月太阳历的事实，已被多位学者所揭示，如陈久金指出有充分的证据说明《夏小正》是十月太阳历①，并认为《洪范》之"五行"并非哲学概念，而是"将一年分为五个季节的历法"②。对于《洪范》五行的含义也许还存争议，但是《夏小正》的文本信息表明，十月太阳历在上古时期的确存在，因为不但《夏小正》的星象、物候与时序的差距说明后世的作者将原本为10个月的时间拉长至12个月③，而且《诗经·豳风·七月》没有出现十一月、十二月的名称也折射出至少周民族早期在施行十月太阳历。

由此可知，以邹衍为代表的阴阳家，身处战国时期，一方面将前代既有的"五行相胜"加以系统化，另一方面又借鉴了遥远时代的十月

---

① 陈久金，卢央，刘尧汉：《彝族天文学史》，199～238页，昆明，云南人民出版社，1984。

② 陈久金：《阴阳五行八卦起源新说》，载《自然科学史研究》，1986(2)。

③ 陈久金：《论〈夏小正〉是十月太阳历》，载《自然科学史研究》，1982(4)；刘尧汉、陈久金、卢央：《彝夏太阳历五千年——从彝族十月太阳历看〈夏小正〉原貌》，载《云南社会科学》，1983(1)。

太阳历，将五行的运行与天时紧密相连。阴阳家的这一做法，不但确证着五行运行的天道根据，而且使自家的知识体系追溯至遥远的历史时代，给人一种宏大而久远的感觉，以此增强了其知识体系的合法性和可信度。

当然，无论相对于遥远时代的十月太阳历，还是从春秋时期知识界的五行知识，阴阳家都进行了必要的改造和提升，比如分散形态的五行细目在阴阳家手中不但变成了前后相连、循环往复的自足系统，而且将五行与一岁之天数紧密相连，认为年岁、季节、日月的循环往复，其背后均存在五行运行的依据。也就是说，在阴阳家看来，一年之内天时季节的轮转，是由五行相生的次序决定的，这一点也是阴阳家将土的运行系于季夏、处在火金之间的原因：因为随着天时由夏到季夏再至秋的转变，作为内部根据的五行也由"火生土"向"土生金"转移。

当然，五行运行与天时的关系，还只是阴阳家的一部分创新的内容。构成阴阳家知识体系的另外一方面就是历代王朝的转移和更替，即五德终始学说，其实这是阴阳家对历史变化的一种解读，代表着他们不同于其他学派的历史观。相对于五行与天时的关系是由五行相生决定的，历史的变化即历代王朝的更替是由五行相胜决定的。一是天道观，一是历史观，它们正好构成了阴阳家知识体系的两个最重要的方面：前者由五行相生决定，规定着天时的轮转；后者由五行相胜决定，规定着人间历史的更替。

结合上述分析，战国时期属于阴阳家的人士不仅仅只有邹衍，还有《汉书·艺文志》所列阴阳家：邹奭、公梼生、公孙发、乘丘子、杜文公、南公、闾丘快、冯促、将钜子、周伯以及燕齐方士等。由这一庞大队伍形成的文本也十分众多，除了《汉志》所列的文本，战国时期属于阴阳家的文本还应包括《管子》之《五行》《幼官》《幼官图》《四时》等，汲冢竹书《大历》，马王堆帛书《阴阳五行》甲乙篇、《刑德》诸篇以及董仲舒《春秋繁露》中"五行"诸篇。这些文本从多种角度阐释了阴阳家的理论体系，进而使阴阳家的知识观念播散至整个战国知识界。

于此，仅以兵阴阳家的文本为例，以展现阴阳家文献体系的形成。与一般的兵书不同，真正属于"兵阴阳家"的文本是马王堆帛书《阴阳五行》甲乙篇、《刑德》诸篇。《阴阳五行》乙篇，又称《隶书阴阳五行》，包括《刑德占》《择日表》《五行禁日》《上朔》《刑日》《天地》《女发》等，整理者也认为它们是"属于以兵占为主的阴阳五行文献"①。从《阴阳五行》乙篇内容来看，正如班固《汉书·艺文志》说的"阴阳者，顺时而发，推刑德，随斗击，因五胜，假鬼神而为助者也"②，所以"以兵占为主的阴阳五行文献"即班固所说的"兵阴阳家"。至于《刑德》诸篇，整理者已经指出马王堆帛书中的"《刑德》甲篇与《刑德》丙篇、《刑德》乙篇以及《阴阳五行》乙篇关系十分密切。《刑德》甲篇的《刑德占》是在《刑德》丙篇的基础上，以《刑德》丙篇的《刑德占》为中心扩充改写而成的""《刑德》乙篇和《阴阳五行》乙篇的《刑德占》，均是据《刑德》甲篇《刑德占》改写而成"③。如此一来，不但《阴阳五行》乙篇是兵阴阳家的作品，《刑德》甲、乙、丙也是兵阴阳家的文本。这里就以广泛见于各种文本并不断被改写的《刑德占》内容为例：

> 刑、德初行六岁而并于木，四岁而离，离十六岁而复并木；太阴十六岁而与德并于木。刑、德六日而并游也，亦各徙所不胜；刑以子游于奇，以午与德合于正，故午而合，子而离。④

与邹衍等阴阳家不同，这里的行已不是五行，而是刑德之行，即在文本作者看来，金木水火土具有固定的位置，而刑德在其间不断并、离。有学者已经指出，其中的金木水火土是方位的代表，即五方。⑤ 这一点尽管与以邹衍为代表的阴阳家的五行、五方相配的结果相同，但邹衍等阴阳家的五行显然是运动变化的主体，而非具体的位置；而对于兵阴阳家来说，运行变动不居的是刑德，而非五行。《刑德占》文本的这一话语逻辑，标志着它使用的五行与邹衍等阴阳家近似，但却是"兵阴阳家"学派理念的呈现。再如马王堆帛书《刑德》乙篇：

---

① 裘锡圭主编：《长沙马王堆汉墓简帛集成》（五），117 页，北京，中华书局，2014。
② （汉）班固：《汉书》，1760 页。
③ 裘锡圭主编：《长沙马王堆汉墓简帛集成》（五），1 页。
④ 裘锡圭主编：《长沙马王堆汉墓简帛集成》（五），118 页。
⑤ 裘锡圭主编：《长沙马王堆汉墓简帛集成》（五），117～118 页。

德在土：名曰不明，四时以闭，君令不行，以此举事，必破毁亡，虽胜有殃，取人一亩，偿以百里，杀人奴婢，偿以嫡子。德在木：名曰招摇，以此举事，众心大劳，君子介而朝，小人负子以逃，事若已成，天乃见祅，是谓发箭，先举事者，地削兵弱。德在金：名曰清明，求将缮兵，先者昌，后者亡，攻城伐邑，将帅有庆，而无后殃。德在火：名曰不足，以此举事，必见败辱，利以侵边，取地勿深，深之有后殃。德在水：名曰阴铁，以此举事，其行不疾，是谓不果。必毋迎德以地，五年军归，迎之用战，众多死。①

这段文字也见于《阴阳五行》乙篇，胡文辉已经指出"此处的德之方位当指德之大游"，整理者也认为其中的文字分别写于《阴阳五行》乙篇中的"《太阴刑德大游图》中、东、西、南、北五方，与五方之五行对应"②。显然，在《刑德》的作者看来，德之大游的主体是德，而非五行，即在作者的潜意识中，五行固定于五方，根本无法移动，这一知识观念与前述所引的《刑德占》极为一致。更为重要的是，作为兵书强调的是敌我对抗，兵阴阳家使用五行理论时也着意于"五行相胜"，而非"五行相生"，即班固所说的"随斗击，因五胜"③。所以，在"兵阴阳家"的《刑德占》等文本中，关注的是如何利用五行相胜而取得胜利，而非五行相生而轮转，这一知识取向也决定了《阴阳五行》乙篇、《刑德》诸篇等内容是"兵阴阳家"的学派理念的呈现，由此他们可以被看作不同于邹衍等人的另外一派阴阳家的理论体系。也许正是这一点，班固在"诸子略"开辟"阴阳家"之外，又在"兵书略"重新分立"兵阴阳家"。

"兵阴阳家"文本的繁盛，本身就是阴阳家知识观念的集中体现，它们与"诸子略"中的阴阳家文本一起，共同构成了战国时期繁复而庞大的阴阳家文献体系。也正是因为这一文献体系的建立，阴阳家的知识观念逐渐飞出了学派的樊篱，进而成为战国知识界共用的知识资源。

---

① 裘锡圭主编：《长沙马王堆汉墓简帛集成》（五），42 页。
② 裘锡圭主编：《长沙马王堆汉墓简帛集成》（五），43 页。
③ （汉）班固：《汉书》，1760 页。

第七章　阴阳家知识体系
与诸子的互动

阴阳家对中国传统社会的影响极为持久、深远，这一点许多前贤时彦都有较为概括的总结，如梁启超指出，"阴阳五行说，为二千年来迷信之大本营。直至今日，在社会上犹有莫大势力"，并明言"学术界之耻辱，莫此为甚矣"[①]；顾颉刚也认为，"五行，是中国人的思想律，是中国人对宇宙系统的信仰；二千余年来，它有极强固的势力"[②]。

阴阳五行对传统社会的影响，首先表现于其知识体系在社会生活中的表现，这一点学界已多有关注，如根据《史记·封禅书》"自齐威、宣之时，邹子之徒，论著终始五德之运，……邹衍阴阳主运显于诸侯"、《盐铁论·论儒》"邹子以儒术干世主不用，即以变化终始之论，卒以显名"等可知，以邹衍为代表的阴阳家知识体系在汉代被广为传颂。冯友兰等人指出阴阳家的中心思想是"天人感应"[③]，而这一点在汉代被董仲舒继承、提升，进而成为系统的"天人感应"学说，前述讨论阴阳五行思想结构特征时，所引董仲舒《春秋繁露》的诸多篇章可资证明阴阳家对他的影响。在董仲舒之后，夏侯始昌、夏侯胜、魏相、孟喜、京房、刘向、翼奉、李寻等经学家继续阐释阴阳五行思想[④]。这正如冯友兰所说在秦汉社会"阴阳家之言，几完全混入儒家。西汉经师，皆采阴阳家之言以说经。……当时阴阳家之空气，弥漫于一般人

---

① 梁启超：《阴阳五行说之来历》，见顾颉刚：《古史辨》第五册下，343、358 页。
② 顾颉刚：《五德终始说下的政治和历史》，见顾颉刚：《古史辨》第五册下，404 页。
③ 冯友兰：《中国哲学史新编》上册，624 页，北京，人民出版社，1998。
④ 王继训：《先秦秦汉阴阳五行思想之探析》，载《管子学刊》，2003(1)。

之思想中"①。至秦王朝的"水德说"、汉王朝的"土德说"等，更是阴阳家对国家意识形态的直接影响。阴阳家知识体系在这些方面的影响显而易见，对此学界也多有分析。

除了这些阴阳家知识内容的影响，更重要的还在于思维方式的影响，这一点与知识内容相比，较为隐蔽，但也更为关键。特别是战国时期，它不同于后世社会，诸子百家争鸣的局面往往使各种学术流派形成竞争关系，如墨子对儒家的批评、孟子对道家墨家纵横家的批评以及法家对儒家道家墨家的指责、荀子的"非十二子""非相"等等，都在说明先秦诸子各家之间存在着明显的竞争关系。然而，以客观来看，这种竞争又促进了先秦诸子之间的互动：各家在批评辩驳的同时也在相互吸收、影响着对方；但以主观而言，先秦诸子各派又须强调自己独特的知识体系，以此展现自己学派的价值与地位。由于这两方面的原因，先秦诸子在借鉴、吸收其他学派的优点时往往是隐蔽、不显山露水的。也就是说，作为战国时期的知识精英，先秦诸子对阴阳家知识体系的借鉴、吸纳绝对不会像后世那样直接引用、照搬、照抄，而是加以改造、内化，以使自己的吸收、借鉴不露声色，而又能为自己的学派主张所服务。如显而易见的例证是思孟学派，《中庸》《孟子》没有阴阳、五行等字眼，但这显然并不能意味着子思、孟子没有受到阴阳五行的影响。

第一节　阴阳家知识结构之于历法文献的形成

阴阳家对战国知识界的影响，首先表现于历法文献的相关内容，这当然不是说诸如《月令》等文献是阴阳家的作品，而是说诸如《月令》等历法文献吸收了阴阳家的相关知识。一些论者认为《月令》《吕氏春秋·十二纪》等包含着阴阳家的知识，一定就是阴阳家的作品。② 其

---

① 冯友兰：《中国哲学史》，498 页，北京，中华书局，1961。
② 陈美东：《月令、阴阳家与天文历法》，载《中国文化》，1995(2)。

实，这是对阴阳家知识特征的一种误解。司马谈说阴阳家"序四时之大顺"是万古不易的长处，显然是正确的，但其中又有一个小小的误解，即在以邹衍为代表的阴阳家那里，并非"四时"而是"五时"。也许有人会说，四时、五时只是阴阳家不同流派的区别，并非阴阳家区别于其他诸子的标志。也许这一认识是有道理的，但如果认可五行与季节的相配是阴阳家的核心知识体系的话，显然五时是阴阳家推衍其理论体系的基础要素。

由《管子》之《五行》《幼官》可知，一岁分为五个时段是阴阳五行理论得以运行不竭的基本框架，如果没有这一架构，阴阳家的理论设计就难以成立。现存《春秋繁露》有多篇文章是先秦阴阳家的遗说，如《治水五行》"七十二日木用事，其气燥浊而青。七十二日火用事，其气惨阳而赤。七十二日土用事，其气湿浊而黄。七十二日金用事，其气惨淡而白。七十二日水用事，其气清寒而黑。七十二日复得木"[1]等，将五行与五个时段相配，显然延续着《管子》之《五行》《幼官》的说法。另外，《春秋繁露·五行对》云："天有五行，木火土金水是也。木生火，火生土，土生金，金生水。水为冬，金为秋，土为季夏，火为夏，木为春。春主生，夏主长，季夏主养，秋主收，冬主藏。"[2]作者使用顶针格在排列五行与五时对应的同时，也标示着五行与五时搭配结构的循环往复、轮转而不竭。这一点反映于银雀山汉简则是"阴阳时令、占候之类"中的《三十时》，其中的三十时节，每时节为 12 天，其背后的依据也应是五时。以这些信息来看，汲冢竹书"《大历》二篇"虽没有内容传世，但既然整理者认为是"邹子谈天类也"[3]，其内容也应是将天时划分成五时，这种"怪诞"的季节划分，也许正是它不被人注意以致散佚不见的原因。无论如何，从这些阴阳家的历法文献可以看出，阴阳家在区分季节时，基本的标志是五时的划分。而现存的《礼记·月令》《吕氏春秋·十二纪》显然是以四时的划分为基础的。

---

① 苏舆撰：《春秋繁露义证》，381 页。
② 苏舆撰：《春秋繁露义证》，315 页。
③ （唐）房玄龄等撰：《晋书》卷 51《束晳传》，1433 页。

　　偏向于将《月令》视为阴阳家文献的论者，认为指导物候、时令、人事活动的背后，往往有五行的依据，如论者指出《礼记·月令》中的"土德不专主一季，其德分布于四季之中，一季有孟、仲、季三个月，土德则分于各季月之中"①。其实，《月令》根本没有"五行"字样，至于"季夏"完全是夏季的第三个月，与孟夏、仲夏的神格完全一致。这些信息表明《月令》已经不是阴阳家的文献，它被汉儒收录进《礼记》至少说明它以儒家的观念为主。然而如果说《月令》与阴阳家没有丝毫关联，也是对其文本信息的一种无视，即它蕴含着阴阳家的知识内容。所以，妥善地来看，《月令》应是儒家学者吸收阴阳家的知识，并加以改造的结果，即儒家学者依据现实社会普遍认可的四时改造了阴阳家的五时，而且并不言及天时运行背后的五行。儒家学者的这一改造，向当时的知识界至少宣示两方面的意义：一是人事的活动必须顺应天时，这是亘古不变的真理，所以《月令》在言说星象物候的自然变化时，一再强调天子、诸侯、大臣以及庶人适时而动；另一是拒绝承认"五时"的划分，并且否定五行在天时背后的决定作用，认为天时的背后即是天道，不需要再追溯至五行的运转。

　　与阴阳家的时序相比，显然儒家的坚持更让世人接受。也许正因为如此，儒家学者又将原本为十月太阳历的《夏小正》②改造为"十二月历法"，《夏小正》由十月变成十二月的过程，更能展示儒家的态度，以及他们对阴阳家知识的吸纳和改造。

　　相对于《月令》《夏小正》对"五时""十月历法"的决绝，《吕氏春秋·十二纪》也延续了儒家学者的坚持。虽然《吕氏春秋》以博采众家之长为名，但在天时方面还是继承了世人一贯熟悉的12个月、四时的框架。

　　但是，无论《月令》还是《十二纪》都存在着一段"游离"于四时框架的文字，即"季夏"篇末的一段"中央土"的文字：

　　　　中央土：其日戊己，其帝黄帝，其神后土，其虫倮，其音宫，律中黄钟之宫，其数五，其味甘，其臭香，其祀中霤，祭先心，

①　陈小梅：《"季夏"名称探源》，载《贵州文史丛刊》，2006(4)。
②　陈久金、卢央、刘尧汉：《彝族天文学史》，199～238页。

天子居太庙太室，乘大辂，驾黄骊，载黄旂，衣黄衣，服黄玉，食稷与牛，其器圜以闳。①

与孟夏、仲夏以及季夏前段的神格相比，这里的神格显然属于另外一个季节的属性：夏季三个月（季夏在其中）的神格是"其日丙丁。其帝炎帝，其神祝融。其虫羽。其音徵，律中林钟。其数七。其味苦，其臭焦。其祀灶，祭先肺"。由炎帝之神变成了黄帝之神，无疑标志季节的不同。然而奇怪的是，《月令》《十二纪》虽然保留了这段文字，但其整体框架又显然没有把"季夏"当作一个季节来看待。"中央土"文字的存在，虽然并不影响儒家四时、12 个月框架的建构，但显然昭示着儒家《月令》受阴阳家知识体系的影响。这里的"中央土"无疑是以邹衍为代表的阴阳家的时令内容，这也许正是汲冢竹书《大历》所记的内容，即把"季夏"当作一个独立的季节来看待，四时由此变成五时。在秦汉时期的知识界，坚持阴阳家五时划分的应是《淮南子·时则训》。

与《月令》《十二纪》不同，《时则训》将"季夏"变成独立的一个时段，从星象、神格以及物候、禁忌、人事活动的安排均与孟夏、仲夏不同，显然《时则训》的作者将"季夏"视为与"夏""秋"等相并列的季节。但是，《时则训》分配给"季夏"的时常仅有 30 天，这与《管子·五行》所说的"土行御"72 天相差甚远。可见，《时则训》的作者只是借鉴了阴阳家的"五时"之名，并没有真的按照五行运行的时长来划分天时。也就是说，《时则训》的作者是在《月令》《十二纪》的基础上进一步改造了"季夏"，将原本"季夏"与孟夏、仲夏相同的神格加以删除，而用"中央土"的神格加以替代，便成为"五时"、12 个月的框架。显然，在这一框架中，季夏作为一个独立的时段，无法与其他三个时段相比，因为在《月令》《十二纪》的框架中本没有作为独立时段的"季夏"。《时则训》的作者既然将之提升为一个独立的时段，又不想打破 12 个月的框架，那么只好安排"季夏"30 天了。以客观而论，四时、12 个月的框架，并不适合五行，至少不能如《管子·五行》一样依次相配，因为它是根据远古时期

---

① 《礼记·月令》文见阮元校刻：《十三经注疏》，1371～1372 页；《吕氏春秋》卷第六《季夏纪》文见陈奇猷校释：《吕氏春秋新校释》，315 页。

的十月太阳历而推衍的。如果将之依次相配，必然打破 12 个月的框架
安排，然而一旦打破这一日用而熟知的常识，又有几人能够接受这样
的历法？也许正是出于这样的考虑，《管子·四时》在谈到五行相配时，
已明确说明："中央曰土，土德实辅四时，入出以风雨。节土益力，土
生皮肌肤，其德和平用均，中正无私，实辅四时。"①提升"中央土"的
地位，将之脱离于其他四行，也许在五行之中存在矛盾，但以五方而
论显然是合适的，因为中央的地位显然不同于四方，以中央之行辅以
四方，无疑是让人接受的。以此，"中央土"显然没有必要出现在四时、
12 个月的框架中，但《月令》《十二纪》《时则训》又明明白白记录着"中央
土"的信息。这也许意味着《管子·四时》内容的形成时间本没有目前判
断的那样早，很有可能是世人结合诸如《月令》《十二纪》《时则训》等历
法实践而进行的理论调整。

其实，无论是儒家将十月变成十二月的努力，还是《时则训》的作
者将"季夏"作为独立的时段，都反映出阴阳家知识体系对月令历法文
献的影响。当然，如前所说，这些影响相对于思维方式而言，还过于
直白、显而易见。这也许正是历来学界对《月令》《十二纪》以及《时则
训》学派属性争论不休的原因：这些月令历法文献实在是与阴阳家的知
识体系太接近了。与之相比，由月令历法衍生而出的思维方式，即"顺
应天时"的思维方式，显然对先秦诸子各家的影响更为深入而持久。

这一点在儒家身上表现得极为典型，《孟子·公孙丑下》记载：

孟子曰："天时不如地利，地利不如人和。三里之城，七里之
郭，环而攻之而不胜。夫环而攻之，必有得天时者矣。然而不胜
者，是天时不如地利也。城非不高也，池非不深也，兵革非不坚
利也，米粟非不多也，委而去之，是地利不如人和也。故曰：域
民不以封疆之界，固国不以山溪之险，威天下不以兵革之利。得
道者多助，失道者寡助。寡助之至，亲戚畔之。多助之至，天下
顺之。以天下之所顺，攻亲戚之所畔，故君子有不战，战必

---

① 黎翔凤撰：《管子校注》，847 页。

胜矣。"①

在天时、地利、人和方面，孟子在这里强调的是人和，但是孟子如此强调的前提是当三者发生矛盾之时。而事实情况是一次战争的胜利，往往离不开天时、地利、人和三种因素的共同配合。关于"天时"，孟子说"夫环而攻之，必有得天时者矣"，杨伯峻认为"这里的'天时'，可能是指阴晴寒暑之宜于攻战与否，而历代注解家以阴阳五行家的'时日干支五行王相孤虚'来解释，恐怕不是孟子本意"②。孟子言说的主题是战争，并非一次偶然的事件，所以他说的"天时"虽然不是如历代注释家根据"兵阴阳家"的理论解释得那么玄乎，但也不仅仅是一般天气阴晴冷暖的状况。

以《礼记·月令》所记内容来看，孟子所说的"天时"其中至少有《月令》所言出兵征战的影子：

> （孟春）是月也，不可以称兵，称兵必天殃。兵戎不起，不可从我始。
>
> （季夏）不可以合诸侯，不可以起兵动众，毋举大事，以摇养气。
>
> （孟秋）天子乃命将帅，选士厉兵，简练桀俊，专任有功，以征不义。诘诛暴慢，以明好恶，顺彼远方。
>
> （季秋）是月也，天子乃教于田猎，以习五戎，班马政，命仆及七驺咸驾，载旌旐，授车以级，整设于屏外，司徒搢扑，北面誓之。天子乃厉饰，执弓挟矢以猎，命主祠祭禽于四方。
>
> （孟冬）天子乃命将帅讲武，习射御，角力。③

以上这些都是在正常的月份中谈及用兵、练兵的内容，如果算上违时行令的战争灾害，《月令》言兵的内容会更多。在《月令》作者看来，孟春、季夏不可主动用兵，季秋、孟冬是练兵的好时光，而孟秋正是出

---

① （清）阮元校刻：《十三经注疏》，2693 页。
② 杨伯峻编著：《孟子译注》，87 页，北京，中华书局，1960。
③ （清）阮元校刻：《十三经注疏》，1357、1371、1373、1379～1380、1382 页。

兵征伐的最好时机。无论是宜出兵还是不宜出兵，《月令》的作者都将之系于天时，也就是说，"天时"是出兵征伐的根本依据。如此再看孟子所说的"天时"，它的含义好像比《月令》所说孟秋出兵的时节要宽泛许多，但其中的精神显然是出兵征伐的活动要"顺应天时"，如此才有获得胜利的可能。与《月令》相比，孟子的"天时"少了道德的含义，而增加了时间选择的灵活性，客观而论，孟子的"天时"更接近于阴阳家所说的"天时"。

　　与孟子相同，荀子也同样强调"天时"的作用，如《荀子·富国》在批评墨家的赏罚不明时，荀子说"贤者不可得而进也，不肖者不可得而退也，则能不能不可得而官也。若是，则万物失宜，事变失应，上失天时，下失地利，中失人和，天下敖然，若烧若焦"，而当"赏行罚威"之时，"则贤者可得而进也，不肖者可得而退也，能不能可得而官也。若是则万物得宜，事变得应，上得天时，下得地利，中得人和，则财货浑浑如泉源"，这是说治国要"上得天时，下得地利，中得人和"，如此才能走向富庶。《荀子·王霸》又云"农夫朴力而寡能，则上不失天时，下不失地利，中得人和，而百事不废"，这是说农夫耕种"上不失天时，下不失地利，中得人和"，如此才能农事不废；《荀子·议兵》临武君对赵孝成王说"上得天时，下得地利，观敌之变动，后之发，先之至，此用兵之要术也"，对此荀子虽然用"壹民""善附民"加以反驳，但他的心理诉求如同孟子一样，即在天时、地利、人和相互矛盾不可兼得之时，应以人和为要。因此，荀子的"议兵"与其说是与临武君辩论，不如说是两人观点的相互补充。与孟子的"天时"相比，荀子将"天时"运用得更为广泛，不但涉及兵法，还涉及治国富民、农业生产等。更为重要的是，荀子的天时、地利、人和，除了与临武君的辩论，三者之间并不矛盾对立，而是某一事功取得成效的综合前提，而且三者之间还存在明晰的层次区分：上下中分别对应于天时、地利、人和，与天地人的空间位置一一对应。这一对应也许来源于天地人三才，但显然强调人的活动对于天时的顺应和遵循。

　　儒家的经典文献本有"敬授民时"的内容，如《尚书·尧典》记载帝尧命四时之官、敬授人时等，但以《尚书》《诗经》的"天时"而论，孟子、荀子的"天时"意义更为丰富、多样，从上述例证可以看出它们至少不仅仅包括羲和之官的天文历法之义，也早已突破了《月令》所言固定月份的人事行为。这些信息无疑说明，孟子、荀子所使用的"天时"应直接来源于阴阳家对"天时"的阐发，而非仅仅儒家经典文献的含义。

除了"天时"，孟子、荀子对王道、君道的阐释也往往联系到"顺时而行"，如《孟子·梁惠王上》记载：

> 不违农时，谷不可胜食也。数罟不入洿池，鱼鳖不可胜食也。斧斤以时入山林，材木不可胜用也。谷与鱼鳖不可胜食，材木不可胜用，是使民养生丧死无憾也。养生丧死无憾，王道之始也。①

所谓"不违农时""数罟不入洿池""斧斤以时入山林"等，在《月令》文献中屡屡见到，而在这里孟子将之与王道联系在一起，并认为如此做法才有"保民而王"的经济基础。与孟子的观点相同，《荀子·王制》也说：

> 君者，善群也。群道当则万物皆得其宜，六畜皆得其长，群生皆得其命。故养长时则六畜育，杀生时则草木殖，政令时则百姓一，贤良服。圣王之制也，草木荣华滋硕之时则斧斤不入山林，不夭其生，不绝其长也；鼋鼍、鱼鳖、鳅鳣孕别之时，网罟毒药不入泽，不夭其生，不绝其长也；春耕、夏耘、秋收、冬藏四者不失时，故五谷不绝而百姓有余食也；汙池、渊沼、川泽谨其时禁，故鱼鳖优多而百姓有余用也；斩伐养长不失其时，故山林不童而百姓有余材也。②

所谓"养长时""杀生时""政令时"涉及政治、经济的双重目标，如果"得时"则民众富足、国家大治，进而形成王道政治，圣人不易。相反则经济空虚、民众贫困、政治昏暗、国家大乱，如此不要说成就"圣人之制"，国家危殆灭亡是必然的命运。与孟子相比，荀子的"顺时而行"更为详细，且与国家的政令直接关联，在荀子眼中，"顺时而行"不但成

---

① （清）阮元校刻：《十三经注疏》，2666 页。
② （清）王先谦撰：《荀子集解》，165 页。

就经济的富足、政治的清明，而且最终还能成就"圣人之制"。

孟子、荀子的这些论述，显然足以证明他们对阴阳家的"序四时之大顺"极为熟稔，对此运用得已出神入化，不着痕迹。

除了儒家的文献，战国时期的其他诸子针对"顺应天时"的理念也多有阐发，如《管子》《吕氏春秋》《淮南子》中存在许多很难判断学派属性的篇章，它们在引证自己的观点时，也往往以"天时"作为重要的论说主题。如《管子》之《形势》云"其功顺天者，天助之；其功逆天者，天违之。天之所助，虽小必大；天之所违，虽成必败""失天之度，虽满必涸；上下不和，虽安必危"，《轻重乙》云"毋行大火，毋断大木，灭三大而国有害也，天子之夏禁也"，《禁藏》云"当春三月，萩室熯造，钻燧易火，杼井易水，所以去兹毒也"，"（春）发五正""夏赏五德""秋行五刑""冬收五藏"，《七臣七主》"四禁者何也？春无杀伐，无割大陵，倮大衍，伐大木，斩大山，行大火，诛大臣，收谷赋"，"故春政不禁则百长不生，夏政不禁则五谷不成，秋政不禁则奸邪不胜，冬政不禁则地气不藏"等，这是《管子》中的"顺应天时"。《吕氏春秋》之《开春论》云"开春始雷，则蛰虫动矣。时雨降，则草木育矣。饮食居处适，则九窍百节千脉皆通利矣"，《当赏》"民无道知天，民以四时寒暑日月星辰之行知天。四时寒暑日月星辰之行当，则诸生有血气之类皆为得其处而安其产"等，这是《吕氏春秋》中的"顺应天时"。《淮南子》之《精神训》"法天顺情，不拘于俗……阴阳为纲，四时为纪"，《泰族训》"天之与人，有以相通也"等，这是《淮南子》中的"顺应天时"。

如果考察道家、兵家的知识结构，也会发现同样有"顺应天时"的内容，战国知识界的这一共相，无疑说明"顺应天时"的思维方式经过阴阳家的阐发和提升，已成为各家学派共用的知识资源与话语方式。

第二节　阴阳知识的播散与相关思维方式的定型

阴阳家的知识结构以阴阳五行为核心，其阴阳二分的认识论，不但在阴阳家内部被继承和发扬，而且也早已扩展至整个战国知识界。《管子·四时》可谓是阴阳家的文献，其对阴阳与社会政治的对应关系，有较为明确的说明，即刑德之于阴阳、四时的对应关系：

> 是故阴阳者，天地之大理也。四时者，阴阳之大径也。刑德者，四时之合也。刑德合于时则生福，诡则生祸。……德始于春，长于夏。刑始于秋，流于冬。刑德不失，四时如一。刑德离乡，时乃逆行。作事不成，必有大殃。①

阴阳使天地、四时运行所遵循的基本规则，即所谓"大理""大径"。天地、四时的这一基本规则表现于社会政治层面，则要求刑罚和德治的配合，即人事应当顺应天地四时的节奏：春夏是德治的时节，而秋冬是刑罚施展的空间。人事的活动如果背离了阴阳的要求，即刑德有失、二者"离乡"，必然引起祸害灾殃。显然，在这里阴阳家虽然没有点出邹衍的"五时"学说，但无疑已把天地、四时运转的最终规律归因于阴阳变化，由此阴阳也成为天地、四时运行之大道。

阴阳作为天地、宇宙的基本法则，在阴阳家的文献之外，首先表现于战国时期的各种"易传"。《易经》每卦的爻象，我们现在称之为阴爻、阳爻，但整部《易经》并不见将阴阳视为原则的例子，更不要说将之当作天地运行的基本原则了。历史地来看，阴爻、阳爻的称谓，也许正是战国知识界留给我们的遗产，因为在《左传》《国语》提到易占的事例中，没有直接将爻象称之为阴爻、阳爻的，如《国语·晋语四》记载晋文公占卜之事云"得贞屯、悔豫，皆八也"，其中"皆八"的含义存在争议，但毫无疑问，它显然不是以阴阳来称谓的。这些点滴的现象

---

① 黎翔凤撰：《管子校注》，838～857页。

说明，也许正是由于阴阳家的兴起，战国时期的知识界才使用阴爻、阳爻来称谓《易经》卦象的组成。

当然，与《易经》相比，阴阳的知识体系对于"易传"的影响更为显著。与《易经》不同，战国时期的"易传"多种多样，而且形态各异，现存《易传》、汲冢竹书、马王堆帛书的内容，很能说明战国时期的"易传"呈多样化发展。现存《易传》的形成与胜出，存在多种原因，而其中最为重要的因素无疑是《易传》吸收了其他各家各派的观点。这也许正是后人对《易传》学派归属争论不休的原因：因为它是战国知识界共同努力的结果，所以后人站在某一学派的立场总能找到其中的根据。

在汲冢竹书中，除了《易经》，与"易传"直接相关的文本有《易繇阴阳卦》《卦下易经》以及记载公孙段与邵陟论《易》的《公孙段》，这三种文本除了《卦下易经》类似于今本的《说卦》，其他两种均不见于传世文献。其实，即使《卦下易经》也只是与《说卦》近似，这里的"近似"可能指文本形式而言，两者所记内容应有明显的区别。无论如何，这三种文本应该是战国知识界诸多"易传"的一种，它的存在至少说明今本《易传》并非战国"易传"的唯一形式。更为重要的是，从《易繇阴阳卦》来看，它已不同于春秋时期的易占，它的卦辞与《易经》有别，也许正意味着它使用阴阳二分的原则来解释卦爻、卦象。帛书《系辞》、今本《系辞》均云"阳卦多阴，阴卦多阳"，这一信息在表明卦分阴阳的同时，也暗含着阴阳相合的原则贯穿于《易经》的每一卦，以此反观《易繇阴阳卦》的文本，单单以篇题来看似乎也蕴藏着帛书《系辞》、今本《系辞》所言说的原理。

使用阴阳的原则解卦，如果说由于汲冢竹书文本的失传还纯属推测的话，那么马王堆帛书《易传》的信息无疑确证着这一解卦旨向。

帛书《衷》（《易之义》）借孔子之口已明言"易之义，萃阴与阳，六画而成章"，又说"阴阳流形，刚柔成体""观变于阴阳而立卦也"[1]，其中的阴阳易象、易卦得以成立的基础，也是易象、易卦意义的核心。然而，这里的阴阳还未上升至天地法则的高度，而这一点是由《系辞》来

---

[1] 裘锡圭主编：《长沙马王堆汉墓简帛集成》（三），87、97 页。

完成的。帛书《系辞》、今本《系辞》均言"一阴一阳之谓道，继之者善也，成之者性也""极数知来之谓占，迴变之谓事，阴阳之谓神""广大配天地，变通配四时，阴阳之义配日月，易简之善配至德"等，其中善德仁义标志着《系辞》对儒家知识体系的吸纳，而阴阳变化又将之提升至天地日月的高度，显然是借鉴了阴阳家的理论阐释。与《易之义》相比，《系辞》中的阴阳无疑更为概括和抽象，它不仅包含着卦象、卦爻的意义，而且成为天地万物周转运行的基本规律。

《系辞》的这一提升，又被《易传》的其他文本所发扬，如今本《系辞下》云"有天道焉，有人道焉，有地道焉，兼三才而两之，故六。六者非它也，三才之道也"，针对其中的"三才"，《说卦传》云"立天之道曰阴与阳，立地之道曰柔与刚，立人之道曰仁与义。兼三才而两之，故《易》六画而成卦"。天地人为三才之道，不见于帛书《系辞》，从中可见儒家对易传的改造和创新。同时，《说卦》使用阴阳、刚柔来阐释天地之道是恰当的，而使用仁义来注解人道却蕴藏着不小的悖论：阴阳、刚柔是相反相成的两种因素，而仁义显然并非如此，虽然两者的关系隶属还存争议，但两者显然不是相反相悖的。儒家士人使用仁义阐释人道，在反映他们努力创新、热情注解《周易》的同时，也折射出他们话语体系的悖论和漏洞。更为重要的是，将阴阳、刚柔、仁义分属于天地人三才，也存在难以开解的问题：阴阳、刚柔为什么是天、地的属性，天有刚柔、地也有阴阳，这种分属显然是为了解释卦之六爻，即所谓"《易》六画而成卦"。无疑，《说卦》的这一阐释又回到了帛书《易之义》的范围之内，与《系辞》相比，显得格局狭小了。尽管如此，《说卦》将阴阳比附于"天之道"，也可看出作者视阴阳为天之大道的主观动机。而这一阐释旨向，无疑是对《系辞》的延续或回应。

由这些不同形态的"易传"来看，《庄子·天下》所说的"《易》以道阴阳"十分准确，然而用阴阳来解易，也不是战国时期的唯一形态，如郭店简《语丛一》云"《易》所以会天道人道也"，这是重在说明《易》包含着人事与天道的对应；《礼记·经解》云"洁静精微，《易》教也""《易》之失，贼""洁静精微而不贼，则深于《易》者也"，这是重在阐释《易》对于人格修养的重要作用。这两种文本一种是重在说明《易》的原则，另一种是关注《易》的德义修养，但均为涉及阴阳之道。它们的阐释旨向，至少说明"《易》以道阴阳"这一广泛流传的认识，其形成和胜出存在着一个较为复杂的过程。在后世，与天道人道相比，阴阳为《易》之生生不息的基本规律，已受到大家的共识，如周敦颐说"天以阳生万物，以阴成万物"，朱熹也认为"阴阳者，造化之本，所不能无"。① 后人对阴阳的这一共识，源于它载录于《易传》，而《周易》又是作为经典文本而被大家认可的。限定于战国时期，阴阳进入《周易》的过程，显然是战国知识界对阴阳家知识体系的吸纳和更新。

　　阴阳概念的使用，不仅仅局限于"易传"，战国时期的各家文献均有或多或少的表现。先看儒家对阴阳知识的应用和改造。《大戴礼记·曾子天圆》云"阴阳之气各静其所则静矣。偏则风，俱则雷，交则电，乱则雾，和则雨"，其中的阴阳之气偏向于纯自然领域的范畴，风雷电雾雨也是两者交互而产生的自然现象。在阴阳二气相胜之际，"阳气胜，则散为雨露；阴气胜，则凝为霜雪；阳之专气为雹，阴之专气为霰，霰雹者，一气之化也"。在作者看来，阴阳二气不但主导着各种自然现象的发生，也化生着世间万物，甚至人类自身也是阴阳之气化生的结果。如"唯人为倮匈而后生也，阴阳之精也"，北周卢辩注云："人受阴阳纯粹之精，有生之贵也。"② 作者的意思显然是强调人为生物之贵，而这一观念在《孝经》《礼记》《文子》《列子》和郭店简《语丛》中均有直接的反映，如《孝经》"天地之性，人为贵"、郭店简《语丛一》"夫生百物，人为贵"、《荀子·王制》"人有气、有生、有知，亦且有义，故最为天下贵也"等③。但与这些文本不同的是，《曾子天圆》在表达这一观念时却使用了"阴阳之精"的话语。在作者的主观意识中，既然阴阳能化生包括人类在内的世间万物，那么阴阳二气虽然属于自然领域，却拥有世界本源的属性。这一点可以看出，《曾子天圆》对阴阳家知识体

---

① （宋）周敦颐：《周敦颐集》，23 页，北京，中华书局，2009；（宋）黎靖德编：《朱子语类》第 5 册，1735 页，北京，中华书局，1994。

② （清）王聘珍撰：《大戴礼记解诂》，100 页。

③ 黄人二：《战国郭店竹简〈语丛一〉"夫生百物人为贵"句释解——兼论郭简之年代》，见"简帛网"2017 年 2 月 10 日。

系的使用和创新。

《易传》所说的"三才"，表现于《大戴礼记·四代》则是"三德"，即"有天德，有地德，有人德，此谓三德。三德率行，乃有阴阳；阳曰德，阴曰刑"。阴阳是"三德率行"的直接结果，并由此而产生德、刑。阴阳的相反与刑、德的相应，应与《管子·四时》相一致。然而德刑与阴阳的相对，在儒家看来并非相反相成，至少不是双线互动的，而是单线的。如《四代》借孔子之口云"阳德出礼，礼出刑，刑出虑，虑则节事于近，而扬声于远"，其中的阳德并非与阴德相对，而是统辖一切，它衍生礼，而礼又衍生出刑，刑由德而出，显然与阴阳家的理论体系并不对应。客观来看，既然三德运行而有阴阳，阴阳又生刑德，那么刑不应该再由阳德衍生而出。但《四代》作者将之系于"阳德"之下而不及"阴德"，也许是作者缺乏对阴阳家理论体系的理解，也许是他有意的创新和改造。不过无论如何，《四代》文本的内在冲突，颇能反映儒家士人在运用阴阳家知识体系热情创造新文本的努力。

与《四代》不同，《大戴礼记·本命》使用的阴阳颇与《曾子天圆》相一致，其云："分于道，谓之命；形于一，谓之性；化于阴阳，象形而发，谓之生""天地以发明，故圣人以合阴阳之数也"。其中的阴阳是化生之本，也是圣人得以顺应天地的基本方法。

在儒家文本中，诸如《曾子天圆》《本命》将阴阳视为万物本源的观念，见于许多文本，如《礼记·礼运》云"人者，其天地之德，阴阳之交，鬼神之会，五行之秀气也。故天秉阳，垂日星；地秉阴，窍于山川"。天地秉阴阳而有日月山川，而人类不仅是天地之德的表现，也是"阴阳之交"的结果。由此阴阳也是天地的属性，所以作者又说"本于大一，分而为天地，转而为阴阳，变而为四时，列而为鬼神"。这一点表现于音乐的形成也极为典型，如《礼记·乐记》云"地气上齐，天气下降，阴阳相摩，天地相荡，鼓之以雷霆，奋之以风雨，动之以四时，暖之以日月，而百化兴焉""天地欣合，阴阳相得，煦妪覆育万物，然后草木茂"。这里的阴阳是天地之气，如同《曾子天圆》能够化育万物，其中当然包括音乐的产生，正如《礼记·郊特牲》所云："飨禘有乐而食尝无乐，阴阳之义也……饮，养阳气也，故有乐。食，养阴气也，故无声。凡声，阳也。乐由阳来者也，礼由阴作者也，阴阳和而万物得。"其中所论乐由阳而来，虽然与《乐记》存在差异，但显然也认为音乐的形成和使用，都蕴藏着"阴阳之义"。而这种"阴阳之义"，在儒家看来，又表现于一切祭祀活动中，如《礼记·郊特牲》"祭，求诸阴阳之义也。殷人先求诸阳，周人先求诸阴"，而《礼记·祭义》云"日出于东，月生于西。阴阳长短，终始相巡，以致天下之和"，阴阳与天地日月的相配，标志着世间的一切行为都要遵循阴阳的法则。于此，儒家所提倡的礼，无疑也是阴阳之化的结果，如《礼记·丧服四制》所说"凡礼之大体，体天地，法四时，则阴阳，顺人情，故谓之礼"，在作者看来，礼的产生与根据是"则阴阳，顺人情"的结果。礼与乐的形成和实施，都有阴阳的作用，所以，在《礼记》中阴阳作为法则的意义极为突显。

同时，《祭义》的作者认为"昔者，圣人建阴阳天地之情，立以为《易》"，阴阳是天地间的大道，而呈现天地之情的《周易》无疑是圣人建构的结果。以阴阳来论《周易》，与前述所说的"易传"十分一致，这体现出阴阳家知识观念对儒家文本的直接影响。儒家士人对阴阳知识的运用和改造，无疑为后代的儒家士人提供了丰富的话语资源，以至荀子在《天论》中直接言说阴阳大化之于世间万物的意义："列星随旋，日月递照，四时代御，阴阳大化，风雨博施，万物各得其和以生，各得其养以成，不见其事而见其功，夫是之谓神。"

在《礼记》《大戴礼记》《荀子》之外，清华简《保训》也提到舜"测阴阳之物"，有学者以此认为"《保训》或许是阴阳家的著述"[①]。其实，《保训》对阴阳的使用方式如同上述文本，它只能说明阴阳家对于儒家文本的影响，而不能直接将之归入阴阳家的门下。相对于前述文本，《保训》中的阴阳显得含蓄，但与"上下远迩""易位设稽""咸顺不逆"相连，说明其天地本源的属性也是昭然若揭。

与上述文本直接使用阴阳的概念相比，孟子对阴阳知识的改造和创新更为独到，由此而呈现出的话语方式也更为含蓄、隐晦。阴阳知识对于孟子的影响，应该集中体现于孟子提出的"牛山之木"。《孟子·

---

① 曾振宇：《清华简〈保训〉"测阴阳之物"新论》，载《中原文化研究》，2015(4)。

告子上》记载孟子在言说性本善时，提到"牛山之木"：

> 孟子曰："牛山之木尝美矣，以其郊于大国也，斧斤伐之，可以为美乎？是其日夜之所息，雨露之所润，非无萌蘖之生焉，牛羊又从而牧之，是以若彼濯濯也。人见其濯濯也，以为未尝有材焉，此岂山之性也哉？虽存乎人者，岂无仁义之心哉？其所以放其良心者，亦犹斧斤之于木也，旦旦而伐之，为美乎？其日夜之所息，平旦之气，其好恶与人相近也者，几希。则其旦昼之所为，有梏亡之矣。梏之反覆，则其夜气不足以存。夜气不足以存，则其违禽兽不远矣。人见其禽兽也，而以为未尝有才焉者，是岂人之情也哉？故苟得其养，无物不长。苟失其养，无物不消。孔子曰：'操则存，舍则亡；出入无时，莫知其乡。'惟心之谓与？"①

在孟子看来，牛山之木的美是"其日夜之所息，雨露之所润"，具体来说，是"夜气"之所滋养。而与"夜气"相对的，则是"旦昼之所为"，正是这一行为将"夜气"所积聚的"平旦之气"梏亡殆尽。关于孟子之气的来源，余英时认为"孟子和告子对气的看法都可能发源于稷下的思想社群"②，但"夜气"的概念并不见于稷下的其他学派。对于孟子在气方面的创新，宋代程子说："孟子有功于圣门，不可胜言。……仲尼只说一个志，孟子便说许多养气出来。只此二字，其功甚多""孟子性善、养气之论，皆前圣所未发"③。依据这些分析，肖永明、王志华指出"'夜气'这一范畴极有可能是孟子的独创"④。孟子所说的气，固然存在稷下学派的来源，但也应该具有儒家内部观念的传承，如前述的《曾子天圆》《礼记·礼运》等，因此其所说的"夜气""平旦之气"可以看作是对"阴阳二气"的改造：阴阳之气的本源属性，与牛山之木的本性、仁义

---

① （清）阮元校刻：《十三经注疏》，2751 页。

② 余英时：《论天人之际——中国古代思想起源试探》，130 页，北京，中华书局，2014。

③ （宋）朱熹撰：《四书章句集注》，199 页。

④ 肖永明、王志华：《朱子对孟子"夜气"思想的阐发》，载《北京大学学报（哲学社会科学版）》，2018(3)。

之于人心的本然，显然是一致的。与其他儒家士人不同，孟子更具有担当儒家大道的责任感和使命感，所以当他面对阴阳家知识体系的播散时，首先应该想到的是自己如何改造这一知识观念，于是"浩然之气""夜气"便横空出世。当然，与配义与道的"浩然之气"相比，"夜气"的创新力度还十分有限，而正是这稍显朴拙的创新显露出阴阳知识体系之于孟子的影响。班固《汉书·艺文志》云"儒家者流，助人君顺阴阳，明教化"，其中"顺阴阳"之所以来评价儒家，显然可以追溯于以孟子为主的先秦儒家努力使用阴阳家话语体系的情形。

　　与儒家相比，道家对阴阳知识体系的应用更为显著，以至许多学者将富有阴阳含义的《易传》视为道家的作品①。《老子》所说的"万物负阴而抱阳，冲气以为和"，其中的阴阳已有化育万物的属性。

　　郭店楚简《太一生水》在谈及宇宙构成图式时说："天地复相辅也，是以成神明。神明复相辅也，是以成阴阳。阴阳复相辅也，是以成四时。"②这种顶针递进的话语方式一方面在确证着衍生的严密次序，另一方面也折射出文本作者的推衍过程。在作者看来，有了天地而生神明，而神明的具体体现便是阴阳，于是便有了天地之四时。其中的"神明"也许正是《礼记·礼运》所说的"列鬼神""鬼神之会"，但与阴阳相比，它的意义显然是模糊而不确定的。因此，无论文本作者的主观目的是什么，他传递给世人的重要信息便是阴阳由天地而生，并成为四时乃至世间万物的本源。

　　《太一生水》的这一观念表现于《庄子》便是"阴阳调和"，如《庄子·天运》"应之以人事，顺之以天理，行之以五德……四时迭起，万物循生。一盛一衰，文武伦经，一清一浊，阴阳调和"，阴阳调和能使"万物循生"，而"阴阳不和，寒暑不时，以伤庶物"（《庄子·渔父》）。所以，在庄子看来，当大道浑融之世，《庄子·缮性》云"阴阳和静，鬼神不扰，四时得节，万物不伤，群生不夭"。在基础上，庄子学派的主张便是"通天下一气耳"（《知北游》），即通过阴阳调和、阴阳和静达到天

---

① 张国华：《试论先秦道家的阴阳学说》，载《湘潭大学学报（社会科学版）》，1992(2)。
② 李零：《郭店楚简校读记》，32 页。

地之大美的境界。因为阴阳是天地之气，所以庄子在谈到阴阳时往往
与天地相联属，如《则阳》"天地者，形之大也；阴阳者，气之大也"、
《田子方》"至阴肃肃，至阳赫赫，肃肃出乎天，赫赫发乎地"等。

庄子学派对阴阳的这一使用方式，表现于法家则是《黄帝四经》的
文本呈现。《十大经·观》云：

> 黄帝曰：群群□□□□□□为一囷，无晦无明，未有阴阳。
> 阴阳未定，吾未有以名。今始判为两，分为阴阳，离为四［时］，
> □□□□□□□□□因以为常，其明者以为法，而微道
> 是行。①

阴阳未定，所以难以为名，这与庄子所说的混沌之世"阴阳和静"正好
相反，体现出两家学派不同的学术旨向，但其中都在强调阴阳之于天
地四时运行的重要意义。

更为重要的是，在诸子文本中，阴阳二分的思维方式已得到普遍
的使用。如庄子认为阴阳之气表现于人的性情，便是《在宥》："人大喜
邪？毗于阳；大怒邪？毗于阴。阴阳并毗，四时不至，寒暑之和不成，
其反伤人之形乎！"人之喜怒与阴阳的相配，标志着阴阳二分的思维方
式已无远弗届。

这一点在《易传·说卦》中已有反映，如所谓"立天之道曰阴与阳，
立地之道曰柔与刚，立人之道曰仁与义"，柔与刚相反相成，与阴阳两
分一致，而仁与义显然不具有这种属性，但作者却也使用这一方法，
足以说明阴阳二分的思维方式已深入人心。如果以此反观《老子》的文
本，其中的刚与柔、牝与牡、雌与雄、黑与白、寒与热、清与浊、静
与躁、虚与实、明与昧等，都可以使用阴阳进行属性划分。

统观整个战国知识界，阴阳二分的这种思维方式显然并不局限于
道家，《墨子·辞过》说："凡回于天地之间，包于四海之内，天壤之
情，阴阳之和，莫不有也。……天地也，则曰上下；四时也，则曰阴
阳；人情也，则曰男女；禽兽也，则曰牝牡雄雌也。"可见，上与下、

---

① 裘锡圭主编：《长沙马王堆汉墓简帛集成》（四），152 页。

春夏秋冬之四时、人情之男女、禽兽之牡牝雄雌，均是"阴阳之和"的具体表现。

《吕氏春秋·大乐》云：

> 音乐所由来者远矣，生于度量，本于太一。太一出两仪，两仪出阴阳。阴阳变化，一上一下，合而成章。浑浑沌沌，离则复合，合则复离，是谓天常。天地车轮，终则复始，极则复反，莫不咸当。日月星辰，或疾或徐，日月不同，以尽其行。四时代兴，或暑或寒，或短或长，或柔或刚。万物所出，造于太一，化于阴阳。萌芽始震，凝寒以形。形体有处，莫不有声。声出于和，和出于适。和适先王定乐，由此而生。①

作者从音乐之本源说起，其中观点颇与《乐记》相似，但与《乐记》相比，使用阴阳家的知识体系更为显在和直率，其中的阴阳，不仅具有化育万物的属性，而且它是决定着一切相反相成话语的根本，如上下、离合、终始、快慢、寒暑、短长、柔刚等无不受着它的指挥和规定。再如道法家文献的《黄帝四经·称》云：

> 凡论必以阴阳□大义。天阳地阴。春阳秋阴。夏阳冬阴。昼阳夜阴。大国阳，小国阴。重国阳，轻国阴。有事阳而无事阴，伸者阳而屈者阴。主阳臣阴。上阳下阴。男阳[女阴，父]阳[子]阴。兄阳弟阴。长阳少[阴]。贵[阳]贱阴。达阳穷阴。取妇姓子阳，有丧阴。制人者阳，制人者制于人者阴。客阳主人阴。师阳役阴。言阳默阴。予阳受阴。②

这里不但将春夏秋冬、白天黑夜、男女夫妇称之为阴阳，而且将大国小国、有事无事、诚信背信、父子兄弟、主客师役等均分阴阳。显然，在作者看来，阴阳二分已是世间万事万物的法则，即宇宙之间的任何现象均可使用阴阳加以区分，这是真正的无远弗届。于此，《称》也将

---

① 陈奇猷校释：《吕氏春秋新校释》，258页。
② 裘锡圭主编：《长沙马王堆汉墓简帛集成》（四），187页。

阴阳二分的方法扩展至整个宇宙，即将阴阳二分的原则发挥到了极致。所以，《称》的这段文字可以看作阴阳二分的思维方式之于战国知识界的典型范例，由此内容足可确证，阴阳二分的思维方式早已突破了阴阳家的知识范围，而成为战国知识界共用的思维范式。[①]

这一思维方式延伸至后世，中国人的审美风格也往往使用两分法，如自然与雕琢、豪放与婉约、阴柔与阳刚等。对此，清人叶燮指出："对待之义，自太极生两仪之后，无事无物不然：日月、寒暑、昼夜、以及人事之万有——生死、贵贱、贫富、高卑、上下、长短、远近、新旧、大小、香臭、深浅、明暗，种种两端，不可枚举。大约对待之两端，各有美有恶，非美恶有所偏于一者也。"[②]从叶燮的总结可以看出，"对待"之两端各有美丑，两者需相反相成，而非儒家将"仁与义"加以对抗。不过，从儒家士人的这种牵强附会的急切心情可以看出，阴阳二分的思维方式在战国时期已很难抗拒，其他各家各派只能加以吸纳、运用，进而改造、创新，如此才能丰富、更新自家学派的知识观念和话语体系。

第三节　五行运转的知识辐射与诸子文本的形成

阴阳家五行理论的内容主要分为两个方面：一是天道自然的循环往复，即五行相生、依次轮替，典型的代表文献是《管子·五行》；另一是社会历史的递进周转，即五行相胜、依次更迭，典型的代表文献是《吕氏春秋·应同》。同时，《五行》《应同》的形成，也标志着阴阳家五行理论的成熟和波及：它们被书写进《管子》《吕氏春秋》也折射出时人对五行理论的理解和认可。

从现存文献来看，无论五行相生，还是五行相胜，均是战国时期

---

① 曹峰认为上博简《三德》《天子建州》等文献也受到阴阳家思维方式的影响，见曹峰：《上博楚简所见阴阳家思想的影响——以〈三德〉、〈天子建州〉为中心》，载《哲学与文化》，2015(10)。于此，这一现象再次验证着阴阳家知识体系的波及面和接受度。

② （清）叶燮：《原诗》外篇上，44 页，北京，人民文学出版社，1979。

阴阳家的知识创新。其实，五行虽然早已出现，但作为天地运行基本规律的提法，也无疑出自阴阳家之手。也就是说，从春秋到战国，五行的属性与地位存在着一个发展衍变的过程。在西周晚期、春秋早期，五行是作为构成百物的内在根据加以认识的，如《国语·郑语》记载史伯在回答郑桓公之问时说："故先王以土与金木水火杂，以成百物。是以和五味以调口，刚四支以卫体，和六律以聪耳，正七体以役心，平八索以成人，建九纪以立纯德，合十数以训百体。出千品，具万方，计亿事，材兆物，收经入，行姟极。"据李冶所云："史伯论数，云十、百、千、万、亿、兆、经、姟，姟亦作'畡'、'垓'、'陔'，皆同。经亦数也，今算术大数曰亿、兆、经、垓。"①以此来看，史伯所说五行除了构成百物之外，还是数列中的一个序列，而且五行之中的每一行地位不尽相同，最为突出的是"土"，百物之所以成形，是"土"与其他四行的相合而成。值得注意的是，史伯虽然点出土、金、木、水、火，但并没有出现"五行"的名称。

《国语·周语下》单襄公对单顷公说："天六地五，数之常也。经之以天，纬之以地，经纬不爽，文之象也。文王质文，故天祚之以天下。"其中"天六地五"，韦昭认为是"天有六气，谓阴、阳、风、雨、晦、明也。地有五行，金、木、水、火、土也"②。以单襄公此前所说的 11 种"文"之德行来看，这里的"天六地五"应指"能文则得天地"的"文"之德行，于此才能成为"文之象也"。所以，韦昭将其中"天六地五"视为后世的数术之学是有问题的。这一点也与《左传》文公七年的记载相对应：

> 晋郤缺言于赵宣子曰："……九功之德，皆可歌也，谓之《九歌》。六府三事，谓之九功。水、火、金、木、土、谷，谓之六府；正德、利用、厚生，谓之三事。义而行之，谓之德礼。无礼不乐，所由叛也。"③

---

① 徐元诰撰：《国语集解》，470~471 页。
② 徐元诰撰：《国语集解》，89 页。
③ （清）阮元校刻：《十三经注疏》，1846 页。

在六府、三事之中，三事虽然名称较为具体，但却指向抽象的伦理道德。与此相反，六府则是日常生活所运用的具体资源，这也是郤缺将谷物与水、火、金、木、土相提并论的原因。所以，其中的五行并非构成世界的五种抽象的元素。

真正抽象意义的五行应该出现于春秋晚期，《左传》昭公二十五年记载郑国子太叔引用子产的话语：

> 则天之明，因地之性，生其六气，用其五行。气为五味，发为五色，章为五声。淫则昏乱，民失其性。是故为礼以奉之：为六畜、五牲、三牺，以奉五味；为九文、六采、五章，以奉五色；为九歌、八风、七音、六律，以奉五声。①

其中五行与六气并列，是"则天之明，因地之性"的结果，而非属于天或地之独有属性。子产的这一阐释，相对于其他知识精英已显露出很大创新。如《左传》昭公元年记载秦国的医和说："天有六气，降生五味，发为五色，征为五声。"在这里，五味、五色、五声由六气"降生"而出，六气也属于天之所有，其中并没有地的作用。而在子产看来，无论六气还是五行，都是天地共同所生，由此又衍生出五味、五色、五声，以此而统辖用于礼仪的各种祭品、纹章和音乐。至此，礼之"天之经、地之义"的含义昭然若揭。因为子太叔或子产重点追溯的是礼的天地根据，所以其中的六气、五行只是由天地到礼仪的中间环节。它们与阴阳家所说的阴阳五行还存在着显著的差异，如阴阳作为六气中的两者，地位并不突出，至少没有统辖其他四气；同样，五行与六气的关系，以及与五味的关系，十分模糊，很难判断它在衍生序列之中的具体位置。这些缺憾，也许正等待着战国时期的阴阳家加以补充和提升。

与子产所说五行密切相关的是五行之神，即"五行之官"。《左传》昭公二十九年记载晋国的蔡墨对魏献子说：

---

① （清）阮元校刻：《十三经注疏》，2107～2108 页。

> 夫物，物有其官，官修其方，朝夕思之。一日失职，则死及
> 之。失官不食。官宿其业，其物乃至。若泯弃之，物乃坻伏，郁
> 湮不育。故有五行之官，是谓五官，实列受氏姓，封为上公，祀
> 为贵神。社稷五祀，是尊是奉。木正曰句芒，火正曰祝融，金正
> 曰蓐收，水正曰玄冥，土正曰后土。①

面对"龙见于绛郊"的神异事件，蔡墨从官失其守加以解释，认为五行
之官实为上古之时的历史人物，他们"列受氏姓，封为上公，祀为贵
神"，所以"少皞氏有四叔"分别受任为木正、金正、水正，而"颛顼氏
有子曰犁，为祝融"即火正，"共工氏有子曰句龙，为后土"即土正。在
蔡墨看来，句芒、祝融、蓐收、玄冥、后土都是五行之官的称谓，并
非历史人物，具体担任五行之官的是少皞氏有四叔、颛顼氏有子曰犁、
共工氏有子曰句龙。从金木水火土，到句芒祝融蓐收玄冥后土，再至
远古时期的神灵，中间转了两道弯。以战国时期的月令文献来看，蔡
墨所说的远古神灵显然没有进入阴阳家的知识体系之中：阴阳家直接
将句芒、祝融、蓐收、玄冥、后土视为五行之神，分布五方并代表着
四时五节。与子产相比，蔡墨为阴阳家贡献了五方神灵，但他也只是
点出了这些神灵的称谓，对于它们的次序以及与天时四季、地之五方
的对应关系显然没有涉及，这些需要阴阳家的进一步阐释和排列。

与子产、蔡墨对五行的阐释相比，同为知识精英的晏子则较为传
统，《左传》昭公二十年记载晏子对齐景公说：

> 先王之济五味、和五声也，以平其心，成其政也。声亦如味，
> 一气，二体，三类，四物，五声，六律，七音，八风，九歌，以
> 相成也；清浊小大，短长疾徐，哀乐刚柔，迟速高下，出入周疏，
> 以相济也。②

晏子在阐释自己的观点时，也使用了五味、五声相和相济的话语资源，
然而他与同时代的子产、蔡墨相比，显然没有涉及五行的内容，也许

---

① （清）阮元校刻：《十三经注疏》，2123 页。
② （清）阮元校刻：《十三经注疏》，2093～2094 页。

晏子根本没有想到谈及五味、五声还要追溯其形成的根据，因为在他的话语逻辑中，或者在他看来，只需谈到"先王"和罗列音乐的表现形式就可以证明自己的话语具有充分的根据。然而，时代已经不同，特别是在战国时期，依靠先王的权威和事物外在的表现形式，不但广受知识界的质疑，也早已很难抓住君王的心绪。对于晏子的进谏效果，《左传》没有记载齐景公的反应，《晏子春秋》在收录这段文字的结尾写道："公曰：'善'"。书写者的这一增加，使晏子的话语有了回应，也使文本在形式上变得更加完整。然而，进谏的效果也许正如《左传》所反映的事实，即晏子的话语并没有得到齐景公的积极回应。

无论如何，从史伯到子产、蔡墨，可以清晰地看出五行在春秋时期的形成及推衍过程。也正是由于这些知识资源的积淀，在战国时期阴阳家便以成熟的五行理论展现给世人。

阴阳家的五行理论在知识界的直接影响，便是诸如《月令》等历法文献的形成，而随着历法文献的波及，阴阳家的五行思想在知识界进一步扩散。在历法文献之外，与五行观念最为接近的无疑是战国时期流传的"易传"。在汲冢竹书众多"易传"文本出土的同时，邹衍的《大历》也随之现世。历法文本与"易传"文本的同时入土、出土，在偶然与必然之间似乎也能说明两种文献之间的牵连。

与汲冢竹书中的"易传"不同，清华简《筮法》是用数字卦占筮的，它应该是战国时期的另外一种"易传"，有学者已经指出，阴阳五行的思想在《筮法》中多有展露①，对此，张涛较为详细地指出：《筮法》"第二十五节将八卦与天干相配，第二十六节讲各卦之祟，又以十二地支与六子卦相配，同时配有卦图以说明四方五行的关系。《筮法》中干支、阴阳、五行已同《易》筮明确结合"②。其他不论，单就卦图呈现四方与五行的关系，足可证明《筮法》的文本作者在书写时已经吸收了阴阳家的理论来解释易占。

马王堆帛书"易传"受阴阳家五行思想的影响也十分显在，如《二三

---

① 刘成群：《清华简〈筮法〉与先秦易学阴阳思想的融入》，载《周易研究》，2016(3)。
② 张涛、陈婉莹：《〈周易〉经传与先秦阴阳家》，载《理论学刊》，2015(11)。

子问》云："圣人之立正（政）也，必尊天而敬众，理顺五行，天地无
灾。"①其中"五行"，正是《要》所云是指水、火、金、土、木：

> 故易又（有）天道焉，而不可以日月、生（星）辰尽称也，故为
> 之以阴阳；又（有）地道焉，不可以水、火、金、土、木尽称也，
> 故律之以柔刚；又（有）人道焉，不可以父子、君臣、夫妇、先后
> 尽称也，故要之以上下；又（有）四时之变焉，不可以万勿（物）尽
> 称也，故为之以八卦。故易之为书也，一类不足以亟（极）之，变
> 以备其请（情）者也，故谓之易。又（有）君道焉，五官、六府不足
> 尽称之，五正之事不足以生（？）之，而诗书礼乐不□百扁（篇），难
> 以致之。②

天道、地道、人道的区分，如同《说卦传》所说"立天之道曰阴与阳，立
地之道曰柔与刚，立人之道曰仁与义"。而与《说卦传》不同的是，人道
"要之以上下"，而非"仁与义"，与仁义相比，上下显然与阴阳、柔刚
的相反相对的属性是一致的。这一点说明《要》的"人道"含义设置更为
合理，至少优于《说卦传》，但儒家的学派理念在"三才"中又显得有所
降低。

　　不过，《要》尽管没有使用仁义，而用上下来解读人道，但它的儒
家属性并没有因此而改变：不但其中的"父子君臣夫妇先后"可以证明，
其后的"诗书礼乐"也可说明问题。退一步说，即使不判定《要》为儒家
文本，它也不能归入阴阳家的文献，因为《要》虽然使用了阴阳、五行，
但其中的含义显然与阴阳家的知识体系存在区别：《要》中的阴阳、五
行分属于天、地，似乎与春秋时期的天地分属近似，而在阴阳家的知
识体系中，阴阳、五行是天地共有的基本规则，天有阴阳、五行，地
也有阴阳、五行。

　　因此，《要》以及《二三子问》使用五行，只能是受到了阴阳家知识
体系的影响，而非阴阳家学派理念的呈现。《二三子问》除了在讲述圣

---

① 裘锡圭主编：《长沙马王堆汉墓简帛集成》（三），45 页。
② 裘锡圭主编：《长沙马王堆汉墓简帛集成》（三），119 页。

人在尊天敬众之时要"理顺五行",还强调"与天道始,必顺五行,其孙贵而宗不崩"①。也就是说,易道伴随天道而生,世人如果想要"孙贵而宗不崩",必然要"顺五行"。从天道、尊天等话语可知,《二三子问》的话语逻辑与《要》十分一致,二者都认为五行是天道的表现,人事要想趋吉避凶,必须顺应"五行"。

两种文本的这一观念,也体现于帛书易传的另一文本——《衷》(《易之义》):"子曰:五行者□□□□□□□□□□□用,不可学者也,唯其人而已矣。易其和□,此五言之本也。"②其中的文字脱落甚多,具体的含义难以明言,但整体意义还是可以把握的:作者使用判断句式无疑是为了给五行下定义,而定义的内容重在说明五行与易道之间的紧密关系,所以作者才强调"易其和□"。与"五行者"相应,"此五言之本也"中的"五言"应为"五行",于此孔子的话语重在呈现五行的含义,已十分明显。虽然我们很难知道孔子所说的"不可学者也"的具体所指,但他又强调"唯其人而已矣",而且又说"易其和□"为五行之本,由人道对天道的推崇与顺应来看,其中的"人"无疑应该遵循天道之五行的规律要求。

总的来说,马王堆帛书《易传》在吸纳阴阳家五行知识的同时,又加以了改造、创新,使之更加适合作者所属学派的理念要求:三才的区分、阴阳五行的分属等信息足以说明文本书写者的这一旨向。

在各种"易传"之外,体现阴阳家五行理论比较典型的当属兵家,即兵法文本。《孙子·虚实》在谈到兵法需灵活运用"因敌而制胜",以至"因敌变化而取胜者,谓之神"时说:"五行无常胜,四时无常位,日有短长,月有死生。"其中的"五行无常胜"也许与阴阳家所说的五行相胜存在区别,但这也可以看作是兵家对阴阳家五行理论的一种吸纳和借鉴。

湖北江陵张家山汉墓出土的兵法文本《盖庐》在谈到"天时"说:"九野为兵,九州为粮,四时五行,以更相攻。天地为方圜,水火为阴阳,

---

① 裘锡圭主编:《长沙马王堆汉墓简帛集成》(三),45、47 页。
② 裘锡圭主编:《长沙马王堆汉墓简帛集成》(三),96 页。

日月为刑德，立为四时，分为五行。顺者王，逆者亡。此天之时也。"①其中"四时五行，以更相攻"暗含着五行相胜，但其范围显然已扩展至四季时节的轮替、天地日月之间的相争。其他不论，单就四时轮替而言，对于阴阳家来说，显然是五行相生的结果，而非五行相胜。因此，《盖庐》的"四时五行，以更相攻"是兵家对五行理论的借鉴，而非阴阳家学派观念的表现。

这一点在《盖庐》言说"四时之道"时表现得更为典型："［秋］生阳也，木死阴也，秋可以攻其左；春生阳也，金死阴也，春可以攻其右；冬生阳也，火死阴也，冬可以攻其表；夏生阳也，水死阴也，夏可以攻其里。此用四时之道也。"②文本作者将阴阳与四时相配，并使用木、金、火、水与秋、春、冬、夏一一对应。与阴阳家的话语逻辑相比，《盖庐》的推衍不但显得比较隐晦，而且较为错乱，缺乏理论体系应有的整齐感。更为重要的是，作者虽然将阴阳五行配于四时，但左右表里的方位表述实为模糊，而且五行之中缺乏土的作用。这些显然是阴阳家不乐意看到的，也无法容忍的。

与四时五行的使用偏差相比，《盖庐》单纯言说五行相胜的理论显然是准确的，如"皮（彼）兴之以金，吾击之以火；皮（彼）兴以火，吾击之以水；皮（彼）兴以水，吾击之以土；皮（彼）兴之以土，吾击之以木；皮（彼）兴以木，吾击之以金。此用五行胜也"③。以金始又以金终，标志着五行相胜的循环得以完成。这段文字应是《盖庐》借鉴阴阳家理论最为成功的范例。

战国时期的兵家对阴阳家五行理论的借鉴，影响了汉人对于兵法的认识，以至谈到兵法往往联系到阴阳五行，如《淮南子·兵略训》说"明于奇正赟、阴阳、刑德、五行、望气、候星、龟策、機祥，此善为天道者也"，又说"善用兵者，持五杀以应，故能全其胜"。其中五杀，

---

① 张家山二四七号汉墓竹简整理小组：《张家山汉墓竹简（二四七号墓）》，163 页，北京，文物出版社，2006。

② 张家山二四七号汉墓竹简整理小组：《张家山汉墓竹简（二四七号墓）》，164 页。

③ 张家山二四七号汉墓竹简整理小组：《张家山汉墓竹简（二四七号墓）》，163 页。

高诱注："五杀，五行。"①汉人对兵法的这一认识又衍生出许多文本，由此至班固时期将之单列为"兵阴阳"也就势在必行了。

与"易传"相比，兵家文本无论是《孙子》《盖庐》，还是《兵略训》，它们关注的不是五行相生，而是五行相胜，这也许正是兵法强调双方对抗、敌对的本质所需。

当然，从马王堆帛书、张家山汉简《盖庐》对五行知识的使用情形来看，阴阳五行知识至迟在战国晚期已成为知识界共同的知识资源。知识界的这一趋势，无疑又一次为阴阳五行知识的播散和传播推波助澜，以致在秦汉及其后世许多知识体系都已浸染了阴阳五行家的知识色彩。

既然五行知识成为知识界共用的公共知识，那么除了"易传"、兵法、兵阴阳的文本，其他诸子学派也不同程度地运用了五行理论。如墨家在墨辩中使用"五行毋常胜"的话语体系，这在《经下》《经说下》均有鲜明的体现："五行毋常胜，说在宜""五：金、水、土、木、火、离。然火烁金，火多也。金靡炭，金多也。金之府水，火离木"。如前所言，《经说下》的解释与真正的五行相胜存在区别，而正是这一区别表明它不是阴阳家的专业作品，而是墨家自己对五行相胜理论的体会和感受。同样，在具有兵法色彩的《迎敌祠》中，五行相胜的理论也得以体现：

> 敌以东方来，迎之东坛，坛高八尺，堂密八，年八十者八人，主祭青旗，青神长八尺者八，弩八，八发而止，将服必青，其牲以鸡。敌以南方来，迎之南坛，坛高七尺，堂密七，年七十者七人，主祭赤旗，赤神长七尺者七，弩七，七发而止，将服必赤，其牲以狗。敌以西方来，迎之西坛，坛高九尺，堂密九，年九十者九人，主祭白旗，素神长九尺者九，弩九，九发而止，将服必白，其牲以羊。敌以北方来，迎之北坛，坛高六尺，堂密六，年六十者六人，主祭黑旗，黑神长六尺者六，弩六，六发而止，将

---

① 何宁：《淮南子集释》，1093～1094 页。

服必黑，其牲以彘。①

敌人从东南西北而来，不同的方向祠祭的方式各有不同，即包括坛台的高度、祭堂的形状、祭祀者的服饰、祭祀之神以及所用旗帜、祭品各有不同，而其中的规则无疑都与《礼记·月令》相对应。墨家的"迎敌祠"虽然标志着"明鬼神"的学派理念，但面对四方来敌的不同方位进而决定使用的祭祀仪式，这一话语逻辑显然依据的是五行知识体系。当然，墨家对五行知识的使用，与兵阴阳家相比，显得含蓄、隐晦，因为他们在排列四方之神时，不但没有考虑中央之神，而且也没有使用五行的称谓。

与墨家的这一使用方式不同，道家对五行知识的运用较为显在而明了。如《庄子·说剑》在言说天下之剑时直接使用了五行的话语：

> 天下之剑，以燕谿、石城为锋，齐、岱为锷，晋、魏为脊，周、宋为镡，韩、魏为夹；包以四夷，裹以四时；绕以渤海，带以常山；制以五行，论以刑德；开以阴阳，持以春夏，行以秋冬。②

其中"制以五行，论以刑德"，成玄英疏："以此五行，匡制寰宇，论其刑德，以御群生。"③以此来看，庄子使用五行的话语重在展现"天下之剑"威力和功能，它是五行、刑德的直接体现，可以"开阴阳、成四时"。而五行之剑之所以能拥有如此巨大的功能，显然在于五行是天地运行的规则。另外，《庄子·天运》："夫至乐者，先应之以人事，顺之以天理，行之以五德，应之以自然，然后调理四时，太和万物。四时迭起，万物循生；一盛一衰，文武伦经；一清一浊，阴阳调和。"④其中"行之以五德"是指"至乐"播散或承载的内容，与天理、阴阳相提并论，显然是指"五行之德"，即天理的具体表现。五德、五行的这一属

---

① （清）孙诒让撰：《墨子间诂》，573~574 页。
② （清）郭庆藩撰：《庄子集释》，1020 页。
③ （清）郭庆藩撰：《庄子集释》，1021 页。
④ （清）郭庆藩撰：《庄子集释》，502 页。

性标志着庄子的话语是借鉴阴阳家的理论而成的。

除了《说剑》，庄子学派在《外物》和《列御寇》中也极为娴熟地使用五行相生相克的理论："木与木相摩则然，金与火相守则流。阴阳错行，则天地大絯，于是乎有雷有霆，水中有火，乃焚大槐。"①"为外刑者，金与木也；为内刑者，动与过也。宵人之离外刑者，金木讯之；离内刑者，阴阳食之。"②其中"木与木相摩"虽然存在争议③，但意在言说木、火关系显然是确定的。由木与火，联系至火与金、水与火，进而又说"生火甚多""月不胜火"。陆长庚说："月，水也。"④以此来看，庄子在使用五行相生相胜之时，也着意于辨证它们之间的相胜关系：水能胜火，然而当火积聚一定的程度，水无法胜火。至于内刑、外刑，金木显然是指刑具，然而它与阴阳相对，一外一内，又似乎具有抽象的含义。这些信息，也许正反映出庄子在阴阳家五行理论基础上创新和推衍。

知识界对五行知识的运用，达到化盐于水境界的便是五行思维方式的形成。即由阴阳家五行的分类、运行得到启发，进而将相关的类别也分为五类，如《庄子·骈拇》"多方乎仁义而用之者，列于五藏哉？……是故骈于明者，乱五色，淫文章，……多于聪者，乱五声，淫六律，……属其性于五味，虽通如俞儿，非吾所谓臧也；属其性乎五声，虽通如师旷，非吾所谓聪也；属其性乎五色，虽通如离朱，非吾所谓明也"；《马蹄》"五色不乱，孰为文采！五声不乱，孰为六律"；《天地》"且夫失性有五：一曰五色乱目，使目不明；二曰五声乱耳，使耳不聪；三曰五臭薰鼻，困惾中颡；四曰五味浊口，使口厉爽；五曰趣舍滑心，使性飞扬。此五者，皆生之害也"，其中有五色、五声、五味、五臭；《天运》"巫咸袑曰：'来，吾语女。天有六极五常，帝王顺之则治，逆之则凶。九洛之事，治成德备，临照下土，天下戴之，此谓上皇'""凶德有五，中德为首"，又有五常、五德；而《胠箧》"夫妄意

---

① （清）郭庆藩撰：《庄子集释》，920 页。
② （清）郭庆藩撰：《庄子集释》，1053 页。
③ （清）郭庆藩撰：《庄子集释》，921 页。
④ 钱穆：《庄子纂笺》，261 页，台北，联经出版事业股份有限公司，1998。

室中之藏，圣也；入先，勇也；出后，义也；知可否，知也；分均，仁也。五者不备而能成大盗者，天下未之有也"，显然又将盗之行为比附于儒家的"圣、勇、义、知、仁"之"五常"。《庄子》文本中的这些事物分类，在战国知识界绝对不是个例，是诸子之间的共同行为，这一点在《月令》类文本中表现得极为典型。综合而言，由五行思维方式衍生出的名词众多，如五方、五位、五色、五兽、五味、五气、五数、五声、五日、五帝、五神、五蟲、五音、五臭、五祀、五祭、五藏、五性等，或多或少地显现于诸子各派的文本。①

五行这一思维方式最为成功的表现，便是儒家思孟学派的"五行"。当然，在子思、孟子之外，阴阳家意义上的五行也被儒家士人所吸纳，如《礼记·礼运》云"故人者，其天地之德，阴阳之交，鬼神之会，五行之秀气也。故天秉阳，垂日星；地秉阴，窍于山川。播五行于四时，和而后月生也""圣人作则，必以天地为本，以阴阳为端，以四时为柄，以日星为纪，月以为量，鬼神以为徒，五行以为质，礼义以为器，人情以为田，四灵以为畜"，其中的五行显然是天地四时之共有的法则。当然，与阴阳家的五行相比，儒家士人加入了礼之大义，认为这些礼义的内质，体现在人类社会则是礼的运行，即礼运。儒家士人的这一改造，不仅仅加入了儒家的话语体系，更显现出了儒家学派的知识观念。同时，通过对阴阳五行的阐释，儒家士人也为礼乐知识体系找到了得以成立的终极依据。当然，因为是对阴阳家五行含义的直接使用，《礼运》《乐记》等文本也免不了浸染了阴阳家的色彩。

子思、孟子等人也许正是对这一现象不满，便着意于更大的创新，或者说更为本质的改造，即更换"五行"的内容。在孟子之后，面对子思、孟子的新五行，荀子表现得十分不满，他在《非十二子》中对子思、孟轲进行了猛烈的批判，然而由于思孟新创的失传，荀子的批评给后人留下了一个难解的千古之谜：

　　略法先王而不知其统，犹然而材剧志大，闻见杂博。案往旧

---

① 五行思想不但影响了诸子著作，还波及屈原等人的文学创作，详见常森：《屈原及楚辞学论考》，北京，北京大学出版社，2016。

> 造说，谓之五行，甚僻违而无类，幽隐而无说，闭约而无解。案
> 饰其辞而祗敬之曰：此真先君子之言也。子思唱之，孟轲和之，
> 世俗之沟犹瞀儒，嚾嚾然不知其所非也，遂受而传之，以为仲尼、
> 子游为兹厚于后世，是则子思、孟轲之罪。①

在马王堆帛书、郭店简没有现世之前，学界均在猜测荀子所说的"五行"到底是什么含义，如顾颉刚认为其中的子思、孟子实为邹衍②，而五行显然是邹衍的五德终始理论。显而易见，这一说法随着马王堆帛书《五行》、郭店简《五行》的现世，已被推翻。经庞朴等学者的细致分析，子思、孟子的"五行"实为"仁、义、礼、智、圣"③。梁涛认为荀子对思孟的批评，主要是因为两人在"'心'与'道'这两个重要概念的思想内涵"的差异，即主体性与社会性、内在化与客观化的差异。④ 他认为"荀子斥之为'幽隐而无说'，实非无的放矢"，"'无类''无说''无解'"等词语扣在五行的头上，也是因为"五行自身具有某种'僻违''幽隐''闭约'的特点"。⑤ 以马王堆帛书《五行》来看，在荀子之后，汉人还在传承思孟学派的五行理论，这说明荀子的观点还未波及至使世人摈弃思孟相关文本的程度。然而，在后世也许正当荀子著作流行之时，诸如帛书《五行》的文本开始被边缘、淹没，以至成为出土文本再次呈现于世人面前。

从郭店简《五行》、帛书《五行》出现的频次来看，思孟学派的五行理论在战国秦汉时期是广泛流传的，至少像《周易》《老子》等文本一样在较长的时期一直被世人所传抄和接受。思孟五行的波及之广、之宽、之久，也许正是荀子之所以动怒的直接原因：如此"'无类''无说''无解'"的学问还在世上广为流传，真孔子的大道又何以立于天地之间？

不考虑荀子的主观情绪，以客观来看思孟学派的五行，显然是对

① （清）王先谦撰：《荀子集解》，94～95 页。
② 顾颉刚：《五德终始下的政治和历史》，见顾颉刚编著：《古史辨》第五册下，409 页。
③ 庞朴：《帛书五行篇研究》，83 页，济南，齐鲁书社，1980。
④ 梁涛：《荀子对思孟"五行"说的批判》，载《中国文化研究》，2001(2)。
⑤ 梁涛：《荀子对思孟"五行"说的批判》。

阴阳家五行理论的改造。这一点从郭店简《五行》、马王堆帛书《五行》
的文本内容可以明确地看出：

> 　　五行：仁形于内谓之德之行，不形于内谓之行。义形于内谓
> 之德之行，不形于内谓之行。礼形于内谓之德之行，不形于内谓
> 之行。智形于内谓之德之行，不形于内谓之行。圣形于内谓之德
> 之行，不形于内谓之行。德之行五和谓之德，四行和谓之善。①

郭店简《五行》与马王堆帛书《五行》的区别，不仅仅在于是否有传，还
在于经文本身的差异，比如马王堆帛书的开头并没有"五行"二字，而
郭店简"五行"二字的出现，说明战国之时"即以'五行'名篇"。② 与阴
阳家的金木水火土相比，思孟学派认为仁、义、礼、智、圣是"德之
行"，而且文本的作者认为这种"德之行"必须"形于内"，而非"形于
外"，这也是"德之行"与普通之"行"的本质区别。与阴阳家的五行一
样，仁、义、礼、智、圣作为道德的五种表现，必须"形于内而时行
之"③，才能成为君子，即提高人的精神境界。

　　当然，与阴阳家不同的是，儒家的五行不仅是"形于内"的"德之
行"，而且"行"的主体是"有志于君子道"的"志士"，④ 这一点显然与阴
阳家之五行作为"行"之主体不同。也就是说，在儒家学者看来，仁、
义、礼、智、圣作为德行的表现，它们自身无法"行"，而只能作为"志
士"的人才能"时行之"。⑤ 正是由于这一层含义，思孟学派的"五行"不
必每行同时具备，当然能够同时具备更好，即所谓"德之行五和谓之
德"；⑥ 如果达不到五行，四行也能达到"善"，即"四行和谓之善""仁，
义礼所由生也，四行之所和也"等。

　　显然，与阴阳家的五行为一个整体、缺一不可相比，思孟学派的

---

① 李零：《郭店楚简校读记》，78 页。
② 裘锡圭主编：《长沙马王堆汉墓简帛集成》（四），57 页。
③ 李零：《郭店楚简校读记》，78 页。
④ 李零：《郭店楚简校读记》，78 页。
⑤ 李零：《郭店楚简校读记》，78 页。
⑥ 李零：《郭店楚简校读记》，78 页。

"五行"显得松散而缺乏严密。这一点也许正可反映出思孟学派对阴阳家五行理论的改造和创新。

正如许多论者指出的那样，虽然儒家的《五行》文本最终失传，但从郭店简、马王堆帛书的内容来看，传世本《孟子·尽心下》也有将仁、义、礼、智、圣并列而称，即"仁之于父子也，义之于君臣也，礼之于宾主也，知之于贤者也，圣人之于天道也，命也，有性焉，君子不谓命也"。在这里孟子强调人通过"顺从天性"能够达到仁、义、礼、智、圣的境界，孟子将仁、义、礼、智、圣与人之性善关联在一起，仁、义、礼、智、圣由此也是人之性善的根据和努力目标。孟子的阐释也许正是在郭店简《五行》基础上的推衍和运用，也许本身就是其五行理论的一部分。无论如何，仁、义、礼、智、圣的五行虽然在西汉以后的社会已经失传，但是在传统社会的五常，即仁义礼智信，显然是思孟学派五行的流变，进而五常也成为传统社会重要规范。由此可见，思孟学派的五行虽然早已失传，但它又以一种稍微变形的方式显现于世人的身边。

无论如何，以子思、孟子为首的儒家之所以处心积虑地将行为规范整齐为"五"，并称之为"五行"，以至形成后世的"五常"，这说明以坚守古典知识体系著称的儒家，面对波涛汹涌的阴阳家五行理论，已很难一如既往地按捺自己的心情，于是转而使用阴阳家五行理论的思维方式进行改造和创新，以使自家的知识观念得以更新和播散。从郭店楚简的载录、马王堆帛书的书写、相关传文的形成以及荀子暴跳如雷的愤激之情可以看出，思孟学派的创新收到了很好的社会效果，至少使儒家的知识观念得到更为广泛的传播。至于后世社会的"五常"成为传统社会的行为典范，更可以证明思孟学派对五行创新的努力不但没有白费，而且实可堪称巨擘之作。

第八章　战国时期文献的类别与构成

　　战国知识、观念的衍生与发展最终要落实于文本的形成，即文字文本的出现是知识观念得以物质化、客观化的过程。因此，文字文本以及由此形成的文献体系，是展现某一时期知识观念运行、衍生、发展、定型最为直观、最具有说服力的客观根据。就战国时期而言，有些文字文本是前代的留存，而更多的文字文本是战国社会的创造。前代遗留与当代著述并存的现象，不但说明战国社会知识观念衍生、发展的基本线索，更展现出文化传承与知识创新之间的紧密关联。为了较为客观地呈现战国时期知识观念衍生和发展的基础和成果，笔者特将战国时期文字文本的总量加以梳理，以期呈现战国社会知识观念与文献体系互动的物质化成果。

　　在讨论先秦文献时，李零按照"书"的含义分为三种——作为文字的"书"（包括铭刻和书籍）、作为档案的"书"（文书）、作为典籍的"书"（古书），认为只有第三种才能称之为"古书"或"古文献"，而且第三种是以前两种为前提的，它是对前两种"书"的超越。① 单就思想性、辐射能力而言，作为典籍的"书"显然高于前两种，但将"古书"或"古文献"仅仅限定于第三种无疑也是片面的：这三种书不但类别上存在交叉，而且在文本内容上也存在很强的互动性。一个典型的例证是墨子在重复言说"书之竹帛，琢之盘盂"之时②，其旨向显然不限于作为文

---

① 李零：《简帛古书与学术源流》，39～49页。
② 关于墨子"书于竹帛"的记录，详见李零：《简帛古书与学术源流》，41～42页。

字的"书",至少应包括第一种,乃至第二种。① 如果将"古书"仅仅理解为第三种,那么不但《汉书·艺文志》中的"小学"类别需要剔除,即使"六艺"中诸如"尚书""周易"等著录书籍也存在问题。②

如果以许慎所言"著于竹帛谓之书"来看,墨子所说"书之竹帛"的内容显然更为广泛:金石、甲骨虽然很能称之为"书"③,但其承载的内容也往往如墨子所言"书之竹帛",甲骨文"册"字以及现存商周甲骨上的界划线、竖格线,足以说明这些坚硬物质上形成的文字"受到了简册的影响"。④ 也就是说,现在我们看来刻写在甲骨、金属、玉石上的铭文,其实最初都应首先书写于竹帛,然后再由工匠转刻于甲骨、金属、玉石,如郑子产、晋赵鞅所铸的刑鼎,尽管其最终以铜鼎或铁鼎的方式呈现出来,但有关法律文书的内容无疑最初书写于竹帛;秦始皇刻石虽然最终以石刻的形态展现于世人面前,但其制作的过程无疑是由最初的竹帛文本转化而来。《墨子·明鬼下》由竹帛、金石、盘盂到书的过程,无疑再次证明了这一转写、制作过程。因此,各种铭文、

① 这一点还可以从《墨子·明鬼下》的言说次序加以证明:"古者圣王必以鬼神为,其务鬼神厚矣。又恐后世子孙不能知也,故书之竹帛,传遗后世子孙。咸恐其腐蠹绝灭,后世子孙不得而记,故琢之盘盂,镂之金石,以重之。有恐后世子孙不能敬若以取灾,故先王之书,圣人一尺之帛,一篇之书,语数鬼神之有也,重有重之。"由竹帛、盘盂、金石到一篇之书,虽然承担着不同的现实旨向,但所载内容在墨子看来却是一样的。墨子的这一表述至少折射出战国士人心目中的"书"是十分丰富的,绝不限于三种中的一种。

② "小学"是纯文字的文本,而《议奏》应是档案类之"书",这些无疑没有被汉人排除在"古书"之外。

③ 钱存训《书于竹帛》认为"刻在甲骨、金属、玉石等坚硬物质上面的文字,通常称之为铭文;而文字记载与竹、木、帛、纸等易损的材料,通常称为书籍"。这只是就一般情形而言,而且只关注书写的载体,并不能由此认为铭刻的"书"不同于竹帛的"书",进而否定甲骨文、金文属于"古书"的范畴。从本质上来看,金石、竹帛均是书写的材料、内容的载体,载体不同传承保存的时间乃至展示的人群也不同,这是墨子的着眼点,但两者的不同并非意味着是不同的"书",其实,判断"书"的类别固然可以从载体着眼,但并不意味着可以夸大载体的区别。书写载体能够反映书籍的一些特征,但并不能因此成为判定"书籍"的唯一标准。详见钱存训:《书于竹帛》,153 页,上海,上海书店出版社,2002;李零:《简帛古书与学术源流》,44~46、54~63 页。

④ 黄天树:《关于商代文字书写与契刻的几个问题》,见《中国早期书写国际学术研讨会论文集》,100~101 页,北京,首都师范大学出版社,2018。

玉石文字也应该属于古人心目中的"书"，而不应该排除于"书"的范围之外。更为重要的是，将金石、铭刻文字排除在"书籍"之外也不符合《汉书·艺文志》的做法，班固著录的"《黄帝铭》六篇"、"孔甲《盘盂》二十六篇"，显然就是金石铭刻。

其实，这一道理也表现于后世，即汉唐乃至当今时代都在延续诸如墨子等先秦士人的这一观念：欧阳修收集前代古物、文字拓片，纂集成《集古录》，这是由器物文字再次转化为书本文字；当代考古工作者依据出土青铜铭文拓片，编纂成《商周金文集成》，显然也是由器物文字转化为书本文字。以当今的书籍概念来看，我们显然不能把《集古录》《商周金文集成》排除在书籍之外。而我们由器物文字到书本文字的过程，大致如同古人将竹帛文字转化为器物文字。如果我们的视野再开阔一些，竹帛文字或书本文字转化为实物文字的现象处处可见，如魏晋时期士人乐于将书写于竹帛或纸张的碑文转化为碑刻、王勃的《滕王阁序》变成铭文镌刻悬挂于滕王阁、范仲淹的《岳阳楼记》转化为铭刻立于岳阳楼等，而我们显然不会因为有了碑刻、铭刻、镌刻，就否定碑文、《滕王阁序》、《岳阳楼记》等是书写于竹帛或纸张的文章作品。以此来看，比较符合先秦历史语境的做法是，这三种"书"都可称之为"古书"或"古文献"，它们是战国士人心目中的"书"或"文献"。①

以刘向《别录》、刘歆《七略》来看，战国文字文本以及文献体系的勾勒，可称之为"辑略"；以班固《汉书·艺文志》《隋书·经籍志》而言，可称之为"战国艺文志""战国经籍志"。中国古代的书籍分类方式多种多样，隋唐以后主要以经史子集四部分类法②。就先秦两汉的实际情

---

① 学界讨论"文献"时常引《论语·八佾》"文献不足征也"，认为其中的"文献"指档案类的古书和熟悉掌故的贤人，见李零：《简帛古书与学术源流》，48 页。以整体的文化语境来看，孔子的表述以及由此透出的哀伤、遗憾，均在说明他心目中的"文献"就是如同战国士人心中的"书"，"文献"如同孔门四科之中的"文学"，同指"古书"。孔子、子夏、子游乃至墨子的表达，足以说明"书""古书""古文献"应该成为先秦书面文字的统称，而不应限定于其中的某一小类。

② 《汉书·艺文志》的图书分类与四部分类法的对应关系，详见李零：《简帛古书与学术源流》，200～210 页。

况而言，刘向、班固等汉人的分类虽然存在缺憾①，但与后代分类法相比显然更接近于先秦社会的实景。因此，为了使文献文本显得更有次序、逻辑，也为了便于查找，笔者特以《汉书·艺文志》的著录类别、顺序加以成文。

关于先秦古书现存情况，李零已有较为明晰的梳理②，学界从中亦可看出先秦古书在当今社会的留存、版本及收录情形，为此笔者只展现战国时期已有的文献和新形成的文献③。

第一节　六艺类文献的存佚与构成

"六艺"，即西汉士人心中的"六经"，而"六经"之名在战国时期就已出现，如《礼记·经解》、《荀子》、郭店儒简等，也许这些儒家典籍对"六经"之名的使用还不足以说明"六经"使用范围，那么《庄子》对"六经"的称谓正可折射出"六经"之名已走出儒家的范围而成为整个战国知识界的共称。

关于"六艺"的含义及顺序，李零已有较为详细的分析，④ 认为"六艺"有两种含义：一是指《周礼·地官》之"六艺"，是贵族教育的内容；

---

①　如将史书系于"春秋"之下、《论语》系于"六艺"、兵书数术方技单列以及由于整体框架而产生的省、出、入等变例，还有文献归属的不唯一特征，等等，均说明汉人这一分类方式存在的缺憾和不周延。当然，这些缺憾也并非汉人的分类方式所独有，它们也表现于四部分类法，如经部、史部的文本经常交错，子部、集部的文献也往往互见等。这些情形说明中国古人的纂集、创作往往具有综合性的特征，如果单一从某一类别来理解只会陷入比较狭隘的视野。因此，中国古代的图书分类方法只是大致的图书归类，起到便于收藏、查找、阅读的功能，而不能由图书的类别来理解、分析图书的内容和意义，更不能将之产生的功能狭隘地解释为某一部类的范围之内。

②　详见李零：《简帛古书与学术源流》，18～30 页。

③　从出土文献与传世文献所反映出的信息而言，战国时期的文本多是单篇流传的，汇集成一部完整的书可能时代较晚，而且也不能一概言之。为了避免析出标识可能出现的问题，笔者仍以全书称之。古书的单篇别行之例，可参见余嘉锡：《古书通例》，265～269 页，北京，中华书局，2007。

④　李零：《简帛古书与学术源流》，227～254 页。

一是指《礼记·经解》《庄子·天下》之"六经",以此指出"前一种'六艺'和'书'没有多大关系,和'书'有关,还是后一种'六艺'"。① 六艺在先秦的这一分类显然是合理的,但以此认为两种"六艺"没有关联无疑又是值得商榷的:贵族的教育尽管以技能训练和道德修养为主,但并非没有书本知识,如《国语·楚语》所记申叔时言说的文本显然就是书面知识,由此这两种"六艺"也能连接起来。"六经"之名出现很早,但刘向、班固等人没有使用"六经"而使用"六艺"作为图书大类的名称,也足以说明在他们心目中"六经"之书与"六艺"之教存在着紧密相承的关联。

关于"六艺"之书的顺序,如李零所列举的那样:②《礼记·经解》《庄子·天下》等以"诗书"为先,而《史记·太史公自序》《汉书·艺文志》以《周易》为先,从郭店楚简《性自命出》《六德》《语丛一》来看,战国时期"六艺"的顺序主要是以"诗书"为先,这也是李零在"简帛古书导读一"中所采用的行文顺序。以当今出土的《易经》文本及有关卜筮的书籍来看,"六艺"之中流行最广、接受度最深的无疑是《周易》,这也许是秦始皇"焚书"之时对《周易》格外开恩的社会背景:汲冢竹书有《易经》,上博简有《易经》,马王堆帛书有《易经》,阜阳汉简也有《易经》,而相比之下,诗、书文本出土得很少(安大简、阜阳简有《诗经》但显然并非完本,清华简有《尚书》但也并非完本)。这些现象无不说明,以诗书为先的"六艺"顺序也许仅仅局限于先秦儒家,而在更为广阔的社会空间内是以《周易》为先的。因此,笔者在排列"六艺"之书的顺序时仍遵循汉人的这一著录序列。

一、易类文献

战国之前,《易经》已经形成;战国之世,是各种易传、易说的勃发期,以至西汉之时定型为今本《易传》。为展现战国易类文献的衍生成果及体系建构,《易经》与各种易传同列。同时,为了便于查阅、对比,笔者行文时分为传世文献、出土文献。当然,如此安排还会产生

① 李零:《简帛古书与学术源流》,227~228 页。
② 李零:《简帛古书与学术源流》,252~254 页。

一个缺憾，即传世文献与出土文献的对应、关联无法一目了然地加以呈现。为了尽量弥补这一缺憾，特在各类书目之后使用简要文字描述其中的对应与关联。

（一）传世文献①

《易经》十二篇。

《易传周氏》二篇。字王孙也。②

《服氏》二篇。③

《蔡公》二篇。卫人，事周王孙。

《王氏》二篇。名同。

《丁氏》八篇。名宽，字子襄，梁人也。

《古五字》十八篇。自甲子至壬子，说《易》阴阳。

（二）出土文献④

上博简《周易》。

汲冢竹书《易经》。

香港中文大学藏竹简《周易》。⑤

马王堆帛书《周易》。

阜阳双古堆汉简《周易》。

---

① 笔者所列的"传世文献"以《汉书·艺文志》为准，以汉人的立场来看称之为"传世文献"也是恰当的，只不过汉人所面对的"传世文献"延续至后世又有所变化，或合并或散佚或改名等等，不一而足。因笔者主要讨论的是战国时期的知识观念与文献体系的建构，因此在这里主要呈现战国时期的文献文本存在状态。笔者的这一选择是受论题所限，未列秦汉时期的相关文本，并非意味着那些文本不重要：这些汉人眼中的"传世文献"被知识界所关注，最终并被史家著录于典籍，它们不但展现出了顽强的生命韧性，而且又在两汉时期衍生了众多相关文本。

② 《高士传》记载生活在战国秦汉之际的田何"以《易》受弟子，东武王同子仲、洛阳周王孙丁宽、齐服生等"，显然周王孙、服光、王同、丁宽乃至蔡公所撰"易传"均有战国之"古义"。

③ 颜师古引刘向《别录》"服氏，齐人，号服光"。

④ 笔者所列的"出土文献"，可能没有传至汉代，也可能传至两汉之后在慢慢散佚，但以战国社会而论，它们无疑是战国士人著述的知识及文本背景。因此，"出土文献"类别主要展现当今及古代社会出土的战国文本，并以此延伸至秦汉时期书写并于当今社会出土的先秦"古书"。

⑤ 李均明：《古代简牍》，113 页，北京，文物出版社，2003。

河内老屋《周易》。①

王家台秦简《归藏》。

汲冢竹书《易繇阴阳卦》二篇。

汲冢竹书《卦下易经》一篇。

汲冢竹书《公孙段》二篇。

清华简《筮法》。

清华简《别卦》。

马王堆帛书"易传"：《二三子问》《系辞》《衷》《要》《缪和》《昭力》②。

海昏侯墓《易占》。

（三）《汉书·艺文志》未载又佚失的文献

《连山》。

《归藏》。

以《易经》来看，战国时期的《易经》流传甚广，汲冢竹书、上博简、马王堆帛书、阜阳汉简的出现表明它的传播范围早已横跨黄河、长江两岸，成为战国社会流传最广的"六艺"之书。从经传关系来看，战国时期的"易传"极为丰富，远远不止今本《易传》一种，经传同出或分出的现象也富有诸多的启发意义：汲冢竹书、马王堆帛书是经传同出，而上博简、阜阳汉简只出易经，王家台秦简、清华简只见相关"易说""易传"，而《汉书·艺文志》又著录战国秦汉田何之诸弟子"易传"。这些现象足可说明今本《易传》定型的背后存在着丰富而多样的知识与文本资源。

二、书类文献

在秦汉之际乃至后世，《尚书》的命运最为波折，虽然与失传的《乐经》相比，它还算幸运，但围绕《尚书》的话题从西汉延续至三国魏晋，再至宋元明清，以至当今社会总是言说不尽的。《尚书》的这一特征，

---

① 《论衡·正说》"至孝宣皇帝之时，河内女子发老屋，得逸《易》《礼》《尚书》各一篇，奏之。宣帝下示博士，然后《易》《礼》《尚书》各益一篇"。

② 裘锡圭主编：《长沙马王堆汉墓帛书集成》（三），3 页。

使之成为"六经"之中最富有争论话题的书籍。限定于战国，书类文献的范围应该十分广泛，至少包括《尚书》及与《尚书》相近的文告文本等。

（一）传世文献①

伏生壁藏《尚书》。

孔壁竹书之《尚书》。

河间献王所收《尚书》。

河内老屋《尚书》。②

《周书》七十一篇。周史记。（《逸周书》）③

（二）《汉书·艺文志》未载又佚失的文献

训典、八索、九丘、三坟、五典。④

（三）出土文献

汲冢竹书《周书》。⑤

清华简《尚书》类文章：《尹至》《尹诰》《程寤》《保训》《皇门》《祭公》《金縢》《说命》《厚父》《封许之命》《命训》，《傅说之命》三篇和《摄命》《成人》⑥及《𣪘命》两篇。

慈利石板村《大武》。⑦

夏家台楚简《吕刑》。

秦家嘴楚简《吕刑》。

清华简《参不韦》。

龙会河北岸楚简书类文献。

睡虎地秦简《语书》。

---

① 《汉书·艺文志》所列《尚书》应是汉代多种传世文献与出土文献的组合，此处只列西汉时期的出土《尚书》，传至刘向、班固已成传世文献。详见王充的《论衡·正说》。

② 《论衡·正说》"至孝宣皇帝之时，河内女子发老屋，得逸《易》《礼》《尚书》各一篇，奏之。宣帝下示博士，然后《易》《礼》《尚书》各益一篇"。

③ 李零认为《周书》即今《逸周书》，见《兰台万卷》，23页。

④ 这些典籍名称见于《左传》《国语》，应是那个时代以书面形态存世的文本。详见李零：《简帛古书与学术源流》，64页。

⑤ 可能汇入《逸周书》，也有可能已经失传。

⑥ 李锐：《清华简第九册〈成人〉篇为〈尚书〉类文献说》，载《史学史研究》，2020(2)。

⑦ 魏宜辉：《慈利楚简校读札记》，载《古典文献研究》，2015(1)。

里耶秦简官方文书。

青铜器铭文。

侯马盟书。

温县盟书。

《诅楚文》。

杜虎符。

新郪虎符。

鄂君启节。

随着清华简相关内容的出版和释读，学界有关《尚书》的研究还会掀起诸多的热潮。以清华简、《礼记》、墨子等所引《尚书》来看，战国士人心中的"书"具有多元化，即使限定于与《尚书》文章相近的文本，也数量众多，如睡虎地秦简《语书》本是南郡郡守腾的文告，而墓主人自己题名为"语书"。当然，这样命名并非墓主人喜的发明或新创，从里耶秦简的相关文书可以看出，下行官方文告、上行官方承文乃至同僚工作沟通，均可称之为"书"。更为重要的是，如同前述所言，金石铭文同样也是"书"的一种，因此在这里列出铭文、盟书及符节。当然，此处所列文本还比较保守，诸如《尚书序》等文本还未罗列，如果考虑《尚书序》形成的过程，显然也应追溯于战国时期。这些都可以看作《尚书》文本得以编纂、形成的知识或文本背景，如果以此观察《尚书》文章，也许更能把握《尚书》在战国社会乃至后世所展现的功能和意义。

三、诗类文献

《诗》在先秦儒家的视野中排名于"六经"之首，郭店简《性自命出》、《庄子·天运》、《礼记·经解》等足以证明。按目前学界的相关讨论，《诗经》成书于战国之前，[①] 战国至西汉时期应是"诗序"出现、衍生、发展、定型的关键时期。当然，以当今出土的战国《诗》文本来看，不但《诗》序、传、说处于形成、定型时期，即使是《诗经》文本也存在变动不居的情形。

———————————

① 详见马银琴：《两周诗史》，北京，社会科学文献出版社，2006 中的相关章节论述。

（一）传世文献

《诗经》二十八卷。①

（二）出土文献

清华简《周公之琴舞》。

清华简《芮良夫毖》。

安大简《诗经》。②

王家嘴楚简《诗经·国风》。

夏家台楚简《诗经·邶风》。

阜阳双古堆汉简《诗经》。

海昏侯墓《诗经》。③

上博简《孔子诗论》《采风曲目》《逸诗》。④

王家嘴楚简逸诗。

秦国《石鼓文》。

（三）《汉书·艺文志》未载但流传下来的各种逸诗

先秦逸诗。⑤

毛诗序的相关内容。

上博简、清华简《诗》文本以及安大简《诗经》的公布，值得学界进一步思考有关《诗经》的诸多问题，如《诗经》在战国时期的形态及传承、汉代四家诗形成的过程及原因、《诗大序》在战国时期形态等。于此，再叠加于有关《诗经》的诸多老问题，有关《诗》文本在先秦特别是战国时期传播和接受，必然成为学界进一步深入的课题。无论研究如何展开，上博简、清华简以及《石鼓文》、逸诗等现象，足以表明《诗经》在

---

① 有关《诗经》部分作品的创作时间，详见邵炳军：《春秋文学系年辑证》，北京，高等教育出版社，2013。

② 徐在国：《安徽大学藏战国竹简〈诗经〉诗序与异文》，载《文物》，2017(9)。

③ 朱凤瀚：《西汉海昏侯刘贺墓出土竹简〈诗〉初探》，载《文物》，2020(6)。

④ 上博简《逸诗》两篇与《诗经》关系密切，曹建国认为这是春秋战国时期诗歌创作风尚的产物，即受到"崇雅"观念的影响而创作。无论如何，《逸诗》应归于《诗经》类文献。详见曹建国：《楚简与先秦〈诗〉学研究》，209～227页，武汉，武汉大学出版社，2010。

⑤ 马银琴：《两周诗史》，425～437页；徐正英：《清华简〈周公之琴舞〉与孔子删〈诗〉相关问题》，载《诗经研究丛刊》，2015(26)。

战国时期衍生、发展的知识背景和话语资源。

四、礼类文献

作为周人的行为规范，西周之时极为重礼，周公制礼作乐将礼与乐的隶属关系加以转变，① 其后礼统辖乐，以至延续至司马迁撰写"八书"时仍以《礼书》第一。作为经书的《仪礼》最终形成于战国早期，而与之密切相关的《礼记》则在其后成篇。② 如果考虑"礼记"篇章的组合与撰写，有关礼类文献的成篇延续至整个战国时期，③ 而有关整本书形成和纂集更延续至西汉时期的武宣年间。限定于战国之世，形成的礼类文本众多，包括后代所说的《仪礼》《礼记》《大戴礼记》《周礼》等。

（一）传世文献

《礼古经》五十六卷，《经》十七篇。（《仪礼》）

《记》百三十一篇。七十子后学者所记也。④

《明堂阴阳》三十三篇。明堂之遗事。

《王史氏》二十一篇。七十子后学者。

《中庸说》二篇。

《明堂阴阳说》五篇。

《周官经》六篇。⑤

《周官传》四篇。

《军礼司马法》百五十五篇。

---

① 刘全志：《先秦诸子文献的形成》，37～38 页。

② 沈文倬指出《仪礼》成书在公元前 5 世纪中期到 4 世纪中期之间，《大戴礼记》与《礼记》成书在《仪礼》之后。见沈文倬：《宗周礼乐文明考论》，1～54 页，杭州，浙江大学出版社，1999。

③ 王锷：《〈礼记〉成书考》，25～282 页，北京，中华书局，2007。

④ 这些"礼记"应该包括孔壁竹书、河间献王、河内老屋等所出之"礼记"，其中《礼》应为"礼记"。

⑤ 李零依据《汉书景十三王传》认为此书是古文《周礼》，为河间献王所献，而《周官传》是《周官经》的传。刘跃进在分列秦汉文人作品时将《周官经》列于"荆楚文人作品"，而没有收录《周官传》。以河间献王收集而论，即使认为《周官经》成书于秦汉，也应归入"幽并文人作品"，而且需同时收录《周官传》。这里以李零所论为据。李零：《兰台万卷》，36 页；刘跃进：《秦汉文学地理与文人分布》，31 页，北京，中国社会科学出版社，2012。

（二）出土文献

放马滩秦简《丹》篇、北大秦牍《泰原有死者》。①

襄阳楚墓《考工记》。②

郭店简《缁衣》。

上博简《缁衣》。

清华简《大夫食礼》《大夫食礼记》。

香港中文大学文物馆藏《缁衣》。③

上博简《内礼》。

上博简《君子为礼》。

上博简《武王践阼》甲乙、《天子建州》甲乙。

汲冢竹书《名》三篇，似《礼记》又似《尔雅》《论语》。

汲冢竹书《周食田法》。

龙会河北岸楚简军事礼仪、祭祀礼仪类。

武威汉简《仪礼》。

阜阳汉简《作务员程》。④

定州汉简《哀公问五义》《保傅传》。

海昏侯墓"礼仪简"。⑤

随着战国礼类出土文献的面世，原来被判定属于汉代的文献多被确认成篇于战国。伴随研究的推进，郭店简、上博简、汲冢竹书的信息，值得我们进一步阐释。郭店简、上博简礼类文献与儒家文献同出的现象，至少说明后世被归于礼类的文献在战国时期是与儒家文献一起传承的。战国社会的现实诉求与先秦儒家的努力相契合，成为礼类

---

① 这两篇偏向于志怪小说，可归入小说家，不过李零认为重在凸显丧葬习俗，故暂列于此。详见李零：《北大秦牍〈泰原有死者〉简介》，载《文物》，2012(6)。

② 《南齐书·齐惠太子传》记载南齐建元元年(479年)襄阳盗掘楚昭王冢所得"竹简书，青丝编"十余枚，为《周礼·考工记》。

③ 李均明：《古代简牍》，113页。

④ 共170余片竹简，内容是规定用人、用工、用料的定量和规格，并根据相关尺寸剪裁材料，类似《考工记》。

⑤ 田天：《西汉海昏侯刘贺墓出土"礼仪简"述略》，载《文物》，2020(6)。

文献被笔录、传承乃至衍生、定型的社会背景，而繁多、丰富的礼类文本则是成为《仪礼》《礼记》《大戴礼记》等经典文献得以形成的知识资源和文本根据。

五、乐类文献

现存传世文献与地下出土文献多把"乐"与《诗》《礼》《书》并称，这一点除了蕴含雅乐与诗、书、礼之间的密切关系，也暗示着先秦时期确有一本《乐经》流传于世，如《庄子》之《天运》《徐无鬼》《天下》，《荀子》之《劝学》《儒效》，《礼记》之《经解》《王制》，《管子》之《戒》，郭店简之《性自命出》《六德》《语丛一》等均可证明。

（一）传世文献

《乐记》二十三篇。

《王禹记》二十四篇。

（二）出土文献

王家嘴楚简乐谱。

清华简《耆夜》。①

清华简《五音图》《乐风》。

（三）《汉书·艺文志》未载又佚失的文献

《乐经》。②

（四）乐舞形态存在的形式③

《韶乐》。④

---

① 赵凤华：《"清华简"研究发现类似乐经的诗歌》，2009年4月28日第3版。

② 刘全志：《论〈乐经〉的基本形态及其在战国的传播》，载《南京艺术学院学报（音乐与表演版）》，2013(2)。

③ 以乐舞形态存在的古乐也有可能形成书面文字，如同清华简《周公之琴舞》。

④ 《论语》《离骚》之《韶》，表明战国时期流传着《韶乐》。金耀民：《〈韶〉乐形制考》，载《古籍整理研究学刊》，2014(2)。

《九歌》。①

《大武》。②

这里列出的乐类文献还集中于雅乐，而至迟从孔子那个时代开始，以郑卫之音为代表的俗乐表现出勃勃的生机，进而挤压了雅乐存在、生长的空间，如《论语》所记乐官的流散等。以出土的战国时期乐器来看，曾侯乙墓、信阳楚墓、张集楚墓以及郑韩故城均出土种类多样的乐器实物，③ 再加上曾侯乙墓陪葬的乐工、山东章丘出土的乐舞陶俑，④ 这些无疑为乐类文献的衍生与发展提供了重要的社会氛围与知识背景。

六、春秋类文献

《汉书·艺文志》所列"春秋"是指孔子所作之《春秋》，如果以战国社会的实情来看，"春秋"之义极为丰富，可以指官修之史书，如《鲁春秋》；也可以指富有神秘色彩的传说故事，如《墨子》之"百国春秋"；还可以指战国士人之著述，如《晏子春秋》《虞氏春秋》《吕氏春秋》等；更可以指《左传》《国语》等记载春秋时期史事的史书。以《汉书·艺文志》著录《战国策》《世本》来看，汉人心中的"春秋"除了指孔子所作之《春秋》，还可以代表各类史书，这也是班固将各类史书著录于此的原因。当代学界既然讨论《汉书·艺文志》之"六艺"，应该如同班固一样涵盖

---

① 《离骚》《山海经》均记载夏启有《九歌》，战国中晚期屈原创作《九歌》所举神灵不限于楚地，这说明夏启之《九歌》仍然在战国社会广为流传。见王克家：《汉画像石〈河伯出行图〉与〈九歌〉的舞剧性质》，载《中国文化研究》，2013(1)；黄震云：《屈原〈九歌〉的礼乐属性和韶舞》，载《徐州工程学院学报(社会科学版)》，2018(3)；江林昌：《远古部族文化融合创新与〈九歌〉的形成》，载《中国社会科学》，2018(5)。

② 《大武》在战国时期的传承，可参见刘全志：《从舞容与颂诗的关系看〈大武〉在典礼中的运用》，载《音乐探索》，2012(4)。

③ 中央音乐学院民族音乐研究所调查组：《信阳战国楚墓出土乐器初步调查记》，载《文物参考资料》，1958(1)；张婷婷：《古琴"鼓"与"弹"的技艺源流演变——战国以前古琴非弹拨乐器考略》，载《艺术百家》，2014(4)；尹萍：《曾侯乙墓出土乐器与先秦音乐文化》，载《民族艺术》，1998(3)；汤池：《齐讴女乐曼舞轻歌——章丘女郎山战国乐舞陶俑赏析》，载《文物》，1993(3)。

④ 李曰训：《山东章丘女郎山战国墓出土乐舞陶俑及有关问题》，载《文物》，1993(3)。

相关史书。如果将两者分开①，不但不符合先秦古书的实际情形，也与班固的做法相异，更难梳理清晰先秦两汉学术史的衍变与发展。

（一）传世文献

1．春秋经

《春秋古经》十二篇，《经》十一卷。

2．传

《左氏传》三十卷。左丘明，鲁太史。

《公羊传》十一卷。公羊子，齐人。

《穀梁传》十一卷。穀梁子，鲁人。

《邹氏传》十一卷。

《夹氏传》十一卷。有录无书。

3．春秋微

《左氏微》二篇。

《铎氏微》三篇。楚太傅铎椒也。

《张氏微》十篇。

《虞氏微传》二篇。赵相虞卿。

4．其他史书

第一类是有关春秋历史的文献

《国语》二十一篇。左丘明著。

《新国语》五十四篇。刘向分《国语》。

《世本》十五篇。史官记黄帝以来讫春秋时诸侯大夫。

第二类是有关战国历史的文献

《战国策》三十三篇。记春秋后。

---

① 李零：《简帛古书导读一：六艺类》在讨论"春秋"时，没有涉及《春秋》文献而只讨论"小学"文献，同时也将相关史书排除在"春秋类"之外。从《简帛古书导读二：史书类》来看，李零认为将史书附属于《六艺略》春秋类，是汉武帝独尊儒术的结果，而未必反映早期的学术。其实，以春秋乐言诗、战国喜谈史的社会风气来看，后世认为的史书列于"六艺略"更为合理，战国士人的著述往往与后人判定为史书的文献存在着密切而频繁的互动关联。详见李零：《简帛古书与学术源流》，245～302 页。

蒯通《隽永》八十二章。①

第三类是通史类文献

赵国人所撰《世本》。②

（二）出土文献

马王堆帛书《春秋事语》（阜阳汉简《春秋事语》）。

上博简春秋史事文献：《昭王毁室·昭王与龚之脽》、《柬大王泊旱》、《竞内建之》（鲍叔牙、隰朋与齐桓公的对话，自名篇题）、《鲍叔牙与隰朋之谏》、《姑成家父》（郤犨与晋厉公的史事）、《景公虐》、《庄王既成·申公臣灵王》、《平王问郑寿》、《平王与王子木》、《郑子家丧》甲乙、《君人者何必安哉》甲乙、《吴命》、《成王既邦》、《命》（令尹子春与叶公子高的对话）、《王居》（令尹子春与楚昭王的对话）、《志书乃言》（无愄与楚王的对话）、《成王为城濮之行（甲、乙本）》、《灵王遂申》、《陈公治兵》、《邦人不称》。③

清华简春秋史事类文献：《楚居》、《郑武夫人规孺子》、《郑文公问太伯》甲乙、《子仪》（秦穆公与子仪的对话）、《子犯子余》（重耳与秦穆公事）、《晋文公入于晋》、《赵简子》、《越公其事》。

荆州枣纸简《齐桓公自莒返于齐》《吴王夫差起师伐越》。

安大简楚史类文献两组。④

慈利石板村战国楚墓之《吴语》。

秦家嘴《齐庄侯侵晋伐朝歌》《叔鱼谏晋庄平公》等。

汲冢竹书《国语》三篇，言楚、晋事。

---

① 《隽永》不见于《汉书·艺文志》，而见于《史记·田儋列传》《汉书·蒯伍江息夫传》，《史记·田儋列传》："蒯通者，善为长短说，论战国之权变，为八十一首。"《汉书·蒯伍江息夫传》："通论战国时说士权变，亦自序其说，凡八十一首，号曰《隽永》。"

② 《世本》原书早已散佚，清人辑佚以成《世本八种》，陈梦家指出此书为战国晚期赵人之书。从所记内容来看，赵人所撰《世本》应不同于《汉书·艺文志》所记"春秋时诸大夫"之《世本》。陈梦家：《西周年代考·六国纪年》，196 页。

③ 上博简中的春秋史事收录于《上海博物馆藏战国楚竹书》4—9 册。从内容看，以楚国为主，兼及齐国、郑国、吴国、晋国等史事。

④ 黄德宽：《安徽大学藏战国竹简概述》；李松儒：《安徽大学藏战国竹简对读三则》，载《出土文献》，2018(1)。

睡虎地秦简《编年记》。

马王堆帛书《战国纵横家书》。

清华简《系年》。

龙会河北岸楚王世系文本。

汲冢竹书《竹书纪年》。

海昏侯墓《春秋》类。

阜阳汉简《年表》。

荆州松柏汉木牍《叶书》。

汲冢竹书《梁丘藏》一篇。①

汲冢竹书《生封》一篇。

（三）《汉书·艺文志》未载又佚失的文献

申叔时所说之《春秋》《故志》《语》等。②

叔向之《春秋》。③

孟子所说之楚《梼杌》、晋《乘》、鲁《春秋》。④

《春秋杂说》。⑤

《秦记》。⑥

诸侯史记。⑦

韩非、贾谊、刘向所见《春秋》。⑧

以古今社会出土的"事语"类史书来看，"国语"类文献实为战国时

---

① 陈梦家将《梁丘藏》《生封》视为史类文献，见《西周年代考·六国纪年·汲冢竹书考》，182 页。

② 《国语·楚语上》。

③ 《国语·晋语七》。

④ 这些文献应是孟子所见到的春秋史书，但很可能没有传至汉世。以孟子所指，晋《乘》有可能类似汲之《竹书纪年》。至于鲁《春秋》，应为《左传》韩起所见之《春秋》《公羊传》庄公七年所云"《不修春秋》"，至于《新序·善谋》、《公羊传》定公四年、《穀梁传》定公四年所记伍子胥谏吴联蔡伐楚一事应出自"不修春秋"。详见赵辉：《中国文学发生研究》，185～187页，北京，人民出版社，2017。

⑤ 公孙弘所学，见于《史记·平津侯主父列传》。

⑥ 《史记·六国年表》。

⑦ 《史记·六国年表》《史记·太史公自序》。

⑧ 见于《韩非子·奸劫弑臣》、贾谊《新书·春秋》、刘向《列女传》"伯姬不避火"。具体分析可见赵辉：《中国文学发生研究》，187～189页。

期的主流文献，《左传》《系年》等往往由这些史书文本编纂而来。更为重要的是，无论《左传》《国语》，还是众多的"事语"类史书，其形成时代不但处于战国，而且背后的书写主体往往是战国士人，而非专业史官。当然，以上列举的史书也离不开专业史官的贡献，有些文本更直接出自专业史官之手，如《竹书纪年》等。但是，与战国士人自由的史事书写相比，专业史官的书写不但内容存在局限性，社会流播的范围也十分狭窄。司马谈、司马迁父子哀叹的"诸侯史记"十分脆弱，即体现了这一点。与之相比，战国士人书写的史书显然更具有生命的韧性与持久，以至传至汉代，乃至后世。

七、论语类文献

"论语"之名最早见于《礼记·坊记》"子云：'君子弛其亲之过，而敬其美。《论语》曰：'三年无改于父之道，可谓孝矣'"，而《坊记》是战国前期子思的作品；① 又牛鸿恩依据郭店竹简《性自命出》，认为其中"仑会"即《论语》之"论"②。这些信息共同折射出《论语》内容并非流于口传③，而是于战国早期已形成书面文本。严格意义说，《论语》为代表的文献应归入儒家类，汉人之所以归入"六艺略"主要是因为汉人认为六经传自孔子，而《论语》等文本又重点呈现孔子的语录和事迹，因此也应归入"六艺略"而非"诸子略"。汉人的这一看法固然存在学术思想的合理性，但限定于战国时期以《论语》为代表的孔子文献应该归入儒家类。这一点目前也达成学界共识，如钱穆、蒋伯潜以及当代先秦文学史的撰写，往往将《论语》或有关孔子的言行事迹放入诸子系年、诸子文献乃至诸子散文中加以观照。为了便于查找及体现汉人的图书分类观念，笔者仍以《汉书·艺文志》的归类体例加以系属。

---

① 王锷：《〈礼记〉成书考》，75 页。关于《论语》的编纂者历来存在多种说法，参见唐明贵：《〈论语〉学的形成、发展与中衰》，23～35 页，北京，中国社会科学出版社，2005。

② 牛鸿恩：《〈论语〉的释名现在可以论定了——〈郭店竹简·性自命出〉的"仑会"即〈论语〉之"论"的含义》，载《长江学术》，2007(1)。

③ 柯马丁认为《论语》主要是口头话语而非书面话语，其实这一观点只关注到了《论语》话语的浅层表达，而未涉及中国早期文本的书写范式及深层言说方式。孙康宜、[美]宇文所安主编：《剑桥中国文学史》上卷，81～96 页，北京，生活·读书·新知三联书店，2013。

1. 传世文献

《论语》古二十一篇，出孔壁中，两《子张》。

《孔子家语》二十七卷。

《孔子三朝记》七篇。

《孔子徒人图法》二卷。

2. 出土文献

定州竹简《论语》。

阜阳汉简《论语》。

海昏侯墓汉简《论语》。①

王家嘴楚简《孔子曰》。

安大简《仲尼曰》。

郭店简《语丛》一、二、三。

肩水金关汉简《论语》。

平壤贞柏洞（乐浪）汉简《论语》。

悬泉汉简《论语》。

罗布淖尔汉简《论语》。

秦家嘴楚简《孔子道秦穆公之事》。

3.《汉书·艺文志》未载但流传下来的文献

《孔丛子》部分篇章。

4.《汉书·艺文志》未载又佚失的文献

《孔子弟子籍》。②

从《礼记·檀弓》《孟子》《荀子》以及儒家之外的战国文献来看，由于战国之世有关孔子语录及言行事迹的文本众多，儒家士人书写而形成的文本即可视为成体系的孔子文献。这些孔子文献与儒家之外的孔子传说相比具有严谨性、可信性，其话语风格也不同于其他战国诸子，

---

① 陈侃理：《西汉海昏侯刘贺墓出土〈论语〉"曾皙言志"简初释》，载《文物》，2020(6)。

② 此书见于司马迁的《史记》，是司马迁写作《仲尼弟子列传》的重要参考文本。王国维认为此书如同《孔子徒人图法》，两名为一书即异名而同书，以司马迁的使用情况来看，应是两本不同内容的书。详见王国维：《汉时古文本诸经传考》，320～327页，见《观堂集林》，北京，中华书局，1959。

总体来看倾向于春秋君子话语的言说方式，即含蓄委婉。这一话语特征，可视为"迂回与进入"，但这一表象的背后存在着深层次的文化传统，如子张"书诸绅"的行为与先秦时期的箴诫传统存在着紧密的关联。① "孔子文献"的形成，应与先秦时期深层次的文化传统密切相关。

八、孝经类文献

刘向、班固之所以将孝经类文献系属于"六艺略"，自有西汉社会对《孝经》的评价和认识。在战国之世，《孝经》的书写与传承大体如《论语》。史载可见最早的《孝经》文本在战国秦汉之际，如孔壁竹书、项羽妾冢。墓葬、壁藏现象的出现，本身就说明作为整本书的《孝经》早已形成，并开始在社会上广泛流传，以至被楚地女性所阅读和喜爱。

（一）传世文献

《孝经古孔氏》一篇。二十二章。②

《孝经》一篇。十八章。

《尔雅》三卷二十篇。

《小尔雅》一篇，《古今字》一卷。

《弟子职》一篇。

《说》三篇。

（二）出土文献

项羽妾冢《孝经》。③

海昏侯墓《孝经》类。

上博简《昔者君老》。

严格来说，上博简《昔者君老》是一篇礼仪文献，重点言说太子侍

---

① 详见刘全志：《〈论语〉子张"书诸绅"与箴诫传统》，载《学术界》，2018(11)。
② 此为孔壁竹书。见李零：《兰台万卷》，55 页。
③ 唐人李士训《记异》："大历初，予带经锄瓜于灞水之上，得石函，中有绢素《古文孝经》一部，二十二章，壹仟捌佰染拾贰言。初传与李太白，白授当涂令李阳冰，阳冰尽通其法，上皇太子焉。"北宋夏竦《〈古文四声韵〉序》："又有自项羽妾墓中得《古文孝经》""亦云渭上耕者所获"。夏竦的困惑也许正缘于李士训的叙述，其实传言"灞水之上"有可能是安徽灵壁之霸王城，而此处即为战国垓下，与李白族叔李阳冰同处安徽，以此由霸王城至李白再至李阳冰也更为符合事理。

君之礼，而君显然是太子之父，所以此篇又可归入孝经类。特别是首句"子曰：昔者君老。太子朝君，君之母弟是相。太子侧听，庶谒谒进"①，这是一种礼仪的叙述，同时也是一种孝道的展示和强调。

九、小学类文献

从带有铭文的青铜器出土于全国各地来看，文字被商周王室所专有的观点是难以成立的。铭文的使用遍布各地，必然存在基本的识字文本，因此《汉书·艺文志》所记《史籀》是可信的。战国时期各国文字形体虽有不同，但从各国频繁交流往来的情形可以说明，这些形体上的差异并未阻断各国文化乃至具体文本的阅读和理解，如荀子旅居齐楚、韩非安居郑韩，他们的文章著述并没有因为文字形体的原因被阻挡于秦国之外，以至被吕不韦、秦始皇所扼腕、欣赏。且不要说那些横贯四海、遍游天下的著名文化精英没有语言文字交流的障碍，即使那些身处知识阶层底部的门客游士往返于各国也不存在语言文字表达的困难，如冯谖、毛遂以及春申君的门客等。这些社会现实至少说明，在战国时期各国之间基本的语言文字是相通的、互融的，基本交流是毫无障碍的。这一社会现实的形成，本身也意味着各国之间存在共用的识字文本。

（一）传世文献

《史籀》十五篇。周宣王太史作大篆十五篇，建武时亡六篇矣。

《苍颉》一篇。上七章，秦丞相李斯作。

《爰历》六章，车府令赵高作。《博学》七章，太史令胡母敬作。

（二）出土文献

战国玺印。②

阜阳汉简《苍颉篇》。

北京大学藏西汉竹书《苍颉》。

从当今出土的战国各类文本来看，思想性文本与文学文本、官方

---

① 马承源主编：《上海博物馆藏战国楚竹书》（二），242 页。

② 详见故宫博物院编：《古玺文编》《古玺汇编》。

文告与私人文书、系统性表达与片段署名均现；而从地域来看，出土的各类文本也广布于当时的天下四方，这些现象说明小学类文献在战国时期一定多种多样，极为丰富。因为那些出土文献往往是以小学类文献为前提和基础的。从战国时期比较单一的玺印文字来看，小学类文献收录常用字的数量十分可观，它们与专门的字书一起成为那些精英文本得以繁盛而活跃的知识底色。

第二节　诸子类文献的存佚与构成

在各类战国文献中，诸子文献无疑是最为活跃、最为出彩也最能代表战国学术成就的一类。这一点是古今学者所公认的，如司马谈、司马迁父子论学撰史先想着梳理战国各家流派的优缺点[①]，如果依此再追溯至韩非、荀子、庄子、孟子以及墨子等，他们辩论著述的价值观念尽管各异，但显然就因为这种相互辩驳成就了战国时期著述的繁盛与高潮。[②] 现当代学者在回顾这一历史时期时，往往使用"子学"来加以称谓，以示与西汉经学时代的不同。[③] 其实，无论汉人还是战国士人，他们认为自己的学问是综合性的，[④] 即使是大道之一体，与后

[①] 无论六家，还是九流十家，似乎都很难概括先秦诸子分类的繁多，与这些称谓相比，战国士人喜欢使用"百家"。详见李锐：《战国秦汉时期的学派问题研究》，9～15页，北京，北京师范大学出版社，2011。

[②] 从一定意义上而言，战国诸子之间的频繁互动造就着知识界的繁荣，也决定着著述高潮的到来。战国诸子著述所体现的价值追求有别，但其使用的知识资源往往具有共通性，一个典型的表现是除了六经、历史知识之外，战国诸子之间还存在大量共用的意象，如艾兰指出水与战国诸子思想观念的关联等。详见艾兰：《早期中国历史、思想与文化》，257～263页，北京，商务印书馆，2011。

[③] 如冯友兰、吕思勉、李零等人的观点，详见李零：《简帛古书与学术源流》，289～290页。

[④] 战国士人可分为诸如子夏西河、稷下学宫、楚国兰台等士人集团，但这种分团只是就后人理解、叙述的方便而言，于战国时期则是自然形成、人员也是自由流动，学派壁垒也并非如后世理解得那么森严。更为重要的是，他们传授、研习的内容也并非局限于某一经或某一书，而是综合多样的。战国学团的划分详见刘全志：《先秦诸子文献的形成》，19～24页；罗家湘：《先秦文学制度研究》，249～259页，上海，上海古籍出版社，2011。

世所说的经史子集也存在很大的不同，至少那些战国时期的知识精英并不认为自己属于"子学"系统。① 因此，我们虽然可以在图书归类上将战国士人的著述系属于"子"，但理解和把握这些文献显然需要更为综合而开阔的视野。

一、儒家类文献

从知识及学术传承和播散过程来看，儒家无疑居诸子之首，或者准确地说儒家知识结构是战国社会知识精英的底色，一位士人接受知识的起点往往是首先受教于儒家士人，如墨子之于儒家、吴起之于曾子、李克之于儒家、邹衍之于儒学以及宁越求学的内容等，均可说明儒家知识结构之于战国诸子的意义。当然，其他诸子求学者未必一定是孔子及其弟子，因为儒毕竟存在达名、类名、私名之分，② 傅斯年认为"儒家者流，出于教书匠"，并非如班固所说"出于司徒"③。其实，以战国社会的实情而言，儒家的活动比儒家的出身更值得关注，它不但涉及儒家知识结构的新创，也旁及其他诸子的接受与反驳。

（一）传世文献儒家类文本

《晏子》八篇。名婴，谥平仲，相齐景公，孔子称善与人交，有《列传》。

《子思》二十三篇。名伋，孔子孙，为鲁缪公师。

《曾子》十八篇。名参，孔子弟子。

《漆雕子》十三篇。孔子弟子漆雕启后。

《宓子》十六篇。名不齐，字子贱，孔子弟子。

《景子》三篇。说宓子语，似其弟子。

《世子》二十一篇。名硕，陈人也，七十子之弟子。

《魏文侯》六篇。

---

① 从这一层面来看，争论先秦思想流派是否存在分家现象实属不合理，至少具有以后人立场、方法去宰割战国诸子思想的嫌疑。相关持论详见李零：《简帛古书与学术源流》，291～292 页。

② 章太炎撰：《国故论衡》，86 页，上海，上海古籍出版社，2006。

③ 冯友兰：《中国哲学史》下册，494 页，北京，商务印书馆，2011。

《李克》七篇。子夏弟子，为魏文侯相。

《公孔尼子》二十八篇。七十子之弟子。

《孟子》十一篇。名轲，邹人，子思弟子，有《列传》。

《孙卿子》三十三篇。名况，赵人，为齐稷下祭酒，有《列传》。

《芈子》十八篇。名婴，齐人，七十子之后。

《内业》十五篇。不知作书者。

《周史六弢》六篇。惠、襄之间，或曰显王时，或曰孔子问焉。

《周政》六篇。周时法度政教。

《周法》九篇。法天地，立百官。

《甯越》一篇。中牟人，为周威王师。

《王孙子》一篇。一曰《巧心》。

《公孙固》一篇。十八章，齐闵王失国，问之，固因为陈古今成败也。

《李氏春秋》二篇。

《羊子》四篇。百章。故秦博士。

《董子》一篇。名无心，难墨子。

《俟子》一篇。

《徐子》四十二篇。宋外黄人。

《鲁仲连子》十四篇。有《列传》。

《平原君》七篇。朱建也。

《虞氏春秋》十五篇。虞卿也。

《儒家言》十八篇。不知作者。

刘向所序六十七篇。《新序》《说苑》《世说》《列女传颂图》也。

（二）出土文献儒家类文本

郭店简儒家类：《缁衣》《五行》《鲁穆公问子思》《穷达以时》《唐虞之道》《忠信之道》《性自命出》《成之闻之》《六德》《尊德义》。

上博简儒家类：《性情论》《民之父母》《子羔》《从政》《昔者君老》《中弓》《相邦之道》《季康子问于孔子》《孔子见季桓子》《弟子问》《颜渊问于孔子》《子道饿》《史蒥问于夫子》。

清华简《心是谓中》。①

清华简《畏天用身》。

安大简诸子类第一组。②

安大简诸子类第二、三组。③

安大简诸子类第五组。④

慈利石板村《宁越子》。⑤

秦家嘴《凡民》《君子》。

定州汉简《儒家者言》。

阜阳汉简《儒家者言》。

银雀山汉简《晏子》。

在汉人眼中，儒家并不局限于孔子，诸如《晏子》《周史六弢》的著录足以证明。汉人的这一知识观念也比较契合于战国社会，从《庄子·天下》以及韩非、李斯等人的成长经历来看，儒家的知识结构往往是战国诸子成长过程中的基础和前提，大儒家格局是整个社会给予儒家的期望和责任，无论真正的儒家士人如何看待这一评价。就荀子所"非十二子"来看，他将子夏、子游等孔门弟子与其他各家等量齐观，这一眼界至少说明在荀子心中儒家并非具有一定的范围，也并非由某些具体的人所代表，即儒家是一个开放的团体，只要思想观念、价值主张契合于儒家的理念追求即为儒家。也许正是因为这一点，儒家的范围极为宽广，如不但讲政教功德的书可以归入，即使是如《甯越》《鲁仲连子》等具有纵横色彩的策士也可系属于此。总之，儒家文献的众

---

① 此篇与战国时期的性命之学密切相关，因与郭店简、上博简讨论内容相近，故列出此。同类的还有清华简《殷高宗问三寿》，以学派性质来看，《心是谓中》极有可能代表着墨家对性命之说的观点。

② 这一组多是辑录孔子言论，以"仲尼曰"开头，与《论语》《礼记》相近。详见黄德宽：《安徽大学藏战国竹简概述》。

③ 这两组分别是孔子与子贡的对话、慎独敬信等，属于儒家文献。详见黄德宽：《安徽大学藏战国竹简概述》；李松儒：《安徽大学藏战国竹简对读三则》。

④ 这一组重在说明"君子日自新，而小人日自厌"，与儒家提倡的"苟日新，又日新，日日新"相同。详见黄德宽：《安徽大学藏战国竹简概述》。

⑤ 张春龙：《慈利楚简概述》，见艾兰、邢文编：《新出简帛研究》，4～11 页。

多，本身就折射出战国社会知识界的繁荣与活跃。

二、道家类文献

在儒墨争辩之时，自觉身处是非之外的无疑是道家学派。尽管有时他们也成为争论的主角，如孟子所非杨朱，但大多数情况是道家士人喜欢隐居于争论背后，以宽容出世而又稍具嘲笑傲慢的态度观看儒墨的面红耳赤，《庄子》一书对儒墨争论的描述足以证明。与儒墨的针锋相对相比，道家似乎着意建构涵容万物、统摄百态的大道，上能包总自然万物，下能总领诸子百家，《老子》一书的宏阔也许正体现了这一心胸。法家不满意于儒家，又与墨家相左，但偏偏自附于道家后学，如《韩非子》的价值根据颇能说明问题。

（一）传世文献道家类文本

《伊尹》五十一篇。汤相。

《太公》二百三十七篇。吕望为周师尚父，本有道者。或有近世又以为太公术者所增加也。《谋》八十一篇，《言》七十一篇，《兵》八十五篇。

《辛甲》二十九篇。纣臣，七十五谏而去，周封之。

《鬻子》二十二篇。名熊，为周师，自文王以下问焉，周封为楚祖。

《管子》八十六篇。名夷吾，相齐桓公，九合诸侯，不以兵车也。有《列传》。

《老子》，邻氏经传四篇、傅氏经说三十七篇、徐氏经说六篇。

《文子》九篇。老子弟子，与孔子并时，而称周平王问，似依托者也。

《蜎子》十三篇。名渊，楚人，老子弟子。

《关尹子》九篇。名喜，为关吏，老子过关，喜去吏而从之。

《庄子》五十二篇。名周，宋人。

《列子》八篇。名圄寇，先庄子，庄子称之。

《老成子》十八篇。

《长卢子》九篇。楚人。

《王狄子》一篇。

《公子牟》四篇。魏之公子也。先庄子，庄子称之。

《田子》二十五篇。名骈，齐人，游稷下，号天口骈。

《老莱子》十六篇。楚人，与孔子同时。

《黔娄子》四篇。齐隐士，守道不诎，威王下之。

《宫孙子》二篇。

《鹖冠子》一篇。楚人，居深山，以鹖为冠。

《周训》十四篇。

《黄帝四经》四篇。

《黄帝铭》六篇。

《黄帝君臣》十篇。起六国也，与《老子》相似也。

《杂黄帝》五十八篇。六国时贤者所作。

《力牧》二十二篇。六国时所作，托之力牧。力牧，黄帝相。

《孙子》十六篇。六国时。

《捷子》二篇。齐人，武帝时说。

《郑长者》一篇。六国时。先韩子，韩子称之。

《楚子》三篇。

（二）《汉书·艺文志》未载又佚失的道家文献

《黄帝书》。①

（三）出土文献中的道家文本

郭店简《老子》甲、乙、丙。

郭店简《太一生水》。

上博简《举治王天下（五篇）》。②

清华简《汤处于汤丘》《汤在啻门》。③

清华简《管仲》。④

---

① 以《列子·天瑞》所引"黄帝书"来看，"黄帝书"似《老子》，是一部"语"类文献。参见过常宝：《先秦文体与话语方式研究》，215 页。

② ［日］汤浅邦弘：《上博楚简〈举治王天下〉的尧舜禹传说》，载《简帛》，2014(9)。

③ 整理者已指出这两篇文章为"同一抄手所写"，"与战国时期黄老刑名思想比较接近"。详见李学勤主编：《清华大学藏战国竹简》(五)，134 页，上海，中西书局，2015。

④ 整理者认为此篇应是"《管子》佚篇"。详见李学勤主编：《清华大学藏战国竹简》(六)，110 页。

　　慈利石板村《管子》。①

　　马王堆帛书《老子》。

　　北大汉简《老子》。

　　马王堆帛书《黄帝四经》。

　　北齐武平五年(574年)彭城人开项羽妾冢出土的《老子》。②

　　上博简道家文献:《恒先》《彭祖》《凡物流形》《容成氏》《三德》③《用曰》④。

　　秦家嘴楚简《后问于元明》。

　　北大汉简《周驯》。

　　定州汉简《文子》《六韬》。

　　银雀山汉简《六韬》。

　　阜阳汉简《庄子》。

　　张家山汉简《盗跖》。

　　以班固的著录和当今出土的道家文献来看,先秦时期的道家分布广泛,并不局限于楚地,如《周训》以汉简而论所记内容发生在东都洛阳,而《黄帝四经》又与稷下学派密切相关,诸如列子、魏牟、郑长者等又生活在郑韩赵魏之地,因此当今学界以楚地风尚来理解道家文献出现了视野上的偏差。⑤ 理解和把握战国时期道家士人的活动及文献形成,必须将之放入更为广阔而深远的社会空间。

三、阴阳家类文献

　　司马谈在《论六家要旨》中先列阴阳,可见阴阳五行的知识已成为当时社会十分流行的知识类别。作为理性知识与非理性知识的结合,

---

　　① 魏宜辉:《慈利楚简校读札记》,载《古典文献研究》,2015(1)。

　　② 同时出土的还有《孝经》。

　　③ 曹峰:《〈三德〉所见"皇后"为"黄帝"考》,载《齐鲁学刊》,2008(5);曹峰:《〈三德〉与〈黄帝四经〉对比研究》,载《江汉论坛》,2006(11)。

　　④ 《用曰》多是警诫之语,与道家思想相类,详见程少轩、蒋文:《上博藏楚竹书〈用曰〉篇试读一则》,载《东南文化》,2010(5)。

　　⑤ 刘全志:《论〈庄子〉的文本形态与话语资源》,载《北京师范大学学报(社会科学版)》,2015(5)。

阴阳家的知识结构在战国社会起到限制君权、规范君权的功能，与其他知识类别相比，阴阳家的知识效用更为明显和突出。因此阴阳家的知识体系也早已飞出了学派的范畴，成为战国诸子通用的知识资源。

（一）传世文献

《宋司星子韦》三篇。景公之史。

《公梼生终始》十四篇。传邹奭《始终》书。

《公孙发》二十二篇。六国时。

《邹子》四十九篇。名衍，齐人，为燕昭王师，居稷下，号谈天衍。

《邹子终始》五十六篇。

《乘丘子》五篇。六国时。

《杜文公》五篇。六国时。

《黄帝泰素》二十篇。六国时韩诸公子所作。

《南公》三十一篇。六国时。

《容成子》十四篇。

《邹奭子》十二篇。齐人，号曰雕龙。

《闾丘子》十三篇。名快，魏人，在南公前。

《冯促》十三篇。郑人。

《将巨子》五篇。六国时。先南公，南公称之。

《周伯》十一篇。齐人，六国时。

《杂阴阳》三十八篇。不知作者。

（二）出土文献

马王堆帛书《篆书阴阳五行》《隶书阴阳五行》。

四、法家类文献

相对于其他诸子，法家的知识往往来源于社会的现实经验，而且十分注重知识的实用效果，并倾向于将这一实用性解释为权力的获得和实施、军事力量的提升和征服。法家的这一现实旨向的追求又往往依赖于最高权力，所以无论法术势三派如何区别，其中均缺乏对最高君权的限制和约束。以出土文献来看，由秦简组成的法律文书最为繁多，这一现象至少说明秦国是战国时期法律最为详备、律条最为丰富的国家。

（一）传世文献

《李子》三十二篇。名悝，相魏文侯，富国强兵。

《商君》二十九篇。名鞅，姬姓，卫后也，相秦孝公，有《列传》。

《申子》六篇。名不害，京人，相韩昭侯，终其身诸侯不敢侵韩。

《处子》九篇。

《慎子》四十二篇。名到，先申、韩，申、韩称之。

《韩子》五十五篇。名非，韩诸公子，使秦，李斯害而杀之。

《游棣子》一篇。

《燕十事》十篇。不知作者。

《法家言》二篇。不知作者。

（二）《汉书·艺文志》未载又佚失的法家文献

皋陶之刑、禹刑、汤刑、周之"九刑"、周成王之《刑书》、《周文王之法》、《刘法》。①

楚国《仆区之法》。②

郑国子产所铸《刑书》、邓析所作《竹刑》。③

晋国赵鞅所铸《刑书》。④

《法经》。⑤

（三）出土文献

上博简《慎子曰恭俭》。⑥

---

① 这些可能存在的典籍被春秋时期的知识精英所言及，应有一定的文本存在。典籍来源详见李零：《简帛古书与学术源流》，65 页。

② 见于《左传·昭公七年》。

③ 见于《左传·昭公六年》《定公四年》。

④ 见于《左传·昭公二十九年》。关于这些法家文献的考辨，详见李零：《简帛古书与学术源流》，65～66 页。

⑤ 此书为魏国法律，由李悝整理、颁行，内容见于《晋书·刑法志》。关于此书的讨论详见李零：《简帛古书与学术源流》，66～67 页。

⑥ 此篇整理者怀疑与儒家学说有关，简文"慎子"与传世的慎到可能不同，从内容及思想观念来看，李锐指出应出自慎到弟子后学之手。详见马承源主编：《上海博物馆藏战国楚竹书》（六），25 页，上海，上海古籍出版社，2005；李锐：《上博简〈慎子曰恭俭〉管窥》，载《中国哲学史》，2008(4)。

四川郝家坪秦牍《为田律》。①

包山楚简政务狱讼类文书类。②

睡虎地秦简法律文书:《田律》《厩苑律》《仓律》《金布律》《关市律》《工律》《工人程》《均工》《徭律》《司空律》《置吏律》《效律》《军爵律》《传食律》《行书》《内史杂》《尉杂》《属邦》18 种;《秦律杂抄》;《法律答问》;《封诊式》。

王家台秦简《效律》、龙岗秦简《禁苑》《驰道》《马牛羊》《田赢》等。③

岳麓书院藏秦简《为狱等状四种》。④

五、名家类文献

名家的特征在《庄子·天下》、《荀子·非十二子》、司马谈《论六家要旨》中均有评判,在这三篇文章之中,对名家最为详细而又最富有诗意的描述出自《庄子·天下》:曲尽其妙的评判一方面展现出名家的话语特征,另一方面也蕴含着道家学派与名家在话语方面的一致和相通。

《邓析》二篇。郑人,与子产并时。

《尹文子》一篇。说齐宣王。先公孙龙。

《公孙龙子》十四篇。赵人。

《成公生》五篇。与黄公等同时。

《惠子》一篇。名施,与庄子并时。⑤

《毛公》九篇。赵人,与公孙龙等并游平原君赵胜家。

六、墨家类文献

在诸子百家中,当今出土的墨家文献还是比较繁多的,如上博简、

---

① 南玉泉:《青川秦牍〈为田律〉释义及战国秦土地性质检讨》,载《中国古代法律文献研究》,2016(9)。

② 朱晓雪:《包山楚墓文书简、卜筮祭祷简集释及相关问题研究》,吉林大学博士学位论文,2011。

③ 李均明:《古代简牍》,56、57、55 页。

④ 陈松长:《岳麓书院藏秦简释文修订本》(壹—叁),139～169 页,上海,上海辞书出版社,2018。

⑤ 《庄子·天下》云:"惠施多方,其书五车。"

清华简、安大简中均有相关文本，这一现象说明孟子、韩非所说墨家为战国"显学"是可信的。从墨家学派的知识结构来看，诗书多与儒家相合，而礼乐又与儒家相悖；在战国诸子眼中，儒墨两家又是相互攻讦对立的显学。这些现象展现出墨家与儒家的关联和区别，又折射出墨家知识观念的来源与话语方式的开拓创新。

（一）传世文献

《尹佚》二篇。周臣，在成、康时也。

《田俅子》三篇。先韩子。

《我子》一篇。

《随巢子》六篇。墨翟弟子。

《胡非子》三篇。墨翟弟子。

《墨子》七十一篇。名翟，为宋大夫，在孔子后。

（二）出土文献

长台关楚简《申徒狄》。

安大简诸子类第八组《申徒狄》。①

上博简《鬼神之明·融师有成氏》。②

清华简《良臣》《祝辞》。③

清华简《祷辞》。④

清华简《四告》。

枣纸简《诗书之言》。

---

① 详见黄德宽：《安徽大学藏战国竹简概述》。

② 整理者认为是《墨子》的佚文。见马承源主编：《上海博物馆藏战国楚竹书》（五），307 页，上海，上海古籍出版社，2005。

③ 整理者指出《良臣》与下篇《祝辞》，原由同一书手写在一编相连的竹简上""无篇题""鉴于两者内容性质截然不同，今分别拟题为良臣、祝辞，作为两篇处理"。从内容上看，两篇的确差距很大，但《良臣》与墨家的尚贤一致，而巫术又与墨家的明鬼相同，所以这两篇文章由同一人抄写在一起，实属合理应当。整理者的观点详见李学勤主编：《清华大学藏战国竹简》（三），156、164 页，上海，中西书局，2012。

④ 程浩：《清华简〈祷辞〉与战国祷祀制度》，载《文物》，2019（9）。

九店简《告武夷》。①

枣纸简《上贤》。

清华简《子产》。②

清华简《邦家之政》《邦家处位》《治邦之道》《天下之道》《虞夏殷周之治》。③

清华简《八气五味五祀五行之属》。④

清华简《五纪》。

安大简诸子类第四组。⑤

安大简诸子类第六、七组。⑥

银雀山汉简《守法》《守令》。

七、纵横家类文献

相对于儒道墨思想流派，纵横家关注于知识的实践性，强调具体策略的实效和功利，这一点也许正是它没有成为《庄子·天下》《荀子·非十二子》乃至司马谈所关注的对象。

---

① 《告武夷》有"桑林"，而商汤祷于桑林传承于墨家。简文"桑林"的释读，详见程少轩：《说九店楚简〈告武夷〉的"桑林"》，440～443 页，见《古文字研究》第三十二辑，北京，中华书局，2018。

② 整理者认为此篇可以与《左传》的记载相印证，同时又列出《子产》与清华简《良臣》人名对照表"。从对照表来看两者人名多有相似，因《良臣》属于墨家学派，《子产》也应同属，其中"利民""修政""通于神"等很能呈现出其与墨家学派的密切关系。详见李学勤主编：《清华大学藏战国竹简》（六），136～145 页。

③ 清华简第八辑的篇章与墨家学派关系密切，尚贤、节用、节葬、非命，以崇俭戒奢为本。江胜信、任思蕴：《〈清华大学藏战国竹简〉第八辑整理报告发布，发现多篇失传文献》，载《文汇报》，2018-11-18。

④ 整理者推定这篇竹书与易相关，其实以墨家知识结构来看，此篇讨论五行、五神、五祀反映战国时期阴阳家知识的影响，以同出的竹书文本而言，应属于墨家文献。详见李学勤主编：《清华大学藏战国竹简》（八），157 页，上海，中西书局，2018。

⑤ 笔者认为这一组使用三代圣王与春秋国君来说明"圣人乐义而美利""今人之所美与其所乐各异"。其价值观念与墨家十分一致，应属于墨家文献。详见黄德宽：《安徽大学藏战国竹简概述》。

⑥ 笔者认为这两组一是讨论古今治乱的原因，另一是使用三代帝王及春秋霸主来讨论"辅王之道"意在凸显贤能才干，与墨家学派的价值理念十分一致，应是墨家学派的文献。详见黄德宽：《安徽大学藏战国竹简概述》。

（一）传世文献

《苏子》三十一篇。名秦，有《列传》。

《张子》十篇。名仪，有《列传》。

《庞煖》二篇。为燕将。

《阙子》一篇。

《国筮子》十七篇。

（二）《汉书·艺文志》未载但传世的文献

《鬼谷子》。①

（三）出土文献

云梦郑家湖墓地《贱臣筡西问秦王》觚文。

八、杂家类文献

杂家的知识结构具有综合性，很难归于具体的学派，因此杂家本身不具有学派性质。杂家也并非学派名称，汉人之所以单列一家主要是为了归类文献的便利。以战国社会而言，杂家的旨向在于治国理政，而各类知识观念的综合，往往正是杂家文献的表现方式和文本特征。

（一）传世文献

孔甲《盘盂》二十六篇。黄帝之史，或曰夏帝孔甲，似皆非。

《大禹》三十七篇。传言禹所作，其文似后世语。

《五子胥》八篇。名员，春秋时为吴将，忠直遇谗死。

《子晚子》三十五篇。齐人，好议兵，与《司马法》相似。

《由余》三篇。戎人，秦穆公聘以为大夫。

《尉缭》二十九篇。六国时。

《尸子》二十篇。名佼，鲁人，秦相商君师之。鞅死，佼逃入蜀。

《吕氏春秋》二十六篇。秦相吕不韦辑智略士作。

《吴子》一篇。

---

① 顾实讲疏：《汉书艺文志讲疏》，146～147页，上海，上海古籍出版社，2009；余嘉锡撰：《古书通例》，43～46页，上海，上海古籍出版社，1985；李零：《兰台万卷》，105页。有学者认为《鬼谷子》是《苏秦》之书，但以马王堆帛书《战国纵横家书》来看，两者不太可能混同，应该是两本不同的书。

《公孙尼》一篇。

《杂家言》一篇。王伯，不知作者。

（二）出土文献

清华简《殷高宗问三寿》。①

清华简《治政之道》。②

睡虎地秦简《为吏之道》。

岳麓书院秦简《为吏治官及黔首》。③

阜阳汉简《吕氏春秋》。④

（三）《汉书·艺文志》未载又佚失的文献

《淳于髡子》。⑤

九、农家类文献

农家文献注重技术，同时也通过自己的实践来表达学派的价值理念，如君民并耕以成治世即是其鲜明的政治主张⑥，由此形成的文本也可称之为具有思想意义的文献。

《神农》二十篇。六国时，诸子疾时怠于农业，道耕农事，托之神农。

《野老》十七篇。六国时，在齐、楚间。

《宰氏》十七篇。不知何世。⑦

---

① 整理者指出"本篇作者提出思想观念主要承自儒家"，"与后来荀子的思想已颇为相似"。其实，以武丁与少寿、中寿、彭祖三人的对话来看，似为杂家。详见李学勤主编：《清华大学藏战国竹简》（五），149 页。

② 李守奎指出："《治政之道》无论从语言上还是思想上，都表现出以儒家学说为主、百家杂糅的特点"。详见李守奎：《清华简〈治政之道〉的治政理念与文本的几个问题》，载《文物》，2019（9）。

③ 陈松长：《岳麓书院藏秦简释文修订本》（壹—叁），37～49 页。

④ 白于蓝：《阜阳汉简〈春秋事语〉校读二记》。

⑤ 见于《史记·孟子荀卿列传》，见金德建：《司马迁所见书考》，9 页。

⑥ 见于《孟子·滕文公上》陈相与孟子的辩论。

⑦ 金德建认为此书即《计然》，李零的观点与之一致。详见金德建：《司马迁所见书考》，362～363 页；李零：《兰台万卷》，114 页。

十、小说家类文献

小说家并非现代意义的小说文学，而是相对于大说、正说而言的"街谈巷语，道听途说"，其来源往往缺乏可靠性，其话语又常常缺乏严肃性，而其内容又常常具有随意性、滑稽性。所以，此类文本在战国时期往往与相关的娱乐活动关系密切。

（一）传世文献

《伊尹说》二十七篇。其语浅薄，似依托也。

《鬻子说》十九篇。后世所加。

《周考》七十六篇。考周事也。

《青史子》五十七篇。史官记事也。

《师旷》六篇。见《春秋》，其言浅薄，本与此同，似因托之。

《务成子》十一篇。称尧问，非古语。

《宋子》十八篇。孙卿道宋子，其言黄、老意。

《天乙》三篇。天乙谓汤，其言非殷时，皆依托也。

《黄帝说》四十篇。迂诞依托。

（二）出土文献

清华简《赤鹄之集汤之屋》。①

汲冢竹书《琐语》《穆天子传》。

汲冢竹书《周书论楚事》《周穆王美人盛姬死事》。②

放马滩秦简《墓主记》。③

北大藏秦牍《泰原有死者》。④

---

① 整理者已指出这篇"应是在楚地流传的伊尹传说"，因汉人将《伊尹说》列于小说类，故将清华简此篇也同样著录。详见李学勤主编：《清华大学藏战国竹简》（三），166页，上海，中西书局，2012。

② 陈梦家将之归入"小说类"，见《西周年代考·六国纪年》，182页。

③ 此篇名称有多个，如《丹》《墓主记》《志怪故事》《邸丞谒御史书》等，以《古代简帛》称之为"墓主记"，见李均明：《古代简牍》，54页。

④ 李零：《北大秦牍〈泰原有死者〉简介》，载《文物》，2012(6)；黄杰：《放马滩秦简〈丹〉篇与北大秦牍〈泰原有死者〉研究》，载《人文论丛》，2013(1)。

（三）《汉书·艺文志》未载又佚失的文献

《齐谐》。①

李零在讨论诸子文本时主要集中于儒墨道，其中又以儒家为主。②《庄子·天下》《荀子·非十二子》在纵论天下学术时倾向于分为六类，这一方式被司马谈所承继，以至写作《论六家要旨》。可见，司马谈的"六家"划分具有战国时期的历史依据，刘向、刘歆以至班固增列纵横、杂、农、小说四家体现出司马谈之后的汉人眼界。李零认为纵横和农家是"术"，杂家和小说家是不能归类的家。③ 以战国社会出现的知识类别来看，许行、陈相等人既然敢与孟子辩论④，其前提应是学派价值理念的冲突，因此农家如同儒家一样，应归为"学"。其实，将战国诸子使用"学""术"加以区分，本身就存在问题：名家、法家、阴阳家以及纵横家都存在自己独特的价值理念和学派追求，他们"学"的性质与特征是极为突出的，这也是庄子、荀子乃至韩非子加以评论、指责甚至讨伐的前提和基础。至于"术"，不但儒家士人的著述有所涉及，道家、墨家的文献更有较为突出的关注。

战国诸子著述的活跃，存在着时势的激发，也有文化传统的积淀，所谓"诸子出于王官"是对后者的强调，同时也蕴含着对前者的突出，如班固所云诸子十家"皆起于王道既微，诸侯力政，时君世主，好恶殊方，是以九家之术蜂出并作"⑤。也许正是因为这两者的结合，使得战国诸子在更为广阔的时空之下演绎着传承与创新的活动，进而呈现出知识观念与文献形成的互动衍生图景。

---

① 《庄子·逍遥游》"齐谐者，志怪者也"，成玄英疏"姓齐，名谐，人姓名也。亦言书名也，齐国有此俳谐书也"；刘宋东阳无疑有《齐谐记》七卷，梁吴均续作一卷，清人袁枚撰写《新齐谐》。这些现象足可证明《齐谐》在古人心中本是先秦古书。

② 李零：《简帛古书与学术源流》，290～324 页。

③ 李零：《兰台万卷》，121 页。

④ 《孟子·滕文公上》。

⑤ 《汉书·艺文志》诸子略总序。

第三节　诗赋类文献的存佚与构成

谈到班固的行文顺序，李零认为这一部分虽然题目是先诗后赋，但实际上却是先赋后诗。① 从两汉的文化风气来看，班固如此处理并非失当，作为诗教文本的《诗经》已归入六艺略，而有"古诗之义"的赋显然应列于这一部类的首位。②

一、传世文献

（一）屈原赋

屈原赋二十五篇。③　楚怀王大夫，有《列传》。

唐勒赋四篇，楚人。

宋玉赋十六篇，楚人，与唐勒并时，在屈原后也。

（二）陆贾赋

朱建赋二篇。平原君门客。④

（三）荀卿赋

孙卿赋十篇。

（四）杂赋

《成相杂辞》十一篇。

《隐书》十八篇。

---

① 李零：《兰台万卷》，122 页。

② 《汉书·艺文志·诗赋略》总序。

③ 战国时期辞赋的创作与《诗经》存在密切的关系，两者之间的关联，详见李炳海：《中国诗歌通史·先秦卷》，北京，人民文学出版社，2012；许结：《中国辞赋理论通史》，南京，凤凰出版社，2016。

④ 朱建应生活于战国秦汉之时，其赋体创作可归入战国，也可归入西汉，班固将之系于汉代。汉初文人往往与战国游士具有相同的文化气质，可参见詹福瑞：《汉魏六朝文学论集》，保定，河北大学出版社，2001 中的有关汉代文人、经生文士化的讨论；于迎春：《秦汉士史》，北京，北京大学出版社，2000。

（五）歌诗

《周歌诗》二篇。①

二、出土文献

汲冢竹书《图诗》一篇，画赞之属也。

上博简楚辞类文本《李颂》《兰赋》《有皇将起》《鹠鹏》。

安大简楚辞类文本。

北大秦简《公子从军》《酒令》《隐书》《教女》等。

山东临沂银雀山汉简《唐勒》（《论义御》）。

尹湾汉简《神乌赋》。

阜阳汉简《楚辞》（《离骚》《涉江》）。

长沙子弹库楚帛画《人物御龙图》。②

长沙陈家大山楚墓帛画《人物龙凤图》。③

马王堆帛画。④

三、《汉书·艺文志》未载又佚失的文献

《景差赋》。⑤

诗赋是战国时期的韵文，而与之相对的散文作品则是战国士人的著述。长期以来，学界在书写这一段文学史时往往将韵文与散文分立，

---

①　以郑卫之音的流传范围来看，歌诗应该是战国时期习见的乐歌。它与辞赋、汉乐府的关联，详见赵敏俐：《汉代乐府制度与歌诗研究》，北京，商务印书馆，2009。

②　1973 年于长沙子弹库出土，《汉书·艺文志》著录有"《耿昌月行帛图》二百三十二卷"，此书应为帛画，汉人著录书籍兼收帛画，笔者采用这一体例。据李零考证，《汉志》帛图之下所列《耿昌月行度》是帛图的图说，以此来看《耿昌月行帛图》只是帛画。详见李零：《兰台万卷》，180 页。

③　1949 年出土于湖南长沙东南郊陈家大山楚墓。另 1982 年湖北江陵马山一号墓也出土帛画，但因残缺，不知其内容。至于 1942 年出土的《十二月神帛画》著录于"数术类"历谱。

④　马王堆帛画虽创作于汉代，但其知识观念多与《楚辞》相对应，故列于此。马王堆帛画与《楚辞》的关系，详见巫鸿《礼仪中的美术：马王堆再思》，见［美］夏含夷主编：《远方的时习》，195～201 页，上海，上海古籍出版社，2008；黄灵庚：《楚辞与简帛文献》，64～161 页，北京，人民出版社，2011。

⑤　《史记·屈原贾生列传》。

以致使社会大众形成一种刻板印象，即在先秦时期散文与韵文是截然
不同的两类文体。其实，以战国士人著述的实情来看，庄子、韩非子、
荀子等人的著述乃至由稷下学宫争鸣活动形成的《管子》，都具有鲜明
的韵文特征，其中荀子更直接成为赋体的创作者，《成相》《赋篇》足以
说明问题。据李零分析，睡虎地秦简《为吏之道》的《治事》具有与《成
相》相同的用韵结构。① 这些信息表明，至少在战国时期，韵文与散文
存在着持久而绵长的互动过程，于此班固在《诗赋略》将屈原赋与荀卿
赋同列，也许蕴含着更为丰富而多样的信息。

第四节　兵书类文献的存佚与构成

从《左传》所引《军志》《军政》来看，兵书的历史十分久远。《汉书·
艺文志》将兵书分为四类，李零认为可总括为三类：讲谋略、讲制度、
讲技术。其中讲谋略的书称之为"永久智慧"，而其他两类则很容易被
淘汰。② 以班固所列顺序来看，的确在突出"权谋类"兵书，而以知识
衍生、文本书写的逻辑而言，讲谋略的兵书往往又以讲制度、讲技术
的兵书为基础和前提。

一、兵权谋类文献

（一）传世文献

《吴孙子兵法》八十二篇。图九卷。

《齐孙子》八十九篇。图四卷。

《公孙鞅》二十七篇。

《吴起》四十八篇。有《列传》。

《范蠡》二篇。越王句践臣也。

《大夫种》二篇。与范蠡俱事句践。

---

① 李零：《兰台万卷》，137、143～145 页。
② 李零：《简帛古书与学术源流》，382 页。

《李子》十篇。

《婢》一篇。

《兵春秋》一篇。

《庞煖》三篇。

《兒良》一篇。

(二)出土文献

上博简、安大简《曹沫之陈》。

安大简诸子类第九组。①

张家山汉简《盖庐》。

银雀山汉简《孙子兵法》《孙膑兵法》《尉缭子》。

(三)《汉书·艺文志》未载又佚失的文献

《军志》《军政》。②

赵括所读《赵奢兵法》。③

二、兵形势类文献

(一)传世文献

《楚兵法》七篇。图四卷。

《蚩尤》二篇。见《吕刑》。

《孙轸》五篇。图二卷。

《繇叙》二篇。

《王孙》十六篇。图五卷。

《尉缭》三十一篇。

《魏公子》二十一篇。图十卷。名无忌,有《列传》。

《景子》十三篇。

---

① 黄德宽:《安徽大学藏战国竹简概述》;李松儒:《安徽大学藏战国竹简对读三则》。

② 见于《左传》僖公二十八年、昭公二十一年,《孙子》等。相关考辨详见李零:《简帛古书与学术源流》,66页。

③ 《史记·廉颇蔺相如列传》记载蔺相如语"括徒能读其父书传,不知合变也",可知赵奢著有兵法。

（二）出土文献

马王堆帛书《长沙国南部地形图》《驻军图》《城邑图》3 幅地图。

放马滩秦地图。

三、兵阴阳类文献

（一）传世文献

《太壹兵法》一篇。

《天一兵法》三十五篇。

《神农兵法》一篇。

《黄帝》十六篇。图三卷。

《封胡》五篇。黄帝臣，依托也。

《风后》十三篇。图二卷。黄帝臣，依托也。

《力牧》十五篇。黄帝臣，依托也。

《鵊冶子》一篇。图一卷。

《鬼容区》三篇。图一卷。黄帝臣，依托。

《地典》六篇。

《孟子》一篇。

《东父》三十一篇。

《师旷》八篇。晋平公臣。

《苌弘》十五篇。周史。

《别成子望军气》六篇。图三卷。

《辟兵威胜方》七十篇。

（二）出土文献

北大秦简《道里书》。

马王堆帛书《刑德》甲、乙、丙。

银雀山汉简《地典》。

四、兵技巧类文献

（一）传世文献

《鲍子兵法》十篇。图一卷。

《五子胥》十篇。图一卷。

《公胜子》五篇。《苗子》五篇。图一卷。

《逢门射法》二篇。

《蒲苴子弋法》四篇。

《剑道》三十八篇。

《手博》六篇。

《杂家兵法》五十七篇。

《蹴鞠》二十五篇。

（二）出土文献

汲冢竹书《缴书》二篇，论弋射法。

《左传》成公十三年云"国之大事，在祀与戎"，这一表述成为中国传统社会一条铁的法则；《老子》所说"以正守国，以奇用兵"，又被班固用来说明"兼形势，包阴阳，用技巧"的权谋类兵书。从《左传》《老子》再至班固，他们相同的知识观念足以展现军事战争在社会政治生活中的分量和地位。限定于战国时期，以征伐攻城为贤的社会风气必然推动诸多兵法文献的总结和问世，其中有前代经验的总结，如《司马法》《太公》等，更有战国士人的拓展和新创，如《孙子》《孙膑》《吴起》以及《魏公子兵法》等。这些文献共同昭示着兵书及相关知识在战国社会衍生和发展的基本轨迹。

第五节　数术类文献的存佚与构成

《汉书·艺文志》将数术分为六类，李零指出数术类、方技类可以称之为打引号的自然科学，因为它们不全是科学，也不全是迷信。[①] 其实，无论是数术类还是方技类，其中虽然存在理论的诉求，但它们更为关注实践的效果。从知识归类来看，它们都属于实用性知识，用于指导战国世人的日常生活。与方技类相比，数术类关注的自然万物、

---

① 李零：《兰台万卷》，173 页。

天地之道，旨在探索人如何使自己的行为和思想靠近天地自然之道。

一、天文类文献

（一）《汉书·艺文志》所载文献

《泰壹杂子星》二十八卷。

《五残杂变星》二十一卷。

《黄帝杂子气》三十三篇。

《常从日月星气》二十一卷。

《皇公杂子星》二十二卷。

《泰壹杂子云雨》三十四卷。

《国章观霓云雨》三十四卷。

《泰阶六符》一卷。

《海中星占验》十二卷。

《海中五星经杂事》二十二卷。

《海中五星顺逆》二十八卷。

《海中二十八宿国分》二十八卷。

《海中二十八宿臣分》二十八卷。

《海中日月彗虹杂占》十八卷。

《图书秘记》十七篇。

（二）《汉书·艺文志》未载但传世的文献

甘德《天文星占》八卷。

石申《天文》八卷。①

（三）出土文献

曾侯乙墓漆箱上《天文星图》。②

清华简《四时》（四寺）。③

马王堆帛书《五星占》《天文气象杂占》《彗星图》。

---

① 《汉书·律历志》。

② 图的中部有"聿"（斗）字。见喻沧、廖克编著：《中国地图学史》，34 页，北京，测绘出版社，2010。

③ 石小力：《清华简〈四时〉中的星象系统》，载《文物》，2020(9)。

二、历谱类文献

（一）传世文献

《黄帝五家历》三十三卷。

《颛顼历》二十一卷。

《颛顼五星历》十四卷。

《日月宿历》十三卷。

《夏殷周鲁历》十四卷。

《天历大历》十八卷。

《传周五星行度》三十九卷。

《律历数法》三卷。

《自古五星宿纪》三十卷。

《太岁谋日晷》二十九卷。

《帝王诸侯世谱》二十卷。

《古来帝王年谱》五卷。

《日晷书》三十四卷。

（二）出土文献

汲冢竹书《大历》二篇，邹子谈天类也。

清华简《算表》。①

清华简《司岁》《行称》。②

秦家嘴楚简《九九术》。

里耶秦简《九九表》。

岳麓书院藏秦简《数》。③

岳麓书院藏秦简《质日》。④

北大秦简《算书》。

① 李学勤主编：《清华大学藏战国竹简》（四），上海，中西书局，2014。
② 贾连翔：《略论清华简〈行称〉的几个问题》。
③ 陈松长：《岳麓书院藏秦简释文修订本》（壹—叁），81～127页。
④ 陈松长：《岳麓书院藏秦简释文修订本》（壹—叁），3～20页。

周家台秦简《历谱》。①

胡家草场《岁纪》。

阜阳汉简《算术》。

《十二月神图帛画》。②

(三)《汉书·艺文志》未载又佚失的文献

《谍记》《春秋历谱谍》。③

(四)《汉书·艺文志》未载但传世的文献

《周髀算经》。

三、五行类文献

(一)传世文献

《泰一阴阳》二十三卷。

《黄帝阴阳》二十五卷。

《黄帝诸子论阴阳》二十五卷。

《三典阴阳谈论》二十七卷。

《神农大幽五行》二十七卷。

《四时五行经》二十六卷。

《猛子闾昭》二十五卷。

《阴阳五行时令》十九卷。

《堪舆金匮》十四卷。

《务成子灾异应》十四卷。

《十二典灾异应》十二卷。

《钟律灾异》二十六卷。

《钟律丛辰日苑》二十三卷。

《钟律消息》二十九卷。

---

① 李均明：《古代简牍》，58 页。

② 1942 年出土于长沙子弹库楚墓，现藏美国赛克勒美术馆。

③ 这些是司马迁写作《史记》所参考的文献，应属史书。因《帝王诸侯世谱》列于此，故依班例。王国维、李零著录这些文本重点讨论今古文的问题，其实以司马迁的使用来看，古今文的差异并非这些文本的核心特征。详见李零：《简帛古书与学术源流》，84 页。

《黄钟》七卷。

《天一》六卷。

《泰一》二十九卷。

《刑德》七卷。

《风鼓六甲》二十四卷。

《风后孤虚》二十卷。

《六合随典》二十五卷。

《转位十二神》二十五卷。

《羡门式法》二十卷。

《羡门式》二十卷。

《文解六甲》十八卷。

《文解二十八宿》二十八卷。①

（二）出土文献

银雀山汉简：《曹氏阴阳》《阴阳散》《为政不善之应》《人君不善之应》《天地八风五行客主五音之居》。②

尹湾汉简：《神龟占》《六甲占雨》《博局占》《刑德行时》《行道吉凶》。③

虎溪山汉简《阎氏五胜》。

四、蓍龟类文献

（一）传世文献

《龟书》五十二卷。

《夏龟》二十六卷。

《南龟书》二十八卷。

---

①　《汉书·艺文志》以下还列有《五音奇胲用兵》二十三卷、《五音奇胲刑德》二十一卷、《五音定名》十五卷。据李零考证，"风角、五音、鸟情是汉代非常流行的数术"，故归入汉代。见李零：《兰台万卷》，187页。

②　这几篇文献虽是汉代作品，但所用原理多有战国时期的传承，至少可以视为战国数术知识观念在西汉的传承，故列于此。李零：《简帛古书与学术源流》，408页。

③　文本性质同上。李零：《简帛古书与学术源流》，408页。

《巨龟》三十六卷。

《杂龟》十六卷。

《蓍书》二十八卷。

《周易》三十八卷。

《周易明堂》二十六卷。

《周易随曲射匿》五十卷。

《大筮衍易》二十八卷。

《大次杂易》三十卷。

《鼠序卜黄》二十五卷。

《於陵钦易吉凶》二十三卷。

（二）出土文献

上博简《卜书》。①

五、杂占类文献

（一）传世文献

《黄帝长柳占梦》十一卷。

《甘德长柳占梦》二十卷。

《武禁相衣器》十四卷。

《嚏耳鸣杂占》十六卷。

《祯祥变怪》二十一卷。

《人鬼精物六畜变怪》二十一卷。

《变怪诰咎》十三卷。

《执不祥劾鬼物》八卷。

《请官除訞祥》十九卷。

《禳祀天文》十八卷。

《请祷致福》十九卷。

《请雨止雨》二十六卷。

---

① 整理者李零指出"这是一篇讲鬼卜的书""篇题据内容拟补"。见马承源主编：《上海博物馆藏战国楚竹书》(九)，291 页。

《泰壹杂子候岁》二十二卷。

《子赣杂子候岁》二十六卷。

《五法积贮宝臧》二十三卷。

《神农教田相土耕种》十四卷。

《昭明子钓种生鱼鳖》八卷。

《种树臧果相蚕》十三卷。

（二）出土文献

汲冢竹书《师春》一篇。

马王堆帛书《出行占》《木人占》《符箓》《神图》《筑城图》《园寝图》。

新蔡葛陵楚简、包山楚简、望山楚简、天星观楚简、九店楚简、秦家嘴楚简、睡虎地秦简、岳山秦简、周家台秦简、龙岗秦简、王家台秦简、放马滩秦简等《日书》。①

阜阳汉简《刑德》《日书》《星占》数种。

安大简相面、占梦书等三组。②

海昏侯墓祠祝类。

六、形法类文献

（一）传世文献

《山海经》十三篇。

《国朝》七卷。

《宫宅地形》二十卷。

《相人》二十四卷。

《相宝剑刀》二十卷。

《相六畜》三十八卷。

---

① 吕亚虎：《战国秦汉时期的祠行信仰——以出土简牍〈日书〉为中心的考察》，载《陕西师范大学学报（哲学社会科学版）》，2014(3)；程博丽：《战国秦汉时期的"衣冠"信仰——以〈日书〉为中心的考察》，载《鲁东大学学报（哲学社会科学版）》，2016(1)；李均明：《古代简牍》，41、42、58、59页；李零：《简帛古书与学术源流》，67～68、81页。

② 详见黄德宽：《安徽大学藏战国竹简概述》。

（二）出土文献

秦家嘴楚简《养马》。

马王堆帛书《相马经》。

阜阳汉简《相狗经》。

安大简"相面、占梦之书"。①

中山王陵兆域图。

（三）《汉书·艺文志》未载又佚失的文献

《禹本纪》。②

史皇作图。③

天下之地图、九州之图。④

燕太子丹督亢地图。⑤

秦始皇写仿六国宫室图。⑥

秦始皇墓葬之地图模型。⑦

战国时期各诸侯国或多或少、或淡或浓都具有巫术之风，秦楚且不必再说，只论齐鲁赵魏也表现出巫风之盛。墨子明鬼、淳于髡言禳田、汲冢竹书之卜筮，足可说明流行于齐鲁赵魏等国的神灵信仰。这一社会风气必然推高数术类知识的整理与新创，由此而形成众多繁杂而多样的文献也成势所必然之事。

---

① 详见黄德宽：《安徽大学藏战国竹简概述》。

② 《史记·大宛列传》曾提及此书，郭璞注《山海经》时也曾引及。

③ 见于《世本·作篇》。

④ 见于《战国策·赵策》苏秦游说赵肃侯之语及《周礼·夏官司马·职方氏》《周礼·地官司徒》《周礼·夏官司马·司险》。详见朱玲玲：《地图史话》，14～18 页，北京，社会科学文献出版社，2011。

⑤ 见于《史记·刺客列传》。

⑥ 见于《史记·秦始皇本纪》"秦每破诸侯，写仿其宫室，作之咸阳北阪上，南临渭，自雍门以东，至泾渭，殿屋复道周阁相属"。

⑦ 见于《史记·秦始皇本纪》"以水银为百川江河大海，机相灌输，上具天文，下具地理"。当代学者认为这一地理模型是存在的。详见喻沧、廖克编著：《中国地图学史》，40 页。

第六节　方技类文献的存佚与构成

《汉书·艺文志》将方技文献分为医经、经方、房中、神仙四类，重在展现日常生活之"生生之具"。[①] 李零指出，前两种是医术，后两种是养生。[②] 以日常生活而论，这类文本是战国社会的实用性知识，能够解决日常生活的一些疾病以至指导人们的日常行为。也许这四类文本传播及接受的范围不尽相同，但它们无疑是战国社会常见的卫生、养生类知识。

一、医经类文献

医经类文献关注的是"百病之本，死生之分"，即"原人之阴阳表里"，[③] 因此这类文献是医术理论性文本，即"医道"最高水平的承载者。以先道后技的原则，《汉书·艺文志》将之列于首位，以文本书写的实践来看，这些形而上的医道文本应以具体的行医实践和经方文本为基础和前提的。

（一）传世文献

《黄帝内经》十八卷。

《外经》三十七卷。

《扁鹊内经》九卷。

《外经》十二卷。

《白氏内经》三十八卷。

《外经》三十六卷。

《旁篇》二十五卷。

---

① 《汉书·艺文志》。
② 李零：《简帛古书与学术源流》，413 页。
③ 《汉书·艺文志》。

（二）出土文献

阜阳汉简《万物》。[1]

阜阳汉简《行气》。

马王堆帛书《却谷食气》、《胎产图》、《养生图》、《杂疗方》、《导引图》（附佚书2篇）。

张家山汉简《引书》《脉书》。[2]

成都老官山《扁鹊》医简。

二、经方类文献

相对于医经来说，经方类文献更为实用，它直接关注治疗疾病的具体方法和过程。因此，这一类文献一定是战国社会流传较广的文本。

（一）传世文献

《五藏六府痹十二病方》三十卷。

《五藏六府疝十六病方》四十卷。

《五藏六府瘅十二病方》四十卷。

《风寒热十六病方》二十六卷。

《泰始黄帝扁鹊俞拊方》二十三卷。

《五藏伤中十一病方》三十一卷。

《客疾五藏狂颠病方》十七卷。

《金创疭瘛方》三十卷。

《妇人婴儿方》十九卷。

《汤液经法》三十二卷。

《神农黄帝食禁》七卷。

（二）出土文献

清华简《病方》。

---

① 文化部古文献研究室，安徽阜阳地区博物馆阜阳汉简整理组：《阜阳汉简〈万物〉》，载《文物》，1988(4)；周一谋：《阜阳汉简与古药书〈万物〉》，载《中医药文化》，1990(1)；刘金华：《读阜阳汉简〈万物〉缀合三题》，载《华中国学》，2016(21)。

② 张家山汉简、马王堆汉墓帛书等医书虽然抄写于汉代，但实为战国养生学的样本。详见夏德安有关《老子》第五章橐龠与战国养生学的讨论，见［美］夏含夷主编：《远方的时习》，174～184页，上海，上海古籍出版社，2008。

秦家嘴楚简《病方》。

北大秦简《病方》。

里耶秦简医方。

周家台秦简《病方及其他》。①

马王堆帛书《五十二病方》。

阜阳汉简《杂方》。

武威汉简中的医方。

三、房中类文献

目前出土的房中类文献尽管主要集中于马王堆帛书，但先秦尤其战国时期一定存在此类书籍，最为直接的证据是《左传》所记医和为晋平公治病早已涉及房中类知识。迨至战国之世，一定存在诸多房中类文献流传于世。

（一）传世文献

《容成阴道》二十六卷。

《务成子阴道》三十六卷。

《尧舜阴道》二十三卷。

《汤盘庚阴道》二十卷。

《天老杂子阴道》二十五卷。

《天一阴道》二十四卷。

《黄帝三王养阳方》二十卷。

《三家内房有子方》十七卷。

（二）出土文献

马王堆帛书《十问》《合阴阳》《天下至道谈》《养生方》《杂禁方》等。②

海昏侯墓"房中"竹简。③

---

① 李均明：《古代简牍》，58 页。

② 李零：《简帛古书与学术源流》，416 页。

③ 杨博：《西汉海昏侯刘贺墓出土"房中"简初识》，载《文物》，2020(6)。

四、神仙类文献

神仙类文献在战国时期应广受各国君主欢迎，汲冢竹书《穆天子传》、秦始皇《仙真人诗》等足可说明问题。

（一）传世文献

《宓戏杂子道》二十篇。

《上圣杂子道》二十六卷。

《道要杂子》十八卷。

《黄帝杂子步引》十二卷。

《黄帝岐伯按摩》十卷。

《黄帝杂子芝菌》十八卷。

《黄帝杂子十九家方》二十一卷。

《泰壹杂子十五家方》二十二卷。

《神农杂子技道》二十三卷。

《泰壹杂子黄冶》三十一卷。

2.《汉书·艺文志》未载又佚失的文献

燕齐方士之书。①

数术与方技，李零统一使用"方书"加以归类。② 这一做法也许符合东汉以后社会历史的现实，但就两汉社会而言，两者的区分也是极为明显的：一是"羲和史卜之职"，思考的是宇宙法则、天地之道；另一是"生生之具"，即人体卫生、养生，涉及日常生活之技术。以《汉书·艺文志》而言，前者重在发现、靠近天地之道，而后者重在关注个体生命延续的技术。古人先道后技，这一点也是"方技略"处在"数术略"之后的原因。在"方技略"四种之中，最为战国社会欢迎的应是"医经"类，当今出土的各类文献足以证明。

---

① 如卢生、侯生所言仙药神图，宋毋忌、正伯侨、羡门子高所言东海神山图等。

② 李零：《简帛古书与学术源流》，398 页。

参考文献

A

艾兰：《早期中国历史、思想与文化》，商务印书馆，2011 年。

艾兰、邢文：《新出简帛研究》，文物出版社，2004 年。

B

白寿彝：《中国史学史》，上海人民出版社，2006 年。

班固：《汉书》，中华书局，1962 年。

C

蔡邕：《独断》，商务印书馆，1939 年。

蔡邕、邓安生：《蔡邕集编年校注》，河北教育出版社，1999 年。

曹建国：《楚简与先秦〈诗〉学研究》，武汉大学出版社，2010 年。

常森：《屈原及楚辞学论考》，北京大学出版社，2016 年。

晁公武、孙猛：《郡斋读书志校证》，上海古籍出版社，1990 年。

陈鼓应：《道家文化研究》（第 5 辑），上海古籍出版社，1994 年。

陈鼓应：《黄帝四经今注今译——马王堆汉墓出土帛书》，商务印书馆，2007 年。

陈鼓应：《老子今注今译》，商务印书馆，2020 年。

陈久金、卢央、刘尧汉：《彝族天文学史》，云南人民出版社，1984 年。

陈梦家：《西周年代考·六国纪年》，中华书局，2005 年。

陈平原：《千古文人侠客梦》，人民文学出版社，1992 年。

陈奇猷：《韩非子新校注》，上海古籍出版社，2000 年。

陈奇猷：《吕氏春秋新校释》，上海古籍出版社，2002年。

陈寿：《三国志》，中华书局，1959年。

陈松长：《马王堆简帛文字编》，文物出版社，2001年。

陈松长：《岳麓书院藏秦简释文修订本》（壹—叁），上海辞书出版社，2018年。

程树德：《论语集释》，中华书局，1990年。

程水金：《中国早期文化意识的嬗变》，武汉大学出版社，2003年。

程苏东：《从六艺到十三经——以经目演变为中心》，北京大学出版社，2018年。

池田知久：《池田知久简帛研究论集》，中华书局，2006年。

崔大华：《庄学研究》，人民出版社，1992年。

崔述、顾颉刚：《崔东壁遗书·丰镐考信录》，上海古籍出版社，1988年。

D

丁福保：《说文解字诂林》，中华书局，1988年。

董莲池：《新金文编》，作家出版社，2011年。

F

范文澜：《文心雕龙注》，人民文学出版社，1958年。

范祥雍：《山海经笺疏补校》，上海古籍出版社，2013年。

范祥雍：《战国策笺证》，上海古籍出版社，2006年。

范晔：《后汉书》，中华书局，1965年。

方铭：《战国文学史论》，商务印书馆，2008年。

方诗铭、王修龄：《古本竹书纪年辑证》，上海古籍出版社，1981年。

方勇：《秦简牍文字编》，福建人民出版社，2012年。

房玄龄等：《晋书》，中华书局，1974年。

冯友兰：《中国哲学史》，中华书局，1961年。

冯友兰：《中国哲学史新编》上册，人民出版社，1998年。

傅刚：《魏晋南北朝诗歌史论》，商务印书馆，2017年。

傅修延：《先秦叙事研究：关于中国叙事传统的研究》，东方出版社，1999年。

傅亚庶：《孔丛子校释》，中华书局，2011年。

G

高亨：《诸子新笺》，山东人民出版社，1962年。

高明：《大戴礼记今注今译》，天津古籍出版社，1981年。

高木智见：《先秦社会与思想》，上海古籍出版社，2011年。

高桥稔：《中国说话文学之诞生》，商务印书馆，2013年。

葛兆光：《中国思想史》，复旦大学出版社，2004年。

葛志毅：《谭史斋论稿续编》，黑龙江人民出版社，2004年。

故宫博物院：《古玺文编》，文物出版社，1981年。

故宫博物院：《古玺汇编》，文物出版社，1981年。

顾颉刚：《史林杂识初编》，中华书局，1963年。

顾颉刚等：《古史辨》，上海古籍出版社，1982年。

顾实：《汉书艺文志讲疏》，上海古籍出版社，2009年。

顾史考：《郭店楚简先秦儒家宏微观》，上海古籍出版社，2012年。

顾炎武：《日知录集释》，上海古籍出版社，2006年。

郭沫若：《郭沫若全集》，人民出版社，1982年。

郭庆藩：《庄子集释》，中华书局，2004年。

郭沂：《郭店竹简与先秦学术思想》，上海教育出版社，2001年。

过常宝：《先秦文体与话语方式研究》，中华书局，2016年。

H

韩高年：《先秦文学与文献论考》，中华书局，2017年。

韩自强：《阜阳汉简〈周易〉研究》，上海古籍出版社，2004年。

何晋：《〈战国策〉研究》，北京大学出版社，2001年。

何宁：《淮南子集释》，中华书局，1998年。

侯外庐：《中国思想通史》，人民出版社，1956年。

胡家聪：《管子新探》，中国社会科学出版社，1993年。

胡适：《胡适文集》，北京大学出版社，1998 年。

皇侃：《论语义疏》，清知不足斋丛书本。

黄伯思：《东观余论》，明毛氏汲古阁刊本。

黄德宽：《清华大学藏战国竹简》（九—十），中西书局，2019—2020 年。

黄怀信：《鹖冠子汇校集注》，中华书局，2004 年。

黄怀信：《论语汇校集释》，上海古籍出版社，2008 年。

黄怀信等：《逸周书汇校集注》，上海古籍出版社，2007 年。

黄灵庚：《楚辞与简帛文献》，人民出版社，2011 年。

霍彦儒、辛怡华：《商周金文编：宝鸡出土青铜器铭文集成》，三秦出版社，2009 年。

J

纪昀等：《四库全书总目提要》，河北人民出版社，2000 年。

季旭升：《说文新证》，艺文印书馆，2004 年。

蒋伯潜：《诸子通考》，正中书局，1948 年。

蒋礼鸿：《商君书锥指》，中华书局，1986 年。

蒋重跃：《韩非子》，凤凰出版社，2010 年。

焦循：《孟子正义》，中华书局，1987 年。

解志超：《先秦兵书研究》，上海古籍出版社，2007 年。

金德建：《司马迁所见书考》，上海人民出版社，1963 年。

K

孔德骐：《六韬浅说》，解放军出版社，1987 年。

孔广森：《大戴礼记补注》，上海古籍出版社，1982 年。

邝芷人：《阴阳五行及其体系》，文津出版社，2003 年。

L

黎翔凤：《管子校注》，中华书局，2004 年。

李炳海：《中国诗歌通史·先秦卷》，人民文学出版社，2012 年。

李昉等：《太平御览》，中华书局，1985 年。

李均明：《古代简牍》，文物出版社，2003 年。

李零：《郭店楚简校读记》，北京大学出版社，2002 年。

李零：《简帛古书与学术源流》，生活·读书·新知三联书店，2004 年。

李零：《兰台万卷》，生活·读书·新知三联书店，2011 年。

李零：《去圣乃得真孔子》，生活·读书·新知三联书店，2008 年。

李零：《吴孙子发微》，中华书局，2014 年。

李零：《中国方术考》，东方出版社，2001 年。

李锐：《战国秦汉时期的学派问题研究》，北京师范大学出版社，2011 年。

李山：《先秦文化史讲义》，中华书局，2008 年。

李学勤：《清华大学藏战国竹简》（一—八），中西书局，2011—2018 年。

梁涛：《郭店竹简与思孟学派》，中国人民大学出版社，2008 年。

廖名春：《出土简帛丛考》，湖北教育出版社，2003 年。

廖名春：《中国学术史新证》，四川大学出版社，2005 年。

廖名春、邹新明：《孔子家语》，辽宁教育出版社，1997 年。

廖群：《先秦说体文本研究》，中央编译出版社，2018 年。

林宝：《元和姓纂》，中华书局，1992 年。

林家骊：《徐斡集校注》，河北教育出版社，2013 年。

林晓平：《先秦诸子与史学》，中国社会科学出版社，2009 年。

刘宝楠：《论语正义》，中华书局，1990 年。

刘全志：《先秦诸子文献的形成》，中华书局，2016 年。

刘尚慈：《春秋公羊传译注》，上海古籍出版社，2010 年。

刘生良：《鹏翔无疆——〈庄子〉文学研究》，人民出版社，2004 年。

刘师培：《刘申叔遗书》，江苏古籍出版社，1997 年。

刘文典：《淮南鸿烈集解》，中华书局，1980 年。

刘翔：《中国传统价值观诠释学》，上海三联书店，1996 年。

刘向：《新序校释》，中华书局，2001 年。

刘向：《战国策》，上海古籍出版社，1985 年。

刘向、明洁：《战国策》，上海古籍出版社，2008 年。

刘笑敢：《庄子哲学及其演变》，中国人民大学出版社，2010 年。

刘昫等：《旧唐书》，中华书局，1975 年。

刘毓璜：《先秦诸子初探》，江苏人民出版社，1984 年。

刘跃进：《秦汉文学地理与文人分布》，中国社会科学出版社，2012 年。

刘知幾、浦起龙：《史通通释》，上海古籍出版社，1978 年。

刘仲平：《尉缭子今注今译》，台湾商务印书馆，1977 年。

刘宗迪：《失落的天书——〈山海经〉与古代华夏世界观》，商务印书馆，2010 年。

楼宇烈：《老子道德经注校释》，中华书局，2008 年。

鲁迅：《汉文学史纲要》，人民文学出版社，1973 年。

陆德明、张一弓：《经典释文》，上海古籍出版社，2012 年。

罗根泽：《诸子考索》，人民出版社，1958 年。

罗根泽、周勋初：《罗根泽说诸子》，上海古籍出版社，2001 年。

罗家湘：《先秦文学制度研究》，上海古籍出版社，2011 年。

罗泌：《路史》，景印文渊阁《四库全书》，台湾商务印书馆，1986 年。

吕思勉：《经子解题》，华东师范大学出版社，1996 年。

M

马承源：《上海博物馆藏战国楚竹书》（一—九），上海古籍出版社，2002—2011 年。

马端临：《文献通考》，中华书局，1986 年。

马瑞辰：《毛诗传笺通释》，中华书局，1989 年。

马世年：《〈韩非子〉的成书及其文学研究》，上海古籍出版社，2011 年。

马王堆汉墓帛书整理小组：《战国纵横家书》，文物出版社，1976 年。

马银琴：《两周诗史》，社会科学文献出版社，2006 年。

马总：《意林》，丛书集成初编 0271 册，中华书局，1991 年。

蒙文通：《古学甄微》，巴蜀书社，1987年。

缪文远：《战国策新校注》，巴蜀书社，1987年。

N

聂石樵：《聂石樵文集》，中华书局，2015年。

O

欧阳询：《艺文类聚》，上海古籍出版社，1982年。

P

庞朴：《帛书五行篇研究》，齐鲁书社，1980年。

庞朴：《中国文化十一讲》，中华书局，2008年。

Q

齐思和：《中国史探研》，河北教育出版社，2000年。

钱存训：《书于竹帛》，上海书店出版社，2002年。

钱穆：《两汉经学今古文平议》，商务印书馆，2001年。

钱穆：《论语新解》，生活·读书·新知三联书店，2005年。

钱穆：《先秦诸子系年》，商务印书馆，2005年。

钱穆：《庄子纂笺》，联经出版事业股份有限公司，1998年。

裘锡圭：《古文字论集》，中华书局，1992年。

裘锡圭：《长沙马王堆汉墓帛书集成》，中华书局，2014年。

R

饶龙隼：《上古文学制度述考》，中华书局，2009年。

任昉：《述异记》，丛书集成初编2704册，中华书局，1991年。

容庚、张振林、马国权：《金文编》，中华书局，1985年。

阮廷卓：《孔子三朝记解诂纂疏》，台湾嘉新水泥公司文化基金会，1964年。

阮元：《十三经注疏》，中华书局，1980年。

阮元、邓经元：《揅经室集》，中华书局，1993 年。

S

邵炳军：《春秋文学系年辑证》，高等教育出版社，2013 年。

沈立岩：《先秦语言活动之形态、观念及其文学意义》，人民出版社，2005 年。

沈文倬：《宗周礼乐文明考论》，浙江大学出版社，1999 年。

沈玉成、刘宁：《春秋左传学史稿》，江苏古籍出版社，1992 年。

石毓智：《非常师生：孔子和他的弟子们》，商务印书馆，2010 年。

石毓智：《汉语春秋：中国人的思维软件》，江西教育出版社，2015 年。

睡虎地秦墓竹简整理小组：《睡虎地秦墓竹简》，文物出版社，1990 年。

司马迁：《史记》，中华书局，2014 年。

宋镇豪、段志洪：《甲骨文献集成》，四川大学出版社，2001 年。

苏舆：《春秋繁露义证》，中华书局，1992 年。

孙敬明：《潍坊古代文化通论》，齐鲁书社，2009 年。

孙康宜、宇文所安：《剑桥中国文学史》，生活·读书·新知三联书店，2013 年。

孙少华、徐建委：《从文献到文本：先唐经典文本的抄撰与流变》，上海古籍出版社，2016 年。

孙希旦：《礼记集解》，中华书局，1989 年。

孙星衍：《尚书今古文注疏》，中华书局，1986 年。

孙诒让：《墨子间诂》，中华书局，2001 年。

T

谭戒甫：《墨辩发微》，中华书局，1964 年。

汤余惠：《战国文字编》，福建人民出版社，2001 年。

唐明贵：《〈论语〉学的形成、发展与中衰》，中国社会科学出版社，2005 年。

滕壬生：《楚系简帛文字编（增订本）》，湖北教育出版社，2008 年。

藤田胜久：《〈史记〉战国史料研究》，上海古籍出版社，2008 年。

脱脱等：《宋史》，中华书局，1977 年。

W

王长华：《春秋战国士人与政治》，上海人民出版社，1997 年。

王承略、刘心明：《二十五史艺文经籍志考补萃编》，清华大学出版社，2011 年。

王锷：《〈礼记〉成书考》，中华书局，2007 年。

王国维：《观堂集林》，中华书局，1959 年。

王靖宇：《中国早期叙事文研究》，上海古籍出版社，2003 年。

王力等：《中国古代文化史讲座》，广西师范大学出版社，2003 年。

王立军：《汉碑文字通释》，中华书局，2020 年。

王利器：《新语校注》，中华书局，1986 年。

王连龙：《〈逸周书〉研究》，社会科学文献出版社，2010 年。

王梦鸥：《邹衍遗说考》，台湾商务印书馆，1966 年。

王聘珍：《大戴礼记解诂》，中华书局，1983 年。

王肃注：《孔子家语》，上海古籍出版社，1990 年。

王先谦：《荀子集解》，中华书局，1988 年。

王献唐：《山东古国考》，齐鲁书社，1983 年。

王献唐：《炎黄氏族文化考》，齐鲁书社，1985 年。

王引之：《经义述闻》，商务印书馆，1936 年。

王应麟：《汉制考·汉艺文志考证》，中华书局，2011 年。

王应麟：《困学纪闻》，上海古籍出版社，2008 年。

王中江：《简帛文明与古代思想世界》，北京大学出版社，2011 年。

魏徵、虞世南、褚遂良：《群书治要》，世界书局，2011 年。

魏徵等：《隋书》，中华书局，1974 年。

吴承仕：《经典释文序录》，中华书局，1986 年。

吴承学：《中国古代文体学研究》，人民出版社，2011 年。

吴大澂：《字说》，苏州振新书社民国七年，据光绪十二年刊本影印。

吴广平：《宋玉集》，岳麓书社，2001 年。

吴毓江：《墨子校注》，中华书局，1993 年。

吴则虞：《晏子春秋集释》，中华书局，1962 年。

吴振武：《〈古玺文编〉校订》，人民美术出版社，2011 年。

X

夏德靠：《先秦语类文献形态研究》，北京，中华书局，2015 年。

夏含夷：《远方的时习》，上海古籍出版社，2008 年。

夏静：《礼乐文化与中国文论早期形态研究》，中华书局，2007 年。

向宗鲁：《说苑校证》，中华书局，1987 年。

萧统、李善、吕延济、刘良、张铣、吕向、李周翰：《六臣注文选》，中华书局，1987 年。

徐复观：《两汉思想史》，华东师范大学出版社，2001 年。

徐旭生：《中国古史的传说时代》，文物出版社，1985 年。

徐元诰：《国语集解》，中华书局，2002 年。

徐正英：《先唐文学与文学思想考论》，上海古籍出版社，2015 年。

徐中舒：《甲骨文字典》，四川辞书出版社，1989 年。

许结：《中国辞赋理论通史》，凤凰出版社，2016 年。

许慎、段玉裁：《说文解字注》，上海古籍出版社，1981 年。

许维遹：《吕氏春秋集释》，中国书店，1985 年。

荀况、王天海：《荀子校释》，上海古籍出版社，2005 年。

Y

严可均：《全上古三代秦汉三国六朝文》，中华书局，1958 年。

阎步克：《士大夫政治演生史稿》，北京大学出版社，1996 年。

杨伯峻：《春秋左传注》，中华书局，2009 年。

杨伯峻：《列子集释》，中华书局，1979 年。

杨伯峻：《论语译注》，中华书局，1980 年。

杨伯峻：《孟子译注》，中华书局，1960 年。

杨宽：《西周史》，上海人民出版社，2003 年。

杨宽：《战国史》，上海人民出版社，2003 年。

杨宽：《战国史料编年辑证》，上海人民出版社，2001 年。

杨义：《庄子还原》，中华书局，2011 年。

姚鼐：《古文辞类纂》，岳麓书社，1988 年。

叶燮：《原诗》，人民文学出版社，1979 年。

银雀山汉墓竹简整理小组：《银雀山汉墓竹简》，文物出版社，1985 年。

于迎春：《秦汉士史》，北京大学出版社，2000 年。

余嘉锡：《古书通例》，上海古籍出版社，1985 年。

余嘉锡：《目录学发微·古书通例》，中华书局，2009 年。

余嘉锡：《四库提要辨证》，中华书局，1980 年。

余英时：《论天人之际——中国古代思想起源试探》，中华书局，2014 年。

余英时：《士与中国文化》，上海人民出版社，2003 年。

俞樾：《春在堂全书·俞楼集纂》，光绪九年重定本。

俞志慧：《古"语"有之：先秦思想的一种背景与资源》，华东师范大学出版社，2010 年。

喻沧、廖克：《中国地图学史》，测绘出版社，2010 年。

袁行霈：《中国文学史》，高等教育出版社，2004 年。

袁珂：《山海经校注》，上海古籍出版社，1980 年。

袁世硕：《中国古代文学史》，高等教育出版社，2016 年。

Z

臧励和等：《中国人名大辞典》，商务印书馆，1921 年。

詹福瑞：《汉魏六朝文学论集》，河北大学出版社，2001 年。

张秉楠：《稷下钩沉》，上海古籍出版社，1991 年。

张家山二四七号汉墓竹简整理小组：《张家山汉墓竹简（二四七号墓）》，文物出版社，2006 年。

张立文：《道》，中国人民大学出版社，1998 年。

章太炎：《国故论衡》，上海古籍出版社，2006 年。

章太炎：《国学概论》，中华书局，2003 年。

章太炎：《訄书》，辽宁人民出版社，1994 年。

章太炎：《章太炎讲国学》，东方出版社，2007 年。

章太炎：《诸子学略说》，广西师范大学出版社，2010 年。

章学诚：《文史通义校注》，中华书局，1985 年。

赵尔巽等：《清史稿》，中华书局，1976 年。

赵辉：《中国文学发生研究》，人民出版社，2017 年。

赵逵夫：《屈原与他的时代》，人民文学出版社，2002 年。

赵逵夫：《先秦文学编年史》，商务印书馆，2010 年。

赵敏俐：《汉代乐府制度与歌诗研究》，商务印书馆，2009 年。

赵佑：《四书温故录》，清乾隆刻清献堂全编本。

赵仲邑：《新序详注》，中华书局，1997 年。

郑杰文：《战国策文新论》，山东人民出版社，1998 年。

郑良树：《战国策研究》，学生书局，1972 年。

郑良树：《诸子著作年代考》，北京图书馆出版社，2001 年。

郑樵：《通志》，中华书局，1995 年。

中国社会科学院考古研究所：《殷周金文集成》，中华书局，2007 年。

周敦颐：《周敦颐集》，中华书局，2009 年。

周桂钿：《中国哲学研究方法论》，山西教育出版社，2006 年。

周清泉：《文字考古》，四川人民出版社，2003 年。

朱玲玲：《地图史话》，社会科学文献出版社，2011 年。

朱熹：《四书章句集注》，中华书局，1983 年。

朱晓鹏：《老子哲学研究》，商务印书馆，2009 年。

朱渊清：《知识的考古：朱渊清自选集》，上海人民出版社，2012 年。

左言东：《先秦官职表》，商务印书馆，1994 年。

后　记

　　本书是过老师重大项目的一部分，很高兴能遇到恩师，并参与到这一重大项目中，目前来看，又多了些许惭愧：受到恩师的指导很多，但呈现的内容却很单薄。说本书的内容只是大课题的一部分，主要有两层含义：一是与其他时段相比，战国仅仅是整个课题的一个时段；另一是即使集中于战国时段，呈现于本书的也仅仅为战国时段的一部分思考。大家都知道，任何一个时段的知识观念都是丰富的、多样的、无法穷尽的，庄子所说"吾生也有涯，而知也无涯。以有涯随无涯，殆已"，实为豁达之言。因此，本书呈现在大家面前的，只是战国时段的一部分知识观念与文献体系的生成过程。当然，为了尽量采用宏观与微观互为支撑的视域来观察这一阶段知识观念与文本书写的典型特征，本人着力选取了儒家、道家、兵家、阴阳家知识观念与文本的生成，并将这些文本生成置于较为整体的文化语境，以此讨论了"百家之学"的总体特征以及诸子争鸣共用的历史知识状况。

　　这一做法也许真的是以管窥天、以锥刺地，但面对"百家争鸣"的社会实情，又显然不是一本小书所能涵盖的。基于这一考虑，本书呈现的内容也只是探讨战国社会知识观念与文献生成的一个引子，其后还有许多得以拓展、深入的空间。本书最后一章所列战国时期的文献类别，主要目的是展现战国文献体系得以形成的文本化成果，同时也可看作未来进一步深层探究的基础。

　　与关注诸子学派自身知识观念的衍生过程相比，本书各章内容力求呈现诸子学派之间的互动、互鉴，本人认为战国诸子学派尽管各有所守，但学派之间的壁垒也并非如后世所认为的那样森严。出土文献、传世文献一再表明，整个战国时期的百家诸子之间一直存在着或显或隐的借鉴、吸纳，而正是这一点使得战国社会的知识和文献总量，就像翻滚的雪球一样越来越大。同时，为了尽量与《先秦诸子文献的形成》相区别，笔者力求在本书中呈现新的思考和内容。因此，如果读者想要了解大课题战国卷更为丰富的研究内容，可将本书与《先秦诸子文献的形成》相参看。

本书的一些内容已经发表在《哲学研究》《古典学志》等刊物上，虽然受刊物的版面限制，发表时多数做了删减、压缩，但呈现的内容还是比较完整的。很感谢上述刊物为本书的一些内容提供宝贵的版面，感谢匿名审稿专家、责任编辑为相关文章的辛勤付出。本书在出版过程，受到北京师范大学出版社，责任编辑禹明超、王亮的大力襄助，感谢感恩。

另外，值得补充的是，本书的内容主要写作于 2019 年之前，其后出版的研究成果没有涉及，实属憾事。在校稿过程中，结合当前所见的出土文献，聊为补充了最后一章的文本著录。本书一定还存在诸多不尽人意之处，诚请学界贤达批评指正。

2023 年底写于北京西城陋室

图书在版编目(CIP)数据

早期中国知识观念与文献的生成·战国卷/刘全志著. —北京: 北京师范大学出版社, 2024.9
ISBN 978-7-303-29633-0

Ⅰ.①早… Ⅱ.①刘… Ⅲ.①文献学-研究-中国-战国时代 Ⅳ.①G256

中国国家版本馆 CIP 数据核字(2023)第 241017 号

早期中国知识观念与文献的生成·战国卷
ZAOQI ZHONGGUO ZHISHI GUANNIAN YU WENXIAN DE SHENGCHENG ZHANGUOJUAN

刘全志　著

策划编辑: 禹明超	责任编辑: 王　亮
美术编辑: 王齐云	装帧设计: 王齐云
责任校对: 陈　民	责任印制: 赵　龙

出版发行: 北京师范大学出版社	开本: 730mm × 980mm　1/16	版次: 2024 年 9 月第 1 版
印刷: 北京盛通印刷股份有限公司	印张: 21.5	印次: 2024 年 9 月第 1 次印刷
经销: 全国新华书店	字数: 398 千字	定价: 118.00 元

北京师范大学出版社

http://www.bnup.com
北京市西城区新街口外大街 12-3 号
邮政编码:　100088
营销中心电话:　010-58805385
主题出版与重大项目策划部:　010-58805385